W0299424

grafit

© 2011 by GRAFIT Verlag GmbH
Chemnitzer Str. 31, 44139 Dortmund
Internet: http://www.grafit.de
E-Mail: info@grafit.de
Alle Rechte vorbehalten.
Umschlagfoto: © Grafissimo/istockphoto.com
Druck und Bindearbeiten: GGP Media GmbH, Pößneck
ISBN 978-3-89425-388-2
1. 2. 3. 4. 5. / 2013 2012 2011

Sebastian Stammsen

Kettenreaktion

Kriminalroman

grafit

Der Autor

Sebastian Stammsen, geboren 1976 in St. Tönis am Niederrhein, studierte Psychologie. Er arbeitet für die Unfallkasse Nordrhein-Westfalen und lebt mit seiner Frau und zwei Kindern in Tönisvorst. Zuvor war er einige Jahre im Umweltministerium Baden-Württemberg in der Abteilung Kernenergieaufsicht tätig.

Mit *Gegen jede Regel* legte Stammsen sein Krimidebüt vor, *Kettenreaktion* ist bereits der zweite Fall für das sympathische Ermittlerduo Markus Wegener und Nina Gerling aus Krefeld.

www.sebastian-stammsen.de

Montag

Fernsehen ist tödlich. Zumindest war das mein erster Gedanke, als ich die Leiche sah.

Der Mann lag auf dem Rücken, umringt von einem Heer aus Breitbildfernsehern, und starrte mit leerem Blick an die Decke. Sein Kiefer war heruntergeklappt, das Ende eines Plastikschlauchs schaute zwischen den Zähnen hervor. Sein Hemd aufgerissen, die Haut verfärbt, wo der Notarzt mit Elektroschocks versucht hatte, das Herz wieder in Gang zu bringen. Aber weder diese Maßnahme, noch Beatmung oder Herzmassage hatten den Mann retten können. Der Notarzt hatte den Kampf gegen den Tod verloren und längst das Feld geräumt, um bei einem neuen Einsatz vielleicht den Sieg davonzutragen.

Die Fernseher erduldeten die Szene gleichgültig und spielten unbeeindruckt weiter ihre Bilder ab, ein Musikvideo mit wirbelnden Farben und hektischen Bewegungen, glücklicherweise ohne Ton.

Ich sagte zu Nina: »Das Gefährlichste in diesem Raum ist das Fernsehprogramm, aber ich glaube, das hat noch niemanden umgebracht.«

Nina schaute mich an, antwortete aber nicht. Kriminaloberkommissarin Nina Gerling ist meine Partnerin. Ich bin Kriminaloberkommissar Markus Wegener. Wenn dieser Fall ein Fall war, dann war es unserer.

Ich nahm die Geldbörse des Toten und betrachtete ihren Inhalt. Neben einigen Fotos und dreiundzwanzig Euro und ein paar Cent in bar enthielt sie eine Kreditkarte, eine EC-Karte, Führerschein und Personalausweis. Der Mann hieß David Krusekamp, war vierunddreißig Jahre alt und wohnte in Krefeld-Traar. Vielleicht war er auf der Suche nach einem neuen Fernseher gewesen, nach einer DVD oder einem neuen Musikalbum. Was auch immer er hier gesucht hatte, er hatte etwas ganz anderes gefunden. Ich reichte die Geldbörse an Nina weiter.

»Das ist bestimmt seine Ehefrau«, sagte Nina und betrachtete das Porträtfoto einer Frau mit überaus modischem Outfit, das sie in der Hand hielt.

»Nicht seine Freundin?«, fragte ich.

»Er trägt einen Ehering«, sagte Nina.

»Das stimmt. Aber warum kann es nicht seine Freundin sein?«

»Von der würde er kein Foto im Portemonnaie haben.« Da mochte sie recht haben.

Der Geschäftsführer des Elektronikgeschäfts, in dessen Fernsehabteilung die Leiche mitten auf der besten Verkaufsfläche lag, unterbrach unsere Überlegungen. Nervös wippte er von einem Bein aufs andere und sagte bestimmt zum fünften Mal: »Eine Katastrophe. Eine Tragödie! Wann kann ich den Laden wieder aufmachen?«

Dabei war der Abstand zwischen bedauernden Floskeln und den harten Fragen des Geschäftsmanns immer kürzer geworden.

Ich sagte geduldig zu ihm: »Herr Baden, Sie sehen doch, dass in Ihrem Geschäft ein Mann gestorben ist. Wir werden die Spuren sichern und den Tod dieses Mannes untersuchen. Wenn wir damit fertig sind, können Sie Ihr Geschäft wieder öffnen.«

»Ja, aber wann ...?«, begann er wieder. Es war leichter gewesen, solange der Geschäftsführer noch von dem Anblick der Leiche schockiert gewesen war. Nun begann er, mir auf die Nerven zu gehen. Und störte unsere Ermittlungen.

Ich winkte Dirk heran, einen meiner uniformierten Kollegen. Er entfernte den Mann ebenso schnell und diskret wie zuvor die Schaulustigen.

»Ein Mann stirbt in seinem Laden und er denkt nur an den Umsatz«, zischte Nina.

Ich machte mir nicht die Mühe, Baden zu verteidigen. Stattdessen blickten wir gemeinsam dem Gerichtsmediziner über die Schulter, der die Leiche untersuchte. Er hatte sich als Dr. Hubert Heinen vorgestellt. Weder Nina noch ich waren ihm schon einmal begegnet.

Ich flüsterte Nina zu: »Karl untersucht die Leichen immer ganz anders.«

Sie nickte stumm. Karl war im Urlaub. In Ägypten. In Krefeld hatten wir achtunddreißig Grad Celsius und es war unerträglich schwül. Ich wagte gar nicht daran zu denken, wie warm es dort sein mochte.

»Also, die Hitze war es ja wohl nicht, oder?«, fragte ich so laut, dass Dr. Heinen mich hören konnte. Die extremen Temperaturen waren seit einigen Tagen Todesursache Nummer eins, aber im Elektromarkt hatten sie keine Chance. Die Verkaufsräume waren unerbittlich klimatisiert und die größte Gefahr für die Gesundheit bestand hier darin, sich eine Erkältung zu holen. Außerdem hatte der Mann an seinem Hals einen waagerechten Streifen aufgeschürfter Haut und sein Kehlkopf schien mir eingedrückt. Ersticken war in meinen Augen deshalb ein heißer Kandidat für die Todesursache.

Dr. Heinen machte sich nicht die Mühe, sich umzudrehen. »Da könnten Sie recht haben«, murmelte er.

Das war wenig aufschlussreich. »Sie haben noch mit dem Notarzt gesprochen?«, fragte ich in der Hoffnung auf ein wenig mehr Informationen.

Dirk hatte mir erzählt, dass die beiden miteinander geredet hatten, und das kam mir ungewöhnlich vor. Sein Patient war nur noch ein Fall für den Bestatter, draußen gab es Dutzende Menschen mit kollabierendem Kreislauf und der Notarzt nahm sich die Zeit, mit dem Gerichtsmediziner zu sprechen. Dessen Anwesenheit wiederum genauso bemerkenswert war.

»Soviel ich weiß, kam ihm das Ganze komisch vor«, brummte Dr. Heinen über seine Schulter. Und während er den Hals des Toten abtastete, fügte er hinzu: »Und dafür habe ich vollstes Verständnis.«

»Was ist denn mit dem Mann passiert?«

»Laut Notarzt ist er mit dem Kehlkopf auf die Oberkante dieses Fernsehers gestürzt. Und alle Versuche ihn wiederzubeleben waren ohne Erfolg.«

»Dann ist er erstickt?«

»Vielleicht«, sagte Dr. Heinen.

Ich wartete noch ein wenig, aber der Gerichtsmediziner war mit seinen Ausführungen offenbar am Ende. Da der Mann vollauf mit sich und der Leiche beschäftigt war, war es nicht allzu unhöflich, dass ich mich ein wenig umschaute. Wir befanden uns in der Filiale eines großen Elektronikdiscounters, der seine Kunden mit schriller Werbung, Billigangeboten und Null-Prozent-Finanzierungen lockte. In der Fernsehabteilung stand ein Fernseher neben dem anderen, alle mit gleichgeschaltetem Programm, einem amerikanischen Musiksender.

Es war Montagnachmittag, 15:45 Uhr. Alle lebendigen Kunden hatten wir entfernt. Die Kollegen von der Spurensicherung waren ausgeschwärmt, aber ich bezweifelte, dass es hier viele brauchbare Spuren gab. Während seine Kollegen sich um Blut und Fusseln kümmerten und dem Fernseher besondere Aufmerksamkeit schenkten, auf dem unser Toter gelandet war, wollte sich Simon die Aufzeichnungen der Überwachungskameras vornehmen.

»Was hatte er noch bei sich?«, fragte ich.

Nina hob einen durchsichtigen Beutel für Beweisstücke hoch. Darin befand sich ein Handy, ein Nasenspray, ein gebrauchtes Papiertaschentuch und ein Schlüsselbund.

Ich nahm das Handy, drückte einen Knopf und stellte fest, dass es per PIN gesichert war. »Das soll Simon sich anschauen«, meinte ich. Ich konnte mich nicht erinnern, dass ein Passwortschutz Simon jemals standgehalten hätte, deshalb war ich zuversichtlich, in kürzester Zeit alle Geheimnisse dieses Handys in Papierform auf unserem Schreibtisch zu haben.

Nina deutete auf Spray und Taschentuch. »Er hatte Heuschnupfen.«

»So spät im Jahr? Ist das nicht ungewöhnlich?«

»Im Moment fliegen noch die Ambrosiapollen. Bei manchen Allergikern werden die Symptome aber auch durch Stress ausgelöst.«

»Du meinst Stress bei der Arbeit oder in der Beziehung?«

»Extreme Temperaturen sind auch Stress.«

An dem Schlüsselbund entdeckten wir einen Autoschlüssel und ein Exemplar, das zu einer Haustür passen mochte.

»Der hier sieht aus wie ein Spindschlüssel«, meinte ich. Der kleinste Schlüssel erinnerte mich ein wenig an meinen eigenen.

Allein die Dinge, die David Krusekamp bei sich getragen hatte, boten uns mehrere Möglichkeiten, in das Leben des Mannes einzutreten. Aber die entscheidende Frage bei diesem Todesfall war, ob es sich um einen Unfall oder eine natürliche Todesursache handelte. Dann konnten wir die Angelegenheit schnell zu den Akten legen. Falls es sich um ein Tötungsdelikt handelte, wären die Objekte im Plastikbeutel wichtige Spuren für unsere Ermittlungsarbeit.

Der gesamte Verkaufsraum war videoüberwacht. Die Bilder der Überwachungskamera würden uns vielleicht weiterhelfen. Wie auf ein Stichwort tauchte Simons Kopf aus einer Personaltür neben dem Regal mit den Aufladekarten für Prepaidhandys auf. Er winkte uns zu sich und wir folgten ihm in einen Flur in den Verwaltungsbereich.

Kurz darauf standen Nina und ich in der Zentrale des Sicherheitsdienstes und Simon deutete auf einen übergewichtigen Mann in Uniform, der trotz der klimatisierten Luft schwitzte. Simon sagte: »Er hat die Aufzeichnungen, aber er will sie uns nicht geben.«

Der Mann nickte. »Sie haben kein Recht dazu.«

Kooperative Bürger wie diesen schätzte ich besonders. Ich schielte auf das Namensschild auf seiner Brust und sagte verbindlich: »Hören Sie, Rainer, es gibt zwei Möglichkeiten. Wenn Sie uns die Aufzeichnungen geben, nehmen wir die Daten mit ins Präsidium. Wenn Sie die Mitarbeit verweigern, nehmen wie die Aufzeichnungen mit und Sie auch.«

Das saß. Ein paar Sekunden später hatte Simon eine DVD in der Hand und nickte zufrieden.

Wir verließen den Wachmann und gingen wieder zu Dr. Heinen. Aber es gab noch nichts Neues. Der Tote hatte es offenbar in sich. Ich fand es zwar seltsam, dass der Gerichtsmediziner immer noch ratlos vor der Leiche hockte, aber er war der Experte und wir ließen ihn seine Arbeit machen.

»Warum sind Sie eigentlich hier?«, fragte ich Dr. Heinen und brachte damit die Frage zur Sprache, die mich schon seit unserem Eintreffen beschäftigte. Niemand hatte mir sagen können, wer den Gerichtsmediziner angefordert hatte. Sicher ließ sich nur feststellen, dass er schon vor der Spurensicherung, ja sogar noch vor den Kollegen der Kriminalwache vor Ort gewesen war.

Seine Antwort war so unbefriedigend wie seine Auskünfte zur Todesursache. »Ich war gerade in der Nähe«, sagte er unbestimmt.

Da der Gerichtsmediziner offenbar immer noch nicht zu einer Unterhaltung aufgelegt war, mussten wir uns andere Gesprächspartner suchen. Ich fragte Dirk: »Wo sind die Zeugen?«

»Die warten unten«, erklärte er. »Fünf Personen waren in der Nähe des Mannes, als er starb, aber nur zwei von ihnen haben seinen Sturz beobachtet.«

»Okay, gehen wir runter und hören, was sie zu sagen haben«, meinte ich. Ich fügte mit einem Blick auf Nina hinzu: »Jeder einen.« Nina nickte.

Die Stahltreppe, über die wir das Erdgeschoss erreichten, begann unter unseren Schritten leicht zu schwingen. Schon bei unserer Ankunft war mir aufgefallen, dass auch die Treppe von schrillen Werbeplakaten gesäumt wurde. Sogar der Zwischenraum zwischen den einzelnen Stufen war für einen großflächigen segmentierten Werbehinweis genutzt worden.

Die Vielfalt der angebotenen Unterhaltungselektronik, ja der Elektrogeräte insgesamt, war bedrückend. Ich kannte Fernseher, Telefone und Computer, aber sogar die Abteilung für Haushaltsgeräte enthielt Apparate, deren Zweck und Funktion ich nur erraten konnte.

Wir folgten Dirk durch den unteren Verkaufsraum und eine weitere schmale Tür wieder in den Verwaltungsbereich und ich war froh, unsere Zeugen nicht zwischen Regalen mit sprechenden Eierkochern und Kühlschränken mit Internetzugang befragen zu müssen.

Wir hatten uns die beiden wichtigsten Zeugen aufgeteilt. Weil es ein Mann und eine Frau waren, würde ich Michael Freise befragen, sozusagen von Mann zu Mann. Nina würde sich mit Inge Manske unterhalten.

Michael Freise war allerdings kein richtiger Mann, sondern eher ein gealterter Halbstarker mit zerrissener Hose, Muskelshirt, verbrannten, aber muskulösen Oberarmen, Stiernacken, Dreitagebart, nervösen Augen, jedoch ohne Deo. Er konnte sich anscheinend nicht entscheiden, ob er von Dirk oder von mir mehr zu befürchten hatte, und so sprang sein Blick hektisch zwischen uns hin und her.

»Guten Tag, Herr Freise«, sagte ich mit professioneller Höflichkeit. »Mein Name ist Markus Wegener von der Kriminalpolizei. Ich würde Ihnen gerne ein paar Fragen stellen.«

Mein Gegenüber verkrampfte ein wenig und duckte sich um ein paar Millimeter, was ihm ein lauerndes Aussehen verlieh. Er antwortete nicht, nickte aber kurz.

»Herr Freise, waren Sie einkaufen oder wollten Sie sich hier drin nur abkühlen?«

Er lächelte flüchtig. »Einkaufen.«

Bis jetzt kam Herr Freise mir nicht wie ein Mann des Wortes vor. Das würde es nicht einfacher machen, ihn zu befragen. »Was wollten Sie kaufen?«

»Spiele.«

»Videospiele?«

Er nickte.

»Für den Computer oder eine Konsole?«

»Computer.« Er deutete auf eine Plastikhülle auf dem Tisch neben sich. Er hatte sich tatsächlich ein Spiel ausgesucht.

Ich dachte daran, wie das Obergeschoss aufgeteilt war. Um zu den Computern, Konsolen und Spielen zu gelangen, musste man durch die Fernsehabteilung, kam gestaffelt zuerst an den reinen Fernsehgeräten vorbei, dann an denen mit DVBT-Tuner oder DVD-Rekorder, weiter zu den Monitoren mit integriertem Computer, bis man schließlich bei den klassischen Computern und den dazugehörigen Spielen landete.

»Wann haben Sie den Laden betreten?«

»Ungefähr um halb drei«, meinte Herr Freise.

»Spielen Sie gerne Computerspiele?«

Er nickte. »Ja.«

»Was sind Ihre Lieblingsspiele?«

»Doom und Counterstrike.«

Ganz reizend, dachte ich. Mir reichte es immer noch, in der Realität ab und zu meine Waffe ziehen zu müssen. »Oh, da braucht man viel Zeit für«, sagte ich.

Freise zuckte nur mit den Achseln. Er war nicht nur ein harter Kerl, sondern auch ein harter Brocken. Aber das war ich auch. Und vor allem war ich geduldig.

»Wie lange spielen Sie denn schon?«

»Ein paar Jahre.«

»Und wie lange am Tag?«

»Ein paar Stunden.«

»Spielen Sie auch im Internet? Auf Turnieren?«

»Mit ein paar Freunden.«

Ich war zwar geduldig, aber meine Bereitschaft, den Mann mit öffnenden Fragen zu massieren, damit er lockerer wurde und mit mir plauderte, war nicht unerschöpflich.

»Dann beantworten Sie mir bitte ein paar Fragen.«

Er zuckte wieder die Achseln. Ich nahm es als Signal der Zustimmung.

»Als Sie hereinkamen, wie sind Sie da zu den Spielen gegangen?«

Er runzelte die Stirn. »Na, direkt zu den Spielen. Die Treppe hoch, durch die Fernseher, ab zu den Spielen.«

»Haben Sie etwas Schönes gefunden?«

»Es gibt eine neue Erweiterung zu Counterstrike«, sagte er.

Davon hatte ich gehört. Neue Waffen, roteres Blut, realistischere Todesgeräusche, dreidimensionale menschliche Innereien. Zweifellos unentbehrlich für ernsthafte Spieler. Obendrein der letzte Schrei unter Schülern, die planten, ihre Lehrer umzubringen. »Danach sind Sie zur Kasse gegangen?«

Er nickte. »Ja, ich wollte die Spiele ausprobieren.«

»Also hatten Sie es eilig?«

»Na klar!«

Er stand immer noch mit lauernder Haltung, angespannten Muskeln und hektischem Blick vor mir. Vielleicht lag es ja daran, dass er mit mehr als der Hälfte seiner Aufmerksamkeit bereits bei sich zu Hause vor dem Computer saß und sein ganzes Verlangen sich darauf richtete, nun auch den Rest von sich möglichst schnell dorthin zu bringen.

»Erzählen Sie mir, wann Sie Herrn Krusekamp zum ersten Mal bemerkt haben.«

»Er ... Sie meinen den Kerl, der tot ist?«

»Genau den meine ich.«

»Er stand mir im Weg«, sagte Freise barsch und seine Körperhaltung änderte sich in die eines Rugbyspielers, der einen Gegner ins Visier nimmt, um ihn nicht nur aus dem Weg, sondern auch über die Seitenlinie und ein für alle Mal vom Spielfeld zu stoßen.

»Sie meinen, Sie konnten nicht an ihm vorbei?«

»Doch, ich konnte an ihm vorbei, aber er ging mitten auf dem Gang, machte keinen Platz. Er lief total langsam, starrte nur auf diesen Fernseher und reagierte nicht auf andere Leute.«

»Was haben Sie gemacht?«

»Ich habe ihn ein wenig zur Seite geschoben, um vorbeizukommen.« Er zögerte. »Nein, warten Sie. Das stimmt nicht. Er stand im Weg und ich *wollte* ihn zur Seite schieben.«

»Sie taten es nicht?«, fragte ich.

»Nee, gerade als ich es wollte, schlappte der Typ doch noch nach vorn.«

»Er ging ein paar Schritte vorwärts?«, übersetzte ich.

»Ja.«

»Und dann war für Sie genügend Platz?«

»Richtig.«

»Sie konnten vorbei.«

»Genau.«

»Sie haben ihn nicht berührt?«

»Nein.«

»Überhaupt nicht?«

Sein Blick flackerte, aber er schaffte es, mich zehn Sekunden lang direkt anzusehen. »Ich sagte doch: Er ging zur Seite. Ich habe ihn nicht angefasst.«

Ich hielt es für relativ aussichtslos, mit ihm den Unterschied zwischen anfassen und berühren zu erörtern. Oder zwischen schieben, schubsen und drängen. Aber das war zu diesem Zeitpunkt auch noch nicht unbedingt notwendig.

»Sie gingen vorbei?«

»So ist es.«

Ich stellte mir die Szene vor. Michael Freise, mit seiner Beute in der Hand nach Hause drängend, der geistesabwesende David Krusekamp steht im Gang. Ich betrachtete

Freise nachdenklich. Für den Tod von Krusekamp gab es nicht viele mögliche Erklärungen. Es konnte sein, dass er aus unbekannten Gründen tot zusammengebrochen und auf den Fernseher gefallen war. Oder er war lebendig auf den Fernseher gefallen und danach erstickt. Die interessante Frage war, ob Freise vielleicht nachgeholfen hatte, damit Krusekamp auf dem Fernseher landete.

»Aber Sie gingen nicht nach unten?«, fragte ich.

»Nein, so weit kam ich ja gar nicht. Als ich an ihm vorbeiging, merkte ich schon, dass etwas komisch war. Ich drehte mich um und sah, wie er stürzte und auf den Fernseher fiel.«

»Und dann?«

»Was meinen Sie?«

»Was haben Sie dann getan?«

»Ich lief zu ihm.«

»Sie wollten ihm helfen.«

»Ja, na klar wollte ich ihm helfen. Aber der Mann war schon tot. Mausetot.«

»Wie sieht es mit Erster Hilfe aus?«

Freise blickte verlegen zu Boden, was ein unerwarteter Anblick war. »Ich ... Ich glaube, ich habe das vermasselt.«

»Was meinen Sie damit?«

»Ich habe ihn von dem Fernseher runtergezogen und auf den Boden gelegt. Er hatte keine Atmung und keinen Puls mehr. Er hat vielleicht zwei oder drei Sekunden auf dem Fernseher gelegen, bevor ich ihn hatte. Aber ich konnte keinen Puls finden. Ich meine, das kann doch nicht sein! Ich muss etwas falsch gemacht haben.«

Mit gerunzelter Stirn fragte ich: »Was ist dann passiert?«

»Da war diese Frau. Die hat Erste Hilfe geleistet. Beatmen, Herzmassage. So was eben.«

»Und Sie?«

»Ich habe einen Rettungswagen gerufen.«

Ich sagte: »Das haben Sie doch sehr richtig gemacht.«

»Ja, aber die konnten auch nichts mehr für ihn tun. Der

Notarzt hat alles probiert. Hat gefragt, wie lange der Mann auf dem Fernseher lag. Er hat mir nicht geglaubt, als ich es ihm gesagt habe.« Er stand immer noch halb geduckt da, aber es wirkte nicht mehr aggressiv.

Als er nicht weitersprach, sagte ich: »Da ist noch mehr.«

Er zögerte und ich bedrängte ihn nicht. Schließlich begann er stockend: »Ich frage mich die ganze Zeit, ob ich ihn nicht ...«

»Ob Sie ihn nicht doch berührt haben?«

Er nickte.

»Und vielleicht unbemerkt so stark geschubst haben, dass er gestürzt ist?«, schlug ich vor.

Er presste die Lippen aufeinander. Mit gesenktem Kopf verharrte er in einer Pose äußerster Demut.

Ich sagte: »Der Gedanke ist mir auch schon gekommen.«

Er schaute mich mit großen Augen an.

»Ich sage Ihnen, wie wir jetzt vorgehen werden. Wir befragen die anderen Personen, die sich im Laden aufgehalten haben und finden heraus, was die gesehen haben. Dann schauen wir uns die Aufzeichnungen der Überwachungskamera an. Das sollte ausreichen, um festzustellen, ob Sie am Tod des Mannes einen Anteil hatten.«

Seine Augen wurden noch größer, deshalb fügte ich schnell hinzu: »Aber wenn Sie ihn tatsächlich nicht berührt haben, brauchen Sie sich keine Gedanken zu machen.«

Die Reaktion von Michael Freise war interessant, denn er wirkte nicht erleichtert. Vielleicht hatte er Krusekamp doch berührt. Vielleicht sogar einen intensiveren Kontakt mit ihm gehabt, als nur ein flüchtiges Streifen. Oder er wusste es einfach nicht mehr. Ich betrachtete ihn eine Weile, aber die Spannung wich nicht von ihm.

Bis jetzt war ich rational vorgegangen, um das Maximum an Sachinformationen aus dem Mann herauszukitzeln. Aber irgendwann im Verlauf unseres kurzen Gesprächs hatte sich ein Gefühl in mir aufgebaut, das ich jetzt nicht mehr ignorieren konnte: Mit dem Mann stimmte etwas nicht. Es war ein intuitiver Impuls, aus dem heraus ich nun das Formblatt nahm, auf dem die Kollegen die Personalien von Herrn Freise festgestellt hatten, und mir die Angaben aufmerksam durchlas. Ich sah, dass der Mann neunundzwanzig Jahre alt war und Kfz-Mechaniker, aber das war nicht, was mich stutzig machte.

»Sie wohnen in Dortmund?«

Freise zuckte zusammen, als hätte ich ihn bei etwas Unanständigem ertappt. Er nickte stumm.

»Ist das nicht ein ziemlich weiter Weg, um ein Computerspiel zu kaufen?«

Er zuckte mit den Schultern.

»Sicher gibt es in Dortmund auch entsprechende Geschäfte.«

Freise zuckte erneut mit den Schultern.

»Warum sind Sie hier, Herr Freise?«

Er schaute mich eine Weile ratlos an, als wisse er die Antwort selbst nicht. Schließlich sagte er lahm: »Ich besuche Freunde in der Stadt.«

Davon stand bisher noch nichts in unserem Formular. Ich nahm den Kugelschreiber, fragte nach den Daten seiner Freunde und ergänzte die Angaben gewissenhaft. Sonst konnte ich auf dem Papier nichts Auffälliges finden und legte es wieder zur Seite.

Mein erster Gedanke war gewesen, den Mann so bald wie möglich mit seinem neuen Spiel abziehen zu lassen, bevor er vor lauter Anspannung gesundheitlichen Schaden nahm. Schließlich wollte ich keine Zeitungsmeldung über grausame Polizeiwillkür provozieren. Aber die Herkunft des Mannes und seine Aussage, warum er im Geschäft war, machten mich misstrauisch. Und was immer einen Ermittler im Zusammenhang mit einem Todesfall misstrauisch machte, verdiente Beachtung.

»Seit wann sind Sie bei Ihren Freunden?«

»Seit gestern.«

Ich blickte auf den Ring an seiner Hand. »Sie sind verheiratet?«

»Ja.«

»Ist Ihre Frau auch in der Stadt?«

»Die muss arbeiten.«

Ich nickte nachdenklich. Ohne es präzise begründen zu können, hatte Freise meiner Einschätzung nach nicht nur meine Aufmerksamkeit, sondern auch die einiger Kollegen verdient.

»Herr Freise, es tut mir leid, ich muss Sie bitten, noch mit zum Präsidium zu kommen, damit wir Ihre Aussage ganz offiziell aufnehmen können.«

Das verunsicherte ihn. »Aber … wieso?«

Ich dachte: Weil ich Sie nicht gehen lassen kann, wenn Sie vielleicht einen Mann in den Tod gestoßen haben. Und weil ich ein seltsames Gefühl habe. Ein sehr seltsames sogar.

Doch ich sagte: »Das ist bei einer Todesfallermittlung ein ganz normales Vorgehen, Herr Freise. Ihre Aussage ist für uns sehr wichtig und ich möchte gern alles ganz ordentlich in den Akten haben.« Ich fügte mit einem Augenzwinkern hinzu: »Denn umso schneller können wir die Akte schließen.«

Der Mann mochte ein menschlicher Fleischberg sein und als lebende Ramme ebenso brauchbar wie als Kfz-Mechaniker. Trotzdem war er nicht ohne Instinkt. Er schaute mich argwöhnisch an, fügte sich dann aber in das Unvermeidliche.

Ich suchte Dirk und schilderte ihm die Lage. Er grinste. »Wir werden ihn mit größter Vorsicht ins Präsidium schaffen, Markus.«

Dann nahm ich mein Handy und rief im Kriminalkommissariat an. Dort würde Freise erst einmal gut aufgehoben sein.

Mein Kollege Andreas Grubert meldete sich. »Markus, wie schön, von dir zu hören. Was kann ich für dich tun?«

Ich sagte: »Ich fühle mich durch die Hitze belästigt.«

Andreas meinte mitfühlend: »Diese Hitze ist aber auch

überall. Wir haben laufend Beschwerden. Soll ich gleich eine Anzeige aufnehmen?«

»O ja, bitte. Kommt ihr rüber und verhaftet sie?«

»Ich schicke sofort ein SEK vorbei.«

Wir schwiegen eine Weile, bis wir nicht mehr wie zwei Vollidioten grinsen mussten, dann sagte ich: »Ich lasse euch einen Zeugen bringen.« Dann gab ich meine Erkenntnisse und mein seltsames Gefühl über Michael Freise weiter.

»Kein Problem, Markus, der Mann ist bei uns in besten Händen.«

Ich stellte mir die Szene vor. Andreas und seine Partnerin Eva hatten im Präsidium den Spitznamen *New Model Army* verpasst bekommen, nachdem sie in einem Dienstwagen einmal eine CD der Gruppe hatten liegen lassen. Der Name war insofern passend, als die beiden recht jung waren und zwar nicht aussahen wie Mitglieder einer Rockband, sondern eher wie hochbezahlte Models. Ich vermutete, Freise würde sich in ihrer Gesellschaft nicht besonders wohlfühlen. Vielleicht mussten wir aber hinterher auch eine Pfütze Sabber aufwischen, falls Eva ihn befragte.

»Und überprüft auch den Hintergrund von diesem Kerl«, trug ich Andreas auf.

»Ja, Mami.«

»Fragt ihn ruhig öfter, um zu sehen, ob er sich in Widersprüche verstrickt.«

»Wir werden auch unseren Lebertran austrinken, Mami.«

»Das ist seltsam«, sagte Nina, nachdem wir die Aussagen der beiden Zeugen verglichen hatten. Inge Manske hatte Freises Aussage im Wesentlichen bestätigt. Sie war sich aber nicht sicher, ob Freise Krusekamp berührt hatte und seinen Sturz verursacht haben konnte.

»So langsam macht mich die Sache doch neugierig«, sagte ich zu Nina.

»Wir wissen doch noch gar nichts.«

»Genau deshalb. Ein Mann ist tot, wir haben seine Leiche, wir haben Zeugen, aber wir wissen trotzdem nichts.«

»Du meinst, das fordert deine Fähigkeiten als Ermittler heraus?«

»So ungefähr.«

»Frau Manske meinte, Herr Krusekamp hätte weder Atmung noch Puls gehabt, als sie bei ihm ankam. Sie hat aber Erste Hilfe geleistet, weil sie mit eigenen Augen gesehen hat, dass er nur ein paar Sekunden auf dem Fernseher lag. Was sagst du dazu, großer Ermittler?«

Ich fuhr mir mit der Hand geistesabwesend über mein Gesicht. Zum ersten Mal seit Tagen blieb meine Hand dank der Klimaanlage dabei trocken. »Wir sollten zu Simon gehen und uns die Aufzeichnungen anschauen. Und dann mit dem Gerichtsmediziner sprechen. Es muss doch rauszukriegen sein, woran der Mann gestorben ist.«

»Ich hoffe es«, sagte Nina.

Ich hatte keine Lust, noch einmal durch die Verkaufsräume zu gehen, deshalb suchten wir das Treppenhaus der Angestellten und gingen über die schmale graue Treppe ganz ohne Werbung nach oben.

Wir fanden Simon in der Abteilung für Scanner und Drucker in einem Seitengang mit seinem Notebook auf dem Schoß sitzen. Er schaute mit voller Konzentration auf den Bildschirm.

»Das müsst ihr euch anschauen«, sagte er, als wir näher kamen.

Bei genauerer Betrachtung war Simons Umgebung hier im Elektromarkt nicht viel anders als sein normaler Arbeitsplatz. Er hockte inmitten von Technik über seinen Rechner gebeugt, auf der Suche nach digitalen Spuren, die der Täter hinterlassen hatte und die ihn uns ausliefern würden. Der größte Unterschied bestand darin, dass ich in diesem Teil des Geschäfts zumindest von den meisten Geräten auch die Funktion kannte.

Simon hatte nicht aufgeblickt und schaute uns auch nicht an, als er weitersprach. Vielleicht hatte sich durch die Arbeit am Computer bei ihm ein Sinnesorgan gebildet, von dem wir nur träumen konnten. »Das ist wirklich ziemlich seltsam«, sagte er.

»Was ist seltsam?«, fragte Nina, als wir uns neben ihn stellten.

Simon sagte: »Wir haben den Tod von Krusekamp aus drei verschiedenen Perspektiven auf Video. Aber keine davon ... Ach, schaut es euch selbst an.«

Er startete eine Videosequenz. Der Verkaufsraum war aus der Perspektive der Überwachungskamera direkt unter der Raumdecke zu sehen. Die Blickrichtung war dieselbe, die man einnahm, wenn man vom Eingang her die Fernsehabteilung betrat. Simon hatte direkt an der interessanten Stelle gestartet. Wir sahen David Krusekamp durch den Gang laufen, er hatte uns den Rücken zugewandt. Als er sich den Fernsehern näherte, wurden seine Schritte langsamer und weniger zielstrebig.

»Fängt er an zu schwanken?«, fragte ich.

»Es sieht so aus«, meinte Nina.

»Er schwankt definitiv«, bestätigte Simon.

Das passte zu Freises Aussage. Krusekamp stand tatsächlich jedem im Weg, der durch diesen Gang wollte. Sein Oberkörper neigte sich unentschlossen mal in diese, mal in jene Richtung, ein echtes Ärgernis, wenn man sich eilig, aber doch höflich an ihm vorbeizwängen wollte.

Im nächsten Augenblick kam Freise in Sicht. So breit wie eine Dampfwalze, stiernackig und mit grimmigem Gesicht rollte er durch den Gang frontal auf Krusekamp zu, offenbar in der Annahme, der werde ihm schon Platz machen. Ich war mir sicher, dass diesem Mann für gewöhnlich jeder aus dem Weg ging, aber Krusekamp machte eine Ausnahme.

Freise konnte im letzten Moment anhalten, schaute den anderen irritiert an und fletschte die Zähne. Hätte David

Krusekamp diese Begegnung überlebt und mit uns dieses Video anschauen können, hätten wir alle über diesen Anblick herzhaft gelacht. So jedoch blieben wir still und betrachteten weiter die Aufzeichnung, wohl wissend, dass dort bald ein Mensch sterben würde.

Wir sahen, wie Freise zuerst die Lücke auf der einen Seite und danach die auf der anderen Seite abschätzte, sich für eine Richtung entschied und dann dort vorbeizwängte. Krusekamp bewegte sich im nächsten Moment vorwärts.

Ich kniff die Augen zusammen, allerdings ohne Effekt. »Schubst er ihn?«, fragte ich.

»Es sieht so aus.«

»Unser Opfer bewegt sich.«

Nina meinte: »Er schubst ihn doch.«

»Ich bin mir nicht sicher«, sagte ich.

»Man kann es nicht sehen«, fasste Simon zusammen. »Dieser Freise verdeckt mit seinem Oberkörper die wichtigen Partien des Bildes. Unmöglich, zu sagen, ob er ihn schubst.«

Ich dachte zurück an die Haltung von Michael Freise zu Beginn der Befragung. An seinen gebeugten Oberkörper und die gesenkten Schultern, wie beim Rugby jederzeit bereit, sich den Weg durch die Körper seiner Gegner zu bahnen.

»Aber möglich wäre es«, sagte Nina.

»Man kann es mit dieser Aufnahme nicht ausschließen«, räumte Simon ein. Er stoppte den Film, spulte ein wenig zurück und vergrößerte den Bildausschnitt. Die Qualität des Videos nahm deutlich ab, sie war ohne Farbe und ruckelte stark, ein Zeichen, dass nur wenige Bilder pro Sekunde aufgezeichnet worden waren. Diese Qualität reichte wahrscheinlich zur Überführung von Ladendieben aus, aber ich fand es trotzdem seltsam, in einem Geschäft, wo Hightechelektronik verkauft wurde, für dessen eigenen Gebrauch einen so niedrigen Standard anzutreffen.

Simon spulte Bild für Bild vorwärts. »Siehst du hier? Da

sind die Arme von Herrn Freise. Wenn er ihn geschubst hat, dann hier. Aber es ist nicht zu sehen.«

»Du hast recht«, sagte Nina.

Dann lief die Aufnahme in der vorherigen Größe und normaler Geschwindigkeit weiter.

David Krusekamp stolperte nach vorne, fiel auf den Fernseher und sein Körper erschlaffte. Unmittelbar danach packte Freise den Körper, zog ihn von dem Gerät herunter, drehte ihn um und legte ihn auf den Boden. Wir erkannten Frau Manske, die angelaufen kam und mit der Wiederbelebung begann, während Freise betreten danebenstand und mit seinem Handy den Notarzt rief.

Simon stoppte das Video und schaute uns an. »Das ist seltsam, oder? Wie er fällt, meine ich.«

»Wo ist seine Körperspannung?«, fragte Nina und sprach damit genau meine Gedanken aus.

»Immerhin fällt er gerade nach vorne, er kann also nicht so ganz ohne Körperspannung gewesen sein«, gab Simon zu bedenken.

Was auch immer David Krusekamp zu Fall gebracht hatte, ich hatte noch nie einen Menschen gesehen, der sich so verhielt. Fahrige, unkoordinierte Bewegungen begleiteten seinen Sturz auf den Fernseher. Er wirkte mehr wie ein Crashtestdummy mit Gummigelenken als ein Mensch.

»Er reagiert gar nicht«, sagte ich.

»Dann schaut euch das Ganze doch erst mal von der anderen Seite an«, schlug Simon vor und startete ein zweites Video.

Nun blickten wir aus der Computerabteilung heraus auf das Geschehen. Wir sahen den breiten Rücken von Freise, aber das Gesicht von Krusekamp war interessanter. War es uns auf dem ersten Video verborgen geblieben, konnten wir nun erkennen, dass er neugierig auf die Fernseher zugegangen war. Dann geschah etwas Faszinierendes. Der Blick von Krusekamp wurde von dem Fernseher eingefangen und festgehalten, auf den er kurz darauf gestürzt war. Seine Schritte verlangsamten sich. Das Schwanken begann. Sein Blick wurde leer und ausdruckslos.

Er starrte, mit seiner Aufmerksamkeit vollkommen auf den Fernseher fixiert, auf das Programm. Als er schließlich ganz zum Stillstand kam, schien es fast, als habe das Gerät die letzte Energie aus ihm gesaugt und ihn willenlos zurückgelassen. Gegner dieses Mediums warfen ihm genau diese Wirkung seit Jahrzehnten vor. Aber noch nicht einmal die größten Feinde des Fernsehens hatten wohl dabei Menschen vor Augen, die so paralysiert dastanden wie Krusekamp auf dem Überwachungsvideo.

Kurz bevor Freise handgreiflich werden konnte, setzte Krusekamp sich wieder in Bewegung. Hypnotisiert, im Bann des Fernsehers, sah es so aus, als würde er mit einem unsichtbaren Seil dorthin gezogen.

Als Michael Freise an Krusekamp vorbeitrat, nahm das Schicksal seinen Lauf. Ob die beiden Männer sich berührt hatten, konnten wir erneut nicht erkennen.

»Was um alles in der Welt ist da los?«, murmelte ich.

»Interessant, oder?«, fragte Simon.

»Er wirkt wie hypnotisiert«, sagte Nina. »Er ist ja völlig weggetreten.«

»Können wir das noch einmal von dem Punkt an sehen, wo Freise ihn vielleicht berührt hat?«, fragte ich.

Simon spulte zu der Stelle zurück. Wir sahen, wie Krusekamp zur Seite wich, wie er nach vorne kippte, seine Arme in alle Richtungen schlackernd, und auf dem Fernseher aufschlug.

»Da ist noch etwas anderes«, sagte ich.

»Was denn?«, fragten Nina und Simon gleichzeitig.

»Noch einmal«, sagte ich.

Wir sahen den Ausschnitt erneut an. Auch diesmal endete er mit dem Tod von Herrn Krusekamp. »Ich weiß nicht. Es ist schwer zu sagen. Aber irgendwo zwischen der Begegnung der Männer und dem Aufprall verändert sich seine Körperhaltung noch einmal.«

Nina schaute mich mit gerunzelter Stirn an. »Er reagiert wie eine Gummipuppe.«

»Das meine ich nicht.«

»Mir ist nichts aufgefallen«, gab Nina zu.

»Mir auch nicht«, sagte Simon.

Und ich konnte es nicht konkret genug benennen, um es den beiden zu erklären. Was in einem Mordfall ziemlich ärgerlich war.

»Vielleicht ist es auch nicht so wichtig. Zeig uns doch noch die dritte Perspektive.«

»In Ordnung«, sagte Simon.

Jetzt sahen wir die Ereignisse des Nachmittags aus einer dritten Perspektive, Freise und Krusekamp jeweils im Profil, aber mit unverändertem Hergang. Und das brachte uns gleich zwei neue Erkenntnisse. Zum einen hatten wir einen guten Blick auf den Bildschirm, der David Krusekamp so sehr gefesselt hatte.

»Michael Jackson«, sagte Simon. »Der Musikclip von *Bad*.«

Zumindest erkannte ich Michael Jackson. »Dieses Video ist nicht bekannt dafür, dass es Menschen tötet, oder?«, fragte ich.

»Nein«, antwortete Simon.

»Trotz des Titels«, stellte ich fest.

»Mir ist kein Todesfall bekannt«, bekräftigte Simon.

Nina seufzte. »Nein, aber vielleicht war es gut genug, Krusekamp so sehr zu fesseln, dass er im Gang stehen blieb und die Welt um sich herum vergessen hat.«

»Du meinst, er war ein Fan von Michael Jackson?«

»Warum nicht?«

Ja, warum eigentlich nicht, dachte ich. »Vielleicht war es eine halbe Ohnmacht, die wir gerade bei Krusekamp gesehen haben.«

Simon meinte: »Aber Michael Jackson ist doch eigentlich schon zu lange tot, um so einen Schock auszulösen, wenn man ihn auf einem alten Video sieht, oder?«

»Vielleicht«, sagte ich.

Simon schaute mich irritiert an. Nebulöse Antworten waren eigentlich nicht meine Art. Vielleicht sollte ich überlegen, auf Gerichtsmedizin umzusatteln.

Die zweite neue Erkenntnis war eine, über die sich Michael Freise am allermeisten freuen würde.

»Er hat ihn nicht geschubst«, sagte Simon. »Hier: Er berührt ihn nicht einmal ansatzweise.«

Wir folgten seinem Finger. Und tatsächlich war auf keinem einzigen der langsam vorlaufenden Bilder zu sehen, dass beide Männer sich berührten.

Ich rieb mir den Nacken. »Was auch immer Krusekamp bewegt hat, es war nicht Freise.«

Simon schaute mich an. »Macht die Hitze noch einen Poeten aus dir?«

Ich entgegnete: »Vielleicht.«

Simon seufzte. »Ich werde das Video noch in ein Spezialprogramm einspielen, um ganz sicherzugehen.«

»Ich kann mir nicht vorstellen, wie er ihn zu Fall gebracht haben könnte«, meinte Nina.

»Wenn ich mit dem Video fertig bin, kann ich dir sagen, zu welchem Zeitpunkt die beiden wie viele Zentimeter auseinander waren.«

»Beeindruckend«, sagte ich.

»Danke.«

»Und kann dein Programm uns auch sagen, warum der Mann sich so seltsam bewegt?«

»Bedaure, das kann es nicht.«

»Und du hast keine Idee?«

»Nein. Ich habe so etwas noch nie gesehen.«

Darin waren wir uns alle einig. Und bevor wir uns unnötig weiter die Köpfe zerbrechen konnten, sprach ich einen naheliegenden Gedanken aus. »Komm Nina, wir schauen noch mal, ob es etwas Neues bei der Leiche gibt.«

Dr. Heinen kniete vor der Leiche, die Hände auf seinen Beinen. Wir stellten uns schweigend neben ihn und für einige Sekunden hätte man uns mit einer Trauergemeinschaft im stillen Gebet verwechseln können.

Dann riss sich Dr. Heinen vom Anblick des Toten los und offenbarte: »Ich bin ratlos.« Er stand auf und in seinen Augen konnten wir deutlich sehen, dass es ihm nicht gefiel, dieses Eingeständnis zu machen.

Ich fragte vorsichtig: »Was heißt das?«

Er schüttelte den Kopf. »Das heißt, ich habe keine Ahnung, woran dieser Mann gestorben ist.«

»Ich dachte, er sei erstickt.«

»Ja, so sieht es aus, aber ich bin mir nicht sicher.«

»Aha«, sagte ich.

Dr. Heinen wirkte ein wenig genervt. »Ich schlage vor, ich nehme die Leiche mit und berichte Ihnen dann von den Ergebnissen der Obduktion. Das heißt, Sie wollen bestimmt dabei sein, wenn ich die Sektion vornehme.«

Der Vorschlag klang vernünftig, aber mir wurde trotzdem mulmig. Ich war kein Freund von Obduktionen. »In Ordnung. Und wann …?«

»Ich melde mich bei Ihnen«, sagte Dr. Heinen.

Wir beobachteten, wie zwei Bestatter den toten Krusekamp auf eine Bahre hoben und in Richtung Ausgang rollten. Dr. Heinen folgte den beiden auf den Fersen, angestachelt von einer Leiche, die das Geheimnis ihres Todes für sich behalten wollte.

Mir fiel die kleine Tüte mit der Aufschrift des Elektromarktes auf, die der Gerichtsmediziner unter seinen Arm geklemmt hatte, und für einen Moment drängte sich mir die Vorstellung auf, wie Dr. Heinen vornübergebeugt an seinem Computer saß und ebenfalls Counterstrike spielte. Auch wenn das perfekt erklärte, wo der Mann so schnell hergekommen war, schüttelte ich den Gedanken wieder ab.

»Er hat keine Ahnung, woran der Mann gestorben ist«, sagte Nina leise, als die kleine Gruppe außer Hörweite war.

»Das hat er gesagt«, bestätigte ich.

»Hast du schon einmal einen Fall gehabt, in dem der Gerichtsmediziner die Todesursache nicht wusste?«, fragte Nina.

»Ja«, sagte ich ohne zu zögern.

»In dem er noch nicht einmal eine Vermutung geäußert hat?«, präzisierte sie ihre Frage.

Ich überlegte eine Weile und ließ dabei unzählige Leichen aus meiner Erinnerung an meinem geistigen Auge vorbeiziehen. Aber bei keiner einzigen, war sie nun getötet worden oder eines natürlichen Todes gestorben, hatte ich einen derart ratlosen Gerichtsmediziner erlebt. Selbst wenn es noch keine Gewissheit gab, dann doch meist eine qualifizierte Vermutung. »Nein«, sagte ich schließlich.

»Okay, das heißt schon etwas«, meinte Nina.

»Was soll das denn bedeuten?«, fragte ich argwöhnisch.

»Dass du ein sehr erfahrener Ermittler bist«, sagte sie unschuldig.

Ich brummte eine undefinierbare Antwort, wollte das Thema aber nicht vertiefen. Ich schätzte Anspielungen auf mein Alter nicht und noch weniger auf den Altersunterschied zwischen Nina und mir.

»Das Dumme ist, dass wir dringend wissen müssen, woran dieser Krusekamp gestorben ist. Sonst haben wir ein Problem damit, was wir weiter tun sollen.«

Damit hatte Nina recht. Eine Todesfallermittlung konnten wir natürlich durchführen. Und irgendwann würde die Leiche ihr Geheimnis preisgeben. Doch in der Zwischenzeit mussten wir entscheiden, ob wir eine Mordkommission brauchten oder nicht. Wenn ich die aktuelle Informationslage bedachte, konnten wir im Grunde auch eine Münze werfen, um einen Entschluss zu fällen.

Ich sagte: »Wofür gibt es denn Vorgesetzte? Ich würde sagen, wir fahren ins Präsidium und fragen Reinhold.«

Nina sagte: »Eine weise Entscheidung.«

»Ich bin ja auch ein sehr erfahrener Ermittler.«

Kurz nachdem Dr. Heinen mit der Leiche verschwunden war, herrschte Aufbruchstimmung in unseren Reihen. Zwei Kollegen der Spurensicherung setzten ihre Suche noch fort, die anderen verabschiedeten sich in ihr Labor. Ich erlaubte mir die leise Hoffnung, dass diese Untersuchungen vielleicht etwas ertragreicher waren als die von Dr. Heinen.

Es gab keinen Grund für uns, noch länger im Geschäft zu bleiben, und deshalb machten wir uns auch auf den Weg.

Die Luft draußen war wüstenheiß, dschungelfeucht und zum Schneiden dick. Wir prallten von dieser Klimawand ab und wurden in die Kühle der Verkaufsräume zurückgeworfen.

Hinter uns hörte ich hastige Schritte näherkommen und eine bekannte Stimme unsere Namen rufen. »Herr Wegener, Frau Gerling!« Der Geschäftsführer kam außer Atem auf uns zu gelaufen.

»Kann ich … Kann ich mein Geschäft nun wieder öffnen? Es ist doch niemand mehr von der Polizei da.« Er sah uns abwechselnd flehend an, allerdings durch eine Brille aus Eurozeichen.

Ich sagte unter Aufbietung meiner ganzen Autorität: »Herr Baden, unsere Ermittlungen hier sind noch nicht abgeschlossen. Zwei Kollegen von der Spurensicherung sind noch bei der Arbeit. Sie werden erst morgen Vormittag wieder öffnen können.«

»Ich … Aber … Sie meinen, ich soll heute noch den ganzen Nachmittag geschlossen bleiben?«

»Genau das meine ich.«

»Aber, Sie haben ja keine Ahnung, was das kostet …«

»Herr Baden, die Ermittlungen in einem Todesfall sind wichtiger als Ihr Umsatz.«

Der Geschäftsführer wollte noch etwas erwidern, aber irgendwo in seinem Gedächtnis musste er eine Erinnerung an moralische Grundsätze gefunden haben, die nichts mit Profit zu tun hatten, und die Worte mit seinen Einwänden erreichten nie seinen Mund. Er nickte und sagte knapp: »Natürlich.«

Ich sagte ebenso knapp: »Gut.«

Danach trottete Baden mit gesenktem Kopf davon, wahrscheinlich, um den Schaden für sein Unternehmen zu kalkulieren und eine Strategie auszutüfteln, wie er diesen ersetzt bekommen könnte.

Nina sagte so leise, dass nur ich es hören konnte: »Du nutzt deine Stellung aus.«

Vielleicht tat ich das. Allerdings hatte ich nicht die Hoffnung, dass es für Baden eine lehrreiche Erfahrung sein könnte. »Man kann nie wissen, ob wir nicht heute Abend noch einmal wiederkommen möchten. Ich schaue mir Tatorte gerne zweimal an«, behauptete ich.

»Die Fernsehabteilung ist ein Tatort?«

»Vielleicht.«

Sie schaute mich einen Moment an, bevor sie sagte: »Du könntest in die Gerichtsmedizin wechseln.«

»Ich habe auch schon daran gedacht.«

Trotz alledem führte kein Weg daran vorbei, dass wir das Geschäft verließen. Wir nahmen uns ein Beispiel an Freise, beugten unsere Knie, brachten unsere Oberkörper nach vorn und durchstießen mit Schwung die Barriere zwischen klimatisierten Verkaufsräumen und der schwülen Innenstadthitze.

Es dauerte ein oder zwei Sekunden, bevor uns am ganzen Körper der Schweiß ausgebrochen war und uns unsere Kleider, die vorher so wunderbar getrocknet waren, wieder am Leib klebten. Wir reihten uns zwischen die Fußgänger ein, bewegten uns langsam und wechselten auf die Schattenseite, auf der Flucht vor der sengenden Sonne. Wir sprachen nicht, sondern konzentrierten uns auf unsere Atmung und auf die

Anstrengung, die es bedeutete, die feuchte Luft, die wärmer war als unsere Körpertemperatur, durch unsere Bronchien und Lungen zu pressen.

Als wir im Auto saßen, sagte ich: »Ich will gar nicht wissen, wie es Karl jetzt geht.«

»In Nordafrika ist die Hitze anders.«

»Stimmt.«

»Viel trockener.«

»Sodass man es viel besser aushalten kann.«

»Selbst bei achtundvierzig Grad.«

»Na klar.«

Wir lauschten auf das Summen der Klimaanlage, die nun zeigen konnte, was sie wert war.

»Glaubst du daran?«

»Nicht eine Sekunde.«

»Ich auch nicht.«

Nachdem wir das geklärt hatten, unser Mitgefühl für Karl aber unausgesprochen blieb, fuhren wir zur Adresse von David Krusekamp, wo wir hoffentlich seine Frau antreffen würden.

Wie sich herausstellte, war die Klimaanlage einiges wert. Bevor sie uns zu Polizisteneis abkühlen konnte, stellte ich die Automatik auf sechsundzwanzig Grad, was im Vergleich zur Außentemperatur geradezu arktisch war.

Es war Ferienzeit, deshalb hielt sich der Feierabendverkehr in Grenzen. Wir sahen einige matte Fußgänger, zwei oder drei mutige Fahrradfahrer in der Sonne, ansonsten waren die Straßen leer. Die meisten Menschen bevölkerten die Eiscafés, deren Außenbereiche überquollen – die Inhaber machten das Geschäft ihres Lebens. Wir passierten langsam einen Straßenabschnitt, der am Tag zuvor noch gesperrt worden war, weil der Asphalt sich in der Hitze verflüssigt hatte, dann bog ich auf die Straße nach Traar ein, wo Krusekamp gewohnt hatte.

Wir fanden die Adresse und atmeten im Auto ein letztes Mal durch.

»Ich bin immer froh, wenn wir ankommen, ohne dass die Reifen geschmolzen sind«, sagte Nina.

Ich antwortete: »Ich habe Wüstenreifen aufgezogen.«

»Spezialbehandelt?«

»Absolut hitzebeständig.«

»Säurefest?«

»Und kugelsicher.«

»Und das Maschinengewehr?«

»Ich glaube, das haben die Jungs in der Werkstatt sich abgezweigt.«

Wir schauten uns an und lächelten müde. Es half nichts. Wir mussten aussteigen und feststellen, ob die Witwe zu Hause war. Und ihr mitteilen, dass sie eine Witwe war.

Um den Asphalt unbeschadet zu überqueren, hätten wir genau genommen feuerfeste Schuhsohlen gebraucht. Die gehörten aber nicht zur Ausstattung der Polizei. Ich nahm mir vor, bei Gelegenheit bei den Kollegen der Feuerwehr nachzufragen.

David Krusekamp hatte in einem ansehnlichen und relativ neuen Mehrfamilienhaus gewohnt, das mit Klinkerfassade und zwei kleinen Türmen trotz seiner Größe gemütlich wirkte.

Wir klingelten und kurz darauf meldete sich eine Frauenstimme in der Gegensprechanlage. Wir stellten uns vor und der Summer wurde betätigt. Bis in den dritten Stock waren es eine Menge Stufen, was bei dieser Hitze mehr als grenzwertig war. Ich erkannte die Frau, die uns in der Tür stehend erwartete, vom Foto aus der Brieftasche unseres Opfers.

Wir hatten eine informelle geschlechtsspezifische Arbeitsteilung und deshalb ging Nina nun vor und übernahm unsere unangenehme Aufgabe. »Frau Nadine Krusekamp?«

Sie nickte. In ihrem Gesicht erkannte ich die Angst.

Nina stellte uns noch einmal vor. »Mein Name ist Nina Gerling und das ist mein Kollege Markus Wegener. Wir sind von der Kriminalpolizei.« Wir zeigten Nadine Krusekamp unsere Ausweise, damit sie wusste, wen sie in ihre Wohnung ließ. Als wir eintraten, bemerkte ich, dass ihre Knie genauso zitterten wie ihre Hände. Kälte konnte ich als Ursache dafür ausschließen.

Nadine Krusekamp fragte nicht, warum wir bei ihr waren. Vielleicht, um sich selbst eine Gnadenfrist zu verschaffen. Zeit, um sich auf das Unfassbare vorzubereiten oder um sich einzureden, dass dies ein Tag wie jeder andere war.

Wir setzten uns im behaglich eingerichteten Wohnzimmer der Krusekamps auf das Sofa, die Ehefrau in den Sessel. Nina sagte: »Frau Krusekamp, wir kommen gerade aus der Innenstadt.« Sie nannte den Namen des Geschäfts. »Ihr Mann war dort heute Nachmittag zum Einkaufen. Er ist zusammengebrochen. Andere Kunden haben sofort den Notarzt gerufen und Erste Hilfe geleistet.«

Nadine Krusekamp schlug die Hand vor den Mund. Den anderen Arm schlang sie sich verzweifelt um den Leib. Tränen glitzerten in ihren Augen.

Nina fuhr mit ruhiger Stimme fort. »Es tut mir sehr leid, niemand konnte Ihrem Mann mehr helfen. Er ist tot.«

Ich hatte schon viele Todesnachrichten überbracht und unzählige Reaktionen von Freunden, Verwandten und Partnern erlebt. Frau Krusekamps Reaktion gehörte zu den stärksten und erschütterndsten, an die ich mich erinnern konnte. Sie war frei von dem Kalkül, der Polizei gegenüber angemessen auf die Todesnachricht zu reagieren. Ihr Schluchzen kam direkt vom Grunde ihres Herzens, ergriff und schüttelte ihren ganzen Körper und es fiel mir schwer, die professionelle Distanz zu wahren.

Nina setzte sich auf die Armlehne des Sessels und legte Nadine Krusekamp einen Arm um die Schultern. Dann taten wir das Einzige, was wir tun konnten. Wir warteten ab.

Als sie sich wieder gefangen hatte, schaute die Witwe uns mit großen Augen an. »Aber warum …? Woran …?«

»Wir wissen noch nicht, woran Ihr Mann gestorben ist, Frau Krusekamp. Wir werden die Untersuchungsergebnisse des Gerichtsmediziners abwarten müssen.«

Die Witwe schniefte, nickte und schniefte wieder.

»Hatte Ihr Mann irgendeine Krankheit oder ein chronisches Leiden? Zum Beispiel am Herzen?«

Nun schüttelte Nadine Krusekamp den Kopf.

»War er in ärztlicher Behandlung? In den letzten Wochen?«

»Nein. Er war nicht krank. Er hatte höchstens mal eine Erkältung.«

»Wann zuletzt?«

»Irgendwann im Frühjahr.«

»Nahm Ihr Mann regelmäßig Medikamente?«

Frau Krusekamp schüttelte den Kopf, verstört von Ninas Fragen. »Nur gegen seine Allergie.«

»Alkohol oder Drogen?«

»Nein«, sagte die Krusekamp und schluchzte. Natürlich gab es noch eine Menge anderer Fragen, die wir stellen konnten, aber für den Moment nahm Nina die Geschwindigkeit aus dem Gespräch. Eines konnten wir der Frau allerdings nicht ersparen. »Frau Krusekamp, es kann sein, dass wir Sie noch ins Präsidium bitten müssen.«

Sie schaute uns schockiert und hilflos an. Weitere Tränen kullerten. Nina bemühte sich deshalb um einen wärmeren Tonfall und schnitt ein weniger heikles Thema an. »Was machte Ihr Mann beruflich?«

»Er ist ... Er war Elektriker.«

»Selbstständig?«

»Nein, bei Krey.«

Das sagte mir etwas. Wenn ich mich nicht täuschte, war das ein größeres Familienunternehmen in Krefeld.

»Was genau war dort seine Tätigkeit?«, fragte Nina.

»Er war viel unterwegs zu Montagearbeiten. Meistens in Kernkraftwerken.«

»Oh, wie interessant«, meinte Nina, was in meinen Ohren

angesichts der vielen Assoziationen des Wortes wie echtes britisches Understatement klang.

»Es war seine Arbeit«, meinte die Witwe matt.

»Wie muss ich mir die vorstellen?«, wollte Nina wissen.

»Die Kernkraftwerke werden einmal im Jahr abgeschaltet und dann können verschiedene Arbeiten durchgeführt werden, für die man auch Elektriker braucht. Die Firma hat diese Arbeiten koordiniert und meinen Mann zusammen mit ein paar Kollegen eingeteilt.«

Nina stellte die Fragen so, dass wir mehr über David Krusekamp erfuhren und seine Frau durch das Antworten von ihrer Trauer abgelenkt wurde.

»Wie lange dauerten die Arbeiten immer?«

»Zwischen zwei und drei Wochen.«

»Wann war denn der letzte Einsatz?«

»Mein Mann ist erst am Mittwoch wieder zurückgekommen.«

»Von wo kam er da?«

Sie sagte: »Neustadt.«

Die Anlage in Neustadt war das einzige Kernkraftwerk in Nordrhein-Westfalen, das zumindest noch teilweise in Betrieb war, und vor meinem inneren Auge erschienen sofort die Bilder der Proteste, Demonstrationen unter der Schirmherrschaft von Greenpeace, Molotowcocktails und Steine gegen Polizeihundertschaften, Wasserwerfer gegen Randalierer. Das Kraftwerk war in meiner Jugendzeit errichtet worden und hatte seitdem schon häufig die Landes- und Bundespolitik beschäftigt, sei es als Zankapfel zwischen beiden oder als Zielobjekt einvernehmlicher Angriffe.

»Frau Krusekamp, haben Sie Verwandte oder Freunde, die Sie anrufen können?«

»Ich ... ja, meine Schwester. Meine Eltern. Davids Eltern. Nein, die eigentlich nicht.« Sie schaute uns gequält an. Ihre Stimme war nur noch ein ersticktes Flüstern, als sie sagte: »Er ist wirklich tot, oder?«

Das Überbringen von Todesnachrichten war nie besonders erbaulich und in einem Fall wie diesem am allerwenigsten. Wir warteten, bis sie ihre Schwester angerufen und diese sich auf den Weg gemacht hatte.

»Wo wohnt Ihre Schwester?«

»In Hüls.«

Dann sollte es nicht mehr als ein paar Minuten dauern, bis sie eintraf. Ich überlegte, ob wir die persönlichen Sachen von David Krusekamp noch anschauen mussten. Mir fielen nur wenige rationale Argumente dafür ein, aber meine Intuition verlangte eindeutig danach.

»Frau Krusekamp, wenn ich das richtig verstanden habe, war Ihr Mann gesund. Sein plötzlicher Tod ist deshalb rätselhaft. Es würde uns sehr helfen, wenn wir uns seine persönlichen Sachen anschauen dürften.«

»Natürlich.«

»Auch seinen Computer?«

»Ja sicher, schauen Sie sich alles an.«

Nadine Krusekamp führte uns in ein kleines Zimmer, das als Büro eingerichtet war, und ließ uns allein. Kurze Zeit später hörten wir sie aus der Küche schluchzen. Nina startete das Notebook, das auf dem Schreibtisch stand.

Den Aufschriften der Aktenordner nach zu urteilen, führte David Krusekamp sorgfältig Buch über seine Tätigkeiten. Es waren Akten für einige Kernkraftwerke angelegt. Ich nahm den Ordner für Neustadt aus dem Regal. Er enthielt Aufzeichnungen von Arbeitszeiten und Überstunden, Schichtpläne und einen Kalender. Der Kalender war gespickt mit Abkürzungen, mit denen ich nichts anfangen konnte.

Ich überprüfte noch zwei andere Ordner mit demselben Ergebnis. »Das ist alles Fachchinesisch«, sagte ich zu Nina.

»Sein Computer wird uns mehr verraten.«

Wir wandten uns dem Bildschirm zu, auf dem die Anmeldemaske des Betriebssystems erschienen war. Nina lächelte. »Wie nett, ein Passwortschutz.« Dann zog sie einen roten

USB-Stick aus ihrer Tasche und steckte ihn in den Computer. Zehn Sekunden später war die Sicherheitssperre geknackt.

»Den hast du von Simon.«

»Richtig«, grinste sie und zauberte einen kleinen schmalen Kasten hervor, kaum größer als ein Etui für Visitenkarten. Dass es sich um ein elektronisches Gerät handelte, war zuerst nur durch das Kabel zu erkennen, das Nina seitlich an das Notebook anschloss. Das Kästchen begann zu blinken.

»Was machst du da?«, fragte ich.

»Wir dürfen alles anschauen, hat sie gesagt.«

Ich begann zu ahnen, was Nina vorhatte. Und ich war mir nicht sicher, ob wir dazu befugt waren. »Ich weiß nicht ...«

Nina sah mich an, ihre Stimme war drängend. »Markus, dieser Fall stinkt doch zum Himmel. Hast du eine Ahnung, wie uns die Informationen auf diesem Computer weiterhelfen können?«

Ich schaute sie zweifelnd an.

Sie begann unbeeindruckt damit, den Kabelsalat im Schrank hinter dem Computer zu durchsuchen. »Und was es für ein Aufwand ist, bis wir die Beschlüsse bekommen, um offiziell auf diese Daten zugreifen zu können? – Hah!«, rief sie triumphierend. »Die telefonieren über das Internet. Sehr praktisch.«

Ich seufzte. Nina nahm das schon als Zustimmung und klickte sich durch eine Programmmaske, die auf dem Bildschirm erschienen war. »Sehr schön«, sagte sie dann zufrieden. »In vier Minuten haben wir eine vollständige Spiegelung dieses Computers auf meiner Festplatte. Die Daten vom Router nehmen wir auch mit.«

Ich widmete mich wieder dem Regal mit den Akten. Neben den anderen Kernkraftwerken gab es Ordner zur Haushaltsführung, mit Telefonrechnungen, einen längeren Schriftwechsel mit dem Finanzamt, in dem es um David Krusekamps Auswärtstätigkeiten ging, und einen Ordner mit Kontoauszügen. »Alles Ausdrucke«, murmelte ich.

»Dann ist auch alles auf dem Computer«, meinte Nina.

Schließlich blieb noch ein Ordner übrig. »Weißt du, was *Forex* heißt?«

»Keine Ahnung«, sagte Nina. »Ein neues Abführmittel?«

Ich schlug den Ordner auf und wurde sofort von Kurven und Zahlenkolonnen erschlagen. »Eindeutig kein Abführmittel«, stellte ich fest.

Nina beugte sich zu mir. »Sieht nach Finanzen aus«, meinte sie.

Ich entdeckte Währungssymbole und Kursverläufe. »Aktienkurse?«

Nina zuckte mit den Schultern. »Auch alles Ausdrucke«, sagte sie dann. »Wir können uns das später in Ruhe anschauen.«

Wie zur Bestätigung gab das Notebook ein dezentes Tonsignal von sich. Nina entfernte ihre Geräte und schaltete den Computer aus.

Mir war immer noch etwas komisch zumute, weil ich wusste, dass wir die Zustimmung von Frau Krusekamp etwas weit ausgelegt hatten. Ich tröstete mich mit dem Gedanken, dass es uns dabei helfen würde, herauszufinden, was ihrem Mann zugestoßen war.

In diesem Moment klingelte es an der Tür. Wir gingen in den Flur und sahen, wie Frau Krusekamp ihrer Schwester in die Arme sank. Wenig später war Nadine Krusekamp wieder in ihrem Sessel positioniert, die Hände fest umschlossen von denen ihrer Schwester.

»Und die Eltern Ihres Mannes …?«, fragte Nina. »Können Sie die auch anrufen?«

Frau Krusekamp schüttelte stumm den Kopf. Ich konnte sogar durch ihre Trauer hindurch deutlich ihre Ablehnung erkennen. Aber das war ein Thema, das wir nicht heute vertiefen mussten.

»In Ordnung. Wir werden Sie auf dem Laufenden halten, falls es neue Erkenntnisse zum Tod Ihres Mannes gibt.«

Bei diesen Worten machten wir Anstalten, aufzubrechen,

aber die Schwester hielt uns zurück. »Sagen Sie, warum sind Sie denn ... Ich meine, warum ist nicht ...«

Die Schwester hatte bemerkt, was der Witwe nicht aufgefallen war und stellte eine Frage, auf die ich keine Antwort hatte. Warum waren wir zu ihr gefahren und nicht zwei Kollegen in Uniform?

Nina sagte: »Wir waren in der Nähe, als die Nachricht vom Tod Ihres Mannes durchgegeben wurde. Und da die Todesursache noch nicht geklärt ist, werden wir noch einige Nachforschungen anstellen. Es könnte auch sehr gut sein, dass wir noch ein paar Fragen an Sie haben.«

Die Frau nickte. Offenbar nahm sie uns diese Erklärung ab. Wir verabschiedeten uns, hinterließen unsere Karten und machten uns wieder auf den Weg zum Auto.

Draußen angekommen, fragte Nina: »Bist du auch neugierig auf die Eltern?«

»Absolut«, bestätigte ich.

Ich nahm mein Handy und rief im Präsidium an. Andreas erklärte mir, dass Freise schon angekommen war, er ihn aber noch um etwas Geduld gebeten habe.

»Hast du überhaupt eine Ahnung, was es alles für Formalien zu beachten gilt in so einem Fall?«, fragte Andreas.

»Ich beginne es zu ahnen«, entgegnete ich.

»Es wird bestimmt Stunden dauern, bis wir mit dem Mann fertig sind.«

»Aha.«

»Ach, was sage ich, vielleicht sogar Tage.«

»Wenn nur die Vorschriften eingehalten werden«, stimmte ich zu.

»Vorschrift ist mein zweiter Vorname«, behauptete Andreas.

»Nicht auszudenken, wenn der Mann nervös wird und etwas Unbedachtes sagt.«

»Meine Güte, das wäre aber ungeschickt von ihm.« Ich hörte ihn durch das Telefon grinsen, als er hinzufügte: »Lasst euch also ruhig Zeit.«

»Genau das hatten wir auch vor«, sagte ich und erklärte ihm, dass wir noch zu den Eltern unseres Opfers fahren wollten.

»Euer Mann ist bei uns bestens aufgehoben«, versicherte Andreas und wünschte uns viel Vergnügen.

Wir trafen Jürgen und Ursula Krusekamp in ihrem Haus in Verberg an. Es war ein gepflegtes Reihenhaus in einer Straße voller gepflegter Reihenhäuser. Mit gemähten und bewässerten Rasenflächen im Vorgarten und Bürgersteigen ohne Unkraut. Mit Gartenzwergen und Keramikhunden neben den Haustüren. Ich parkte unser Auto so ordentlich wie nur möglich in einer Reihe ordentlich geparkter Autos am Straßenrand.

Die Türklingel war melodisch und wir mussten nicht lange warten, bis uns ein Mann von vielleicht sechzig Jahren die Tür öffnete. Er trug ein entrücktes Lächeln, eine runde Brille mit silbernem Gestell, einen wilden grauen Bart, einen dünnen grauen Pferdeschwanz, ein offenes Hemd, durch das uns seine Brusthaare entgegenquollen, und eine passende weiße Hose. Seine Sandalen waren ohne Zweifel aus glücklichem Stroh hergestellt und vollständig biologisch abbaubar.

Wir zeigten ihm unsere Ausweise und stellten uns vor. »Herr Jürgen Krusekamp?«, fragte ich.

Er nickte, offenbar fasziniert von der Tatsache, dass zwei Polizisten vor seiner Tür standen. »Was ist denn los, Officer? Hier hat alles seine Ordnung. Wir wollten gerade …«

Ich tauschte mit Nina einen Blick aus. Officer hatte mich noch niemand genannt.

»Das bezweifle ich nicht, Herr Krusekamp. Könnten wir bitte hereinkommen? Es geht um Ihren Sohn.«

Diese Worte öffneten nicht nur die Tür. Das Lächeln schwand zusammen mit der entrückten Aura des Hausherrn. Er wich zur Seite und ließ uns eintreten.

Er rief uns hinterher ins Haus: »Uschi-Schatz, komm mal. Die Polizei ist hier. Wegen David.«

Eine Frau schwebte aus der ersten Etage über die Treppe zu uns herab in den Flur. Ihre Gewänder glichen denen ihres Mannes, sogar die Haare ähnelten sich, glücklicherweise hatte sie aber keinen Bart. Dafür trug sie Sorge zur Schau.

»Mein Gott, was ist denn mit David? Ist alles in Ordnung mit ihm? Er hat doch keine Schwierigkeiten, oder?«

Das war, einmal mehr, eine interessante Reaktion. Ich stellte uns für Ursula Krusekamp noch einmal vor, dann regte ich an, uns zu setzen.

Wir gingen ins Wohnzimmer, das im Gegensatz zu seinen Bewohnern einen biederen, wenn nicht spießigen Eindruck machte. Die schweren dunklen Eichenmöbel wirkten erdrückend, es fehlten warme Farben oder überhaupt etwas Lebendiges. Das Spektrum wirkte mit Weiß-Creme-Braun-Grau-Schwarz fast so, als hätte die Sommersonne zu lange darauf geschienen und alle Farben schon vor Jahren ausgebleicht.

Diesmal war ich an der Reihe. »Herr und Frau Krusekamp, Ihr Sohn war heute Mittag zum Einkaufen in der Innenstadt. Währenddessen ist er zusammengebrochen.«

Ursula Krusekamp unterbrach mich mit einem schrillen Aufheulen. Die Mutter war schneller als die Ehefrau. Ich fuhr fort: »Er erhielt sofort Erste Hilfe. Ein Rettungswagen wurde gerufen. Der Notarzt hat alles unternommen, was möglich war. Leider ohne Erfolg. Ihr Sohn ist tot.«

Die Mutter schluchzte, der Vater glotzte. Die beiden waren sicher doppelt so laut wie Nadine Krusekamp, dafür aber nicht halb so authentisch.

»Wie ist das möglich?«, fragte der Vater, als handele es sich um eine interessante Rätselfrage in der Sonntagszeitung.

»Wir wissen es noch nicht«, antwortete ich wahrheitsgemäß.

»Mein armer Junge«, schluchzte die Mutter.

Der Vater schnaubte.

Eines der faszinierendsten Dinge bei der Polizei ist, wie schnell und unvermutet man in bizarre Situationen gerät und selbst dann noch Menschen erlebt, die einen vollkommen überraschen, obwohl man sich selbst für abgebrüht hält.

Ich sagte nichts, sondern beobachtete die Krusekamps. Und tatsächlich wandten sie sich jetzt einander zu.

Der Mann sagte: »Das musste ja so kommen.«

Die Frau entgegnete: »Wie kannst du so etwas nur sagen?«

»Es stimmt doch!«

»Du bist herzlos!«

»Es wundert mich nur, dass es nicht schon früher passiert ist.«

»Er ist unser Sohn!«, heulte Frau Krusekamp.

Herr Krusekamp schnaubte wieder.

»Er war nicht Ihr Sohn?«, fragte ich vorsichtig.

»Natürlich war er unser Sohn«, schnappte Jürgen Krusekamp. Das Rot seines Gesichts stand in größtmöglichem Kontrast zu seiner Kleidung.

Er nahm diese Feststellung immerhin zum Anlass, den Arm um seine schluchzende Frau zu legen.

»Aber?«, fragte ich.

»Ich habe es ihm immer gesagt«, sagte Jürgen Krusekamp leise.

Ich war mir ziemlich sicher, dass er das noch erklären würde, deshalb wartete ich. Er enttäuschte mich nicht: »Die Leute, mit denen er sich eingelassen hat. Es musste ja so kommen.«

»Mit wem hat er sich eingelassen?«

»Seine Frau …«

»Dieses Flittchen«, zischte Ursula Krusekamp. Es klang ein wenig komisch, die plötzlich aufwallende Feindseligkeit, halb erstickt in Tränen der Trauer.

»Seine Arbeit … Alles eben.«

Bisher wusste ich von Nadine Krusekamp nur, dass sie aufrichtig um ihren Mann getrauert hatte. »Was ist mit seiner Frau?«

»Sie … Sie ist … Schauen Sie sie doch nur einmal an.«

Hatten wir schon.

»Sie sieht nicht gut genug aus?«, fragte ich.

»Sie läuft herum wie ein Flittchen«, sagte die Mutter bitter. »Er hatte ... Er hatte ...«

»Etwas Besseres verdient?«, schlug ich vor.

»Ja«, sagte sie und ich war mir sicher, dass dies das erste wirklich ehrliche Wort war, das wir von ihr gehört hatten.

»Sie ist zu modisch? Zu freizügig?«, hakte ich nach.

»Sie hat kein Niveau«, korrigierte der Vater mich.

»Sie ist Friseurin«, sagte ich.

»Genau. Sie ist so ... eine dumme Person.«

Ich konnte diesen Eindruck nicht bestätigen, aber was wusste ich schon über kluge und dumme Personen.

»David war anders«, versuchte ich es.

»Ja«, sagte seine Mutter.

»Nein«, sagte sein Vater.

Sehr verwirrend. Ich wechselte einen Blick mit Nina.

»Sie passten zusammen«, sagte ich.

»Nein«, sagte Ursula Krusekamp.

»Ja«, sagte ihr Mann. Er nahm seinen Arm von den Schultern seiner Frau.

Vielleicht war es ratsam, mit der Arbeit von David Krusekamp anzufangen. Wenn wir Glück hatten, war die eher konsensfähig. »Sie hatten seinen Beruf erwähnt.«

»Genau. Sie wissen, was er gearbeitet hat?«

»Er war Elektriker«, sagte ich.

»Er hätte studieren können«, sagte sein Vater.

»Er wollte nicht?«

»Wir haben demonstriert dafür, dass jeder ein Recht hat zu studieren, wissen Sie?« Er schaute mich forschend an, dann sagte er: »Nein, das wissen Sie nicht, dafür sind Sie zu jung.«

Ob das nun gut war oder nicht, blieb dahingestellt. Ich nahm den Faden wieder auf: »Er machte eine Ausbildung.«

»Elektriker ist kein schlechter Beruf«, flüsterte seine Mutter.

»Nein, es ist kein schlechter Beruf. Außer man arbeitet dort, wo er gearbeitet hat.« Nicht nur die Formulierung, sondern auch der Tonfall von Jürgen Krusekamp erinnerten ein wenig an Harry Potter, wo der Bösewicht so unglaublich furchterregend ist, dass niemand den Mut hat, auch nur seinen Namen auszusprechen.

»Was meinen Sie?«, fragte ich.

»Na, die Atommafia«, sagte der Vater verschwörerisch.

Im ersten Moment glaubte ich, mich verhört zu haben. Er wiederholte es. »Die Atommafia. Sie wissen schon.«

Ich wusste es nicht.

»Mit der müssen Sie doch bestimmt schon zu tun gehabt haben.«

Ich verkniff mir die ehrliche Antwort, dass ich bisher nur mit der italienischen, rumänischen und russischen Mafia in Berührung gekommen war.

»Die stecken doch überall mit drin. *Überall!*«

Bizarr war inzwischen überhaupt kein Ausdruck mehr für die Situation. Ich wünschte mir Dr. Klein, den Polizeipsychologen herbei, aber mein Wunsch blieb unerfüllt.

»Er arbeitete in Kernkraftwerken«, klammerte ich mich an die Fakten.

»Wir haben demonstriert, damit niemand mehr in Atomkraftwerken arbeiten muss. Damit die Dinger alle abgerissen werden. Teufelszeug!«

»Sie waren damit nicht einverstanden«, stellte ich fest.

»Haben Sie mir zugehört?«, fragte Krusekamp aufgebracht. »Wir haben *demonstriert,* um die Dinger abzuschalten. Wir haben uns aufgelehnt gegen die faschistische Obrigkeit.«

Frau Krusekamp schluchzte.

Ich bekam langsam eine Idee, was hinter der ganzen Sache steckte, und riskierte einen Schuss ins Blaue. »Er hat sich von Ihnen abgewendet.«

»Ja«, sagte Krusekamp und schlug sogar mit der Faust auf den Tisch. »Ich meine, wir haben *demonstriert!* Auf der Straße. Wir haben für unsere Ideale gekämpft. Damit unsere Kinder in einer besseren Welt aufwachsen! Und was macht der Bengel?«

Die Frage hing in der Luft, aber nicht lange, bevor der Vater die Antwort hinterherschob: »Er verrät uns! Verrat, sage ich. Er arbeitet für die Atommafia. Tritt alles mit Füßen, wofür wir uns eingesetzt haben!«

Ich konnte nicht anders, ich schüttelte mich und schloss meine Augen. Als ich sie wieder öffnete, saßen die Krusekamps immer noch vor mir. Unverändert.

Ich betrachtete die Pupillen von Jürgen Krusekamp ein wenig näher, aber sie kamen mir unauffällig vor. Bisher hatte ich mitbekommen, dass Davids Eltern seit ihrer Jugend eher dem linken politischen Spektrum zuzuordnen waren und die Betreiber von Kernkraftwerken und alle ihre Auftragnehmer für eine mafiose Struktur hielten.

Ich suchte verzweifelt nach einem Thema, das weniger kritisch war und uns vielleicht noch wichtige Hinweise liefern konnte. Mir fiel keines ein, deshalb fragte ich: »Haben Sie Ihren Sohn oft gesehen?«

»Nicht seit seiner Hochzeit«, schluchzte die Mutter.

»Durch seine Frau ist es schlimmer geworden?«

Frau Krusekamp schluchzte nur. Ihr Mann ballte die Faust.

Eigentlich war es eine Todsünde, bei einer Befragung nur halb zuzuhören, auch wenn sie rein informatorisch war. Ich beschloss, diesmal eine Ausnahme zu machen. Ich betrachtete die Mimik von Jürgen Krusekamp, während er mir erklärte, warum nicht nur sein Sohn, sondern auch seine Schwiegertochter faschistische Tendenzen hatte. Ich stellte mir die Gespräche zwischen Vater und Sohn vor, während der Senior ein ums andere Mal auf den Tisch schlug, um seinen Worten Nachdruck zu verleihen.

Wir waren hergekommen, um diesen Leuten zu sagen, dass ihr Sohn tot war. Beim Verhalten der Eltern konnte man das nur allzu leicht vergessen. Der Aufwand, die kritischen Themen bei diesen Leuten zu umschiffen und trotzdem noch etwas Nützliches zu erfahren, stand nach meiner Einschätzung im Moment in keinem Verhältnis zum Nutzen. Ich beschloss deshalb, das Gespräch mit ein paar Standardfragen abzuschließen.

»Wissen Sie, ob Ihr Sohn Feinde hatte?«

»Na klar!«, sagte Jürgen Krusekamp sofort. »Die Atommafia. Sagte ich doch schon.«

»Hatte er für die nicht gearbeitet?«, fragte ich verwirrt.

»Ja wissen Sie denn nicht, wie es bei der Mafia zugeht?«

Eine faszinierende Logik.

»Wurde Ihr Sohn bedroht?«, schaltete sich Nina nun wieder ein.

»Ich …«, begann der Vater.

Die Mutter schaute entgeistert.

Die Unterhaltung mit diesen Leuten war nicht nur anstrengend, sie brachte auch keine Ergebnisse. Es sei denn, man recherchierte für ein Buch über Verschwörungstheorien.

»Keine Drohungen?«

»Nicht dass ich wüsste.«

»Hat er sonst einmal berichtet, dass er Schwierigkeiten hatte? Sie um Hilfe gebeten?«

So richtig es war, diese Fragen zu stellen, so vorhersehbar war die Antwort.

»Nein.«

»Wann hatten Sie zuletzt Kontakt miteinander?«, fragte Nina.

»Vor seiner Hochzeit.«

»Wann war das?«

»Vor fünf Jahren«, flüsterte Ursula Krusekamp. Dann begann sie, bitterlich zu weinen. Jürgen Krusekamp starrte mit leerem Blick ins Nichts. Oder direkt in die Vergangenheit auf die letzte Begegnung mit seinem Sohn. Wo er ihm wahrscheinlich erklärt hatte, wie sehr dieser die Werte, für die er *demonstriert* hatte, mit Füßen trat.

Es war Zeit, unsere Karten zu verteilen. »Falls Ihnen noch etwas einfällt, melden Sie sich bitte.«

Wir verabschiedeten uns höflich, ohne dass ich den Eindruck hatte, dass die beiden das noch wahrnahmen.

Draußen angekommen, war ich froh, wieder im Auto zu sitzen. »Ach du meine Güte!«, sagte ich.

»Das kannst du laut sagen«, meinte Nina.

Ich sagte stattdessen: »Was? Ich habe schon für meine Güte demonstriert, da warst du noch gar nicht geboren. *Demonstriert,* sage ich!« Ich schlug mit der Faust auf das Armaturenbrett, dass es nur so krachte.

Wir lachten beide gleichzeitig los. Laut, schallend und ein wenig spöttisch. Bis uns Tränen über die Wangen liefen. Und auf diese Weise gelang es uns tatsächlich, die letzten Reste der unheimlichen Atmosphäre abzuschütteln, die noch an uns klebten.

Ich ließ den Motor an. »Zum Präsidium?«

Nina nickte. Sie schaute auf die langen Zeilen der Reihenhäuser, während ich wendete. »Ein seltsamer Ort«, sagte sie leise.

»Meinst du, hier gibt es noch mehr von der Sorte?«

»Warum nicht? Sie sehen aus wie Hippies, wohnen in einem spießigen Haus wie spießige Bürger und sind reaktionärer und verbitterter als die Leute, gegen die sie irgendwann einmal *demonstriert* haben.«

»Der Marsch durch die Institutionen hat eben nicht so ganz hingehauen«, sagte ich.

»Sieht so aus.« Ich gab Gas und steuerte das Präsidium an, bevor aus uns noch zwei Soziologen wurden.

»Jetzt müssen wir nur noch Reinhold erklären, warum wir auch noch gleich bei den Eltern waren«, sagte ich.

»Ich dachte, ich sage ihm einfach, dass der Tod des Mannes rätselhaft ist und wir ihn untersuchen wollen.«

»Das klingt ja ganz einfach.«

»Ist es auch.«

Ich war mir da nicht so sicher. »Es sind schon Fälle unbearbeitet zu den Akten gewandert, die mehr nach Mord aussahen als dieser hier.«

Nina zuckte mit den Achseln. »Es gibt schon ein paar Ungereimtheiten.«

»Mich musst du nicht überzeugen.«

Am Präsidium angekommen, erreichten wir den Eingang, ohne auf dem Asphalt kleben zu bleiben, und fuhren mit dem Fahrstuhl in unsere Etage. Trotz geöffneter Fenster und Türen und trotz eingeschalteter Ventilatoren stand die Luft und ließ unsere Kleider an unserer Haut kleben.

Ich klopfte bei Reinhold.

Er rief uns herein. »Na, was habt ihr denn Schönes? Noch einen Hitzetoten?«

»Also wenn, dann ist es ein Kältetoter.«

Reinhold runzelte die Stirn. »Wir haben doch achtunddreißig Grad über und nicht unter null, oder?«

»Im Geschäft, wo der Mann gestorben ist, aber höchstens achtzehn Grad. Über null.«

»Ach so. Ein Opfer der Klimaanlage.«

»Oder der Fernseher.«

»Du sprichst in Rätseln.«

»Er ist in der Fernsehabteilung gestorben.«

»O Mann. Ich habe immer schon gesagt, dass das Programm gemeingefährlich ist.«

Wir nahmen an dem Besprechungstisch Platz und Reinhold kam um seinen Schreibtisch herum, um sich zu uns zu setzen. Der Erste Kriminalhauptkommissar Reinhold Bühler war Leiter des Kriminalkommissariats 11 der Krefelder Polizei und unser direkter Vorgesetzter. Außerdem war er ein guter Freund von mir.

»Also, was ist nun mit diesem Mann?«, fragte er.

Während Nina ihm eine kurze Zusammenfassung des Falls gab, schenkte Reinhold uns Wasser ein. Ob wir Kaffee wollten, fragte er gar nicht erst.

Reinhold brachte es auf den Punkt: »Wir wissen also so gut wie nichts. Außer natürlich, dass der Mann tot ist.«

»Und dass er für die Atommafia gearbeitet hat«, fügte ich hinzu.

Reinhold hob die Augenbrauen. »Ach so?«

Ich gab unser Gespräch mit den Eltern des Opfers wieder.

Reinhold nickte. »Du solltest vorsichtig sein, was du sagst, Markus. Ich habe früher auch einmal demonstriert.«

»Gegen die Atommafia?«

»Unter anderem.«

Mir fiel ein, dass Reinhold außerdem in einem Reihenhaus wohnte. Ich beschloss, vorerst Nina das Reden zu überlassen.

»Außerdem gibt es dann noch Herrn Freise, der uns auffällig vorkommt«, meinte Nina.

»Weil er unseren Mann schubsen wollte, es aber dann doch nicht getan hat.«

»Ganz genau«, sagte ich.

»Weil er es vielleicht doch getan haben könnte. Was dann eventuell zum Tod des Mannes geführt hat.«

»Oder auch nicht«, meinte Nina.

»Und ich dachte, nur die Hitze könnte mich schwindelig machen«, seufzte Reinhold. »Was schlagt ihr vor?«

Nina sagte: »Hätten wir eine klare Aussage aus der Gerichtsmedizin, müssten wir nicht mehr spekulieren.«

»Natürlich«, meinte Reinhold.

»Falls der Mann getötet wurde, könnte Freise es getan haben.«

»Könnte?«

»Er behauptet, dass er Krusekamp nicht berührt hat. Und die Videoaufzeichnungen widerlegen seine Aussage nicht.«

»Dann war er es doch nicht«, sagte Reinhold.

»Es gibt auch tausend andere Möglichkeiten, wie er es getan haben könnte«, meinte Nina.

»Die Allergie. Gift«, schlug ich vor.

»Strahlung«, ergänzte Nina.

Reinhold schaute uns mit gerunzelter Stirn an. »Also warten wir einfach ab, was der Gerichtsmediziner sagt. Und bis dahin kümmert ihr euch um diesen Freise. Findet heraus, was er zu verbergen hat.«

Das war eine der kürzesten Besprechungen, an die ich mich erinnern konnte. Allerdings war mir ein Fall wie dieser auch noch nie untergekommen. Vorausgesetzt natürlich, es war überhaupt ein Fall. Sollte sich der Verdacht erhärten, dass David Krusekamp ermordet worden war, würden wir eine Menge mehr zu besprechen haben.

Von Andreas wussten wir, dass Freise sich in einem Verhörraum befand. Wir machten uns auf den Weg dorthin.

Wir trafen Eva auf dem Gang. Während Kriminaloberkommissar Andreas Grubert aussah wie Pierce Brosnan mit dreißig, ähnelte seine Partnerin Kriminaloberkommissarin Eva Kotschenreuth auf verblüffende Weise Geena Davis.

»Ihr kommt genau im richtigen Moment«, sagte Eva und nahm uns mit in den Beobachtungsraum. Sie legte eine Mappe auf den Tisch und schlug sie auf. »Dieser Mann«, sagte sie, »hat eine ganz schöne Akte.«

»Du redest nicht von der ansprechenden Umschlagfarbe?«, fragte ich.

Eva schenkte mir ein strahlendes Lächeln. Ich sah in der aufgeschlagenen Mappe einen Ausdruck der bisherigen Verhaftungen Freises. Die Liste war lang und wurde auf der nächsten Seite fortgesetzt. Ich war erleichtert, dass ich instinktiv die richtige Entscheidung getroffen und ihn ins Präsidium verfrachtet hatte.

»Was hat er getan?«

Eva lächelte immer noch. »Er ist gewalttätig.«

Das konnte ich mir gut vorstellen, fragte aber sicherheitshalber: »Was heißt das?«

»Pöbeleien. Schlägereien. In Kneipen, beim Fußball. Ein offenes Ermittlungsverfahren wegen häuslicher Gewalt.«

Nina stieß einen leisen Pfiff aus.

Ich fragte: »Verurteilungen?«

»Landfriedensbruch und Körperverletzung. Jeweils mit Bewährungs- oder Geldstrafen.«

Ich strich mir geistesabwesend über mein Kinn und murmelte: »Also niemand, dem man gern allein im Dunkeln begegnen möchte.«

»Nicht, wenn man einen ruhigen Abend verbringen möchte«, bestätigte Eva.

»Was habt ihr bisher gemacht?«

»Andreas hat seine Aussage aufgenommen. Wir haben uns Zeit gelassen, um zu sehen, wie er reagiert. Andreas sagte, er hatte gleich so ein Gefühl. Deshalb sitzt Freise im Verhörraum.«

»Mir ging es genauso.«

In diesem Moment hörte ich Andreas' Stimme von der Tür. »Markus spricht über Gefühle? Da muss ich dabei sein.« Er kam zu uns.

»Ich werde ein andermal weitererzählen.«

»Och.«

»Habt ihr schon mit Dortmund telefoniert?«

»Das wollten wir gerade machen«, sagte Andreas.

»Worauf warten wir dann?«, fragte Nina.

Durch den Einwegspiegel sah ich Freise, der allein im Verhörraum saß und auf seiner Unterlippe kaute. Er konnte erst einmal in seinem eigenen Saft schmoren.

Eva übernahm das Telefonat. Sie erklärte unser Anliegen und wurde dann in das zuständige Kommissariat durchgestellt. Dort meldete sich die Kommissarin Anke Michalski.

Nachdem Eva den Grund ihres Anrufs noch einmal geschildert hatte, sagte Anke: »Gib mir fünf Minuten, dann rufe ich zurück.«

Während wir warteten, kehrten meine Gedanken zu Freise zurück. Ein Mann, der für Gewalttätigkeit bekannt war, schubste im Geschäft beinahe einen anderen Mann. Der stürzte und war ein paar Sekunden später tot. Es war nur eine kleine Information, dass Freise vorbestraft war, aber sie veränderte mein Bild von diesem Fall ganz entscheidend.

Das Telefon klingelte und Eva nahm den Anruf entgegen. »Danke, dass du zurückrufst«, sagte sie in den Hörer, dann stellte sie den Ton laut.

»Wir helfen gerne«, sagte die Dortmunder Kommissarin am anderen Ende. »Dieser Freise macht uns schon seit einiger Zeit zu schaffen.«

»Was heißt das?«

»Er ist ein kleiner Raufbold. Sehr unbeherrscht. Er geht keiner Schlägerei aus dem Weg. Meistens sind seine Gegner aber genauso auf Ärger aus wie er selbst.«

»Ein Wochenendschläger?«

»Ja, das könnte man sagen.«

»Wir haben gesehen, dass es ein Ermittlungsverfahren wegen häuslicher Gewalt gibt.«

»Gibt es. Aber das sollten wir nicht überbewerten.«

Ich horchte auf und Nina fragte: »Wieso das?«

»Freise wurde angezeigt, allerdings nicht von seiner Frau.«

»Von wem dann?«

»Von einem Nachbarn. Es gab in der Wohnung der Freises offenbar lautstarke Streitigkeiten. Mit zerbrochenen Gegenständen.«

»Fliegende Untertassen«, schlug Andreas vor.

»Ganz genau«, lachte Anke. »Als die Kollegen eintrafen, schien Frau Freise sich ganz gut zu behaupten.«

Ich dachte an Michael Freise, seinen Nacken, seine Arme und Hände. Ich stellte mir vor, wie er sie zu Fäusten ballte und auf einen anderen Menschen losging. Wie seine Frau aussehen musste, wenn sie sich gegen ihren zornigen Mann durchsetzen konnte, stellte ich mir lieber nicht vor.

»Aber?«

»Aber die Wohnung war in einem Zustand, dass die Kollegen Freise erst einmal mitgenommen und seine Frau einem Arzt vorgestellt haben. Ohne Ergebnis.«

»Hmm.«

»Worüber haben die beiden denn gestritten?«, erkundigte sich Nina.

»Freise verdächtigte seine Frau, ihn zu betrügen.«

Was ich ihr nicht von vornherein verübeln konnte.

Ich sagte: »Das klingt nicht, als sei der Mann gemeingefährlich.«

»Wie gesagt, er ist ein kleiner Raufbold.«

»Kein großer.«

»Ganz genau.«

Eva machte eine künstlerische Pause und schaute in die Runde. Wir hatten keine Fragen mehr. »Vielen Dank. Das hat uns sehr geholfen.«

»Haltet mich auf dem Laufenden.«

»Das tun wir.«

Das Gespräch war beendet und wir waren ratlos.

»Möchtest du weitermachen?«, fragte mich Andreas.

Ich sagte: »Nein, lieber nicht. Wir wollen ihm nicht zeigen, dass wir die Sache so wichtig nehmen.«

»In Ordnung. Dann werde ich ihn noch einmal zu seiner Akte befragen.«

Ich sagte: »Warte noch«, und nahm das Telefon.

»Hat er einen Mord gestanden?«, meldete sich Reinhold.

»Wenn das mal so einfach wäre«, entgegnete ich. Dann schilderte ich ihm unsere neuen Erkenntnisse.

Reinhold seufzte. »Ich rufe den Staatsanwalt an.«

Ich wählte die Nummer der Gerichtsmedizin und ließ mich mit Dr. Heinen verbinden. Das dauerte einige Zeit und als er sich meldete, klang er mürrisch.

»Gibt es etwas Neues zur Todesursache?«, fragte ich höflich.

Dr. Heinen knurrte: »Nein.«

»Was ist mit seinem Hals?«, fragte ich unbeeindruckt. »Ist er erstickt?«

»Herr Wegener, ich habe bereits am Tatort gesagt, dass er wahrscheinlich nicht erstickt ist.«

»Dann kann er also doch erstickt sein?«

Dr. Heinen sagte: »Was auch immer diesen Mann getötet hat, ich glaube nicht, dass er erstickt ist.«

Ich stutzte. »Er ist nicht erstickt?«

»Herr Wegener, spreche ich undeutlich? Ich glaube nicht, dass er erstickt ist.«

»Sie sind sich nicht sicher.«

»Nein, ich bin mir nicht sicher.«

Ich schwieg.

»Mein Gott, ich bin mir langsam nicht einmal mehr sicher, ob der Mann überhaupt tot ist.«

»Wie bitte?«

»Ach, vergessen Sie es. Ich halte Sie auf dem Laufenden. Wenn ich etwas herausfinde, erfahren Sie es als Erster.«

Ich sagte: »Danke.«

»Wenn Sie bei der Obduktion dabei sein wollen, wäre jetzt der richtige Zeitpunkt.«

»Äh … ich werde sehen, was sich machen lässt.«

Dr. Heinen sagte nichts, sondern ließ uns das Tuten in der Leitung hören.

»Krusekamp will nicht verraten, woran er gestorben ist«, teilte ich den anderen mit.

»Auch Gerichtsmediziner haben mal einen schlechten Tag«, meinte Eva.

»Er wirkte nicht besonders sicher«, sagte Nina.

»Wir müssen wohl warten«, stellte Andreas fest.

Das Telefon klingelte wieder.

Ich nahm ab. Es war Reinhold.

»Wusstest du, dass wir auch Telefonkonferenzen machen können?«, fragte er.

»Nina wusste es«, behauptete ich ins Blaue.

»Ich habe Staatsanwalt Macke in der Leitung.«

»Guten Tag«, meldete sich Macke.

Wir erwiderten seinen Gruß, dann berichtete ich die neuesten Erkenntnisse.

Herr Macke sagte: »Solange die Todesursache unklar ist, sind Ermittlungen schwierig.«

Wir schauten uns schweigend an, bis Nina schließlich sagte: »Ja.«

Dann fragte Macke: »Und was meinen Sie? Halten Sie diesen Freise für verdächtig?«

Ich zögerte nicht. »Ja.«

Der Staatsanwalt schwieg eine Weile. Wir bewegten uns mit allem, was wir taten, eindeutig in dem Bereich, den die Juristen ›Ermessensspielraum‹ nannten. Da alles offen und nichts sicher war, war dieser Spielraum meiner Meinung nach im Moment ziemlich groß. Weil allerdings der Staatsanwalt Macke nicht unbedingt für Bauchentscheidungen bekannt war, sah ich die Akte David Krusekamp bereits ins Archiv wandern.

Doch dann überraschte Macke uns. »Lassen Sie mich das mal zusammenfassen. Ein Mann stirbt, soviel ist klar. Ein Mann, der bereits wegen diverser Gewaltdelikte verurteilt ist, hält sich gegen jede Wahrscheinlichkeit und ohne plausible Erklärung dort auf, wo dieser andere Mann stirbt.«

Aus seinem Mund klang das unglaublich verdächtig, fand ich. Wir stimmten ihm zu.

»Wenn Sie mich fragen, da stimmt hinten und vorne was nicht bei der Sache«, bekräftigte ich.

»Dann«, sagte Macke, »fühlen Sie dem Kerl mal auf den Zahn.«

Der Tag war lang und heiß gewesen mit einem toten Mann, einer trauernden Witwe und bizarren Eltern. Und nun wartete Michael Freise darauf, dass wir uns um ihn kümmerten.

Ich sagte zu Andreas: »Er gehört dir.«

Er grinste, nahm die Akte und verschwand durch die Tür. Wir wandten uns dem Spiegel zu und sahen Freise im Verhörraum auf seinen Fingernägeln kauen. Andreas kam gemütlich durch die Tür hereingeschlendert, als habe er alle Zeit der Welt. Wahrscheinlich hatte er die sogar.

»In Ordnung, Herr Freise, wir haben Ihre Aussage übertragen. Sie wird gerade vervielfältigt und dann brauchen wir noch eine Unterschrift von Ihnen.« Andreas setzte sich gegenüber von Freise auf einen Stuhl.

»Dann kann ich ja jetzt gehen«, sagte Freise.

»Ja, natürlich können Sie das. Sobald wir Ihre Unterschrift haben«, antwortete Andreas freundlich.

Freise schwieg. Er konnte nur ahnen, was ihm noch alles bevorstehen mochte und Andreas ließ ihn im Ungewissen.

Andreas fügte hinzu: »Nur noch einen kleinen Moment Geduld.« Dann legte er beiläufig die Mappe mit den Ausdrucken aus Dortmund auf den Tisch. »Ach, wo wir gerade noch hier sitzen. Wir haben uns ein wenig schlau gemacht über Sie. Das ist so eine von diesen Routinesachen, Sie wissen schon.« Er seufzte theatralisch. »Sobald einer stirbt, gibt es tausend Vorschriften, was wir alles tun müssen.«

Andreas' Augenrollen konnte einen schwindelig machen, auf alle Fälle nahm man ihm aber ab, dass er von Formalismen nichts hielt. Auch von denen nicht, die er ein paar Sekunden zuvor selbst erfunden hatte.

Freise starrte Andreas mit offenem Mund an, unsicher, was er zu erwarten hatte.

»Sie sind kein Kind von Traurigkeit«, meinte Andreas locker.

Freise zuckte mit den Schultern.

Andreas schlug die Mappe auf. »Also wenn ich mir das hier so anschaue ... Sie lassen es ganz schön krachen, was?«

Michael Freise zuckte wieder mit den Schultern.

»Gut, irgendwie muss man ja auch mal Dampf ablassen«, meinte Andreas. »Und schließlich geht mich das auch nichts an. Wir sind ja nicht in Dortmund.«

»Genau«, sagte Freise misstrauisch.

»Leute, die sich jedes Wochenende zu einer gepflegten Schlägerei treffen, kennen wir hier übrigens schon länger. Wir lassen die in Ruhe.«

Freise schaute zweifelnd.

Andreas fügte hinzu: »Solange keine Unbeteiligten hereingezogen werden, sollen die sich doch die Köpfe einschlagen, wenn sie wollen.«

»Mann«, sagte Freise und er klang aufrichtig erstaunt. Was verständlich war, wenn er nicht durchschaute, dass Andreas kompletten Unsinn erzählte.

»Wo bleibt denn bloß die Kopie zur Unterschrift?«, fragte Andreas ungeduldig.

»Mann, das ist aber mutig von euch«, sagte Freise dann.

»Wie?«, fragte Andreas, als sei er in Gedanken schon ganz woanders gewesen.

»Na, dass ihr euch da raushaltet.«

»Oh, ach das. Unser Chef sagt immer, die Leute sind doch groß genug. Und wir haben wirklich Besseres zu tun, als für andere den Babysitter zu spielen.« Andreas klang sehr überzeugend.

»Mensch, ihr habt es echt kapiert.«

Die beiden waren nicht nur mit Worten auf eine Ebene eingeschwenkt. Wie sie voreinander saßen, hätte man den einen für das Spiegelbild des anderen halten können.

»Man muss eben wissen, wo man sich besser raushält.«

»Genau. Ganz genau. Das sage ich meiner Frau auch immer. Aber die versteht das einfach nicht. Die Bullen in Dortmund auch nicht.« Freise schüttelte den Kopf.

»Frauen«, meinte Andreas vielsagend.

»Ja, das kann man wohl sagen«, schnaubte Freise. »Meine Frau versteht gar nichts. Sagt, sie hält es nicht mit mir aus. Stellen Sie sich das mal vor.«

Ich stellte es mir vor. Ein Mann wie Freise, der sich am Wochenende mit anderen Kerlen seines Kalibers traf. Die nach ausreichend Alkohol in einer genau abgestimmten Choreografie von Pöbeleien und Beleidigungen direkt in die schönste Schlägerei schlitterten und mit blauen Augen und gebrochenen Nasen nach Hause kamen. Meine Sympathien waren eindeutig auf der Seite der Ehefrau.

»Dabei mischen wir uns doch auch nicht in deren Sachen ein, oder?«, fragte Andreas.

»Richtig. Parfüm, Handys, Liebesromane.« Michael Freise konnte auch die Augen verdrehen. Dann fügte er gewichtig hinzu: »Und Schuhe.«

Andreas stöhnte auf. »O Mann, Schuhe!«

»Ja, mit Schuhen können die einen echt umbringen.«

Ich erinnerte mich an einen Fall, in dem eine fallengelassene Geliebte einen Mann mit ihrem Schuhabsatz erschlagen hatte. Ein italienischer Designerschuh mit äußerst scharfem Stilettoabsatz, der mühelos den Schädelknochen durchbohrt hatte. Herr Freise kannte diesen Fall aber vermutlich nicht und bemühte nur eine Metapher.

»Wem sagen Sie das ... Aber es ist doch immer so. Wenn die auch nur ein bisschen nach was aussehen, meinen die, sie könnten sich in alles einmischen und einem Vorschriften machen.«

»Mann, das stimmt. Und wie das stimmt. Dabei muss es doch umgekehrt sein, oder? Ich meine, wer ist denn untreu? Ich etwa? Neee.«

»Ihre Frau denn?«

Freise nickte mit zusammengepressten Lippen.

Andreas legte dem Mann eine Hand auf die Schulter. Hätten die beiden ein kühles Bier vor sich stehen gehabt, wäre jetzt der Moment gekommen, damit anzustoßen. »Das ist hart«, sagte Andreas mitfühlend.

Freise nickte wieder.

Mit dieser Offenbarung war der von Andreas so kunstvoll erzeugte Schwung aus der Unterhaltung verschwunden und auch nicht wieder herzustellen. Andreas hatte in wenigen Minuten die Erkenntnisse aus Dortmund bestätigt. Damit gingen uns langsam die Gründe aus, den Mann noch länger aufzuhalten.

Und tatsächlich öffnete sich wie auf ein Stichwort die Tür und eine Kollegin brachte ein Blatt Papier.

»Na endlich«, schnappte Andreas und die Polizistin reagierte mit angemessenem Schrecken.

Freise unterschrieb seine Aussage, dann standen beide Männer auf. Sie schüttelten sich die Hand.

»Herr Freise, vielen Dank für Ihre Geduld. Falls wir noch Fragen haben, können wir Sie dann bei Ihren Freunden erreichen?« Er las die Adresse vor, die Freise angegeben hatte.

»Ja.«

»Wie lange werden Sie noch dort sein?«

»Ich weiß noch nicht. Vielleicht zwei Tage.«

»In Ordnung. Können Sie mich kurz anrufen, wenn Sie wieder abreisen? Nur damit wir Ihre Freunde nicht unnötig belästigen, wenn wir noch Fragen haben.« Er gab Freise seine Karte.

Der zeigte sich versöhnlich: »Na klar.«

Wir konnten nur hoffen, dass er an diesem Abend nicht noch eine Schlägerei in Krefeld anzettelte, weil er jetzt der Meinung war, damit käme man bei uns durch.

Weil die Hitze von uns allen ihren Tribut forderte, einigten wir uns schnell auf die pragmatische Linie, die wir vorher schon mit Reinhold festgelegt hatten. Wir setzten uns im Beobachtungsraum noch zu einer Runde purem eisgekühltem Wasser zusammen, um die Erkenntnisse zusammenzutragen, die uns schon vorlagen. Das dauerte nicht lange und danach blieb nur noch das Warten auf die Ergebnisse der Autopsie übrig. Zwei Aufgaben gab es aber noch zu verteilen. Ich beugte mich zu Andreas vor. »Andreas, mein Freund …«

»Oh, oh.«

»… einer von uns muss noch dem armen Dr. Heinen Gesellschaft leisten, damit er nicht so allein ist mit seiner Leiche.«

Andreas seufzte schwer. »Ich bin so froh, dich zu kennen, Markus.«

»Das ist eine sehr verdienstvolle Aufgabe«, stellte ich fest.

»Außerdem ist die Gerichtsmedizin klimatisiert«, erinnerte Nina.

»Gut, ich bin überzeugt.«

Ich nahm mein Handy und wählte Simon an.

»Ich habe schon auf deinen Anruf gewartet.«

»Wir haben eine externe Festplatte.«

»Ein gespiegeltes System?«

»Ganz genau.«

»Worauf wartest du dann noch?«

Simons Augen leuchteten auf, als Nina ihm die Festplatte auf den Schreibtisch legte. »Wunderbar!«, sagte er entzückt. »Dann will ich dem Schätzchen mal seine Geheimnisse entlocken. Soll ich nach etwas Bestimmtem suchen?«

»Nach allem, was Verdächtig aussieht«, schlug ich vor.

»O Markus, was würden wir nur ohne dich machen?«, entgegnete Simon gedehnt.

Das wusste ich auch nicht.

»Der Kalender und seine E-Mails sind für den Anfang das Interessanteste«, schaltete Nina sich ein.

»In Ordnung«, stimmte Simon zu. »Was ist mit dem USB-Stick? Hat der gut funktioniert?«

»Perfekt«, antwortete Nina. »Ein paar Sekunden, dann war der Zugang frei.«

»Und das Programm? Hat es auch die Daten vom Router?«

»Ohne Probleme.«

»Wunderbar!«, sagte Simon wieder, dann knöpfte er sich die Festplatte vor.

Es war kurz vor acht, als wir uns auf den Heimweg machten, und das bedeutete, wir hatten noch zwei Stunden Tageslicht zu erwarten, bevor die Sonne untergehen und die Temperaturen unter dreißig Grad fallen würden.

Bei extremer Witterung fluchte ich manchmal darüber, dass ich so weit außerhalb der Stadt wohnte, in einem Haus, das sogar bei den meisten Einsiedlern Zustimmung gefunden hätte. Wenn der Zufahrtsweg nach tagelangem Regen vollkommen durchweicht war und ich nur mit Glück nicht im

Schlamm steckenblieb. Wenn ein Sturm Äste oder ganze Bäume fällte und mir in den Weg legte. Wenn Nachtfrost den nassen Schlamm einfror und die Reifen meines Wagens auf dem Weg ungefähr die Griffigkeit eines Autoscooters hatten.

Bei dieser extremen Hitze war mein Wohnort jedoch ein Segen. Das einzige Problem mit der Zufahrt war der erhöhte Staubanfall. Ansonsten konnte ich mich darüber freuen, kontinuierlich eine um etwa fünf Grad niedrigere Temperatur zu haben als in der Stadt.

Ich befolgte konsequent die Gewohnheiten der Wüstenvölker und ließ mein Haus über Tag bei geschlossenen Fenstern und heruntergelassenen Jalousien die Hitze überdauern. Hinter meiner Haustür empfing mich deshalb eine Kühle, bei der ich im Winter sicher geschwitzt hätte, die jetzt aber die reinste Wohltat war. Ich streifte meine Schuhe ab, zog mir Hose und Socken aus und lief barfuß durch das kühle Dämmerlicht.

Inzwischen wohnte ich fast anderthalb Jahre in diesem Haus. Ich hatte es kurz nach meiner Scheidung gekauft, es war das Ende einer Flucht vor meiner Frau, vor bestimmten Kollegen und vor Leuten, die ich für meine Freunde gehalten hatte. Die Arbeit am Haus hatte mir geholfen, mich abzulenken. Die ländliche Stille hatte mir zu innerer Ruhe verholfen. Hier fühlte ich mich sicher, hier hatte ich nichts zu befürchten.

In der Küche goss ich mir noch ein Glas Wasser ein, ging weiter ins Wohnzimmer und spähte durch die Spalten der Jalousie. Mein Garten lag in der Abendsonne, der Rasen gelb und vertrocknet, Blumen und Büsche leidlich in Form. Die Glut des Tages erlosch langsam. Bis ich das Haus richtig durchlüften konnte, würde noch einige Zeit vergehen, aber die Jalousien konnte ich schon hochfahren. Auf einen Knopfdruck hin glitten die Rollläden langsam in ihre Kästen und gaben den Blick nach draußen frei. Nur auf der Westseite des Hauses ließ ich sie noch geschlossen.

Ich trat auf die Terrasse, schloss die Tür direkt wieder hinter mir und rückte einen Stuhl zurecht. Mit hochgelegten Beinen sog ich die Sommerluft ein und ließ die Ruhe auf mich wirken. Ich war kein großer Kommissar, der in solchen Momenten geniale oder auch nur scharfsinnige Schlussfolgerungen zieht. In diesem Moment war ich einfach damit zufrieden, in meinem Stuhl zu sitzen und den Blick schweifen zu lassen. Ich beobachtete einige Bienen auf der abendlichen Suche nach Nektar, Vögel in den Schatten der Baumwipfel, ein Eichhörnchen, das die Beute des Tages in Sicherheit brachte, und einige Schmetterlinge, die auf ihren Flügeln die letzten Sonnenstrahlen einfingen. Ich sah den blauen Himmel dunkler werden und kurz darauf, wie die ersten roten Einsprenkelungen von Westen her das Firmament zum Glühen brachten. Die Grillen zirpten und schließlich gab die Hitze den Tag aus ihrem Griff frei. Ich saß bloß da und dachte an nichts außer an das, was ich sah.

Was mich aus diesem wunderbaren Zustand riss, waren die ersten Mücken des Abends. Daher ging ich hinein und begann das große Lüften. Ich öffnete alle Fenster so weit es ging, um den größtmöglichen Durchzug zu erzeugen. Weil ich alle Fenster mit Insektenschutzgittern versehen hatte, brauchte ich den Durchzug auch, um die Luft im Haus einigermaßen bewegen zu können. So würde ich die Fenster die ganze Nacht über lassen und sie um halb sieben wieder vor der sich aufbauenden Hitze schließen.

Dienstag

Über Nacht war ich ein Jahr älter geworden. Ich empfand meinen Geburtstag nicht als besonderes Ereignis oder herausragenden Tag, aber vergessen würde ich ihn auch nicht. Und wie jedes Jahr stellte ich auch diesmal fest, dass ich mich mit einem Jahr mehr, nun mit zweiundvierzig, nicht anders fühlte als vorher.

Weil ich in Unterhose und nur mit einem Laken statt Decke schlief, war die Nacht relativ erholsam gewesen. Als der Wecker klingelte, stand ich auf und duschte zügig. Obwohl ich es nicht wollte, kreisten meine Gedanken doch um mein Alter. Ich dachte an solche Dinge wie den Lebensweg, wie weit ich darauf gekommen war und was ich wirklich erreicht hatte. Während ich mich abtrocknete, unterdrückte ich erfolgreich den Impuls, eine Bilanz meines Lebens zu ziehen und jeden meiner Fehler einzeln zu würdigen. Stattdessen fand ich mich von einem Moment auf den anderen beim Kämmen in einer Situation wieder, die wahrscheinlich jeder Mann schon erlebt hatte, die aber zu peinlich war, um darüber zu sprechen: Ich maß die Höhe meiner Stirn. Um genau zu sein, die Fläche, die schon kahl war. Dabei machte ich einige erstaunliche Feststellungen. Meine Stirn war in der Mitte genau vier Fingerbreiten hoch. Bei der Vermessung der Geheimratsecken reichten sechs Finger mit Mühe und Not. Ich verdrängte die Messergebnisse von meinem letzten Geburtstag.

Ich tröstete mich mit dem Gedanken, dass man wenigstens die grauen Haare nicht so gut sehen konnte, solange sie noch nass waren. Natürlich waren die Haare auf dem Weg zum Frühstück von der Hitze schon halb getrocknet, aber auf der Treppe hatte ich ja keinen Spiegel.

Bevor ich ins Präsidium fuhr, ging ich durch alle Zimmer,

schloss die Fenster und ließ die Rollläden herunter. Nachdem ich mein Haus auf diese Weise zu einer Festung gegen die aufmarschierende Sommerhitze ausgebaut hatte, stieg ich in mein Auto und machte mich auf den Weg.

Die Sonne brannte schon am Morgen grell. Unterwegs prophezeite der Meteorologe im Radio Sonnenschein von früh bis spät und Temperaturen bis zu neununddreißig Grad im Schatten. Er ergänzte, dass es in Innenstädten natürlich auch noch heißer werden könnte, und meinte damit nicht das Nachtleben.

»Herzlichen Glückwunsch zum Geburtstag!«, sagte Nina, als ich in unser Büro kam. Ich erwiderte ihre Umarmung. Nach einer Minute trennten wir uns voneinander, bevor wir vor Hitze oder aus anderen Gründen aneinander kleben blieben.

Ich sagte: »Langsam werde ich wirklich alt.«

Nina stand immer noch sehr nah vor mir und schaute mich prüfend an. Sie sagte: »Reifer.«

Ich meinte: »Mit grauen Haaren.«

»Erfahrener.«

»Und Falten.«

»Attraktiver.«

»Du nimmst mich auf den Arm.«

»Sehe ich so aus, als würde ich dich auf den Arm nehmen?«

Ich schaute Nina an, ihre Haare zum Zopf geflochten, ihr weiches Gesicht, ihre sanften Augen, die mich musterten. Sie sah eindeutig nicht so aus, als wollte sie mich auf den Arm nehmen.

»Nein«, sagte ich leise. Und fügte hinzu: »Aber der Verdacht liegt nahe. Du wirst schließlich erst dreiundzwanzig, oder?«

Sie lachte und ich war mir ziemlich sicher, dass ich an diesem Tag nichts Schöneres mehr hören würde. »Markus, du bist gerade neun Jahre älter als ich. Du machst so ein Tam-

tam darum, dass ich manchmal denke, du hast einen Alterskomplex.«

Vielleicht hatte ich den sogar, man konnte ja nie wissen. Ich kam aber nicht mehr zu einer Erwiderung, weil Nina feierlich ein Geschenk aus ihrer Schreibtischschublade holte.

Ich konnte mich nicht erinnern, wann ich das letzte Mal beim Auspacken eines Geschenks so aufgeregt gewesen war. Es war flach und hatte ungefähr die Größe eines DIN-A4-Blattes. Natürlich fragte ich mich auch, was Nina mir wohl schenken mochte. Für das flaue Gefühl im Magen reichte aber allein die Tatsache, dass sie mir etwas schenkte. Denn das hatte sie im letzten Jahr noch nicht getan. Allerdings waren wir danach wegen eines gemeinsamen Falls in Münster gewesen und uns bei der Übernachtung im Hotel sehr nahe gekommen. Seitdem war nicht die Frage, ob wir dabei waren, eine Beziehung einzugehen, sondern nur noch, wann es so weit sein würde.

Ich entfernte behutsam das rote Geschenkpapier und stieß auf die Rückseite eines Bilderrahmens. Bilder hatte ich in meinem Haus tatsächlich noch sehr wenige und ich ließ mir auch viel Zeit damit, die Wände zu füllen. Mein erster Gedanke war, dass Nina das aufgefallen war. Als ich den Rahmen aus dem Papier nahm und umdrehte, sah ich aber kein Foto, sondern eine gerahmte Urkunde. Ich betrachtete sie eine Weile, bevor ich verstand, was ich in meinen Händen hielt. Für einen Moment war ich sprachlos. Das war noch nicht vielen Menschen gelungen, und ganz sicher noch niemandem durch ein Geschenk.

»Du … du hast mir einen Stern geschenkt?«, fragte ich ungläubig. Die Urkunde besagte, dass ein Stern im Sternbild Schütze nach mir benannt worden war.

Nina lächelte, dann schlug sie die Augen nieder. »Ja.« Sie ließ mir etwas Zeit, um das zu verdauen.

»Ich … Danke!« Wenn ich mit vielem gerechnet hatte, dann doch nicht damit.

Ihre Augen waren ein eigenes Universum. »Ich habe dir einen Stern geschenkt, weil ...«

Ihre Worte wurden vom Quietschen unserer Tür übertönt, aber aus dem Geschenk selbst schloss ich, dass ein sehr romantischer Gedanke dahintersteckte.

Von der Tür her quäkte eine Stimme mit spöttischem Ton: »Oh, stören wir die beiden Turteltäubchen?«

Ich sagte mit so wenig Sarkasmus wie mir möglich war: »Egon, was für eine schöne Überraschung.«

Egon Kamenik drang, gefolgt von seiner Partnerin Marla Schickel in unser Büro ein, baute sich vor meinem Schreibtisch auf und streckte mir seine Hand entgegen. Mir entging nicht, dass er krampfhaft versuchte, einen Blick auf mein Geschenk zu erhaschen, aber seit seinem Eintreten war ganz plötzlich nur noch die Rückseite des Rahmens zu sehen.

Egon schüttelte mir die Hand. Sie war feucht. Er sagte: »Glückwunsch zum Geburtstag! Meine Güte, schon zweiundvierzig, was? Wenn das doch mit der Beförderung auch so einfach wäre wie mit dem Älterwerden, oder?«

Er lachte jovial, blieb aber allein damit. Die beiden Kollegen waren anscheinend der Meinung, sie müssten sich ihren Spitznamen im Kommissariat – ›Duo infernale‹ – jeden Tag aufs Neue verdienen.

Ich entgegnete ihm: »Vielen Dank, Egon. Ich hoffe, das ist nur Schweiß in deiner Hand und nicht noch irgendeine andere Körperflüssigkeit.«

Marla drehte sich weg und ich meinte, sie prusten zu hören. Egons Miene versteinerte.

Wir schüttelten uns immer noch die Hand, während ich mich halb zu Nina umdrehte und fragte: »Sag mal, wir haben doch hoffentlich noch etwas von diesem Desinfektionsmittel für die Hände?« Von der Schweinegrippe, fügte ich in Gedanken hinzu.

Egon riss sich los, funkelte mich an, aber er hatte seine ganze Munition schon verschossen. Was schade war, denn ich hatte noch das eine oder andere in der Hinterhand. Aber die Hitze ging eben auch an ihm nicht spurlos vorüber und hatte den Pool seiner Gehässigkeiten gehörig ausgetrocknet.

»Dann will ich euch nicht weiter stören«, sagte er düster und verschwand auf dem Flur.

Ich wischte mir die Hand mit einem Taschentuch ab, bevor ich Marlas Glückwünsche entgegennahm, die zwar nicht herzlich, aber doch höflich waren.

Als Nina und ich wieder allein waren, atmeten wir beide durch. Diese Heimsuchung von Egon und Marla hatten wir glimpflich überstanden.

Schließlich sagte ich: »Ich würde gerne wissen, wie du auf die Idee gekommen bist, mir einen Stern zu schenken, aber ich habe das Gefühl, dass unser Büro nicht der richtige Ort ist, um das zu erklären.«

»Das stimmt«, sagte Nina.

»Dann überlegen wir uns etwas anderes.«

»Gute Idee«, sagte sie lächelnd.

Nachdem wir uns ein Glas Wasser eingeschenkt hatten und wieder an unseren Schreibtischen saßen, fragte Nina: »Was kommt als Nächstes?«

Seit dem Tod von David Krusekamp hatten sich keine anderen Fälle ergeben, die unsere Aufmerksamkeit fordern konnten. Anscheinend lähmte die Hitze nicht nur das politische Geschäft und die Wirtschaftstätigkeit, den Straßenverkehr und das öffentliche Leben, sondern auch das Verbrechen, ganz gleich in welcher Form.

»Gerichtsmedizin?«, fragte ich.

»Das ist dein Part«, sagte Nina.

Ich nahm den Telefonhörer und wählte. Ich war mehr als überrascht, als Karl den Hörer abnahm.

»Karl, ich dachte, du bist in Ägypten?!«, sagte ich.

»Da war es mir zu kühl, ich bin lieber zurückgekommen«, konterte er.

»Dein Urlaub ist schon zu Ende?«

Er seufzte. »Ja, schon vorbei. Einfach so.« Und dann fügte er hinzu: »Und kaum bin ich zurück, da treibst du so eine komische Leiche auf.« Dr. Karl Konermann war der Gerichtsmediziner, mit dem wir meistens zusammenarbeiteten. Wir kannten uns schon seit über zehn Jahren.

Ich sagte: »Wieso komisch? Ist sie denn nicht tot?«

»Doch, das ist sie definitiv. Aber erst hat Hubert sie die ganze Nacht untersucht und jetzt sitze ich auch schon dran, seit ich hier bin.«

»Und?«

»Und? Das fragst du noch?«

»Ja, das frage ich. Woran ist der Mann denn gestorben?«

Karl sagte: »Markus, du hast vielleicht Nerven.«

»Wieso? Ich verstehe nur Bahnhof.«

»Ich habe so etwas noch nicht erlebt. Wir haben alles an dem Mann untersucht. Wir wissen, dass er tot ist. Aber das ist auch schon alles.«

Ich brauchte eine Weile, um diese Information zu verarbeiten. »Soll das heißen, ihr wisst immer noch nicht, woran er gestorben ist?«

Bei diesen Worten schaute auch Nina erstaunt von ihrem Computer auf.

Im Telefonhörer sagte Karl genervt: »Ja, genau das soll es heißen.«

»Oh.«

»So könnte man das auch sagen. Ich schlage vor, ihr kommt hier mal vorbei und wir besprechen diesen Fall.«

Die Gerichtsmedizin war nicht unbedingt mein Lieblingsplatz, aber unter den gegebenen Umständen klang der Vorschlag so vernünftig, dass ich mich ihm schlecht entziehen konnte. »In Ordnung, wir sind gleich bei dir.«

Als ich auflegte, stand Reinhold in der Tür. »Wo wollt ihr hin?«

Ich sagte: »In die Gerichtsmedizin.«

»Oha! Und das an deinem Geburtstag?« Reinhold schüttelte mir die Hand und wünschte mir alles Gute. Sein Blick fiel beiläufig auf das Geschenkpapier und den immer noch umgedrehten Rahmen, aber er sagte nichts dazu.

»Es ist wegen dem Fall Krusekamp«, erklärte Nina.

»Gibt es denn noch nichts Neues?«, fragte Reinhold.

»Die haben die Leiche die ganze Nacht lang untersucht, aber die Todesursache steht immer noch nicht fest.«

Reinhold runzelte die Stirn. »Die ganze Nacht? Die nehmen das persönlich, oder?«

»Kommst du mit uns?«

Er schaute mich an und ich konnte förmlich sehen, wie er überlegte. Anscheinend siegte seine Neugier, denn er sagte: »In Ordnung, das sehe ich mir auch mal an.«

Auf dem Weg holten wir Andreas und Eva ab und brachen in einer kleinen Karawane auf.

Ich war erleichtert, als wir erfuhren, dass Karl in seinem Büro auf uns wartete und wir nicht zu den Leichen und ihrem alles durchdringenden Geruch mussten.

Karl telefonierte, und wir blieben in der Tür stehen. »Ja, das sagte ich doch, so etwas habe ich noch nie gesehen. – Aber natürlich haben wir das untersucht. – Ganz recht. – Nein, ich nehme dich nicht auf den Arm …«

Er verdrehte übertrieben die Augen, winkte uns herein und wir setzten uns an seinen Besprechungstisch. »Genau das habe ich doch gesagt! – Richtig, und bring gleich ein paar Studenten mit, das sieht man wirklich nicht jeden Tag. – Gut, bis dann.« Karl legte mit einem theatralischen Seufzer den Hörer auf, dann sagte er zu uns: »Professoren …« Als wäre damit alles erklärt.

Reinhold gab sich damit nicht zufrieden. »Was für Professoren?«

Karl erklärte: »Also, wir wissen bei dieser Leiche nicht weiter. Und da dachte ich mir, wir haben doch direkt um die Ecke einen der bekanntesten Gerichtsmediziner Deutschlands, warum schaut der sich die Leiche nicht mal an. Und das wird er jetzt tun. Heute Abend kommt er her.«

Ich staunte. Nicht über den Professor, sondern darüber, dass Karl wirklich ratlos war. Einen Augenblick später trat ein abgespannter Dr. Heinen ein und setzte sich zu uns.

Reinhold fragte: »Wer ist dieser Professor?«

»Professor Grabski. Recht bekannt.«

»Oha!«, sagte Reinhold und sprach damit genau meine Gedanken aus. Dieser Mann war zumindest in Kreisen der Kriminalitätsbekämpfung jedem ein Begriff.

»Eine Autorität«, sagte Nina.

»Eine Koryphäe«, meinte Eva.

»Ein Mythos«, behauptete Andreas.

»Er wird kommen?«, fragte Dr. Heinen.

Karl nickte. »Gleich heute Abend.«

Dr. Heinen wirkte zufrieden.

Ich fragte: »Und er wird herausfinden, woran unser Mann gestorben ist?«

Karl sagte: »Wenn er es nicht herausfindet, dann ist der Mann noch lebendig.« Er seufzte. »Wir können gerne besprechen, was wir bisher herausgefunden haben.«

Dr. Heinen schnaubte. »Das dürfte schnell gehen.« Er fuhr sich mit der Hand über sein Gesicht und rieb seine Augen.

»Wir haben hier einen vierunddreißigjährigen Mann in sehr guter körperlicher Verfassung«, erläuterte Karl. »Wir vermuten, dass er regelmäßig Sport getrieben hat. Organe, Knochen, Muskeln, Skelettsystem, alles bestens. Wir haben die üblichen Untersuchungen gemacht. Er hat äußere Verletzungen. Wie wir von Zeugen und den Aufzeichnungen der Überwachungskamera wissen, ist er mit dem Hals auf die Kante eines Fernsehgerätes gestürzt. Er kam mit seinem Kehlkopf auf und hat entsprechende Verletzungen davongetragen.«

»Gequetscht?«, fragte ich.

»Zertrümmert würde es eher treffen. Mit Einblutungen in die Luftröhre.«

»Dann ist er doch erstickt«, meinte Nina, woraufhin Dr. Heinen sie mit einem bohrenden Blick strafte.

»Genau das ist der Punkt«, sagte Karl.

Da war es wieder, das Orakel von Krefeld, der zu Rätselsprüchen neigende Gerichtsmediziner Dr. Karl Konermann. Ein wenig gebräunt vom Aufenthalt in Ägypten, aber nicht minder rätselhaft als vor der Reise.

Wir schauten ihn nur an und sparten uns die Nachfrage. Karl erläuterte: »Er ist eben nicht erstickt.«

»Dann war er schon vorher tot? Bevor er auf den Fernseher fiel?«, fragte ich. Ich erinnerte mich noch gut an das Schwanken und an den Verlust der Körperspannung, den wir auf dem Überwachungsvideo beobachtet hatten. Vielleicht war es das, was ich gesehen hatte.

Karl tauschte mit Dr. Heinen einen bedeutungsvollen Blick. Er sagte: »Vielleicht.«

»Aber gibt es da nicht Möglichkeiten?«, fragte Nina. »Verletzungen vor dem Tod und nach dem Tod zu unterscheiden?«

»Natürlich. Damit wir uns nicht falsch verstehen. Wir sprechen hier über ein Zeitfenster von vielleicht dreißig Sekunden. Ob er schon vor dem Aufprall tot war oder erst kurz danach gestorben ist, das wissen wir nicht.«

Dr. Heinen ergänzte: »Aber wir wissen sicher, dass er nicht mehr lange genug gelebt haben kann, um an seinen Verletzungen zu ersticken.«

Das würde natürlich die Ratlosigkeit des Gerichtsmediziners vor Ort erklären, dachte ich. »In Ordnung. Erstickt ist er also nicht. Was kommt sonst noch infrage? Genickbruch?«

Karl schüttelte den Kopf. »Er hatte keine anderen Verletzungen. Wie gesagt, er war topfit.«

»Drogen? Alkohol?«

Karl schüttelte erneut den Kopf.

»Gift?«

»Gift ist ein Punkt«, räumte Karl ein, »an den wir auch schon gedacht haben. Einige Blutwerte sind erhöht, andere recht niedrig.«

»Aber?«

»Alle Tests auf Gift waren negativ. Und die Werte sind vielleicht ein wenig ungewöhnlich, liegen aber alle noch im Normbereich. Sie passen zu keinem Gift und keiner Krankheit, die ich kenne.«

»Also Fehlanzeige«, stellte ich fest.

»Aber damit ist es doch wie mit Doping, oder?«, fragte Nina. »Es gibt Substanzen, die sich nicht nachweisen lassen.«

»Oder die noch unbekannt sind«, fügte ich hinzu.

»Die gibt es«, bestätigte Karl. »Aber wir sind keine Experten für Gift.«

Ich hatte Karl schon bei einigen Fällen erlebt und konnte mich an keinen einzigen erinnern, bei dem er uns nicht wertvolle Hinweise geliefert hatte. Und es gab definitiv keinen einzigen Mordfall, in dem er die Todesursache nicht ermittelt hatte. Auch wenn er kein Experte für Gift sein mochte, konnte ich mir nur schwer vorstellen, dass ausgerechnet David Krusekamp an einem Gift gestorben sein sollte, das Karl nicht nachweisen konnte.

»Aber an seiner Wirkung könntet ihr ein Gift doch erkennen? Ich meine, irgendwie tötet es ja. Greift ein Organ an oder so etwas«, meinte ich.

»Das stimmt. Die meisten Gifte machen so etwas. Aber es ist natürlich auch vorstellbar, dass es eine Substanz gibt, die weder nachweisbar ist, noch in ihrer Wirkung eindeutig feststellbar.«

»Eine Sackgasse«, stellte Nina fest.

»So wie alles andere auch«, bestätigte Karl. »Er hatte wie gesagt keine anderen Verletzungen.«

Ich sagte: »Bei CSI habe ich einmal gesehen, wie …«

Karl schnitt mir mit einer rigorosen Geste das Wort ab. »Sehe ich aus, als wäre ich vom CSI?«

Ich musterte ihn und dachte an die Darsteller in der Fernsehserie, mit perfektem Outfit und Designerkleidung. »Nein, du siehst aus wie ein ganz normaler Mensch.«

»Also, dann verschon mich mit diesem Unsinn.«

Ich fügte hinzu: »Für das CSI fehlt dir außerdem das Dekolleté.«

Karl schüttelte nur den Kopf.

»Was könnte es sonst noch sein?«, unterbrach Reinhold. »Was ist mit dem Kernkraftwerk, in dem er gearbeitet hat?«

»Das stimmt«, sagte Nina. Eigentlich hatten wir ja Atommafia gesagt, aber ich wollte nicht kleinlich werden.

Karl hob die Augenbrauen. »Interessant.«

Wir hatten diese Information nicht an die Gerichtsmedizin weitergegeben, weil wir es nicht für nötig gehalten hatten. »Kann das etwas mit seinem Tod zu tun haben?«

»Schwer zu sagen«, meinte Karl nachdenklich. »Strahlung kann natürlich tödlich sein, aber die Strahlenkrankheit hat Symptome, die man nicht übersehen kann. Wie gesagt …«

»… er war topfit«, imitierte Andreas.

»Genau«, bestätigte Karl. »Du hast es selbst gesehen. Jedes einzelne Organ.«

Dr. Heinen sagte: »Durch eine hohe Strahlendosis zu sterben ist eine Sache. Die andere Möglichkeit ist es, wenn er einen Strahler inkorporiert hat.«

Das klang fachlich. Ich fragte: »Was heißt das denn?«

»Wenn Sie sich starker Strahlung aussetzen, gibt es eine Dosis, die ziemlich sicher tödlich ist. So etwas gibt es in einem Kernkraftwerk natürlich nicht.«

»Fukushima?«, fragte ich. Die Bilder waren mir noch frisch im Gedächtnis und ich war mir nicht sicher, ob sich in der japanischen Anlage überhaupt schon wieder alles auf Normaltemperatur abgekühlt hatte.

Dr. Heinen erwiderte: »Hat der Mann in Fukushima gearbeitet? Direkt nach dem Unfall?« Sein Tonfall verriet, dass er entweder vollkommen übermüdet oder von mir genervt war.

»Nein«, sagte ich. »Er hat zwei Wochen als Elektriker in Neustadt gearbeitet und ist am Mittwoch zurückgekommen.«

»Gut«, sagte Dr. Heinen, offenbar erfreut über diese vernünftige Auskunft, »dann gibt es noch eine andere Möglichkeit. Und zwar, dass er einen radioaktiven Stoff inkorporiert hat. Das heißt aufgenommen.«

»Wie … aufgenommen?«

»Über die Haut, über Nahrung, über die Luft. So könnte ein Strahler in seinen Körper gelangt sein.«

»Das klingt ziemlich unangenehm«, meinte Nina. Und obwohl es in Karls Büro um die dreißig Grad sein mussten, fröstelte sie.

»Das ist es auch. Radioaktive Stoffe strahlen nicht nur, sie sind in der Regel auch hochgiftig.«

»Pfui Teufel!«

»Aber die kann man doch mit so einem Messgerät aufspüren, oder?«, fragte Reinhold.

»Mit einem Geigerzähler.«

»Genau.«

»Das kommt drauf an. Es gibt verschiedene Arten von Strahlern. Bei einer Inkorporation sind Stoffe, die Alphastrahlen aussenden, für den Menschen am gefährlichsten. Wenn solche Partikel vom Körper aufgenommen werden, setzen sie sich in einem Blutgefäß, an einem Knochen oder in einem Organ fest und schädigen es durch die Strahlung direkt. Die Strahlung wird aber vollkommen vom Körper absorbiert, sodass ich schon ein paar Zentimeter weiter nichts mehr messen kann. So etwas ist sehr schwer aufzuspüren.«

Es kehrte eine nachdenkliche Stille ein. Ich stellte mir vor, dass David Krusekamp bei der Arbeit an irgendwelchen Schaltkreisen, Relais oder Kontrollpulten mit Radioaktivität in Berührung gekommen war, die ihn später getötet hatte. Ich fand diese Vorstellung sehr unbehaglich. Das mochte auch daran liegen, dass man Radioaktivität nicht wahrnehmen konnte wie einen Mörder, der mit dem Messer auf einen losging.

»Dann kann man solche Stoffe nicht aufspüren?«

»Doch, dafür gibt es spezielle Ganzkörperscanner. Schließlich kann es bei Tätigkeiten in kerntechnischen Anlagen durchaus vorkommen, dass jemand entsprechende Stoffe inkorporiert.«

»Nicht nur in Fukushima?«

Dr. Heinen seufzte und verdrehte die Augen. Ich beschloss, ihn nicht weiter zu ärgern.

»Und?«

»Aber wir haben solche Spezialgeräte nicht hier, sondern nur einfache Geigerzähler«, erläuterte Karl.

Dr. Heinen schaltete sich wieder ein: »Wir sollten auch nicht vergessen, dass wir hier nicht über Krebs reden. Es geht nicht darum, dass eine Person einen Strahler inkorporiert, der nach einigen Jahren zu bösartigen Veränderungen im umgebenden Zellgewebe führt. Wenn Krusekamp infolge von Radioaktivität gestorben ist, dann hatte er einen Strahler inkorporiert, der sich in einem bestimmten Organ festgesetzt und es so geschädigt hat, dass es für ihn tödlich war.«

Karl nickte. »Das stimmt.«

Dr. Heinen bekräftigte: »Und diese tödlichen Schäden hätten wir entdeckt.«

Nach diesen Worten kam die Stille wieder. Sie wurde erst nach einer ganzen Weile von Nina gebrochen. »Sonst gibt es keine ausgefallenen Todesursachen, die infrage kommen?«

»Nein«, sagte Karl.

»Nein«, echote Dr. Heinen.

»Es sei denn …«, begann Karl.

Sofort war ihm unsere volle Aufmerksamkeit sicher.

»Es sei denn, es handelt sich um eine Wechselwirkung von

einzelnen Faktoren, die wir bisher nicht bedacht haben. Die vielleicht noch gar nicht bekannt ist …«

Wir schauten ihn verständnislos an.

»Vielleicht seine Allergie … Ambrosiapollen … oder etwas in der Klimaanlage … im Mittagessen … ein leicht geschädigtes Organ … mit einem Strahler …«

Es blieb offen, ob er mit uns oder mit sich selbst sprach. Dr. Heinen blickte skeptisch. Und sogar für mich klang es sehr weit hergeholt. Allerdings kannte ich auch den Grundsatz von Sherlock Holmes: Wenn man alles andere ausgeschlossen hat, muss das, was übrig bleibt, wohl die Lösung sein.

»Dann bin ich gespannt auf den Professor«, sagte Reinhold.

Karl lächelte matt. Zum ersten Mal kam mir der Gedanke, dass die beiden Gerichtsmediziner sich von dem Professor vielleicht gar keine Lösung versprachen, sondern lediglich von höherer fachlicher Stelle absichern lassen wollten, dass die Todesursache nicht zu ermitteln war.

Ich fragte Karl: »Worauf tippst du?«

Wir arbeiteten lange genug zusammen, dass er die Frage nicht abblockte. Nach kurzem Zögern sagte er: »Strahlung. Vielleicht in Verbindung mit anderen Faktoren. Aber ich tippe definitiv auf Strahlung.«

Dr. Heinen schaute ihn erstaunt an. »Aber darauf haben wir keine Hinweise gefunden.«

»Wir haben auch keine gesucht.«

Dr. Heinen schien mit Karls Einschätzung nicht einverstanden zu sein. »Worauf ist diese Annahme gestützt? Ich meine, außer dass es gerade in Mode ist, Radioaktivität und Kernkraftwerke für alles Mögliche verantwortlich zu machen?«

Karl hob beschwichtigend die Hände. Die Nerven seines Kollegen lagen offenbar blank. »Ich habe schon gesagt, dass wir es nicht wissen. Markus hat mich nach meinem Gefühl gefragt und danach, was ich glaube. Ich tippe auf Strahlung, ohne genau sagen zu können, warum.«

Karls Antwort gefiel mir als Ermittler sehr. Ich verließ mich gerne auf mein Gefühl und das hatte uns immerhin schon den verdächtigen Freise auf den Schirm gebracht.

Andreas sagte leise: »Ich glaube, es ist ungefähr zehn Jahre her, da gab es doch diesen Fall irgendwo in Süddeutschland. Wo einer radioaktives Material entwendet hat, um seine Freundin zu kontaminieren.«

Ich dachte an Nadine Krusekamp.

»Du meinst, seine Frau ist gefährdet?«, fragte Eva.

»Nein, ich meine, vielleicht hat ihm jemand radioaktives Material untergejubelt. Um ihm zu schaden.«

»Du meinst, ihn umzubringen?«

Andreas nickte.

Das war ein interessanter Gedanke. Die Konsequenzen lagen auf der Hand.

»Dann wäre es Mord.«

»Genau«, sagte Andreas.

Nina räusperte sich. »Ich will euch Jungs nicht den Spaß verderben. Aber wir wissen immer noch nicht, woran der Mann überhaupt gestorben ist.«

Sie hatte natürlich recht. Spekulieren war spannend, führte uns aber jetzt nicht weiter.

Reinhold wandte sich an Dr. Heinen: »Was ist Ihre Einschätzung?«

Dr. Heinen zögerte so lange, dass ich mir nicht sicher war, ob er überhaupt antworten wollte. Schließlich sagte er: »Ich glaube nicht, dass wir genug wissen, um Vermutungen anzustellen. Es gibt keine Hinweise auf eine uns bekannte Todesursache. Im Grunde ist es so ...« Er rang nach Worten. »Es sieht so aus, als habe sein Körper einfach nicht mehr leben wollen. Als wurde irgendwo ein Hebel umgelegt. Der Mann wirkt wie abgeschaltet, ohne dass wir den Schalter oder den Mechanismus kennen.« Dr. Heinen stockte und hörte schließlich ganz auf zu sprechen. Er wirkte sehr unzufrieden mit seiner eigenen Erklärung, vielleicht weil er sich zu nicht wissenschaftlichen Äußerungen hatte hinreißen lassen.

Eva fragte: »Als hätte man einen Hebel umgelegt?«

Dr. Heinen nickte.

Ich stellte mir eine Reihe kleiner Männchen vor, die im Kopf unseres Opfers saßen und einen großen Hebel aus der Position ›Leben‹ mit vereinten Kräften in die Position ›Tod‹ kippten. Im Grunde fand ich die Theorie aber noch abwegiger als den unsichtbaren tödlichen Strahler in geisterhafter Wechselwirkung mit der Allergie des Mannes.

Sprachlos saßen wir eine Weile da, bis Nina die entscheidende Frage stellte: »Und was machen wir jetzt?«

Ich hatte das Gefühl, dass wir alle ziemlich ratlos waren. Weil wir uns aber für Profis hielten und es sicher auch waren, war ein Eingeständnis unserer Ratlosigkeit nicht akzeptabel.

Karl sagte: »Wir nehmen uns die Leiche noch einmal vor und suchen nach einem Strahler. In den Organen, im Körper. Sowohl nach einer Strahlenquelle, als auch nach Schäden, die sie verursacht haben könnte.«

An Dr. Heinen gerichtet fügte er hinzu: »Schließlich haben wir hier auch Messgeräte.«

Der Kollege nickte schicksalsergeben ohne erkennbare Begeisterung. Wahrscheinlich hätte er sich lieber in sein Bett gelegt.

Auch ich wollte Optimismus verbreiten und schlug vor: »Wir könnten den Chef von Krusekamp befragen, was für Arbeiten er zuletzt ausgeführt hat und ob es dabei vielleicht zu Auffälligkeiten gekommen ist.«

»Gute Idee«, spornte mich Karl an. »Kernkraftwerke haben eine sehr gute Überwachung im Strahlenschutz. Die könnte uns wichtige Hinweise liefern.«

Eva sagte: »Okay, dann erkundigen wir uns in Neustadt, ob es dort vielleicht Unregelmäßigkeiten gab. Wenn wir das gemacht haben, checken wir rückwärts alle Kernkraftwerke, in denen der Mann gearbeitet hat.«

Reinhold schaute in die Runde. »In Ordnung. So machen wir es. Sobald es neue Erkenntnisse aus der Gerichtsmedizin gibt, sagt ihr uns Bescheid.«

Karl erwiderte übertrieben zackig: »Zu Befehl!«

»Von so einem Fall habe ich noch nicht mal gehört oder gelesen. Geschweige denn, selbst erlebt«, seufzte Nina, als wir auf dem Weg zum Auto waren.

»Topfit und in Bestform«, sagte ich.

»Und gut aussehend obendrein. Beneidenswert.«

»Ja, wenn er nicht tot wäre.«

Wir fuhren los. Von Nadine Krusekamp hatten wir die Adresse der Firma, in der ihr Mann gearbeitet hatte. In der flirrenden Luft rollten wir unserem Ziel entgegen.

Die Firma Krey hatte ihren Sitz in einem Gewerbegebiet in Gartenstadt. Das Gelände war weitläufig, mit mehreren großen Hallen, einigen Firmenwagen davor und reichlich freien Parkplätzen. Das Areal schien in der Hitze verlassen. Ich parkte direkt vor dem niedrigen Verwaltungsgebäude, einem zweckmäßigen und schmucklosen Betonbau, der an einen Container erinnerte.

»Hier residiert also die Atommafia«, meinte ich und stellte den Motor ab.

»Das ist nur eine unbedeutende Außenstelle«, korrigierte Nina mich.

Im Gebäude war es zwar nicht kühl, aber allein der Schutz vor der Sonne sorgte für Erleichterung. Zwei Männer im Blaumann, die lässig neben einem Wasserspender standen, blickten auf, als wir eintraten.

»Guten Tag«, sagte ich. »Mein Name ist Wegener und das ist Frau Gerling. Wir möchten zu Herrn Krey.«

Einer der Männer deutete einen schmalen Gang hinunter. »Die Tür ganz hinten rechts.« Unbeeindruckt von der Störung nahmen die beiden ihre Unterhaltung wieder auf. Als wir an ihnen vorbeigingen, schnappte ich ein paar Brocken über Fußball auf und wie ungerecht die Welt war, weil man als normaler Arbeitnehmer bei der Hitze arbeiten musste, die Profispieler aber nicht.

In dem kleinen Flur waren einige Kunstdrucke von Monet aufgehängt, in dem verzweifelten Versuch, etwas Behaglichkeit zu verbreiten. Wir fanden Kreys Büro ohne Probleme, klopften an und wurden mit einem knappen »Herein!« vom Inhaber und Geschäftsführer der Firma eingelassen.

Herr Krey blickte überrascht von einigen Papieren auf, wirkte aber eher neugierig als verärgert. Ich wiederholte unsere Vorstellung, allerdings mit einem kleinen Zusatz. »Guten Tag«, sagte ich. »Mein Name ist Wegener von der Kriminalpolizei und das ist meine Kollegin Frau Gerling.«

Der Geschäftsführer bekam große Augen und war nun eindeutig neugierig. Er stand auf, kam um seinen Schreibtisch herum und begrüßte uns. Sein Händedruck war kräftig, seine schwarzen Haare kurz und streng gescheitelt, seine Augen wachsam, sein Gesicht freundlich.

»Was kann ich für Sie tun?«, fragte er. »Wollen Sie sich nicht setzen?« Er trug eine beige Sommerhose aus leichter Baumwolle, Sandalen ohne Socken und ein dünnes kurzärmliges Hemd, bei dem die oberen beiden Knöpfe offen standen. Wir setzten uns an einen niedrigen Besprechungstisch mit kleinen Sesseln. Ein Standventilator erzeugte die flüchtige Illusion von Kühle. Aus einem Barfach brachte Krey drei Gläser zum Vorschein und aus einem Kühlschrank eine Flasche Wasser. Er schenkte uns ein, setzte sich zu uns und schaute uns erwartungsvoll an. Ich schloss daraus, dass Frau Krusekamp ihn noch nicht informiert hatte.

»Wir sind hier, weil David Krusekamp für Sie gearbeitet hat.«

Wie in Zeitlupe gefror das Lächeln auf dem Gesicht des Geschäftsführers. Er schluckte, dann nahm er etwas Wasser zu Hilfe und schluckte erneut.

Ich ersparte ihm die Nachfrage und sagte: »Herr Krusekamp ist gestern Nachmittag gestorben.«

Der Mund von Herrn Krey klappte auf, seine Hände begannen zu zittern und sein Wasserglas schlug hart auf den Tisch. Er sagte: »O mein Gott. David ist tot?«

Ich nickte ruhig und beobachtete ihn weiter. Zwar glaubte ich nicht, dass ich einen Verdächtigen vor mir hatte, aber es war eine Gewohnheit, die sich schwer abstellen ließ. Ich fragte: »Wann haben Sie ihn zum letzten Mal gesehen?«

»Ich ... Das war am Mittwoch. Er ... kam zurück von KKN.«

Wir schauten ihn fragend an und er erklärte: »Kernkraftwerk Neustadt.«

Wunderbar. Ich überlegte, ihm zu zeigen, dass wir bei der Polizei auch eine Menge Abkürzungen kannten, war dazu aber zu höflich.

»Frau Krusekamp hat sich nicht bei Ihnen gemeldet?«

»Nein, ich ... David hat Urlaub ... Ich meine ... Mein Gott, das ist einfach furchtbar.« Seine Hand glitt fahrig über sein Gesicht. »Wie ist er denn ... Ich meine, er war doch ...«

Topfit, ergänzte ich in Gedanken. »Wir wissen noch nicht, woran er gestorben ist. Er ist beim Einkaufen zusammengebrochen. Die gerichtsmedizinische Untersuchung ist noch nicht abgeschlossen.«

»Verstehe, verstehe«, sagte Herr Krey aufgewühlt und es war klar, dass er überhaupt nichts verstand.

»Kannten Sie sich näher?« Ich schätzte Krey auf Anfang vierzig und stellte mir vor, dass die beiden vielleicht gemeinsame Interessen gehabt und sich auch privat getroffen hatten.

»Ich ... Nein, eigentlich nicht. Warum fragen Sie?«

»Sie nennen ihn beim Vornamen.«

»Das ... ach das ist bei uns üblich. Wir reden uns alle mit Vornamen an.«

»Auch Sie?«

»Natürlich.«

»Dann haben Sie ein gutes Betriebsklima?«

Krey hob die Schultern. »Ich hoffe es.«

»Wie lange war Herr Krusekamp schon für Ihre Firma tätig?«

Der Geschäftsführer schaute zur Decke, als befände sich dort sein Gedächtnis. »Seit ungefähr sieben Jahren. Ja. Seit sieben Jahren.«

»Waren Sie zufrieden mit ihm?«

»Sehr. Ich habe eigentlich nur gute Leute, aber er war einer der Zuverlässigsten. Bei schwierigen und wichtigen Aufträgen konnte ich ihn immer schicken, ohne mir Sorgen zu machen.«

»Zum Beispiel ins Kernkraftwerk?«

Herr Krey nickte. »Genau. Das war beides. Schwierig und wichtig.«

»Haben Sie viele solcher Aufträge?«

»Ich habe Rahmenverträge mit zwölf Kernkraftwerken in Deutschland. Wir werden zur Revision für spezielle Arbeiten angefordert. Darauf sind wir spezialisiert.«

»Sie machen keine Arbeiten in Privathaushalten mehr?«

»Doch, aber im Kernkraftwerk können wir die dreifachen Stundensätze berechnen.«

Ich pfiff anerkennend durch die Zähne. »Wow! So gefährlich ist es dort?« Die Arbeiter in Fukushima waren, wenn ich meiner Zeitung glauben durfte, allerdings nicht mit höheren Stundensätzen angelockt, sondern durch behördliche Anordnungen entsendet worden.

Krey lächelte. »Nein. Es ist nicht gefährlich. Es ist anspruchsvoll. Und anstrengend. Die Branche zahlt generell besser und an bewährte Unternehmen noch einmal mehr. Ein einziger Fehler in der Revision kann den ganzen Zeitplan durcheinanderbringen und das kostet ein Vielfaches.«

Das klang einleuchtend. Allerdings in Zeiten von Kostendruck und Rationalisierung in der Wirtschaft gleichzeitig fremd. »Das heißt, Ihre Löhne sind auch dementsprechend?«

Krey nickte. »Ja, wir zahlen über Tarif. Alle unsere Mitarbeiter. Diejenigen, die in die Kernkraftwerke fahren, erhalten noch eine entsprechende Zulage.«

»Das klingt so, als seien die Bedingungen bei Ihnen nicht schlecht.«

»Das kann sein.«

»Gibt es auch Nachteile?«

»Natürlich. Wer Dienst im Kernkraftwerk hat, arbeitet zwei bis drei Wochen am Stück, ohne Wochenende und weit weg von zu Hause.«

»Ungünstig, wenn man Familie hat.«

»Ja, viele Mitarbeiter mit kleinen Kindern verzichten darauf und fahren lieber in Krefeld Sicherungen austauschen.«

Aber David Krusekamp hatte keine Kinder gehabt. »In wie vielen Kernkraftwerken war Herr Krusekamp denn im letzten Jahr?«

»Das muss ich nachschauen, aber ich meine in allen acht, die uns anfordern.«

Ich nickte bedeutungsschwer und zog als kurzes Resümee des Gesprächs, dass es für Krusekamp im letzten Jahr wahrscheinlich mindestens acht Gelegenheiten gegeben hatte, einen radioaktiven Stoff aufzunehmen, der ihn langsam aber effektiv hätte töten können.

»Gab es während dieser Tätigkeiten irgendwelche Auffälligkeiten?«

»Wie meinen Sie das?«

»Gab es erhöhte Strahlung, irgendwelche Unfälle. Etwas, das nicht wie geplant verlaufen ist?«

Krey runzelte die Stirn. »Nein, mir ist nichts bekannt. Wir sind nicht in Japan, wissen Sie. Aber ich schaue gerne nach. Ich gebe Ihnen am besten eine Kopie der Personalakte mit. Aber wenn etwas vorgelegen hätte, dann wüsste ich das.«

Ich überschlug die Zeit, die David Krusekamp in verschiedenen Kernkraftwerken gearbeitet hatte und kam auf über ein halbes Jahr Arbeitszeit. Und das war ziemlich lang, um ohne Zwischenfälle auszukommen.

»Gar nichts? Noch nicht einmal ein Arztbesuch?«, fragte ich zweifelnd.

»Unsere Mitarbeiter gehen regelmäßig zur Strahlenschutzvorsorgeuntersuchung. Dort ist nichts aufgefallen.«

Ich schaute Herrn Krey nachdenklich an. Er schien meine Skepsis zu spüren, denn er setzte eilig hinzu: »Hören Sie, es gibt strenge Vorschriften, gerade für Personen, die von einer Anlage in die nächste gehen. Die Überwachung ist lückenlos. Unsere Unterlagen sind einwandfrei, wir führen unsere Strahlenpässe vorschriftsmäßig.«

»Daran zweifle ich nicht«, sagte ich beschwichtigend. Herr Krey konnte nicht wissen, ob sich einige heimtückische radioaktive Partikel an den gesetzlichen Vorsichtsmaßnahmen vorbeigeschmuggelt und sich vorschriftswidrig im Körper seines Mitarbeiters festgesetzt hatten. Für das Thema Radioaktivität mussten wir wahrscheinlich weiter auf die Gerichtsmedizin hoffen. »Wie ist Herr Krusekamp denn mit seinen Kollegen ausgekommen?«

Krey musterte mich mit offenem Staunen. »Sehr gut. David war sehr beliebt. Freundlich, hilfsbereit.«

»Mit allen Kollegen?«

»Ja, er kam mit allen zurecht.«

»Das ist ungewöhnlich«, meinte ich.

»Warum? Ich meine ja nicht, dass alle ihn geliebt haben. Aber wir arbeiten hier gut zusammen. Es gibt keine Streitigkeiten. Wenn einem etwas nicht passt, dann sagt er es und es wird geklärt.«

Das war mir ein wenig zu glatt. Auf der anderen Seite passte natürlich alles zusammen. Keine Probleme, keine Auffälligkeiten, keine Todesursache.

Ich fragte: »Hat Herr Krusekamp allein gearbeitet?«

»Nein, natürlich nicht. Wir arbeiten in Teams von drei bis sieben Mann. Für die Kernkraftwerke sind es meist sieben.«

»Und war das auch letzte Woche so, in Neustadt?«

»Ja.«

»Hat so ein Team auch einen Leiter?«

»Natürlich. In Neustadt hat Helmut das Team geleitet. Helmut Holzmann. Er war am häufigsten in der Anlage. Ich glaube, er kennt es fast noch aus der Errichtungszeit.«

In den kleinen Sesseln im Büro des Geschäftsführers war es gemütlich und das Wasser angenehm kühl. Doch das Gespräch mit Helmut Holzmann wollte ich lieber ohne seinen Chef führen. Vielleicht gab er uns dann ein paar Hinweise auf das eine oder andere Problem, von dem Krey nichts wusste.

»Können wir mit Herrn Holzmann sprechen?«

»Natürlich, ich rufe ihn gleich her.«

Ich sagte beschwichtigend: »Danke, ich glaube, wir haben Sie schon lange genug aufgehalten. Vielleicht haben Sie ja einen anderen Raum, der gerade frei ist, in dem wir mit Herrn Holzmann sprechen können?«

Ob Krey meine Absicht durchschaute oder nicht, nach kurzem Zögern stimmte er zu. »Ja sicher, hier gleich gegenüber ist das Büro von meinem Stellvertreter frei. Er ist im Urlaub, das können Sie benutzen.«

Gemeinsam gingen wir in den Flur und Krey rief freundlich, aber so laut, dass es ohne Zweifel im ganzen Gebäude zu hören war: »Helmut!«

Es stellte sich heraus, dass Helmut Holzmann einer der beiden Männer im Blaumann war, die sich bei unserer Ankunft im Flur über die Privilegien von Bundesligaspielern unterhalten hatten.

Krey stellte uns vor, während wir uns die Hände schüttelten. Mit grauem schütterem Haar und sonnengebräuntem Gesicht schätzte ich ihn auf Ende fünfzig.

»Helmut, das sind Herr Wegener und Frau Gerling von der Kriminalpolizei. Sie kommen, weil ... es ist wegen David.«

In die freundlichen Augen von Herrn Holzmann trat Sorge. »Was ist mit David? Hat er Ärger?«

Die Reaktion erinnerte mich zwangsläufig an die Eltern

Krusekamp. Wir würden noch herausfinden, was das zu bedeuten hatte. Ich sagte: »Er ist tot.«

»Oh«, war alles, was Holzkamp noch zu sagen in der Lage war.

Ich fügte hinzu: »Er ist gestern beim Einkaufen zusammengebrochen.«

Holzmann taumelte und stützte sich an der Wand ab. Er sagte nichts, wurde aber so blass, wie es seine Sommerbräune zuließ. Ich vergewisserte mich bei Krey, dass wir das richtige Büro wählten, dann bugsierten wir Holzmann hinein, auf den nächsten Stuhl, und schlossen die Tür. Auch in diesem Büro fanden wir etwas zu trinken und setzten uns zu ihm.

»Es ... Es geht schon wieder«, sagte Holzmann nach einem Moment.

»Standen Sie sich nahe?«, fragte Nina.

»Ich ... Ja, eigentlich nicht besonders.«

Ich vermutete, dass wir noch eine Weile warten mussten, bis wir mit eindeutigen Auskünften von diesem Mann rechnen konnten. Angesichts seiner Reaktion lag es nahe, eine Beziehung jenseits reiner Kollegialität zwischen ihm und David Krusekamp zu vermuten.

»Sie waren gemeinsam in Neustadt?«

»Ja ... Ja, das waren wir. Letzte Woche.«

»Was haben Sie dort gemacht? Wie muss ich mir das vorstellen?«, hakte Nina nach.

»Normalerweise kommen wir in der Jahresrevision, wenn die Anlage heruntergefahren wird und alle Arbeiten ausgeführt werden, die man bei laufendem Betrieb nicht machen kann.«

Was im Moment ziemlich hinfällig war, wie ich als aufmerksamer Zeitungsleser wusste. »Die Anlage ist doch stillgelegt, oder?«

Holzmann nickte. »Block 1 ist vorübergehend stillgelegt. Block 2 ist in Betrieb.«

»Sie waren in Block 1?«

»Ja.«

»Was wird dort noch gemacht?«

»Im Moment laufen ganz normale Arbeiten wie in einer Jahresrevision. Austausch der Brennelemente, Wartungsarbeiten am Reaktor, an den Sicherheitssystemen. Nur der Zeitplan ist nicht so eng.«

In den letzten Monaten hatte man in der Zeitung genügend Schnittzeichnungen von den japanischen Reaktoren gesehen, sodass ich jetzt sogar den einen oder anderen Fachbegriff zuordnen konnte.

»Und was war Ihre Aufgabe?«, fragte Nina.

»Wir hatten unterschiedliche Aufträge. Arbeiten an den Sicherheitssystemen waren immer dabei. Die kann man nur abschalten, wenn die Anlage heruntergefahren ist.«

Bis hierhin stellte ich mir einen Trupp Elektriker vor, die an Schaltschränken auf dem Außengelände oder unter den Kontrollpulten der Warte hantierten, vielleicht auch in einem Serverraum, aber nicht in einem Bereich mit Radioaktivität.

»Sind Sie bei Ihrer Arbeit auch mit Radioaktivität in Berührung gekommen?«

Ich fand meine Frage eigentlich nicht so schlecht, doch Holzmann schnaubte. »Natürlich! Das ist schließlich ein Kernkraftwerk, oder?«

»Und wo?«

Holzmann seufzte, als hätte er diese Frage schon tausendmal beantwortet. Wahrscheinlich hatte er das sogar. »Bei einer Anlage wie Block 1 in Neustadt haben Sie einen sehr großen Kontrollbereich und da ist in der Revision praktisch überall Radioaktivität. Wir haben außerdem an den Sicherheitssystemen unter dem Reaktor gearbeitet, da kann es schon mal heiß sein.«

»Sie meinen nicht die Lufttemperatur«, vermutete ich.

»Ich meine ionisierende Strahlung. Radioaktivität.«

Das klang für mich nicht nach einem besonders schönen Arbeitsplatz, aber der Elektriker schien damit kein Problem zu haben. »Ist das eine gefährliche Tätigkeit?«

Er winkte ab. »Ach was. Überhaupt nicht. Aber es ist eben Radioaktivität, danach haben Sie doch gefragt.«

Bisher hatte ich immer angenommen, Radioaktivität sei an sich ein Problem, aber ich lernte natürlich gerne dazu. »Wieso ist das nicht gefährlich?«

»Na, die Dosis ist sehr niedrig.«

»Aha«, sagte ich, ohne überzeugt zu sein.

»Das wird genau überwacht. Wenn wir eine zu hohe Dosis abbekämen, dürften wir ja nicht mehr in anderen Anlagen arbeiten.«

»Ach so?« Ich hörte an Ninas Tonfall, dass auch sie mehr als skeptisch war.

»Ja, die Gesamtdosis wird amtlich überwacht. Dafür gibt es die Strahlenpässe. Aber wir hatten noch nie Probleme.«

Ich schaute Holzmann an und bewunderte seine Unbekümmertheit. Wenn ich Dr. Heinen richtig verstanden hatte, war für unsere Leiche die Strahlendosis auch nicht so entscheidend, sondern vielmehr die Möglichkeit der Inkorporation.

»Sie sagen, die Dosis war gering.«

Holzmann nickte.

»Hatten Sie denn einmal Probleme mit radioaktiven Stoffen, die Sie unbemerkt aufgenommen haben?«

Herr Holzmann schaute uns konsterniert an, als hätte ich die Frage auf Chinesisch gestellt. »Was meinen Sie?«

»Ich meine, ob Sie schon einmal radioaktive Stoffe aufgenommen haben«, sagte ich geduldig und ganz sicher auf Deutsch.

»Nein«, sagte er entgeistert. »Wie kommen Sie denn darauf?«

»Wir müssen eine Reihe von Fragen stellen. Reine Routine.«

»Aha«, sagte der Elektriker und es klang nicht so, als ob er mir meine Floskel abnahm.

Ich hakte nach: »Sie arbeiten zwei Wochen in einem Kernkraftwerk und nichts bleibt an Ihnen kleben?«

»Ach so! Natürlich bleibt da mal was hängen, ist doch klar. Wenn der ganze Reaktor offen ist.«

Das klang doch schon anders.

»Aber?«

»Nichts aber. Wir haben irgendwas an unserem Anzug, an den Schuhen, Händen oder in den Haaren. Dann ziehen wir die Kleidung aus und ansonsten müssen wir halt duschen, bis wir sauber sind.«

Das klang tatsächlich sehr einfach. »Und wie wissen Sie, ob Sie sauber sind?«

»Die Ausgangskontrollen sind sehr streng. Wir müssen durch drei Monitore, bevor wir aus dem Kontrollbereich draußen sind. Die Monitore sind extrem empfindlich, denen entgeht nichts.«

Natürlich kannte ich mich mit Kernkraftwerken und Radioaktivität nicht aus. Aber was Holzmann sagte, klang zunächst einmal schlüssig. Mehr noch als der Inhalt seiner Worte überzeugte mich die ruhige Art, in der er uns antwortete, dass er glaubte, was er sagte.

Einen Aspekt hatten wir bisher aber noch ausgespart. »Und was ist mit Stoffen, die man in sich trägt?«

»Tja ... Ich weiß nicht. Wir gehen regelmäßig zur Vorsorgeuntersuchung. Im Kontrollbereich ist Essen und Trinken nicht erlaubt, Händeschütteln oder Nasebohren auch nicht. Und niemand wird freiwillig ein Risiko eingehen.«

Ich schlug einen großen Bogen zurück zum Anfang unserer Befragung. »Ganz zu Beginn unseres Gesprächs fragten Sie uns, ob Herr Krusekamp Ärger hätte.«

Holzmann presste die Lippen aufeinander, reagierte aber sonst nicht.

Deswegen bohrte ich nach: »Was meinten Sie damit?«

»Ich ... David war ein feiner Kerl. Ich möchte nicht, dass seine Frau ...«

Bei mir läuteten sofort die Glocken für den Motivjackpot, doch ich wartete geduldig.

Er wurde präziser: »Ich möchte nicht, dass seine Frau im Nachhinein schlecht von ihm denkt. Er hat sie sehr geliebt.«

»Herr Holzmann, wir unterhalten uns nur miteinander. Bis jetzt wissen wir ja noch gar nicht, woran Ihr Kollege gestorben ist. Deshalb haben wir auch keinen Anlass, seiner Frau irgendetwas von dem mitzuteilen, was wir von Ihnen erfahren.«

Diese Worte schienen ihn ein wenig zu beruhigen, denn er entspannte sich sichtlich. »Gut. Sehr gut. Aber Sie müssen verstehen, wenn man diesen Job hat, zwei oder drei Wochen irgendwo unterwegs, manchmal nur einen Tag zu Hause, bevor es wieder losgeht …« Er ließ die Worte im Raum schweben, wo sie mit der drückenden Hitze verschmolzen. Holzmann zögerte und deshalb entschloss ich mich, ihm zu zeigen, dass ich ihn verstand. Ich sagte: »Das ist ein wenig wie ein Matrose auf See.«

Er schaute mich an, dann nickte er eifrig. »Ja, genau. So ist es. Und das ist eben manchmal schwierig. Sehen Sie, ich bin schon älter, aber meine jüngeren Kollegen …«

»… haben in jedem Hafen eine Braut?«

Er lachte auf. »Ja, sozusagen.«

»Herr Krusekamp auch?«

»Ja. So genau weiß ich das natürlich nicht, aber ich sehe ja, wer mit mir abends im Hotel sitzt und wer nicht. Manchmal kriegt man auch mit, wer noch Besuch bekommt, wenn Sie verstehen, was ich meine.«

Ich glaubte, es sehr gut zu verstehen. »Herr Krusekamp hat also die Abende fern der Heimat mit anderen Frauen verbracht?«

Holzmann nickte.

»Wusste seine Ehefrau davon?«

»Nein, ich denke nicht.«

»Und wieso glauben Sie dann, er könnte Ärger haben?«

Noch dazu solchen Ärger, dass die Polizei auf den Plan trat, fügte ich in Gedanken hinzu.

»Na ja, nicht nur unsere Jungs haben ja Freundinnen oder Ehefrauen zu Hause.«

Eifersucht war ein klassisches Motiv, wurde aber ebenso klassisch von einer klaren Todesursache begleitet. »Und da gab es zuletzt Ärger in Neustadt?«

»Den gab es.«

»Erzählen Sie uns davon.«

»David hat sich immer mit einer Frau vom Strahlenschutz getroffen. Die am Schalter sitzt und die Ausweise für alle ausstellt.«

»Wie sah das aus?«

»Die beiden haben sich schon im Vorfeld über ihre Schichten ausgetauscht. David hat dann seine Einsatzzeiten darauf abgestimmt und zur Not mit einem von uns getauscht. Wir haben lange Arbeitstage und die Leute von KKN in der Revision auch. Die meisten der Mädchen erzählen zu Hause, sie müssten viele Überstunden machen.«

Auch das war ein echter Klassiker. »Wie lange ging das schon?«

»Ich glaube, das hat in dem Jahr angefangen, als David zum dritten Mal in KKN war.«

Ich erinnerte mich an die Aussagen von Herrn Krey und spekulierte: »Also vier Jahre?« Ich rechnete weiter und kam zu dem Ergebnis, dass er da gerade einmal ein Jahr verheiratet gewesen war.

Holzkamp sagte: »Ja, genau. Wobei es ja immer nur zwei Wochen im Jahr waren.«

»Und es ging immer gut?«

»Ja. Nur letzte Woche wurde es brenzlig. Plötzlich stand dieser Typ im Hotel. Sah aus wie ein Schwergewichtsboxer. Solche Arme, solche Schultern.« Der Elektriker deutete den Körper eines Stiers an.

Ich konnte mir vorstellen, wie es weiterging, war mir aber

ziemlich sicher, dass es keine körperliche Auseinandersetzung gegeben hatte. Deren Spuren hätte Karl garantiert entdeckt.

»Was ist passiert?«, fragte ich.

»Er hat es bemerkt. Ihr Mann. Er war richtig sauer. Und er kam in unser Hotel. Wir wollten gerade in unsere Zimmer gehen, als er hereingestürmt kam. Hat einen Riesenaufstand gemacht. Herumgebrüllt.«

»Er hatte es auf Herrn Krusekamp abgesehen?«

»Nicht direkt. Zuerst dachten wir das. David erkannte den Mann und hatte echt Schiss. Aber dann wurde klar, dass er gar nichts Genaues wusste. Einen Verdacht hatte er wohl schon länger. Und dann hat ihm wohl einer gesteckt, dass seine Frau mit einem dieser Elektriker rummacht.«

»Und schon stand er da.«

»Es war kein schöner Moment. Aber wir konnten ihn beruhigen, weil er ja nichts wusste.«

Ich stellte mir das bildlich vor. David Krusekamp, Helmut Holzmann und noch ein Kollege, alle drei eher Männer mit der Sensibilität für diffizile feinmechanische Tätigkeiten ausgestattet und alles andere als Schwergewichtler, konfrontiert mit einem schnaubenden Stier von Ehemann. »Wie haben Sie die Situation gelöst?«

Holzmann lächelte. »Ich habe ihm erklärt, dass er sich irrt und ihn jemand reingelegt hat. Ich habe ihm versichert, dass ich meine Jungs im Blick habe und auf sie aufpasse, damit sie keine Dummheiten machen.«

»Und das hat funktioniert?«

»Ja, er hat sich beruhigt und ist abgezogen. Die nächsten Tage kam er allerdings häufig in der Anlage vorbei. Und er hat seine Frau immer zur Arbeit gebracht und auch wieder abgeholt.«

»Also keine Techtelmechtel mehr?«

»Genau.«

»Das war sehr mutig von Ihnen. Andere hätten einen Kollegen vielleicht nicht geschützt. Schließlich war es nicht Ihr Problem.«

Er sagte: »Natürlich war es mein Problem. Wir halten alle zusammen. Wenn einer Ärger hat, dann haben wir alle Ärger.«

Holzmann sagte das in einem warmen Tonfall und mir fiel ein weiteres Mal auf, dass die beiden Männer im richtigen Altersverhältnis zueinander standen, um Vater und Sohn zu sein.

»Haben Sie später noch mal von der Sache gehört?«

»Nein. David hat den Kontakt zu der Frau abgebrochen. Ich glaube, die beiden konnten sich noch einmal zwischendurch in aller Eile austauschen und das war es.«

»Es gab keine weiteren Zwischenfälle?«

»Nein.«

»KKN war aber nicht das einzige Kraftwerk, in dem Sie gearbeitet haben.«

»Nein.«

»Ging es in den anderen ähnlich zu?«

»Ja.«

»Und gab es da auch mal kritische Situationen?«

»Nicht, dass ich wüsste. Natürlich bekomme ich nicht alles mit, aber es war immer ruhig.«

Ich überlegte, was ich Holzmann noch fragen wollte und schaute Nina ratsuchend an. Ihr fiel es offenbar auch schwer festzulegen, was zu diesem Zeitpunkt wichtig war und was nicht. Wäre Krusekamp ermordet worden, hätten wir uns nach allen Details zu seinen Beziehungen erkundigt, an die Holzmann sich erinnern konnte. Da wir über die Todesursache bisher nur spekulieren konnten, reichte uns erst einmal ein Überblick. Wir verabschiedeten uns von dem Elektriker, bedankten uns für seine Geduld und Unterstützung und gaben ihm unsere Karten. Wir gingen gemeinsam zur Tür und Holzmann suchte direkt nach seinem Kollegen, mit dem er vorher über Fußball gesprochen hatte. Ich war mir ganz sicher, dass die beiden jetzt ein anderes Thema hatten.

Als wir Holzmann hinterhersahen, kam Krey den Flur hinunter. Beide Männer stoppten, der Geschäftsführer fragte etwas, wobei er seinen Mitarbeiter mitfühlend am Arm fasste. Bei uns angekommen, sagte Krey: »Ich habe noch etwas entdeckt, was sie interessieren wird.«

»Was denn?«

»Davids Werte waren am letzten Arbeitstag beim Verlassen des Kontrollbereichs auffällig. Er hatte erhöhte Werte im Kopfbereich.«

»Was heißt das?«

»Sein Kopf war kontaminiert.«

Das klang unangenehm, aber wie zuvor der Elektriker, ergänzte Krey: »Das ist nicht ungewöhnlich. Bei großer Hitze arbeiten die Männer ohne Helm und wenn sie mit ihren Haaren irgendwo entlangstreifen ...« Er hob die Schultern. »Es kommt auch relativ häufig vor, dass sich die Haare elektrostatisch aufladen. Darauf reagieren die Messgeräte äußerst empfindlich.«

»Krusekamp musste unter die Dusche?«, vermutete Nina.

»Ja. David war viermal duschen, bevor sie ihn rausgelassen haben. Das ist ungewöhnlich. Der Strahlenschutz hat eine Untersuchung empfohlen.«

»Im Kopfbereich sagen Sie?«

Krey nickte.

Ich dachte an die Worte von Dr. Heinen, der gesagt hatte, David Krusekamp wirke, als habe in seinem Kopf jemand einen Hebel umgelegt. »Was für eine Untersuchung?«

»Auf Inkorporation. Das ist Routine«, sagte Krey.

»Ist diese Untersuchung gemacht worden?«

»Ich habe gerade mit der Klinik gesprochen. David hatte einen Termin für Donnerstag.«

Der würde nicht zustande kommen, so viel war sicher. Aber Karl würde sich dafür interessieren. »Haben Sie dazu vielleicht Unterlagen?«

Krey nickte. »Ich habe Ihnen gerade eine Kopie gemacht.

Und eine Liste der Kollegen, die mit David zusammen im KKN waren.«

Ich nahm die Mappe dankend entgegen. Eine Frage fiel mir noch ein: »Sagen Sie, haben Sie schon einmal etwas von der Atommafia gehört?«

Die Art wie der Geschäftsführer das Gesicht verzog, verriet uns, dass er den Begriff nicht zum ersten Mal hörte. »Was möchten Sie wissen?«, fragte er gedehnt.

»Wo kommt der Begriff her?«, fragte ich.

Krey seufzte. »Er gehört zum Jargon der Gegner. Wenn Sie jemanden hören, der von Atomkraftwerk, AKW, Atommeiler oder auch Atommafia spricht, handelt es sich mit hoher Wahrscheinlichkeit um einen Gegner der Kernenergie. Diese Leute nutzen diese Begriffe, um die Betreiber zu diffamieren. Und uns auch.«

Ich dachte an die Berichterstattung in meiner Zeitung und fragte mich, ob der Mann nicht vielleicht etwas empfindlich war, was atomare Formulierungen betraf. Andererseits war die Antwort erstaunlich sachlich, wenn ich an die Eltern Krusekamp dachte. »Sie werden auch diffamiert?«

»Ja, und das ist wirklich lästig, wenn ich ehrlich sein soll. Wir machen nur unsere Arbeit. Die Kernkraftwerke sind gute Auftraggeber. Dort arbeiten anständige Menschen, so wie bei uns.«

Er wirkte nicht nur genervt, sondern ärgerlich.

»Wahrscheinlich wird man in anderen Wirtschaftszweigen nicht so beschimpft.«

»Wie gesagt, die Leute sind anständig. Was die Geschäftsführer machen, das ist doch in allen Konzernen gleich, dann müsste man alle mit der Mafia vergleichen.«

Was eine erstaunliche Aussage für einen Mann war, der selbst Geschäftsführer war.

Ich bedankte mich bei Herrn Krey und vergewisserte mich mit einem Blick bei Nina, dass wir hier fertig waren. Wir verabschiedeten uns.

Ich mochte Columbo. Der zerknitterte Mann in seinem zerknitterten Trenchcoat mit seinem zerknitterten Auto. Der die Verdächtigen durch seine Fragen aus dem Gleichgewicht brachte, bis sie ins Trudeln kamen und er sie nur noch einzusammeln brauchte. Ich hatte sogar mal eine Fortbildung in der Columbo-Fragetechnik besucht.

Als wir nun an Holzmann und seinem Kollegen auf dem Flur vorbeikamen, war es kein Columbo-Trick, sondern meine Intuition, die mich noch einmal anhalten ließ.

Ich sagte: »Ach, sagen Sie, wissen Sie noch den Namen der Frau und des Ehemanns in Neustadt?«

Herr Holzmann schaute uns mit glasigen Augen an. »Wie könnte ich den vergessen?« fragte er matt. »Die Frau heißt Carolin oder so ähnlich. Carolin Freise.«

Ich wusste nicht, wie es sich anfühlte, wenn man in eine Steckdose packt. Aber ich stellte es mir ungefähr so vor, wie ich mich in diesem Moment fühlte. Ich war wie gelähmt, am Boden festgeschweißt, meine Muskeln und Nerven zum Zerreißen gespannt. Nina musste ein ähnliches Bild abgeben. Beide Elektriker wandten sich uns zu. »Ist alles in Ordnung?«, fragte Holzmann.

Nina schlug ihre Mappe auf und holte ein Foto daraus hervor. »Es war dieser Mann?«

Holzmann runzelte erstaunt die Stirn. »Ja, der war es. Sie kennen ihn?«

»Wir kennen ihn«, bestätigte ich. Hastig verabschiedeten wir uns. Ich hatte es plötzlich sehr eilig, zum Auto zu kommen.

»Das kann kein Zufall sein«, bestätigte Eva, nachdem ich ihr unsere neuesten Erkenntnisse mitgeteilt hatte.

Ich antwortete: »Wir haben die Videos gesehen. Ich weiß nicht, wie er ihn umgebracht haben könnte, aber das bringt diesem Freise eine weitere Befragung ein.«

»Ganz meine Meinung. Aber es wird noch besser«, sagte Eva.

»Du machst mich neugierig.«

Ich hörte Eva am anderen Ende der Leitung grinsen. »Wir haben recherchiert, wie wir es besprochen hatten. Simon hat den Computer ausgewertet. Ein Volltreffer. Die Telefondaten vom Router, Kontoauszüge.«

»E-Mails?«

»Von ihm und von ihr. Aber beginnen wir mit den Telefondaten, die sind auch schon sehr interessant. Ich habe Verbindungsdaten, die zu den Ereignissen in Neustadt passen.«

»Die Konfrontation im Hotel?«

»Richtig. Holzmann sagte, dass nach diesem kritischen Moment keine weiteren Vorfälle folgten?«

»Richtig«, bestätigte ich.

»Es kann gut sein, dass der Ehemann sich danach ruhig verhalten hat, aber auffällig ist, dass Frau Krusekamp am selben Tag zwei Anrufe aus Dortmund erhielt, die ungewöhnlich waren. Die Nummer des Anrufers tauchte in den Verbindungsdaten vorher nicht auf. Es war nicht die Nummer des Hotels ihres Mannes. Und die Anrufe dauerten für Gespräche mit einem Unbekannten jeweils sehr lange. Eines dreißig Minuten und das andere fünfundvierzig Minuten.«

»Er hat sie angerufen? Freise hat die Krusekamp angerufen?«

»Das ist Spekulation, aber es sieht ganz danach aus. Die Nummer gehört zu einem Anschluss in Neustadt auf den Namen Freise. Carola und Michael.«

»Carolin?«, fragte ich, weil ich mich an Holzmanns Formulierung erinnerte.

»Er konnte sich nicht genau erinnern«, gab Nina zu bedenken.

»Ja, das passt«, sagte ich nachdenklich.

Plötzlich gab es nicht mehr nur die vage Idee eines möglichen Motivs, sondern es gab Verbindungen zwischen Personen, die für David Krusekamp äußerst unangenehm gewesen sein dürften. Mit welchen Worten seine Ehefrau ihn zu Hause empfangen hatte, mochte ich mir nicht vorstellen. Ich wollte aber auch nicht so weit gehen, ihn nachträglich zu bedauern.

»Die Frage ist, wer mit ihr telefoniert hat.«

»Das können wir ganz einfach herausfinden«, meinte Eva.

Damit hatte sie recht. »Das wird sie uns schon verraten.«

»Dann kommen wir zu den E-Mails. Frau Krusekamp hat E-Mails von einem anonymisierten Absender erhalten.«

Ich schaute einen Moment ratlos durch das Beifahrerfenster auf die ausgedörrte Landschaft. »Und das bedeutet ...?«

»Freise hat der Ehefrau noch weitere Details geschickt.«

Jetzt kam ich langsam hinterher. »Was für Details?«

»Ein Foto von seiner Frau und Krusekamp.«

Wir hatten Nadine Krusekamp nur kurz kennengelernt und ihre Trauer hatte auf mich echt gewirkt. Aber ich konnte mir nicht vorstellen, dass sie über diese Informationen erfreut gewesen war. Und Eifersucht war seit Anbeginn der Menschheit schon das beste Motiv für alle möglichen unbedachten Handlungen bis hin zum Mord.

Ich sagte: »Täusche ich mich, oder blinkt hier gerade das Wort Motiv auf?«

»Es blinkt«, bestätigte Eva.

»Wir sind schon auf dem Weg zur Krusekamp. Sammelt ihr Freise ein und bringt ihn ins Präsidium? Wir befragen die Witwe. Danach stoßen wir zu euch und sehen, was wir aus dem Typen herausbekommen.«

Wir fanden Nadine Krusekamp in ihrer Wohnung, mit blutunterlaufenen Augen und leerem Blick. Sie saß vornübergebeugt und teilnahmslos auf ihrem Sofa und reagierte nicht, als wir eintraten. Ich vermutete, dass wir überhaupt nicht in die Wohnung gekommen wären, wenn ihre Schwester uns nicht geöffnet hätte. Wir kannten sie schon als Beate Vesco, sie ähnelte ihrer Schwester, war allerdings in besserer Verfassung und in der Lage, unsere Fragen zu beantworten.

Wir erfuhren, dass Frau Krusekamp seit Montagabend

kaum mehr ansprechbar war, nichts essen und trinken wollte und auf gar nichts reagierte. Die Abwicklung aller Formalitäten, die es in einem Todesfall zu erledigen galt, übernahm Frau Vesco. Sie schien aufrichtig besorgt, gestattete uns aber einen Versuch, mit ihrer Schwester in Kontakt zu treten.

»Machen Sie sich aber keine Hoffnungen«, meinte sie.

Wir bedankten uns und Nina ging voran. Sie war unsere Spezialistin für schwierige Fälle.

Nina setzte sich in den Sessel schräg gegenüber der Witwe, nah genug, um von ihr wahrgenommen zu werden, aber nicht zu nah, um bedrohlich zu wirken. Sie sagte sanft: »Guten Tag, mein Name ist Nina Gerling von der Kriminalpolizei. Ich habe auch meinen Kollegen mitgebracht.«

Nadine Krusekamp reagierte nicht. Sie hatte sich innerlich wirksamer gegen die Außenwelt abgeschottet, als es der undurchdringlichste Trauerschleier vermocht hätte.

»Wir untersuchen den Tod Ihres Mannes«, sagte Nina, hatte damit aber ebenso wenig Erfolg.

Ich saß auf einem Sofa etwas außerhalb ihres Blickfelds und lehnte mich zurück. Das konnte durchaus eine Weile dauern.

»Wir waren in der Firma Ihres Mannes und haben mit Herrn Krey und Herrn Holzmann gesprochen. Beide lassen ihr herzliches Beileid ausrichten.«

Bei diesen Worten hatte ich das Gefühl, dass sich irgendetwas im Innern von Frau Krusekamp regte, doch konnte ich es nicht benennen.

Nina fuhr fort: »Herr Holzmann hat uns von Carola Freise erzählt.«

Bei diesem Namen war die Frau mit einem Schlag bei uns. Mit einem Blick, in dem Trauer und Wut miteinander rangen, starrte sie Nina an, sagte aber nichts.

Nina wartete und erst als Nadine Krusekamp ihr wieder zu entgleiten drohte, schob sie eine Frage hinterher. »Wie lange wussten Sie davon?«

»Ich …«, begann sie mit erstickter Stimme. Das Sprechen fiel ihr schwer.

Ich musste ihre Schwester mit einer Geste zurückhalten, damit sie nicht zu ihr lief, denn wir wollten Frau Krusekamp im Gespräch mit Nina und nicht an der Schulter ihrer Schwester.

»Seit dem Anruf«, krächzte die Witwe schließlich.

»Herr Freise rief Sie an?«

Die Krusekamp nickte.

»Was hat er Ihnen gesagt?«

»Er sagte, dass David mit seiner Frau …« Sie begann zu schluchzen.

»… zusammen war?«, schlug Nina vor.

»Ja.«

Nina reichte ihr ein Taschentuch. »Was hat er noch erzählt?«

»Nichts weiter.« Sie schnäuzte sich die Nase.

Ich dachte an die Dauer der Telefonate, die Eva ermittelt hatte, und hielt diesen Inhalt, so emotional und bedeutsam er auch sein mochte, für nicht ausreichend, um insgesamt fünfundsiebzig Minuten auszufüllen.

»Wie haben Sie reagiert?«

»Ich … Ich war … fassungslos!«

Frau Vesco plumpste neben mir auf das Sofa, offenbar genauso fassungslos.

»Haben Sie ihm direkt geglaubt?«

»Ja.«

»Er war immerhin ein ganz Fremder für Sie. Hatten Sie vorher schon einen Verdacht?«

Frau Krusekamp wischte sich einige Tränen aus dem Gesicht. »David war sehr attraktiv. Und sehr … umgänglich.«

Nina interpretierte die Unbestimmtheit in den Äußerungen der Witwe geschickt, sodass es nicht vollkommen auf Kaffeesatzleserei hinauslief. »Sie waren also nicht überrascht.«

»Nein … eigentlich nicht. Erschrocken … traurig …«

»Sie hatten schon vorher eine Ahnung.«
Die Witwe nickte.
»Dann haben Sie sich mit Herrn Freise ausgetauscht.«
»Er schien ein netter Kerl zu sein.«
Holzmann war da sicher anderer Meinung. Ich auch. Allerdings war Freise so beherrscht gewesen, trotz seines Wissens das Hotel nicht in einen Boxring zu verwandeln und die Jungs von Krey von den Seilen direkt in die Notaufnahme zu schicken.
»Sie haben länger gesprochen.«
»Ja.«
»Worüber?«
»Über unsere Ehen. Das Leben. Ich weiß nicht mehr.«
»Wie oft haben Sie telefoniert?«
»Zweimal.«
»Hat er sich noch einmal bei Ihnen gemeldet?«
»Ja.«
»Warum das?«
»Er war aufgewühlt. So wie ich.«
Nina machte eine Pause, aber Nadine Krusekamp wollte nicht weitersprechen.
»Kennen Sie ihn nur vom Telefon?«
»Ja.«
»Und seine Frau?«
»Gar nicht.«
»Sind Sie denn nicht neugierig, wie sie aussieht?«
»Nein, ich … Er hat mir doch ein Foto geschickt. Von ihr mit David.«
Ich fand, dass Nina ihre Sache sehr gut machte, unterdrückte aber meinen Impuls, ihr zu applaudieren.
»Dann wissen Sie ja, wie sie aussieht?«
»Nein … Ich habe es gelöscht. Ich will es nicht sehen. Ich will es nicht wissen.«
Das konnte ich sehr gut nachvollziehen. Ich wusste bis heute nicht, welchen der wohlgebräunten Muskelmänner mit

gebleichten Zähnen und Haarimplantat aus dem Fitnessstudio meine Exfrau Sandra sich geschnappt hatte. Im ersten Impuls hatte ich es auch nicht wissen wollen, so wie Frau Krusekamp. Inzwischen war es mir schlichtweg egal.

Nina sagte: »Wie war es, als Ihr Mann nach Hause kam?«

Immerhin hatte er noch vier Tage gelebt, fügte ich in Gedanken hinzu.

»Nicht schön.«

»Sie haben ihm gesagt, was Sie wissen?«

Die Ehefrau schüttelte den Kopf.

Nina hob überrascht die Augenbrauen. Frau Vesco tauschte mit mir einen erstaunten Blick.

»Sie haben es ihm nicht gesagt?«

»Nein.«

»Also … ich hätte es ihm bestimmt gesagt.«

»Ja, vielleicht. Ich wusste nicht, was ich machen sollte.«

Wir warteten. Und diesmal sprach sie weiter.

»Es war … Im Grunde habe ich es ja geahnt. Und es war … einfach nicht wichtig, oder?«

»Was war Ihnen denn wichtiger?«

»Er war viel unterwegs, das war seine Arbeit. Für mich zählte nur, wie er hier zu Hause war. Auf das andere hatte ich sowieso keinen Einfluss.«

Natürlich war es möglich, dass Nadine Krusekamp sich mit ihrer Situation in der Weise arrangiert hatte, wie sie es uns schilderte. Andererseits war sie natürlich während der Abwesenheit ihres Mannes auch allein gewesen. Ich fragte mich unwillkürlich, auf welchen ungeschriebenen Arrangements die Ehe der beiden beruht hatte und ob Freise unwissentlich eines davon zerstört hatte.

»Das heißt, Sie verbrachten das Wochenende so, als sei nichts gewesen.«

»Richtig.«

»Das stelle ich mir schwierig vor.«

»Das war es.«

»Es gab Streit?«

»Nein. Aber ich habe eine Weile gebraucht, um mich daran zu erinnern, was für mich wichtig ist.«

»Hat Ihr Mann nichts bemerkt?«

»Wenn er mehrere Wochen weg war, habe ich immer ein paar Tage gebraucht, um mich daran zu gewöhnen, ihn ständig zu sehen.«

Ich fand diese Aussage merkwürdig. Mir drängte sich immer mehr die Frage auf, ob es neben Michael Freise in Neustadt vielleicht auch in Krefeld noch einen Mann gab, der eifersüchtig auf David Krusekamp hätte sein können.

»Was machen Sie eigentlich beruflich?«, fragte Nina.

»Ich bin Friseurin.«

»Oh, das ist praktisch«, meinte Nina.

»Ja, für die anderen. Mich nervt es, wenn ich zu Hause auch noch weiterarbeiten muss.«

»Ihrem Mann haben Sie auch die Haare geschnitten?«

»Ja, wir ... So haben wir uns ja auch kennengelernt.«

Ich stellte mir die junge Friseurin Nadine und den jungen Elektriker David vor. Wie sie seine Haare wusch und sie ins Gespräch kamen. Wir konnten bestimmt sehr leicht klären, wie vielen Männern sie sonst noch den Kopf massierte.

»Arbeiten Sie Vollzeit?«

»Ja.«

»Haben Sie einen großen Freundeskreis? Ich stelle es mir seltsam vor, wenn der Ehemann so lange von zu Hause weg ist.«

»Ja, wir ... ich habe einen großen Freundeskreis.«

»Dann waren Sie wahrscheinlich viel allein, wenn Ihr Mann unterwegs war?«

»Ich habe immer Überstunden gemacht. David hatte viel frei, wenn er zu Hause war und dann konnten wir die Tage gemeinsam verbringen.«

»Das klingt gut«, sagte Nina.

»Das war es«, bestätigte Nadine Krusekamp.

Wir schwiegen eine Weile und jeder sortierte die neuen Informationen auf seine Weise. Falls es bei Frau Krusekamp ein Pendant zu Carola Freise gab, glaubte ich nicht, dass sie uns das heute verraten würde. Nina rechnete wohl ebenso wenig damit wie ich. »Frau Krusekamp, ich danke Ihnen für Ihre Unterstützung. Es war sicher sehr schwer für Sie, all diese Fragen zu beantworten.«

»Ja ... Nein ... Ich kann es immer noch nicht glauben, dass er tot ist.«

Nina verabschiedete uns so sensibel wie möglich. Bevor wir gingen, würdigten wir auch noch Beate Vescos Einsatz für ihre Schwester und sprachen ihr Mut für die nächsten Tage zu. Den sie gewiss gebrauchen konnte.

Auf dem Parkplatz quälte ich das Auto brutal, indem ich die Klimaanlage voll aufdrehte. Erfreulicherweise war es schon nach kurzer Zeit im Innenraum einigermaßen erträglich. Ich steuerte den Wagen in Richtung Präsidium. Dort wartete sicher schon Freise auf uns.

»Ich bin immer wieder überrascht, was alles hinter einer ordentlichen Fassade lauert.«

Nina lächelte matt. »Du hast doch noch gar nichts gesehen.«

Ich dachte an die Abteilung, in der sie vor dem Kriminalkommissariat 11 tätig gewesen war. »Verglichen mit der Sitte alles harmlos?«

»Absolut.«

»Es hat eigentlich ganz übersichtlich angefangen. Und jetzt haben wir wie viele Leute, die ein Motiv hatten, Krusekamp umzubringen?«

»Seine Frau, weil sie eifersüchtig war, Michael Freise, weil er eifersüchtig war, Carola Freise, weil sie ihre Ehe noch unerträglicher gemacht hat.«

»Und vielleicht ein Liebhaber von Nadine Krusekamp. Weil der sie für sich haben wollte.«

»Wäre eine Möglichkeit«, stimmte Nina zu.

Wir fuhren eine Weile schweigend durch die flirrende Hitze, dann sagte ich: »Was ist mit Holzmann? Die beiden hatten so eine Art Vater-Sohn-Beziehung, was meinst du?«

»Das denke ich auch. Sonst hätte er sich nicht so für ihn eingesetzt.«

Holzmann hätte sich genauso gut aus dem Streit heraushalten können. Was hatte er schließlich damit zu tun? Ich ertappte mich dabei, dass ich bereits auf dem Weg war, Schlussfolgerungen aus diesem Gedanken zu ziehen, die sogar in dem Fall, dass Krusekamp ermordet worden wäre, ziemlich weit gegangen wären.

Als wir das Präsidium erreichten, war es zwölf Uhr. Andreas und Eva waren noch nicht zurück. Wir gingen in unser Büro und fuhren unsere Rechner hoch, wohl wissend, dass diese zusätzliche Wärme erzeugen würden, die im Winter angenehm sein mochte, jetzt jedoch zur Qual wurde.

Bevor ich mein E-Mail-Programm öffnen konnte, musste ich zur Kenntnis nehmen, dass es am Oberrhein einen neuen Allzeit-Hitzerekord gegeben hatte, und ich dachte, dass es in Krefeld vielleicht doch gar nicht so schlecht war. Die Leere in meinem Posteingang war dann wohl auch der Hitzelähmung geschuldet.

»Gibt es bei dir etwas Neues?«, fragte ich Nina.

»Nein, bei dir etwa?«

»Du meinst, außer meiner täglichen Viagra-E-Mail? Nein.«

Nina lachte. »Haben die das immer noch nicht im Griff?«

Ganz abgesehen davon, dass ich nicht verstand, wie meine E-Mail-Adresse in solche anstößigen Verteiler gelangt war, hatte unsere EDV-Abteilung bereits Stunden damit verbracht, den entsprechenden Absender als unerwünscht zu klassifizieren. Bisher ohne Erfolg. Es fehlte nur noch, dass die E-Mail mit einem spöttisch grinsenden Smiley kam.

Ich sagte: »Nein. Aber ich bestelle da trotzdem nicht.«

»Du kaufst dein Viagra weiter in der Apotheke?«

»Genau«, sagte ich trotzig.

Ich wählte Andreas auf seinem Handy an.

Anstatt sich zu melden, sagte er direkt: »Dieser Kerl ist ein echtes Original.«

Im Hintergrund hörte ich Eva schimpfen. Dann sagte Andreas: »Als wir bei seinen Freunden vorgefahren sind, war unser Herr Freise gerade abgereist.«

»Oh.«

Nina schaute besorgt auf. Ich beruhigte sie mit einem Handzeichen.

»Aber wir haben ihn. Er hatte ja keinen großen Vorsprung.«

»Wann seid ihr hier?«

»In einer Viertelstunde«, meinte Andreas.

Ich schlug vor: »Dann treffen wir uns doch beim Essen. Und befragen ihn danach.«

»Gute Idee«, sagte Andreas. »Dann bis gleich in der Kantine.«

Besagte Kantine hatte schon seit einigen Tagen auf ausschließlich kalte Küche umgestellt und so nahmen Nina und ich beide den Salatteller mit einer Quarkspeise als Nachtisch. Es herrschte wenig Betrieb, der Raum war abgedunkelt und die Gespräche leise.

Als wir uns gesetzt hatten, fragte ich Nina: »Wie lange soll eigentlich diese Hitze noch gehen?«

»Da streiten die Gelehrten. Aber mindestens noch vierzehn Tage.«

Ich seufzte. Wir hatten seit Wochen ein stabiles Hoch nach dem anderen, die alle Wolken von uns fernhielten und dafür trockene und heiße Luft aus der Sahara schickten. Die Folge waren nicht nur Hitzetote und schmilzender Asphalt, sondern auch Tiefstände der Flusspegel, ein Absinken des Grundwassers und das Austrocknen der Ackerböden. Die Apostel des Klimawandels hatten Hochkonjunktur.

Wir hatten unsere Teller schon fast leer gegessen, als Andreas und Eva kamen.

»Habt ihr den Ausreißer gut untergebracht?«, fragte Nina.

»Darauf kannst du dich verlassen«, sagte Andreas grimmig. »Benimmt der Mann sich verdächtig oder benimmt er sich verdächtig?«

»Ich finde, er benimmt sich verdächtig«, stellte ich fest.

»Wenn nicht die Überwachungsvideos wären, hätten wir ihn gleich verhaften können.«

Genau diese Videos waren unser Problem. Und natürlich die fehlenden Ergebnisse aus der Gerichtsmedizin. Andreas und Eva machten sich an ihre Portionen.

Andreas fragte zwischen zwei Bissen: »Was sollte das bloß? Ich meine, ist der wirklich so dumm?«

»Weil er abgehauen ist?«

»Obwohl wir seine Daten haben«, sagte Andreas.

»Habe ich noch nicht erlebt.« Ich schüttelten den Kopf.

»Ich auch nicht«, sagte Eva.

»Ich schon«, meinte Nina.

»Ach richtig!« Andreas grinste. »Das Kommissariat Sümpfe und Abgründe.«

»Stimmt«, bestätigte Nina.

Die beiden frotzelten noch ein wenig darüber, in welchem Kommissariat man es wohl mit den originellsten Kriminellen zu tun bekam – wo Nina eindeutig die Nase vorn hatte –, während wir unser Mittagessen langsam beendeten.

Auf dem Weg nach draußen hörte ich die Stimmen von Nils und Herbert, den besten Freunden von Egon, also so etwas wie das erweiterte ›Duo infernale‹. »Guck mal, da ist Markus«, sagte Nils so laut, dass er sicher sein konnte, dass ich es hörte.

»Arbeitet sogar an seinem Geburtstag«, stellte Herbert fest.

»Früher hat er wenigstens noch die Todesursache herausgefunden«, meinte Nils.

Wir kamen direkt an den beiden vorbei.

»Vielleicht geht er ja jetzt die Leiche befragen«, sagte Herbert.

Ich blieb kurz stehen, schaute ihn lächelnd an und sagte: »Nein, ich gehe zum Polizeipräsidenten. Soll ich ihn von dir grüßen?«

Die beiden wurden ein wenig blass um die Nase und waren dann still. Mich wunderte am meisten, wie hartnäckig sie immer wieder versuchten, sich mit mir anzulegen.

»Das muss die Hitze sein«, meinte Andreas, als wir zur Tür gingen.

»Nee«, sagte ich. »Die sind immer so.«

»Vielleicht Verwandte von Freise?«, schlug Eva vor.

»Glaub ich nicht, dafür ist mir Freise viel zu sympathisch«, behauptete ich.

Reinhold fing uns auf dem Weg zu Freise ab. »Ich habe Neuigkeiten.«

Im Halbdunkel seines Büros war die Hitze einigermaßen erträglich. Sollte Freise doch warten und sich damit beschäftigen, was es bedeutete, die Polizei zum Narren halten zu wollen.

»Ich habe mit Karl gesprochen«, teilte Reinhold mit. »Die schlechte Nachricht ist, dass Grabski ebenfalls ratlos ist.«

»Der Professor?«, fragte Nina.

»Die Koryphäe«, korrigierte ich.

»Es gibt auch eine gute Nachricht«, fuhr Reinhold fort. »Karl hat den Professor gefragt, auf welche Todesursache er tippen würde, wenn er sich festlegen müsste. Und er nannte die strahlenden Partikel im Gehirn.«

»Aber gefunden haben sie nichts?«, hakte Nina nach.

»Alles nur Spekulation«, bestätigte Reinhold.

Ich brachte vor: »Krusekamp hatte diese Woche einen Termin zur Strahlenschutzuntersuchung. Es gab in Neustadt Auffälligkeiten im Kopfbereich – Verdacht auf Inkorporation.«

Reinhold pfiff durch die Zähne. »Karl soll die Untersuchung fortsetzen. Es gibt wohl im Forschungszentrum Jülich ein mobiles Gerät, mit dem man Strahler im Körper aufspüren kann.«

»Das klingt vielversprechend«, meinte Eva.

»Bis wir die Ergebnisse haben, werden gut und gerne anderthalb bis zwei Tage vergehen«, gab Reinhold zu bedenken.

»Und in der Zwischenzeit?«, fragte Nina.

Reinhold strich sich nachdenklich über sein Kinn. »Falls ein Tötungsdelikt vorliegt, können wir es uns nicht erlauben, so lange zu warten. Wir ermitteln weiter.«

»Auch wenn es die Partikel waren, bleibt ja auch immer noch zu klären, wie die in seinen Körper gelangt sind«, ergänzte ich.

»Dann sollten wir auch ins Kernkraftwerk fahren«, schlug Nina vor.

Reinhold nickte. »Am besten, ihr wendet euch an die Aufsichtsbehörde. Umweltministerium glaube ich. Dann seid ihr nicht so allein, wenn ihr in Neustadt auftaucht.«

Dann machten wir uns auf den Weg zu Michael Freise, der auf kleiner Flamme in einem unserer wohltemperierten Verhörräume köchelte.

Unterwegs nahm ich mein Handy und wählte meine Eltern an. Mein Vater nahm ab. »Hallo Junge. Herzlichen Glückwunsch!«

»Danke!«

»Lass mich raten. Es gibt einen Fall, den du lösen musst.«

»Genau. Wir müssen unser Kaffeetrinken etwas nach hinten verschieben.«

»Ach, das macht nichts, dann habe ich mehr Zeit für unsere Haustür.«

»Für eure Haustür?«

»Die ist geschmolzen. Jetzt muss ich erst ein Loch reinschneiden, sonst kommen wir nicht raus.«

Ich lachte. »Das trifft sich gut.«

»Wer ist denn ermordet worden?«, fragte mein Vater.

»Der Bundespräsident«, sagte ich.

»Ich habe den Präsidenten heute Morgen noch in den Nachrichten gesehen.«

»Das ist ein Doppelgänger. Um die Öffentlichkeit nicht zu beunruhigen.«

»Bis ihr den Mörder gefasst habt.«

»Genau. Ich melde mich, wenn ich hier fertig bin«, sagte ich.

»Pass auf dich auf und lass dich nicht erschießen«, sagte mein Vater.

Als ich das Handy in meine Tasche steckte, bemerkte ich, dass Nina mich von der Seite anschaute. »Ist alles in Ordnung bei dir?«, fragte sie.

»Ja, warum?«

»Du grinst von einem Ohr zum anderen«, stellte sie fest.

»Lass uns diese Befragung schnell hinter uns bringen«, sagte ich.

Freise kannte unseren Verhörraum schon, war aber nicht weniger nervös als beim ersten Mal. Wir diskutierten kurz und stellten fest, dass es gute Gründe dafür gab, dass Andreas die Befragung durchführte, und genauso gute dafür, dass ich es machte.

Bevor wir losen konnten, sagte Andreas: »Okay, mach du es. Schließlich war ich schon bei der Obduktion.«

Ein schlagendes Argument. Ich sagte zu Nina: »Ich gehe erst mal allein und probiere den Kumpel.«

Sie nickte.

Es gab Befragungen mit klarem Ziel und genau festgelegter Strategie, mit dramaturgischem Drehbuch, das zu dem gewünschten Ergebnis führen sollte. Und es gab Befragungen, die ohne Planung und ohne Vorbereitung abliefen, bei denen der Ermittler improvisierte und den Plan entwickelte, während er ihn schon ausführte. So wie diese.

Freise machte einen verschüchterten Eindruck, als ich den Verhörraum betrat, was bei einem Mann dieser Statur seltsam wirkte. Ich hielt es mir zugute, dass er sich sichtbar entspannte, als er mich erkannte.

Ich sagte mit ernstem Mitgefühl in der Stimme: »Herr Freise, Sie bereiten mir Sorgen.«

Er schien überrascht, wenn nicht sogar betroffen von dieser Feststellung. »Wieso denn das?«

Ich schaltete die Sorgenfalten auf meiner Stirn ebenfalls ein und zog mir mit einem schweren Seufzer einen Stuhl heran.

Als ich mich ihm gegenüber an den Tisch gesetzt hatte, sagte ich: »Herr Freise, das sieht nicht gut aus.«

Der Mann saß weiter reglos, aber seine Stimme schwankte. »Aber was denn nur?«

Damit war der Einstieg gelungen. Ich beschloss, es nicht zu übertreiben. »Hatten wir Sie nicht gebeten, uns zu benachrichtigen, wenn Sie die Stadt verlassen?«

»Ach so«, sagte Freise. »Aber ich hatte doch nichts damit zu tun.«

Ich musterte mein Gegenüber schweigend mit einem Blick, der sich schon bei einer ganzen Menge anderer unsicherer Menschen bewährt hatte. Als Freise nicht reagierte, fragte ich: »Wirklich nicht?«

»Nee, wirklich nicht.«

Ich seufzte wieder. »Herr Freise, so kommen wir nicht weiter. Ich glaube, Sie haben uns von Anfang an etwas sehr Wichtiges verschwiegen.«

Er senkte hastig den Blick und sagte leise: »Ich habe keine Ahnung, was Sie meinen.«

Was eindeutig gelogen war.

»Sie kannten Herrn Krusekamp«, stellte ich ruhig fest.

Ich hatte ihn kalt erwischt und so sah er auch aus. »Woher …?«

»Herr Freise, warum erzählen Sie mir nicht einfach über Ihre Verbindung zu Herrn Krusekamp?«

Anscheinend hatte er mit Angriffen oder Vorhaltungen gerechnet. Die Sachlichkeit brachte ihn erneut aus der Balance. Er konnte nicht anders, als mir zu antworten. »Er hat meine Frau … Ich meine, er hat mit meiner Frau … Meine Frau hat …«

Ich wartete geduldig. Ich hatte nicht die Absicht, ihm zu helfen, den Sachverhalt einigermaßen würdevoll auszudrücken.

»Meine Frau hat mich mit ihm betrogen«, brachte er schließlich hervor.

»Sie waren wütend auf ihn«, schlug ich vor.

»Und ob!«

»Er konnte von Glück reden, Ihnen nicht allein im Dunkeln begegnet zu sein«, probierte ich es weiter.

Freise lachte. »Ja, da hat er Glück gehabt. Dann hätte er bezahlt für das, was er mir angetan hat.«

Der Mann war ein Quell spannender Formulierungen. Ich sagte leise zu ihm: »Herr Krusekamp hat bezahlt.«

Freise kniff seine Augen zu Schlitzen zusammen und sagte noch leiser als ich zuvor: »Nicht genug.«

Eine der bemerkenswertesten Erfahrungen bei der Polizei sind die Gespräche, die man mit allen möglichen Leuten führte. Freise war dabei ein echtes Highlight. Wo er Bestürzung und Scham hätte empfinden können, zeigte er Hass und Abscheu.

»Ist das der Grund, aus dem Sie hier sind? Wollten Sie ihn bezahlen lassen?«

»Ja«, sagte er. Dieses eine Wort reichte aus, um mir trotz der Hitze eine Gänsehaut zu bescheren.

»Sie müssen jetzt sehr enttäuscht sein.«

»Er ist zu leicht davongekommen.«

»Wie hatten Sie sich das denn gedacht?«, fragte ich.

»Ich dachte, ich passe ihn ab und stelle ihn zur Rede.«

»Sie hatten schon einmal die Gelegenheit. Im Hotel in Neustadt.«

Wenn er sich wunderte, woher ich das wusste, zeigte er es nicht. »Da wusste ich noch nicht, dass er es war. Und da hatte er seine Freunde dabei, der Feigling.«

»Woher wussten Sie denn, dass er es war?«

»Ich habe im Kraftwerk rumgefragt. Bei Carolas Kolleginnen.«

»Von denen haben Sie auch das Foto?«

Er nickte. »Genau. Ein Schnappschuss, auf dem eine ihren Freund auf einer Hebebühne fotografiert hat. Carola und dieser Typ sind da nur zufällig drauf. Aber ich habe ihn trotzdem erkannt.«

»Und dann sind Sie nach Krefeld gekommen.«

»Richtig.«

»Sie haben ihn verfolgt?«

»Ich wusste, wo er wohnt.«

»Wie lange haben Sie ihn schon beobachtet?«

»Montag war der erste Tag.«

»Worüber wollten Sie denn mit ihm reden?«, fragte ich.

»Warum er mit meiner Frau geschlafen hat, wo er doch selbst eine hat.«

Ich schaute ihm in die Augen, glaubte aber, dass Michael Freise es so meinte, wie er es sagte. Ich dachte an seine Polizeiakte und fragte mich, ob er seine Wochenendschlägereien auch immer mit solchen Dialogen einfädelte. *Was guckst du meine Frau so an? Du hast doch selbst eine!*

»Und dann?«

»Hätte er es mir erklärt.«

»Und wenn nicht?«

»Dann hätten wir die Sache geregelt. Von Mann zu Mann.«

»Mit Fäusten.«

»Ja.«

»Sie wollten ihn verprügeln.«

»Ja.«

»Er sollte bluten für das, was er getan hat.«

»O ja.«

»Bis er nicht mehr aufsteht.«

»Ja … Hey, Moment mal. Was soll das denn?«

»Sie haben selbst gesagt, er sollte bezahlen.«

»Ja klar sollte er das.«

»Er sollte sterben.«

Er hob abwehrend die Hände. »Nee, das hab ich nicht gesagt. Das lasse ich mir nicht unterschieben.«

»Sie sagten, er habe nicht genug bezahlt.«

»Er ist zu leicht davongekommen. Er hat nicht gelitten, so wie ich gelitten habe.«

»Sie wollten ihn nicht umbringen?«, fragte ich zweifelnd.

»Nein!«

»Nur leiden sehen.«

»Ja.«

Ich beschloss, dass unser Gespräch noch einen kleinen Schubs gebrauchen konnte. »Warum sind Sie ihm ins Geschäft gefolgt?«

Freise war mein Themenwechsel offenbar zu abrupt, er schaute mich ratlos an. »Was meinen Sie?«

»Wollten Sie ihn im Geschäft zur Rede stellen?«

»Nein.«

Das lag auf der Hand. Es gab Zeugen und eine Überwachungskamera. Keine Gelegenheit für eine Aussprache von Mann zu Mann. Noch nicht einmal, wenn er tatsächlich nur hätte reden wollen. »Es war nicht nötig, ihm ins Geschäft zu folgen«, sagte ich.

»Ja …«, sagte er zögernd. »Doch, damit er nicht hinten raus abhaut.«

»Das Geschäft hat nur einen Eingang.«

»Das … Ich war doch einkaufen«, führte Freise hastig an. Sein Tonfall klang rechtfertigend.

»Spielen Sie wirklich Counterstrike?«, fragte ich.

Er nickte heftig. »Selbstverständlich.«

Freise begann merklich zu schwimmen. Und er machte das nicht besonders gut.

Ich fragte: »Welche Waffe benutzen nur die Terroristen?«

Counterstrike war ein Spiel, bei dem es zwei Parteien gab. Die Terroristen und die Antiterroreinheit. Beide Seiten wurden bei Turnieren von je vier Spielern gespielt, die verschiedene Waffen in hyperrealistischen Spielumgebungen gegeneinander einsetzen. Dabei war die Bewaffnung beider Gruppen wählbar, aber nicht identisch. Was man natürlich wissen musste.

Seine Augen wurden groß.

Ich fügte hinzu: »SIG 552 oder Steyr Scout?«

»Äh … Ach so. SIG 552 natürlich.«

Ich schaute ihn an, ohne auf seine Antwort zu reagieren. Das verunsicherte ihn.

»Spielen Sie wirklich Counterstrike?«, wiederholte ich meine Frage. Das Seminar der Kollegen von der Vorbeugung zu Gefahren durch Internet und Videospiele war sehr lehrreich gewesen und nun das Verderben für meinen Gesprächspartner.

Er nickte matt und zeigte sich damit erstaunlich hartnäckig. Ich sagte: »Die Namen SIG 552 und Steyr Scout kommen im Spiel überhaupt nicht vor. Die Waffe, die nur die Terroristen benutzen, ist die AK-47.«

Freise reagierte nicht darauf.

»Warum sind Sie ihm in das Geschäft gefolgt?«

»Ich wollte ihn nicht aus den Augen verlieren.«

»Sie verschweigen mir etwas.«

Nun hob er wieder abwehrend die Hände, sagte aber nichts. Ich sagte auch nichts und so probierten wir aus, wer den anderen zuerst mit Blicken niederringen konnte. Ich hatte darin eindeutig mehr Übung und entschied dieses Kräftemessen mühelos für mich. Was mich allerdings den Informationen, die ich haben wollte, kein Stück näher brachte.

Darum näherte ich mich dem Thema von der anderen Seite. »Warum haben Sie Frau Krusekamp angerufen?«

Bevor er auch auf diese Frage mauern konnte, setzte ich gleich nach: »Sollte sie Ihnen helfen, ihren Mann zu bestrafen?«

»Wie? Nein! Natürlich nicht.«

»Warum nicht?«

»Ich ... Was wollen Sie eigentlich von mir?«

»Warum haben Sie die Frau angerufen?«

»Sie sollte wissen, was ihr Mann getan hat.«

»Und?«

»Was, und?«

»Hat es sie interessiert?«

»Natürlich hat es sie interessiert. Sie war schockiert!«

»Worüber haben Sie sich unterhalten?«

»Darüber, was ihr Mann getan hat.«

»Und darüber, was Ihre Frau getan hat?«

Freise grunzte nur zur Antwort.

»Worüber haben Sie sich noch unterhalten?«

»Nichts weiter.«

»Das muss ein kurzes Gespräch gewesen sein.«

Freise zuckte mit den Schultern.

Ich sagte: »Herr Freise, Ihre Bereitschaft zur Zusammenarbeit ist äußerst unbefriedigend. Ich habe einen Vorschlag. Wir machen eine kurze Pause und Sie überlegen sich ganz genau, in welcher Situation Sie sich befinden und ob Sie mir weiter wichtige Informationen vorenthalten wollen. Immerhin haben wir einen Todesfall, der mit Ihnen in Verbindung steht.«

Freise schaute mich erstaunt an, sagte aber nichts. Ich war mir unsicher, ob meine Worte bei ihm wirken würden, verließ aber trotzdem den Verhörraum.

In der Zwischenzeit hatten die Enthüllungen Freises ein größeres Publikum angelockt. Staatsanwalt Macke empfing mich mit den Worten: »Der Mann ist hochverdächtig, Herr Wegener.«

»Und ob«, stimmte ich zu.

»Leider wissen wir noch nicht, ob wir zu dem Verdächtigen auch die entsprechende Tat haben«, sagte Reinhold.

»Du findest aber auch immer das Haar in der Suppe«, meinte Andreas.

»Ein Mordverdächtiger ohne Mord wird den Richter nicht beeindrucken«, gab Staatsanwalt Macke zu bedenken.

»Sagen Sie das den Gerichtsmedizinern«, meinte Eva.

»Auf den Bildern der Überwachungskameras ist zu sehen, dass er ihn nicht berührt?«, fragte Macke.

»Es ist nicht zu sehen, dass er ihn berührt«, entgegnete ich.

Der Staatsanwalt schaute mich einige Sekunden lang an, bevor er antwortete: »Ich dachte, ich wäre hier der Jurist.«

»Wie wäre es damit: Freise hat ausgesagt, Krusekamp nicht berührt zu haben, und die Bilder der Überwachungskameras bestätigen diese Aussage«, schlug Nina vor.

»Sie widerlegen seine Aussage nicht«, meinte ich.

»In Ordnung«, meinte Macke. »Wesentlich ist, dass wir gegen diesen Mann nur Verdachtsmomente haben, aber keine Beweise. Hinzu kommt, dass wir nicht sicher sind, ob Krusekamp durch ein Verbrechen zu Tode gekommen ist.«

»Stimmt«, sagte ich und alle nickten.

»Das reicht nicht, um den Mann hier festzuhalten.«

»Richtig«, bestätigte ich.

»Er braucht ihn im Geschäft nicht berührt zu haben, um ihn zu töten. Es gibt noch andere Möglichkeiten«, sagte Eva.

»Dann geht es jetzt auf zur zweiten Runde«, sagte ich und zehn Sekunden später stand ich wieder im Verhörraum.

Der Gesichtsausdruck von Freise war unverändert ratlos. Ich setzte mich zu ihm und schlug einen versöhnlichen Ton an, in den ich unversöhnliche Worte kleidete. »Herr Freise, ich will ganz ehrlich mit Ihnen sein. Allein die Tatsache, dass Sie in einem Geschäft anwesend sind, das etwa achtzig Kilometer von Ihrem Wohnort entfernt ist und in dem gerade in diesem Augenblick der Mann zu Tode kommt, mit dem Ihre Frau ein Verhältnis hatte, sieht nicht besonders gut aus für Sie.«

Freise schaute mich verständnislos an. »Aber ich habe ihn doch noch nicht einmal berührt«, sagte er abwehrend.

Ich ging nicht darauf ein. »Sie haben gesagt, Sie seien ihm gefolgt. Sie wollten ihn abpassen und ihm dann eine Lektion erteilen. Was Sie mir noch nicht erklärt haben ist, warum Sie Herrn Krusekamp in das Geschäft gefolgt sind.«

»Weil ich ihn im Auge behalten wollte.«

»Indem Sie ihm folgten, riskierten Sie, dass er Sie entdeckt. Dass er Sie erkennt. Hätte er Sie erkannt, wäre es vorbei gewesen. Vielleicht hätte er sich sogar bedroht gefühlt und die Polizei gerufen.«

Freise schaute mich an, als sei ihm das vorher nicht klar gewesen.

»Sie haben mir auch nicht erklärt, worüber Sie mit Frau Krusekamp gesprochen haben.«

»Über ihren Mann.«

»Sie haben die Frau zweimal angerufen und ihr E-Mails geschickt. Die Telefonate dauerten insgesamt fünfundsiebzig Minuten. Das war kein Small Talk, Herr Freise.«

Er antwortete nicht, sondern schaute mich mit versteinerter Miene an.

»Ich will Ihnen sagen, was ich denke. Sie haben herausgefunden, dass Herr Krusekamp mit Ihrer Frau zusammen war. Sie waren wütend. Ihre Frau stand sowieso kurz davor, Sie zu verlassen.«

»Das ist nicht wahr!«

Ich ignorierte seinen Einwand. »Sie beschlossen, den Mann zu bestrafen. Nein, mehr noch. Er sollte Ihre Ehe nicht gefährden. Und zwar nie wieder. Herr Krusekamp sollte sterben.«

»Das stimmt doch nicht!«, rief Freise, wobei seine Stimme eindeutig zitterte.

»Wir wissen noch nicht, wie Sie es getan haben. Gift? Radioaktives Material? Etwas, das ihn nicht sofort tötete, sondern langsam. Deshalb haben Sie ihn verfolgt. Nicht um ihm aufzulauern, sondern um ihn zu beobachten, wenn er stirbt. Deshalb sind Sie ihm in das Geschäft gefolgt.«

»Nein!«, beteuerte Freise, nun in weinerlichem Ton.

»Wie war es, zuzusehen? Wie Ihr Rivale zu Boden ging? Wie er gestorben ist?«

Freise schüttelte nur hilflos den Kopf. Man konnte beinahe Mitleid mit ihm haben. Aber eben nur beinahe.

»Sie haben es geschafft«, sagte ich. »Der Mann ist tot. Er wird sich nie wieder in Ihr Leben einmischen.« Und nach zwei Sekunden fügte ich hinzu: »Das werden wir jetzt tun.«

Ich ließ dem Mann etwas Zeit zum Durchatmen.

Dann sagte ich: »Herr Freise, wir haben sicher noch weitere Fragen an Sie und ich muss Sie dringend bitten, uns zu benachrichtigen, wenn Sie Ihren Aufenthaltsort ändern. Können Sie noch bei Ihren Freunden bleiben?«

Er nickte stumm. Ich sah, dass ihm eine Träne über das Gesicht lief. Was mich überraschte. Aber ich ließ mir meine plötzlichen Zweifel nicht anmerken.

Freise schaute mich verblüfft an, als ich ihm mitteilte, dass er nun gehen konnte. Er stand zögernd auf, ich reichte ihm die Hand zum Abschied. Jetzt stellte ich meine letzte Frage: »Hat Frau Krusekamp Ihnen geholfen? Bei Ihrem Racheplan?«

Durch unseren Händedruck spürte ich, wie sich sein Körper versteifte, aber er antwortete nicht mehr. Ich erklärte ihm, dass er auf dem Weg nach draußen noch einige Formalien erledigen musste, zu denen auch die Unterschrift seiner Aussage zählte. Dann ließ ich seine Hand los.

»Ein erstklassiger Verdächtiger«, sagte Nina.

Reinhold stimmte zu. »Ich habe selten so ein klares Motiv gesehen. Herr Macke sagte, gegen diesen Mann sollten wir ermitteln.«

»Das werden wir tun«, sagte Andreas.

»Richtig viel tun können wir aber im Moment nicht«, meinte Eva.

»Ihn observieren«, sagte Nina.

»Das ist schon angeordnet«, sagte Reinhold.

»Die Kollegen in Dortmund informieren«, sagte ich. »Frau Freise dürfte gefährdet sein, wenn ihr Mann nach Hause kommt.«

»Ermitteln, ob Frau Krusekamp einen Liebhaber hatte.«

»Überprüfen, seit wann Freise in Krefeld ist und ob er Zugang zu Gift oder radioaktiven Stoffen hatte. Oder seine Frau.«

»Und noch einmal in der Gerichtsmedizin nachfragen, ob wir nun einen Mordfall haben oder nicht.«

»In Ordnung«, sagte Reinhold. »Dann frisch ans Werk.«

»Was meint ihr, schaffen wir das auch zu dritt?«, fragte Nina. »Markus ist heute Nachmittag mit seinen Eltern verabredet.«

Andreas grinste, klopfte mir auf die Schulter und sagte: »Mann, die paar Anrufe schaffen wir auch so.«

»Du fährst nach Hause«, sagte Eva.

Nina grinste. Ich umarmte sie. »Danke«, sagte ich.

Sie sagte: »Freu dich nicht zu früh. Ab Morgen wirst du in diesem Fall keine ruhige Minute mehr haben.«

»Nun geh schon, wir haben zu tun«, meinte Eva.

Als ich durch die Tür ging, kam mir Simon entgegen. Er hielt einen Stapel Papier hoch und wedelte damit herum. »Markus, das musst du dir anschauen.«

Ich war ein Geburtstagskind mit einer Verabredung, aber ich war auch Polizist. Und ich kannte diesen Ausdruck auf Simons Gesicht. Also folgte ich Simon zurück ins Büro und zehn Sekunden später saßen wir alle zusammen um den Tisch herum.

»Der Mann hat sehr verdächtige Kontobewegungen«, teilte uns Simon ohne Umschweife mit. »Er hat ein Konto bei einem russischen Finanzdienstleister und überweist jeden Monat einhundert Euro dorthin.«

»Das ist kein Verbrechen«, sagte Eva.

»Stimmt«, bestätigte Simon.

»Was ist das für ein Konto?«

»Es handelt sich um ein Konto zur Spekulation am Devisenmarkt.«

Ich brauchte eine Weile, um diese Information einzuordnen, aber dann fiel mir der Ordner in dem kleinen Büro in der Wohnung der Krusekamps ein. »Forex«, sagte ich.

Simon schaute mich verblüfft an. »Genau, aber woher ...? Wie machst du das immer? Ach, ist ja egal. Forex ist die Abkürzung für Foreign Exchange Market, also den Devisenmarkt.«

»Er war Elektriker und kein Devisenhändler«, erinnerte Nina.

»Er war beides. Auf seinem Computer habe ich E-Mails und Dokumente gefunden, die belegen, dass er Mitglied in einem Klub war, in dem sich Hobbyspekulanten zusammengeschlossen haben.«

»Wie Gemeinschaften, die zusammen an der Börse investieren?«

»Das ist vergleichbar, soweit ich das sehen kann. Allerdings ist der Devisenmarkt um einiges ... dynamischer.«

»Dynamischer als die Börse?«, fragte ich und dachte an vergangene Wirtschafts- und Finanzkrisen mit verzweifelten Aktienhändlern, die auf die fallenden Kurse starrten.

»Absolut«, entgegnete Simon knapp.

»Und, war er erfolgreich?«

Simon schüttelte den Kopf. »Nein, eher nicht. Seine Trades haben ihm nichts eingebracht. In guten Monaten hatte er ein ausgeglichenes Konto, meist aber Verluste.«

»Ein ausgefallenes Hobby«, kürzte ich ab, denn ich verstand noch nicht, warum das für uns interessant sein sollte.

Simon lachte. »Das habe ich auch gedacht. Bis ich diese Transaktion auf seinem Konto entdeckt habe.« Er schob mir einen Ausdruck über den Tisch, auf dem eine Zeile mit gelbem Textmarker angestrichen war. Ich sah den Betrag und das änderte alles. »Hast du die Adresse von diesem Klub?«, fragte ich.

Das Gelände, auf dem der Klub der Hobbyspekulanten residierte, erinnerte an das der Firma Krey. Ein flaches Gebäude mit dem Charme einer Fabrikhalle. Es war kein Mensch zu sehen und ich parkte unseren Wagen neben den anderen Autos direkt vor dem Eingang.

Im Inneren erwartete uns ein größerer Saal mit Parkett, eine kleine Bar und ein lang gestreckter Bereich mit ungefähr zwanzig Computerarbeitsplätzen, an denen einige Männer konzentriert vor den Bildschirmen saßen. Bis auf die Computer erinnerte alles an ein kleines Vereinsheim.

Zunächst interessierte sich niemand für uns, bis Nina auf einen weißhaarigen Mann zuging, der gerade einen Karton mit Gläsern hinter die Bar trug.

»Guten Tag, mein Name ist Gerling und das ist mein Kollege Wegener. Wir sind von der Kriminalpolizei.« Der Mann mochte im Alter der Eltern Krusekamp sein, hatte ein rundes freundliches Gesicht, Lachfalten um die Augen und zeigte sich beeindruckt, aber nicht nervös, als Nina ihren Dienstausweis vorzeigte.

Der Mann stellte sich als Volker Küpper vor und er war nicht der Barkeeper, sondern der Vereinsvorsitzende von *K-Pips*. Was eine Einladung für meine erste Frage war: »Sagen Sie mal, was heißt denn dieser Name?«

Küpper grinste freundlich. »K steht für Krefeld. Ja, und Pips ... Wie gut kennen Sie sich am Devisenmarkt aus?«

Gar nicht, dachte ich. Nina fand eine diplomatischere Antwort: »Vielleicht könnten Sie uns mit dem Begriff ein wenig helfen.«

»Pips ist die Abkürzung für ›Percentage in Points‹ und das ist die kleinste Einheit, um die sich ein Kurs am Devisenmarkt bewegen kann. Die vierte Stelle hinter dem Komma.«

Nina und ich tauschten einen Blick und sagten nur: »Aha.«

Küpper fuhr unbeeindruckt fort. »K ist im Währungsbereich außerdem eine Abkürzung für Tausend, es ist also ein kleines Wortspiel. K-Pips bedeutet auch tausend Pips und wer tausend Pips am Devisenmarkt umsetzt, hat viel Geld verdient.« Er schaute uns an und sagte dann noch einmal eindringlich: »Ich meine, wirklich sehr viel Geld.«

Ich musste mich räuspern. »Ähm ... Gut. Wir sind hier, weil David Krusekamp auch Mitglied in Ihrem Verein war.«

Er runzelte die Stirn, fragte aber nicht nach. »Das ist richtig.«

»Hatte er hier Freunde oder Personen, mit denen er sich gut verstanden hat?«

»Warum fragen Sie?«

»Weil er tot ist.«

»Oh.«

»Kam er oft hierher?«

»Ja ... Nein ... Ich meine, er war ja ständig beruflich unterwegs, er kam also nicht regelmäßig. Aber wenn er in der Stadt war, kam er schon ein paarmal in der Woche.«

»Wie muss ich mir das vorstellen, wenn ein Vereinsmitglied herkommt? Was hat Herr Krusekamp dann gemacht?«

»Wir haben ganz unterschiedliche Leute hier ... Sehen Sie, die Jungs, die jetzt am Computer sitzen, das sind Daytrader. Sie sitzen hier drei- oder viermal in der Woche mehrere Stunden während der Handelszeit der Londoner Devisenbörse und traden.«

»Am Computer?«

»Ja, heutzutage kann jeder vom Computer aus am Devisenmarkt spekulieren.«

Den Devisenmarkt brachte ich immer noch mit dunklen Hinterzimmern und milliardenschweren Absprachen unter zweifelhaften Gentlemen in Verbindung, die beschlossen, zum eigenen Amüsement und Profit die Währungen ganzer Wirtschaftsräume zu manipulieren. Auch wenn dabei innerhalb von Tagen einige asiatische Volkswirtschaften in die Knie gehen mussten.

»Aber dafür braucht man doch Kapital, oder?«, fragte ich zweifelnd. »Ich meine, so richtig viel Geld.«

»Das braucht man, aber die Summen sind nicht sehr hoch.

Wissen Sie was? Fragen Sie doch diesen Mann da, das ist Rudolf Eggert. Mit dem hat David meist zusammengesessen.«

Eggert erwies sich als schmalgesichtiger Mann mit glänzender Stirn und unruhigen blutunterlaufenen Augen. Er nahm zwar unsere Anwesenheit zur Kenntnis, aber ich war mir nicht sicher, ob er auch deren Bedeutung verstand.

»Moment, Moment«, sagte er hektisch. Er beugte sich näher an seinen Monitor, auf dem zahlreiche Linien und Kurven in unterschiedlichen Farben eingezeichnet waren. Auf der linken Seite fand sich eine Liste mit Kursen, die sich im Sekundentakt änderten.

»Das ist es, das ist es«, murmelte Eggert, klickte fieberhaft herum und brachte mit einigen Mausklicks noch mehr Linien auf den Bildschirm. Seine Augen leuchteten, als er sich zu uns umdrehte. »Sehen Sie, sehen Sie?«

»Ich sehe es«, sagte ich. Es erinnerte mich an ein Schnittmuster aus einer Handarbeitszeitschrift. »Und was hat das zu bedeuten?«

Er schaute mich zwar etwas irritiert an, aber dann erklärte er es. »Diese Linie hier ist der Preis.«

Ich sah die Linie, die mit geringen Ausschlägen nach oben und unten fast waagerecht verlief. »Was für ein Preis?«

»Der Euro. Gegen den Dollar.«

»Er verändert sich fast überhaupt nicht«, meinte ich. Von daher fand ich die Aufregung des Mannes etwas eigenartig.

»Richtig, richtig. Aber das wird sich bald ändern.« Dann verwies er mich auf verschiedene Linien, Kurven, Indikatorwerte und andere Berechnungen, die ich nicht verstand. Was ich aber verstand war, dass Eggert davon überzeugt war, dass der Preis sich in den nächsten Minuten exponentiell bewegen würde. »Das habe ich im Urin«, behauptete er.

»In welche Richtung denn?«, fragte ich.

»Keine Ahnung, Mann. Aber der Preis wird ausbrechen.«

»Aha.« Deshalb hieß es wohl Spekulation, erinnerte ich mich.

Eggert fügte hinzu: »Die Richtung ist egal. Hauptsache er bewegt sich.«

»Um viele Pips«, meinte ich. Schließlich hatte ich aufgepasst.

»Genau! Hey, machen Sie doch mit! Wie viel Geld haben Sie dabei?«

Ich sagte: »Fünfzig Euro.«

»Super! Setzen Sie es ein. Das ist todsicher!«

Markus Wegener, Devisenhändler. Das würde ein gutes Türschild abgeben. Ich sah, wie Nina neben mir den Kopf schüttelte.

»Aber dann könnte ich mein Geld auch verlieren, oder?«

Eggert schüttelte ungeduldig den Kopf. »Sehen Sie, mein Kapital am Devisenmarkt beträgt fünfzigtausend Euro. Dieser Trade ist absolut sicher. Ich setze deshalb fünftausend Euro ein. Ihre fünfzig kommen obendrauf.«

Ich nahm mein Portemonnaie und zog einen Fünfziger heraus, obwohl Eggert meine Frage nicht beantwortet hatte. Nina seufzte, Eggert strahlte. Meinen Schein legte er neben die Tastatur. »Gut, ich habe schon alles eingegeben, wir müssen nur noch warten.«

»Haben Sie das mit David Krusekamp auch so gemacht?«

Seine Augen wurden schmal. »Warum fragen Sie?«

»Er ist tot.«

Eggert blieb stumm.

»Sie haben gemeinsam spekuliert?«

»Ja, das kann man schon sagen.«

»Haben Sie sich gut verstanden?«

»Wir kannten uns privat kaum. Nur von hier. Ich habe versucht, ihm ein paar Dinge beizubringen.«

»Waren Sie erfolgreich?«

»Nicht besonders.«

»Woran ist es gescheitert?«

»Sehen Sie, Devisenhandel ist eine ernste Angelegenheit. Man muss bestimmte Regeln befolgen, sonst kann man schnell sein ganzes Geld verlieren.«

»Aber doch auch gewinnen?«

»Wenn Sie mit Devisenhandel Geld verdienen möchten, benötigen Sie eine Strategie, die langfristig angelegt ist. Und Sie müssen diszipliniert genug sein, um sich an Ihre eigenen Regeln zu halten. Nur so kann das Kapital wachsen. Ohne Strategie ist es nicht mehr als ein Ratespiel.«

»Spekulation.«

»Ja, aber ohne Grundlage.«

»So war es bei David Krusekamp?«

»Ja. Er hatte keine Strategie, handelte impulsiv.«

»War er denn erfolgreich?«

Eggert schnaubte. »Nein. Er verlor regelmäßig.«

Das wussten wir schon, näherten uns aber jetzt dem Bereich, der für uns am interessantesten war. »Sie haben fünfzigtausend Euro, sagen Sie.«

Er nickte. »Mit tausend habe ich angefangen.«

Was aus Eggert wohl einen überaus erfolgreichen Devisenspekulanten machte. »Wie viel Kapital hatte Herr Krusekamp?«

»Soweit ich weiß, hat er regelmäßig gespart, um weiter handeln zu können. Ich glaube, hundert Euro im Monat.«

Das deckte sich mit unseren Informationen. Das meiste hatte er in Centbeträgen wieder verloren. Und doch hatte er eine Woche vor seinem Einsatz in Neustadt einen beachtlichen Geldeingang verzeichnen können. »Er hatte also keine größeren Gewinne erzielt? Tausend Euro oder mehr?«

Nun lachte Eggert auf. »Nein, das wüsste ich.«

Ich schaute Nina an, Eggert schielte auf seinen Monitor. »Da! Es ist so weit!«

Und tatsächlich bewegte sich die Kurve, die den Preis anzeigte, fast senkrecht in die Höhe. Der Euro gewann an Wert. Rasant. »Wir sind drin, wir sind drin«, versicherte Eggert eilig, als müsse er mich beruhigen.

»Wie viel …?«

»Warten Sie«, sagte Eggert. »Wir haben fünftausend Euro echtes Kapital eingesetzt. Mein Händler erlaubt mir, mit einem Hebel von 1:100 zu handeln, das heißt, ich kontrolliere nun fünfhunderttausend Euro auf dem Devisenmarkt.«

Ich zog mir einen Stuhl heran, setzte mich und atmete tief aus. Nina schaute mich mit dem vorwurfsvollen Blick einer Ehefrau an, deren Mann das Haushaltsgeld bei Schnaps und Poker verzockt hatte. Eggert bekam das alles nicht mehr mit, er klebte am Monitor. »Meine Güte, meine Güte«, murmelte er. »Schon sechzig Pips.«

»Wie viel …?«

»Jeder Pip ist fünfzig Euro wert.«

Ich war froh, dass ich schon saß. Allerdings relativierte Eggert seine Aussage: »Allerdings nur meine Pips. Ihre sind fünfzig Cent wert.«

Ich hatte nur fünfzig Euro investiert, halb aus Neugier, halb aus dem Bestreben heraus, eine erfolgreiche Befragung durchzuführen. Trotzdem lag mein Puls bei gefühlten hundertachtzig Schlägen pro Minute.

Wir sahen zu, wie der Preis sich beruhigte und ein wenig zurückging. »Das ist noch nicht vorbei«, meinte Eggert. »Das habe ich im Urin.«

Obwohl der Mann schon bewiesen hatte, dass sein Urin einiges wert war, wenn es um spekulative Vorhersagen ging, war ich froh, als er fünfzehn Minuten später den Trade mit hundertdreißig Pips schloss. »Man soll ja auch nicht gierig werden«, grinste er.

Ich erhielt statt fünfzig Euro einhundertfünfzehn von Eggert zurück. »Danke!«, sagte ich fasziniert.

»Ein sehr erfolgreicher Tag«, meinte er. Genau genommen waren es eher sehr erfolgreiche vierzig Minuten gewesen. »Zwölf Prozent Tagesgewinn bezogen auf das Gesamtkapital, das ist schon was.«

»Haben Sie solche Tage öfter?«, fragte ich.

»Nein. Das war eine Ausnahme. Ich bin zufrieden, wenn ich ein oder zwei Prozent am Tag schaffe. Dieser Trade war ziemlich aggressiv.«

»Seit wann sind Sie denn in diesem … Geschäft?«

»Drei Jahre.«

»Sagen Sie mal, Ihr Tradingkonto, kann da eigentlich jeder drauf einzahlen? Ich meine, hätte ich Ihnen die fünfzig Euro auch überweisen können?«

»Na klar, wenn ich Ihnen die Daten gebe, warum nicht. Aber abheben kann nur ich und nur auf mein eigenes Girokonto.«

Und damit wussten wir endgültig alles, was uns interessierte. Wir verabschiedeten uns.

»Du bist verrückt«, zischte Nina, als wir aus der Tür gingen.

»Wir haben herausgefunden, was wir wissen wollten.«

»Du weißt, was ich meine«, sagte sie.

»Ich glaube, ich spende gleich mal fünfundsechzig Euro für die Kaffeekasse.« Was mindestens für ein halbes Jahr Kaffee im Kommissariat reichen würde. Verdient in knapp vierzig Minuten.

Nina schnaubte. Zurück im Auto sagte sie: »Eine Tradingplattform und ein in Russland geführtes Konto. Auf das jeder überweisen kann.«

»So wie du das sagst, klingt es sofort verdächtig«, meinte ich.

»Es ist verdächtig. Er hat das Geld nicht durch seine Spekulationen verdient.«

Ich holte den Ausdruck von Krusekamps Konto hervor. Die Summe war bilanziert, aber die Herkunft nicht ausgewiesen. Wofür hatte der Mann einhunderttausend Euro erhalten, genau eine Woche vor seinem Einsatz im Kernkraftwerk Neustadt? Und von wem? Das war die zentrale Frage.

»Langsam werde ich doch sehr neugierig auf dieses Kernkraftwerk«, sagte ich.

»Ich kümmere mich darum«, sagte Nina. »Und du gehörst jetzt nach Hause.«

Ich hatte mein Haus gekauft, weil es absolute Ruhe und Abgeschiedenheit, sowie sehr viel Arbeit versprach. Die Sonne senkte sich dem Abend entgegen, als ich von der Landstraße abbog und mit einer kleinen Staubfahne über den Zufahrtsweg rollte. Seit Dezember des letzten Jahres hatte ich mein Grundstück eingezäunt. Ich hielt vor dem stählernen Rolltor.

Mit meiner Fernbedienung aktivierte ich den Mechanismus und das Tor begann, zur Seite zu rollen. Diese Sicherungsmaßnahme war notwendig geworden, nachdem ich in einer gewagten Verfolgungsjagd den als Salamimörder bekannt gewordenen Serientäter verhaftet hatte. Einige Tage nach der Verhaftung funktionierte die Geheimhaltung der Polizei nicht mehr und die Presse tauchte an meinem Haus auf, ohne dass ich sie noch vertreiben konnte. Ich mochte Journalisten nicht besonders, aber davon ließen sie sich nicht beeindrucken.

Der Mörder hatte mich bei der Verfolgung beinahe getötet, mein Leben hatte ich meinen Schutzengeln und einer großen Portion Glück zu verdanken. Seitdem verfolgte der Salamimörder mich regelmäßig in meinen Träumen. Das reichte mir. Ich brauchte nicht auch noch ein Rudel Reporter, das mir hinterherhetzte. Deshalb beauftragte ich ein Unternehmen damit, einen Zaun um mein Grundstück zu ziehen, und war erstaunt, wie schnell so etwas ging, wenn man nett fragte, bar bezahlte und keine Rechnung wollte. Ich entschied mich für einen grünen Stahlzaun, um das Landschaftsbild nicht allzu sehr zu verschandeln. Und obwohl es sich um einen Zaun handelte, der aufdringliche Menschen fernhalten sollte, entschied ich mich gegen Starkstrom, Videoüberwachung und Selbstschussanlagen.

Doch auch so erfüllte er seinen Zweck: Durch den Zaun waren die Reporter ihrer Entschuldigung beraubt, sie hätten nicht bemerkt, dass sie auf meinem Grundstück gelandet waren. Dass sie nicht über den Zaun kletterten, rechnete ich nicht ihrem Ehrenkodex oder dem menschlichen Anstand an, sondern ihrer Angst, sich mit der gesamten Polizei in Krefeld anzulegen. Und dass die Fotografen nicht auf die umliegenden Bäume kletterten, lag wohl daran, dass Paparazzofotos von mir nur einen geringen Preis erzielt hätten.

Einige Tage nach Errichtung des Zauns und nach immer derselben Antwort von mir wurde es den Reportern langweilig und sie befolgten meinen Rat und hielten sich an die Pressestelle der Polizei. Ich konnte durchatmen und ein ruhiges Weihnachtsfest verbringen.

Das Tor war zur Gänze aufgefahren, ich steuerte hindurch und parkte in der Garage. Ich hatte nach dem Kauf des Hauses über ein Jahr Arbeit investiert, um es bewohnbar zu machen, und war mit dem Ergebnis sehr zufrieden. Es blieb immer noch etwas zu tun, aber die großen Umbauarbeiten waren abgeschlossen. Deshalb kam es seit einigen Wochen immer öfter vor, dass ich in meiner freien Zeit einfach im Wohnzimmer saß und fernsah. Oder auf der Terrasse meinen Garten anschaute. Dass ich ganz entspannt Musik hörte oder ein Buch las.

Natürlich war es angenehm, auf diese Weise zu entspannen und die Zeit zu verbringen. Was mich aber daran am allermeisten freute war, dass ich zu dieser Entspannung wieder fähig war. In den letzten Jahren meiner Ehe hatte es eine schleichende Entwicklung gegeben, in der ich immer mehr unter Anspannung geriet, bis ich in einen Zustand permanenter Alarmbereitschaft rutschte, der mich langsam krank machte.

Durch meine Flucht in dieses Haus hatte ich den Schlussstrich unter diese Entwicklung gezogen und die Arbeit daran hatte mir geholfen. Befreit von diesem Ballast konnte mein neues Leben beginnen.

Nachdem meine Scheidung auf den ersten Blick nicht sehr vorteilhaft für mich abgelaufen war, musste ich mich in meinem Haus fast vollständig neu einrichten. Viel einschneidender war für mich aber die Erkenntnis, wie wenige Personen mich in mein neues Leben begleitet hatten. Die allermeisten unserer gemeinsamen Freunde hatten sich nach unserer Trennung Sandra angeschlossen.

Das hätte ich vielleicht noch verstehen können. Den moralischen Gestus, mit dem sie ihren Schritt verbanden, fand ich allerdings befremdlich. Ich hatte mich der typischen Versäumnisse schuldig gemacht, um die kein Polizist in einer Beziehung herumkommt. Lange, auslaugende und unvorhersehbare Arbeitszeiten und fehlende Energie für die Partnerschaft. Doch am Ende hatte Sandra mich wegen eines Fitnesstrainers verlassen – nicht umgekehrt. Ich mochte nicht der beste Ehemann gewesen sein, aber betrogen hatte ich sie nie.

Mit der Zeit war mir klar geworden, dass es vielleicht besser war, wenn Sandra diese Leute mit sich nahm und ich nicht weiter davon ausging, Freunde zu haben, während diese Freundschaft nur oberflächlich oder gar geheuchelt war. Der Verlust schmerzte natürlich trotzdem.

Sandra und ich hatten weder Kinder noch Haustiere. Ich hatte keine Geschwister. Viele meiner Kollegen zogen es vor, sich über die Umstände des Scheiterns meiner Ehe lustig zu machen, anstatt mir beizustehen oder mich aufzumuntern. Reinhold, Simon und Simons Chef Ralf bildeten die Ausnahme. Nina war erst nach der Trennung von meiner Frau in unser Präsidium gewechselt.

Ich verglich meine neue Lebenssituation manchmal mit meinem Haus. Es war alt und frisch restauriert wie der Hausherr, unbelastet und verhieß Freiheit, war allerdings noch ein wenig leer. Während ich, begleitet von derart philosophischen Betrachtungen einen kalten Schokoladenpudding zusammenrührte, klingelte das Telefon.

Mein Vater war dran. »Hallo, mein Junge. Wir haben deine SMS bekommen und sind jetzt unterwegs.«

Mein Vater nannte mich Junge, seit ich mich erinnern

konnte. Sandra hatte mich immer damit aufgezogen. Ich vermutete, das war ihre Art mir mitzuteilen, dass sie niemals eine vergleichbare Beziehung zu ihren Eltern entwickelt hatte.

»In Ordnung«, sagte ich.

»Es hat etwas länger gedauert, bis deine Mutter ... Aber du weißt ja, Frauen.«

Im Hintergrund hörte ich meine Mutter protestieren.

»Ich bin zu Hause und warte auf euch.«

Wir verabschiedeten uns und ich widmete mich wieder meinem Pudding. Für Leute, die gerne kochten, war dieser Fertigpudding wahrscheinlich die reinste Zumutung. Schon nach drei Minuten Rühren war er fertig und ich stellte ihn in den Kühlschrank. Dann überprüfte ich noch einmal meinen Vorrat an Aufschnitt und den Zustand des Kuchens. Ich war mit beidem zufrieden.

Als ich Teller und Tassen auf dem Tisch im Wohnzimmer arrangierte und auch noch Gläser dazustellte, ließ ich meine Gedanken zu vergangenen Geburtstagsfeiern wandern. Ich erinnerte mich an große Zusammenkünfte am Abend mit vielen Gästen, von denen ich die meisten für meine Freunde hielt, mit Musik, Grillen und viel Alkohol. Wer hatte mir nicht alles auf die Schulter geklopft und mir alles Gute gewünscht.

In meinem Leben hatte sich vieles verändert. Die wichtigste Veränderung war, dass ich mich jetzt auf meine kleine Feier freute. Ich dachte an meine Eltern und fühlte mich wohl, ich dachte daran, dass ich Nina auch noch einladen würde und freute mich darauf.

Dann fiel mir Ninas Geschenk wieder ein. Ich ging in meinen Abstellraum, holte Hammer und Nagel und ging mit dem Bilderrahmen unter dem Arm wieder zurück ins Wohnzimmer. Ich betrachtete die Wände, die bis auf einen großen Druck von Caspar David Friedrich noch leer waren, und überlegte. Es war ein besonderes Geschenk, für das ich einen besonderen Platz brauchte. Meine Wahl fiel schließlich auf die Wand über dem kleineren Sofa, wo sich die dunkelblaue Urkunde gut in das sanft strukturierte Gelb der Wand einpasste und Aufmerksamkeit auf sich zog.

Beim zweiten Hammerschlag klingelte es. Ich schlug den Nagel mit einem letzten kräftigen Schlag in die Wand, hängte die Urkunde auf und ging zur Haustür. Natürlich hatten meine Eltern nicht nur einen Schlüssel für das Tor, sondern auch für die Haustür, aber ich hatte es noch nie erlebt, dass sie ohne zu klingeln hereingekommen waren.

Sie standen in der prallen Sonne vor der Tür und drängten mich in die Diele. Mein Vater schlug hastig die Tür hinter sich zu und atmete erleichtert aus. »Da draußen wird man ja gebraten.«

Meine Mutter umarmte mich. »Herzlichen Glückwunsch, Markus!«

Dann umarmte mich auch mein Vater. »Herzlichen Glückwunsch, Junge!«

»Schön, dass ihr da seid. Wollt ihr eure Jacken ablegen?«

»Ich habe meinen Wintermantel zu Hause gelassen, ich weiß ja, wie gut du immer heizt, wenn wir alten Leute kommen«, meinte mein Vater.

Wir gingen ins Wohnzimmer. Meine Eltern setzten sich und meine Mutter bemerkte mit einem Blick auf das Geschirr: »Sag nicht, du hast Kaffee gekocht.«

Ich antwortete: »Die Tassen sind nur zur Zierde da. Aber wenn du Kaffee möchtest, setze ich gerne einen auf.«

Beide hoben eilig die Hände. Ich musste lachen. »Dann schlage ich vor, wie trinken Eistee.«

Mein Vater sagte: »Gute Idee. Ich habe festgestellt, wenn es wärmer als fünfunddreißig Grad ist, kann man das Zeug tatsächlich trinken.«

Ich fragte: »War es denn in den Staaten nicht so heiß?«

»Zum Glück nicht«, sagte mein Vater. Er fügte sehnsüchtig hinzu: »Es war kühl, bewölkt. Manchmal sogar ein kleiner Schauer.«

Vor ein paar Wochen waren meine Eltern gemeinsam entlang der Ostküste durch die USA gereist. Wir hatten uns seitdem noch nicht gesehen und ich war gespannt auf die Fotos. Ich betrachtete meine Eltern, ihre grauen Haare, bei meinem Vater stark gelichtet, die Falten um ihre Augen und das Leuchten darin und genoss den Augenblick. Auf diese Weise Hand in Hand mit Sandra auf einem Sofa zu sitzen, hielt ich für unmöglich. Und zum Glück musste ich es auch nicht mehr versuchen.

»Das klingt wunderbar«, sagte ich. Wir tranken Eistee und nach einer Minute war mein Schweiß getrocknet. »Ich hoffe, ihr habt Fotos mitgebracht.«

»Das haben wir«, sagte mein Vater, aber machte keine Anstalten, sich zu bewegen. Wir saßen eine Weile im Wohnzimmer, würdigten den Eistee, tauschten uns über die Temperaturen aus und ließen von Zeit zu Zeit unseren Blick in den Garten schweifen, wo Pflanzen und Tiere dem Sonnenuntergang entgegenfieberten.

Als mein Vater ausgetrunken hatte, sagte er schließlich: »Was meinst du, Karin, wollen wir dem Jungen sein Geschenk geben?«

»Glaubst du denn, ich würde das vergessen, Hans?« Dann holte meine Mutter eine schmale Schachtel aus ihrer Handtasche hervor, die liebevoll in Geschenkpapier eingepackt war. Die Schachtel war so geformt, dass darin ein Diamantenarmband oder auch ein goldener Füllfederhalter sein mochte, aber ich war mir sicher, dass sie keins von beidem enthielt.

Ich entfernte behutsam das Geschenkpapier. Als ich das Etui öffnete, das zum Vorschein kam, war ich überrascht. Darin lag, edel drapiert auf rotem Samt, eine Uhr.

Aber es war nicht irgendeine Uhr. Gehäuse und Zifferblatt waren matt silbern, das Armband aus schwarzem Leder. In das Ziffernblatt eingelassen waren drei kreisrunde Anzeigen für Sekunden, Wochentag und Datum. Die Form der Zeiger und die Gestaltung der Ziffern ließen auf eine Fliegeruhr schließen oder zumindest eine Uhr zum militärischen Gebrauch. Sie gefiel mir auf den ersten Blick.

Meine Eltern unterbrachen mich nicht in meiner Faszination und deshalb fiel mir auch noch etwas anderes an der Uhr auf. Die Anordnung der Ziffern war ungewöhnlich. Die Zahlen gingen nicht von 1 bis 12, sondern von 1 bis 24. Die 12 befand sich auf dem Ziffernblatt dort, wo bei einer konventionellen Uhr die 6 war und die 23 auf der Position der 11. Wir hatten es inzwischen 17:30 Uhr und das sah auf diesem Ziffernblatt auf den ersten Blick so aus wie halb neun.

Mir fiel nicht viel mehr ein als: »Wow!«

Mein Vater sagte: »Wir dachten, du bist sowieso vierundzwanzig Stunden im Dienst, musst zu den unmöglichsten Zeiten an den unmöglichsten Orten sein, da könntest du mal eine vernünftige Uhr gebrauchen, mit der du auch alle Dienststunden auf einmal im Blick hast.«

Mehr noch als über das Geschenk selbst freute ich mich über die Begründung. Meine alte Uhr war eine Prämie, die ich bei Abschluss meines Zeitungsabonnements erhalten hatte. Ich legte sie ohne Zögern ab und schloss die neue um mein Handgelenk. Ich war erstaunt, wie leicht sie sich anfühlte.

»Sehr schön«, sagte ich und betrachtete meine neue Uhr mit Stolz. »So eine habe ich noch nie gesehen.«

»Das liegt daran, dass es die hier nicht gibt«, sagte mein Vater mit einem Grinsen.

»Ihr habt sie aus den Staaten mitgebracht?«

»Erraten«, sagte meine Mutter.

»Obwohl man sie dort auch nicht kaufen kann«, bemerkte mein Vater.

Ich merkte, dass er gerne ein Spiel spielen wollte, das ich seit meiner Kindheit kannte. Und deshalb machte ich mit. »Wie seid ihr denn da herangekommen?«

Meine Mutter war auch Expertin in diesem Spiel: »Du kennst doch deinen Vater.«

In der Tat kannte ich ihn. Er war Verkäufer im Einzelhandel gewesen, bevor er im letzten Jahr in Rente ging. Er hatte schon so ziemlich alles verkauft, von Hygieneartikeln über Fahrräder bis hin zu Computern und Antiquitäten. Und wenn er selbst etwas haben wollte, dann kaufte er es, ganz gleich, ob es zum Verkauf stand oder nicht.

Er sagte mit einem verschmitzten Lächeln: »Da war dieser junge Mann, den wir getroffen haben.«

»Du meinst, da war dieser junge Mann, der einen Garagenverkauf gemacht hat, zu dem wir hingefahren sind«, sagte meine Mutter.

»Ja, richtig. Dieser junge Mann also. Verkaufte viele interessante Sachen. Sein Vater wollte sich von einigen Dingen trennen und er räumte das Haus aus. Managte den ganzen Flohmarkt.«

»Da musstet ihr ja quasi hinfahren.« Ich konnte es mir gut vorstellen. Mein Vater, der sich diese Gelegenheit nicht entgehen lassen wollte, meine Mutter mit übertrieben verdrehten Augen im Schlepptau.

»O ja«, seufzte meine Mutter.

»Er hatte viele interessante Stücke. Uniformen, Ehrenabzeichen, Orden. So etwas.«

Ich sagte: »Du hast dir einen amerikanischen Tapferkeitsorden gekauft.«

»Und ob! Die sind hier sehr begehrt. Den verkaufe ich und finanziere damit die Reise. Und den Ring, den ich deiner Mutter geschenkt habe.«

Meine Mutter betrachtete ihre Hand. Erst jetzt bemerkte ich den neuen Ring an ihrem Finger. Er sah sündhaft teuer aus.

»Und der hatte auch Uhren?«

»Nein«, sagte mein Vater.

»Ja«, antwortete meine Mutter zeitgleich.

»Was denn nun?«, fragte ich.

»Er hatte Uhren ausliegen, aber die waren uninteressant.«

»Und was glaubst du, was dein Vater macht?«

Ich hatte eine Idee, spielte aber den Ahnungslosen und zuckte mit den Schultern.

»Er spricht erst den Jungen an, dann den Vater, der im Hintergrund sitzt und zuschaut, wie seine Sachen verkauft werden.«

Mein Vater schaute mich übertrieben entschuldigend an. »Ich habe nur gefragt, ob er nicht Interesse an einem kleinen privaten Geschäft hat. Unter Gentlemen.«

Ich sah die Szene vor meinem inneren Auge und merkte, dass ich auch grinste. Mein Vater war ein geschickter Verkäufer und konnte charmant verhandeln.

»Und, hatte er?«

»Nun ja, nicht direkt. Aber ich habe ihn ja auch nicht direkt gefragt, weißt du. Wir haben uns erst einmal ein wenig unterhalten. Ich habe mich zu ihm gesetzt und wir haben geplaudert, wie zwei alte Herren das eben so machen.«

»Das hättest du sehen sollen, wie die beiden da in der Einfahrt saßen.«

Es war eine der faszinierendsten Fähigkeiten meines Vaters, wie leicht er mit vollkommen Fremden ins Gespräch kam und mit ihnen eine Beziehung aufbaute. Auf dieser Basis schloss er die fantastischsten Geschäfte ab. Und weil er seinen Geschäftspartner nie übers Ohr haute, klappte das stets aufs Neue.

»Ich kann es mir vorstellen«, sagte ich.

»Und während wir so plaudern, beklagt er sich, sein Sohn könne mit all seinen Erinnerungsstücken nichts anfangen und dessen Frau wolle alles nur verscherbeln.«

»Aber war das nicht der Zweck dieses Flohmarkts?«

»Das habe ich ihn auch gefragt. Und dann sagte er, was dort ausliege, das sei doch nur Krimskrams.«

»Auch der Orden?«

Mein Vater nickte. »Auch der Orden. Er bedeutete ihm nichts. Für ihn war es wichtiger, dass er lebendig auf seiner Veranda sitzen konnte.«

Das klang vernünftig. »Und dann?«

»Dann hat er mir erzählt, was er noch alles *im* Haus hatte.« Die Augen meines Vaters funkelten.

Ich sagte: »Lass mich raten. Dann seid ihr hineingegangen.«

»Was glaubst denn du!«, sagte meine Mutter. »Erst quatschen die beiden miteinander und dann verschwinden die im Haus und lassen mich eine Stunde draußen stehen. Ganz alleine.«

Mein Vater sagte sanft: »Ich kann mich nicht erinnern, dass du auch nur einen Moment alleine warst.«

Meine Mutter kicherte. In der Kontaktaufnahme zu anderen Menschen stand sie meinem Vater in nichts nach. Ich fragte: »Die Frau des Pensionärs?«

»Richtig. Ich muss sagen, zwei ganz außergewöhnlich nette Leute«, bestätigte mein Vater.

»Wir haben interessante Rezepte ausgetauscht«, entschuldigte sich meine Mutter.

Ich musste lachen. Sie hatten vielleicht äußerlich ein paar Falten mehr, aber ansonsten waren meine Eltern noch immer die Gleichen.

»Und ich habe Geschäfte zum Wohle der Familie getätigt«, sagte mein Vater mit gespieltem Ernst.

»Die Uhr hatte er also im Haus?«

»Genau. Er zeigte sie mir. Ich erzählte ihm von dir und dass die Uhr genau das richtige für dich wäre.«

»Und er hat sie dir verkauft?«

»Das hat er.«

»Einfach so?«

»Nein, für viel Geld.« Er zwinkerte mir zu.

»Wow!«

»Diese Uhren gibt es nur in den USA. Sie sind streng limitiert und werden nicht im Handel verkauft. Sie werden für bestimmte Verdienste bei den Streitkräften vergeben. Geheime Kommandosachen und so was. Diese Uhr ist ungetragen.«

»Militär?«

»Hmm, jetzt wo du fragst … Er hatte schon auch etwas Geheimnisvolles an sich«, sinnierte mein Vater.

»Geheimdienst?«

»Wer weiß.«

Militär hin, Geheimdienst her, mir gefiel die Uhr. Ich überlegte kurz, wie viele Monatsgehälter sie wert sein mochte. Das Schöne bei meinem Vater war, dass er zwar sehr gerne erzählte, mit wem er wie ins Geschäft gekommen war, aber trotzdem nie über Geld sprach. So war ich aufgewachsen und das prägte mich bis heute. Wichtig war, dass ich eine Uhr hatte, die mir gefiel, alles andere war nebensächlich.

Ich sagte noch einmal: »Wow! Ich danke euch.« Dann holte ich den Kuchen aus dem Kühlschrank und wir plauderten noch weiter über amerikanische Garagenverkäufe und deutsche Flohmärkte.

Als der Kuchen aufgegessen war und die Schatten länger wurden, fragte meine Mutter: »Und wie geht es bei der Arbeit?«

Ich sagte: »Wir haben gerade einen ziemlich komischen Fall.« Ich berichtete ohne Namen und Orte die wesentlichen Informationen, die ich weitergeben konnte.

»Das klingt ja wie Akte X«, meinte mein Vater.

»Mulder«, imitierte ich. »Sie wollen doch nicht etwa behaupten, der Mann sei gestorben, weil er aufgehört hat zu leben?«

»Vielleicht Außerirdische«, schlug mein Vater vor.

»Oder der militärisch-industrielle Komplex hat den geheimen Prototypen einer neuen Waffe getestet«, überlegte meine Mutter.

»Den Gedanken hatte ich auch schon«, antwortete ich und dachte an die Atommafia. Vielleicht musste ich nun aber auch die russische Devisenmafia mit in meine Überlegungen einbeziehen.

»Jung, attraktiv, topfit. Und tot«, sagte meine Mutter.

Mein Vater meinte: »Also da bin ich doch lieber alt, gebrechlich und lebendig.«

Wir lachten alle. Der Fall David Krusekamp war plötzlich wieder ganz weit weg. Wir alberten noch etwas herum und ich fragte mich, warum ich mir nicht mehr von meinen Eltern hatte helfen lassen, als sich im Scheidungskrieg mit Sandra das Schicksal gegen mich gewendet hatte.

Als wir später das Kaffeegeschirr abräumten und den Esstisch für das Abendessen deckten, erzählte ich beiläufig, dass wir demnächst nach Neustadt ins Kernkraftwerk fahren würden.

Mein Vater sagte: »Mensch, pass bloß auf, dass du dich nicht verstrahlst.«

Ich parierte: »Aber überleg mal wie praktisch es wäre, wenn ich im Dunkeln leuchte. Ich würde jede Menge Strom sparen.«

Mein Vater kratzte sich am Kopf. »So gesehen ... Vielleicht kannst du auch deinen Toaster betreiben, wenn du den Stecker in die Hand nimmst. Oder die Kaffeemaschine.«

»Stimmt! Ich lass mir ein paar Würfelchen Plutonium als Souvenir einpacken. Damit kann ich im Winter bestimmt auch heizen.«

Später setzten wir uns nach draußen auf die Terrasse, um weiterzuplaudern. Der Abend verlief so, wie er angefangen hatte, und als meine Eltern gefahren waren und ich in mein Bett sank, schmerzten meine Gesichtsmuskeln vom vielen Lachen.

Mittwoch

Als der Wecker mich am Mittwochmorgen zum Aufstehen trieb, begann ich mit meiner üblichen Morgenroutine, die ich mir in der Hitzeperiode angewöhnt hatte. Als ich an meinem Schlafzimmerfenster stand, um es gegen die kommende Hitze zu schließen, hielt ich den schwarzen Himmel zunächst für eine optische Täuschung. Das Schwarz war so ebenmäßig und dunkel, dass die Wolkenstruktur kaum zu erkennen war. Als ich dann den ersten Blitz sah, den ersten Donner heranrollen hörte und den Wind warm auf meinem Gesicht spürte, schloss ich das Fenster hastig vor dem ersten Hitzegewitter des Tages.

Das Gewitter war schnell, aber ich war schneller. Ich flitzte durch alle Zimmer, schloss die Fenster und ließ die Rollläden herunter, weil ich nicht damit rechnete, dass sich die Wolken dauerhaft gegen die Sonne behaupten konnten. Das Unwetter zog heran, bog die Bäume und ließ die Blätter rauschen. Das letzte Fenster im Gästebadezimmer schloss ich in dem Moment, als die ersten Tropfen auf den Boden platschten.

Als das Gewitter begann, wurde es draußen wieder Nacht. Innerhalb von Sekunden schwoll der Regen zu einer Sturzflut an, die auf das Hausdach prasselte und die Regenrinnen überlaufen ließ. Mein Zufahrtsweg verschwand so schnell unter den Wassermassen, dass ich überlegte, ob ich nicht ein Schlauchboot in der Garage hatte. Unglücklicherweise war es höchste Zeit für mich, ins Präsidium zu fahren, und ich beschloss, meinem Auto und dessen Geländegängigkeit zu vertrauen.

Ich fuhr durch den Weltuntergang. Der Boden war so ausgetrocknet, dass er das Wasser überhaupt nicht aufnehmen konnte. Straßen, Felder und Wiesen standen zentimeterhoch unter Wasser. Blitz und Donner kamen gleichzeitig. Willkommen im Sommer der Zukunft, dachte ich.

Die Sicht auf der Landstraße betrug vielleicht fünfzehn Meter und mir war unmittelbar klar, warum Schiffe mit Radar ausgestattet waren. Ich verfügte nicht über eine solche Navigationsmöglichkeit und musste deshalb meine Geschwindigkeit anpassen. Ich kam über dreißig Stundenkilometer nicht hinaus. Nach einigen Minuten traf ich auf einen anderen Autofahrer, der vor mir über die Straße kroch und offenkundig auch nach Krefeld wollte. Ich hängte mich dankbar an ihn.

Ich war froh, als ich am Präsidium angeschwemmt wurde und auf dem Parkplatz vor Anker gehen konnte. Obwohl ich spurtete, konnte ich nicht verhindern, dass ich auf den wenigen Metern zur Tür vollkommen durchnässt wurde. Immerhin diesmal vom Regen und nicht vom Schweiß. Man konnte dem Wetter nicht den Vorwurf der Einfallslosigkeit machen.

Nina war schon im Büro. Sie stand vornübergebeugt zum Fenster und war damit beschäftigt, ihre Haare zu bürsten, die offenbar unter dem Gewitterregen gelitten hatten. Sie bemerkte mich nicht und ich ging leise an meinen Platz und setzte mich. Ich schaute ihr zu, bis sie fertig war. Ihr braunes Haar war vom Regen schwarz und hatte sich zu niedlichen Locken gekräuselt.

Sie zuckte zusammen, als sie aufschaute und mich auf meinem Stuhl sitzen sah. »Hast du mich erschreckt. Schleichst du dich immer so an?«

»Normalerweise nicht«, antwortete ich lahm.

Nina war anscheinend nicht zu Scherzen aufgelegt. Der nächste Donner verschluckte ihre Erwiderung und ich vermutete, dass das auch besser so war.

Dann setzte sie sich und sagte: »Ich bringe dich kurz auf den neuesten Stand, wir haben gestern noch einige Telefonate erledigt.«

Sie sammelte ein paar Notizen, arrangierte sie auf ihrem Schreibtisch in einer bestimmten Reihenfolge und wollte gerade ansetzen, als ihr Blick auf meine Uhr fiel. Ihre Reaktion war so spontan wie meine am Tag zuvor: »Wow!«

Ihr Blick war mir etwas unangenehm, aber bei Tagestemperaturen von achtunddreißig Grad im Schatten gab es nur wenige Möglichkeiten, eine Armbanduhr diskret zu verbergen.

Nina fügte hinzu: »Schick!«

Ich sagte: »Von meinen Eltern.«

Nun wurde ihre Miene etwas sanfter. »Wie geht es ihnen?«

»Gut«, sagte ich. Ich berichtete kurz von der Reise in die USA.

»So sollte der Ruhestand sein«, meinte Nina und wandte sich dann ihren Notizen zu. »Bist du bereit?«

Ich nickte. »Schieß los.«

»Aus der Gerichtsmedizin gibt es nichts Neues.«

Ich konnte mich nicht dagegen wehren, dass ein Bild von David Krusekamp vor meinem inneren Auge auftauchte. Ich war mir ziemlich sicher, dass man ihn in der Zwischenzeit nicht mehr wiedererkennen konnte.

»Andreas und Eva haben sich um den Hintergrund der Witwe gekümmert und heute Vormittag eine Menge vor. Wenn sie einen Liebhaber hat, werden die beiden ihn finden.«

Ich nickte. Nur Egon traute ich zu, dass er seine Nase noch gründlicher in Frau Krusekamps Intimleben stecken konnte, aber ich wollte weder Andreas gegen Egon noch Eva gegen Marla tauschen.

»Was ist mit den 100 K auf seinem Konto?«, fragte ich.

»Markus, lass das«, entgegnete Nina. Sie schien ein bisschen genervt.

»Hey, ich bin Devisenhändler, oder?«, fragte ich unschuldig.

»Du bist ein Polizist, der einen Zocker befragt hat.«

»Wie auch immer, was ist mit der Überweisung?«

Nina schüttelte den Kopf. »Der Absender lässt sich nicht identifizieren. Es handelt sich um eine Firma, die nicht existiert und ohne offiziellen Zugriff auf das Konto können wir nichts machen.«

Ich vermutete, dass wir sogar mit einem Gerichtsbeschluss nichts würden anfangen können, weil das Konto in Russland geführt wurde und die Bank mit etwas Pech sehr viel von Diskretion, aber sehr wenig von Behördenanfragen hielt. Ich zuckte mit den Schultern.

»Ich habe mit dem Kernkraftwerk Neustadt Kontakt aufgenommen«, berichtete Nina weiter. »Ich habe unser Anliegen geschildert und Herr Auerbach, der Leiter des Strahlenschutzes, war sehr entgegenkommend. Er hat mir versichert, dass es keine Auffälligkeiten gab und es nicht möglich ist, radioaktives Material aus der Anlage zu bringen.«

»Und was ist mit den erhöhten Werten an Krusekamps Kopf?«

»Er sagte, das sei nicht bedeutsam.«

»In Fukushima hat der Unternehmenssprecher auch zuerst gelächelt und behauptet, alles sei unter Kontrolle.«

»Sie werden es trotzdem überprüfen.«

»Sehr schön.«

»Herr Auerbach hat mich gebeten, die Aufsichtsbehörde zu informieren, und uns eingeladen, jederzeit nach Neustadt zu kommen.«

Ich schaute sie interessiert an. »Wie nett.«

»Daraufhin habe ich die Aufsichtsbehörde angerufen. Es ist eine eigene Abteilung im Umweltministerium. Es gibt ein Referat, das für die Aufsicht über KKN zuständig ist, und ich habe mit dem stellvertretenden Referatsleiter gesprochen, Herrn Dr. Bensmann. Er war sehr freundlich und entgegenkommend. Er sagte, er wolle heute sowieso nach Neustadt fahren, und hat uns angeboten, mitzukommen.«

»Prima«, sagte ich.

»Er will nach dem Mittagessen losfahren, bleibt über Nacht und fährt morgen Nachmittag wieder zurück nach Düsseldorf.«

Ich hatte grundsätzlich kein Problem damit, über Nacht wegzubleiben. Trotzdem dachte ich sofort an einen bestimmten Abend in einem bestimmten Hotel in Münster.

Nina musste meine Gedanken erraten haben, denn sie sagte: »Wenn du lieber …«

Ich entgegnete, vielleicht etwas zu hastig: »Ach was! Wir ermitteln. Wir fahren dorthin. Und wir sind keine Kinder mehr.«

Nina schaute mir in die Augen. Ihr Gesicht war ernst, als sie sagte: »Das stimmt.«

Ich hatte es eilig, unser Gespräch auf ein anderes Thema zu lenken, deshalb fragte ich: »Gibt es sonst noch etwas Neues?«

»Ich habe mit dem Notarzt gesprochen. Er hat noch einmal bestätigt, was wir bisher schon wussten. Er sagte, so einen Fall hätte er noch nicht erlebt.«

»Ein Mann, der tot ist und nicht mehr zu retten?«

»Nein, ein Mann, der auf diese Weise stirbt. Und überhaupt nicht auf Erste Hilfe anspricht.«

Ich brummte zur Antwort und wurde insgesamt das Gefühl nicht los, dass wir auf der Stelle traten. Ein Mann war tot und es gab einige Dinge, die uns immer noch rätselhaft blieben.

Nina schien auch diesen Gedanken erraten zu haben. Sie sagte: »Vielleicht lichtet sich der Nebel ja in Neustadt.«

»Und Reinhold?«

»Mit dem ist alles abgestimmt. Einziger Vorbehalt ist die Gerichtsmedizin.«

»Wenn es doch Altersschwäche war.«

»Genau.«

»Dann ist ja alles klar. Was machen wir heute Morgen noch?«

Nina lächelte. »Ich habe die Witwe herbestellt.«

»Oh.«

»Ich dachte, vielleicht verrät sie uns ja von selbst, was wir wissen wollen.«

Nadine Krusekamp war in kaum besserer Verfassung als am Vortag. Sie kam gebeugt, mit dem schützenden Arm ihrer Schwester um die Schultern. Es war ein Bild des Jammers und mein schlechtes Gewissen regte sich augenblicklich. Nicht auszudenken, was wir anrichteten, wenn sie und Freise sich nichts zuschulden hatten kommen lassen. Ich beschloss, zumindest den bösen Polizisten in der Schublade zu lassen, wenn es irgendwie ging.

Ich dirigierte Nadine Krusekamp auf einen Stuhl, ihre Schwester neben sie, sodass die beiden weiter in Kontakt waren. »Haben Sie schon gefrühstückt?«, fragte ich arglos.

»Ein Toastbrot«, entgegnete die Witwe matt.

»Kann ich Ihnen einen Kaffee anbieten?«

Es gab keine eindeutige Antwort, aber auch keine Ablehnung. Deshalb nickte ich Nina durch den Spiegel hindurch zu.

»Warum sind wir eigentlich hier?«, fragte Frau Vesco. »Sicher nicht zum Kaffeetrinken?«

»Sie sind hier, weil ich noch ein paar Fragen habe, die Ihren Schwager betreffen.«

Die Schwester nickte, sah aber nicht sehr zufrieden aus.

»Wir haben einige interessante Details entdeckt, über die ich mit Ihnen sprechen möchte«, sagte ich zu Nadine Krusekamp.

Sie schaute mich mit leerem Blick an, der nichts verriet, außer dass sich mein Abbild auf ihrer Netzhaut befand. Ob sie mich auch sah, war eine andere Frage.

»Wir haben bereits über Herrn Freise gesprochen«, sagte ich.

Sie nickte zögerlich.

Ich entschied mich weiter für den arglosen Tonfall. »Er ist in der Stadt.«

Die Augen von Frau Krusekamp wurden groß und sie fokussierte mich, ganz so als sei sie überrascht von dieser Information. »Wieso … Ich meine, was will er hier?«

»Genau das haben wir uns auch gefragt. Sehen Sie, er ist nicht nur jetzt in der Stadt, er war auch bereits in der Stadt, als Ihr Mann gestorben ist.«

Ich beobachtete Nadine Krusekamp genau, aber nichts deutete darauf hin, dass sie das bereits gewusst hatte.

Ich fügte hinzu: »Er war sogar in demselben Geschäft, in derselben Abteilung, als Ihr Mann gestorben ist.«

In ihrem Gesicht entdeckte ich weiter nichts außer Überraschung.

»Aber ... Wie kann das sein?« Auch Beate Vesco schaute mich verblüfft an.

»Erstaunlich, nicht wahr? Herr Freise hat zugegeben, Ihrem Mann gefolgt zu sein.«

Die Witwe schaute mich an wie einen Marsmenschen.

Die Schwester sagte: »Hat er ... Ich meine, glauben Sie ...?«

Diese Frage war hochinteressant. Und brachte mich auf eine Idee, der sich Andreas und Eva später in aller Ausführlichkeit widmen konnten.

Ich sagte sehr sachlich: »Der Tod von Herrn Krusekamp wirft sehr viele Fragen auf und wir versuchen, darauf eine Antwort zu finden.«

Die Tür öffnete sich und eine Kollegin kam mit drei Tassen und einer Kanne Kaffee herein. Wir machten es uns so bequem, wie die Temperaturen, das Gesprächsthema und unsere persönliche Verfassung es erlaubten, und probierten einen Schluck davon.

»Haben Sie vielleicht eine Idee, was Herr Freise in Krefeld macht?«, fragte ich.

Der Kaffee war heiß und trieb mir augenblicklich den Schweiß auf die Stirn. Ich dachte an Beduinen, die vor ihren Zelten in der Wüstenhitze saßen und kochend heißen Kaffee aus kleinen Tassen tranken.

»Woher ...? Ich habe keine Ahnung«, antwortete Frau Krusekamp.

Die magische Kühlwirkung des Kaffees blieb bei mir aus. Natürlich waren wir nicht in der Wüste und ich trug keinen Kaftan. Vielleicht sollte ich Karl nach seinen Erfahrungen fragen.

»Sie haben mit ihm telefoniert«, erinnerte ich Nadine Krusekamp und stellte meine Tasse wieder auf den Tisch.

Ihr Blick flackerte, was viele Gründe haben konnte. »Er sagte nicht, dass er nach Krefeld kommen will.«

»Denken Sie noch einmal zurück. Vielleicht hat er Ihnen einen anderen Hinweis gegeben. Eine Andeutung gemacht.«

Sie schüttelte langsam den Kopf. »Nein ...«

»Wie hat er sich gemeldet? Als er Sie das erste Mal angerufen hat?«

»Mit seinem Namen.«

»Und dann? Wie ging es weiter?«

»Was meinen Sie?«

»Was sagte er dann? So ein Gespräch zu beginnen, ist sicher nicht einfach. Wie hat er es gemacht?«

»Er sagte direkt, was er wollte. Er sagte ungefähr: ›Mein Name ist Michael Freise, Ihr Mann ...‹«, sie schluckte, »›... Ihr Mann hat ein Verhältnis mit meiner Frau.‹«

Ich musterte Nadine Krusekamp. Ich war mir ziemlich sicher, dass Freise nicht diese Worte benutzt hatte. Trotzdem nickte ich. Als sie nicht von alleine weitersprach, fragte ich: »Und dann?«

»Was meinen Sie?«

»Wie ging es weiter?«

»Gar nicht.«

»Sie schwiegen?«

»Ich war sprachlos.«

Was verständlich war. »Und als Sie sich wieder gefasst hatten?«

»Wir sprachen über David und diese Frau.«

Langsam aber sicher wurde ich wirklich neugierig auf diese Telefongespräche. Fünfundsiebzig Minuten Informationsaustausch, über den keiner der beiden etwas verraten wollte. Ich versuchte es mit einem anderen Ansatzpunkt. »Waren Sie sehr zornig?«

Die Witwe nickte.

»Auf Ihren Mann?«

»Ja.«

»Weil er Sie betrogen hat?«

Sie zögerte. »Nein.«

Ihre Schwester war überrascht. Und zornig. »Nein? Der Scheißkerl hat dich betrogen und du warst nicht sauer auf ihn?«

Bisher hatten wir nur die Personen in unsere Überlegungen einbezogen, bei denen das Motiv Eifersucht sein konnte. Eheleute und Liebhaber. Eine Schwester, die aus Rache oder einem Beschützerinstinkt heraus handelte, war ein ganz neuer Aspekt.

Die Krusekamp sagte matt: »Er war so lange weg von zu Hause. Nein, ich war nicht sauer, weil er mich betrogen hat.«

»Weshalb dann?«, fragte ich.

»Ich war sauer, weil er nicht aufgepasst hat. Auf einmal ist ein wildfremder Mann am Telefon, der mir diese Dinge erzählt. Deshalb war ich sauer auf David.«

Die Schwester sagte nichts, schüttelte aber den Kopf und benutzte die Hand, mit der sie zuvor ihrer Schwester Beistand geleistet hatte, um ihre Kaffeetasse zu nehmen.

»Das Gespräch war Ihnen unangenehm?«

»Ja. Sehr.«

»Sie haben insgesamt über eine Stunde mit dem Mann telefoniert.«

Die Tasse hatte Frau Vescos Lippen noch nicht erreicht, doch bei diesem Hinweis stellte sie den Kaffee zurück auf den Tisch.

»Er war hartnäckig«, erklärte die Krusekamp.

»Hat er angedeutet, dass er gegen Ihren Mann gewalttätig werden wollte? Ihm eine Lektion erteilen? Etwas in dieser Richtung?«

Beate Vesco nahm wieder die Hand ihrer Schwester.

Die schüttelte den Kopf. »Nein. Überhaupt nicht.«

»Hat er Sie gefragt, ob Sie bei seinem Plan mitmachen wollen?«

»Nein. Bei welchem Plan denn überhaupt?«

»Ihrem Mann zu folgen.«

»Ich wusste, wo David ist, ich musste ihm nicht folgen.«

»Hat er gefragt, wo Ihr Mann am Montag sein würde?«

»Nein.«

»Haben Sie ihm gesagt, dass Sie auf Ihren Mann wütend sind?«

»Ich … Nein … Vielleicht.«

»Sie wissen es nicht mehr?«

»Er hat die meiste Zeit von seiner Frau gesprochen. Dass sie ihn verlassen will. Wie schwer er es hat.«

»Er hat gejammert.«

»Ja.«

»Die ganze Zeit?«

»Ja, fast die ganze Zeit.«

Das war immerhin mal eine Information. Allerdings fragte ich mich, warum sie mir das erst jetzt mitteilte. Und ob es die Wahrheit war. »Irgendetwas hat ihn danach bewogen, nach Krefeld zu kommen.«

Aus den Augenwinkeln verfolgte ich den Sekundenzeiger der Wanduhr. Es dauerte anderthalb Minuten, bis Nadine Krusekamp sagte: »Ich weiß es nicht. Ich habe nichts gesagt. Er hat nur gejammert. Ich weiß nicht, warum er gekommen ist.«

Wenn das stimmte, war sie mit dieser Unwissenheit nicht alleine. In der Aussage der Witwe gab es dennoch einige Unstimmigkeiten. Weil wir uns aber auf einem schmalen Grat bewegten, solange wir nicht zumindest eine halbwegs plausible Idee zur Todesursache hatten, entschied ich mich trotzdem, die Befragung an dieser Stelle zu beenden.

»Frau Krusekamp, wir werden Sie noch einmal befragen

müssen. Wenn Ihnen noch etwas einfällt, melden Sie sich bitte sofort bei uns.« Ich gab ihr noch eine Karte von mir.

»Ich weiß es wirklich nicht«, sagte sie kopfschüttelnd.

Die beiden Frauen standen auf und ich sagte: »Vielen Dank Frau Krusekamp, ich weiß, dass das für Sie sehr schwer sein muss. Meine Kollegin wird Sie gleich abholen, damit Sie Ihre Aussage noch einmal durchschauen und dann unterschreiben können.« Ich hoffte, dass Nina meine Absicht verstand. Tatsächlich erschien sie zwei Sekunden später an der Tür des Verhörraums und nahm Nadine Krusekamp in Empfang. Als Frau Vesco ihrer Schwester folgen wollte, sagte Nina freundlich: »Tut mir leid, das muss Ihre Schwester allein machen. Vorschriften.« Sie hob bedauernd die Schultern und bewies damit genauso viel Talent darin, Unsinn über polizeiliche Vorschriften zu erfinden wie Andreas.

Beate Vesco hinterfragte Ninas Regel nicht.

Ich sagte: »Das wird nicht lange dauern. Kommen Sie, wir trinken noch einen Kaffee.« Ich sprach locker und machte eine einladende Geste, damit sie nicht auf den Gedanken kam, hereingelegt zu werden. Es funktionierte. Nach ein paar Sekunden des Zögerns setzte sie sich wieder und ich schenkte uns Kaffee nach. Ich fragte beiläufig: »Stehen Sie Ihrer Schwester sehr nah?«

Sie lachte kurz auf, nahm einen Schluck Kaffee und sagte: »Wir sind ja praktisch wie siamesische Zwillinge.«

Ich trank ebenfalls und sie nutzte die Gelegenheit, weiterzusprechen. »Seit wir Kinder waren, sind wir beste Freundinnen. Wir waren immer füreinander da. Ich kann mich an nichts anderes erinnern.«

»Sie sind die Ältere?«

»Achtzehn Monate.«

Ich nickte. »Mir ist aufgefallen, wie Sie sich um Ihre Schwester kümmern. Sie hat Glück im Unglück.«

Frau Vesco schluckte schwer, schaffte es aber, ihre Tasse ohne Klirren abzustellen. »Haben Sie Geschwister?«

»Nein, ich bin Einzelkind«, erklärte ich. »Leider. Früher habe ich mir manchmal einen älteren Bruder gewünscht. Der hätte mich beschützen können.«

Sie schaute in ihre Tasse und strich über den Rand. Sie lächelte wehmütig, als sei dort kein Kaffee, sondern Szenen ihrer Kindheit zu sehen. »Nadine wollte nie beschützt werden. Sie konnte alles selbst. Glaubte sie zumindest.«

»Sie mussten ihr trotzdem helfen.«

»Natürlich. Aber dafür sind ältere Schwestern schließlich da, oder?«

Ich widersprach ihr nicht. Vielmehr überlegte ich, wie ich das Thema vertiefen konnte, ohne ihr Misstrauen zu wecken. Was nicht einfach war, zumal ich mich auf diese Befragung überhaupt nicht vorbereitet hatte.

»Was hatten Sie für ein Gefühl bei Ihrem Schwager?«

Sie blickte auf und schaute mir in die Augen. Gerade als ich befürchtete, sie mit der Frage aufgeschreckt zu haben, sagte sie: »Ein gutes. Er war ein netter Kerl. Intelligent. Witzig. Sanft. Die beiden passten gut zusammen.«

Ich sah das Funkeln in ihren Augen, das kein Mitgefühl für ihre Schwester war, und schlug im Geiste die Hände über dem Kopf zusammen. Gerade als ich meine Gesprächstaktik meiner neuesten Vermutung anpassen wollte, brachte Nina Frau Krusekamp zurück.

»Ich bin fertig«, sagte sie. »Lass uns gehen.«

Nina und ich schauten den beiden hinterher, als sie über den Flur zum Ausgang gingen.

»Und, hat es sich gelohnt?«, fragte Nina mit einem Seitenblick.

Ich sagte: »Mein Gott, ich hoffe, das wird nicht wieder einer von diesen Fällen.«

»Was meinst du?«, fragte sie mit hochgezogener Augenbraue.

Ich schilderte kurz mein Gespräch mit der Schwester und meine Schlussfolgerungen daraus.

»Ich dachte mir schon, dass du vermutest, sie könnte aus einem Beschützerinstinkt heraus ein Motiv gehabt haben. Aber du meinst, sie könnte ...«

»Sie könnte sich für unser Opfer interessiert haben.«

»Hast du ihren Ehering gesehen?«

»Habe ich.«

Nina schüttelte den Kopf. »Das könnte kompliziert werden.«

»In jedem Hafen eine Braut und zu Hause auch noch unstatthafte Familienverwicklungen.«

»Unstatthaft?«

»Wie würdest du das nennen?«

»Ich würde sagen, wir finden erst einmal heraus, was da los war und sind dabei schön vorsichtig, falls sich die ganze Sache noch in Luft auflöst.«

Ich hatte bereits mein Handy am Ohr.

»Schon so früh im Dienst?«, fragte Andreas, ohne sich zu melden.

»Es ist zehn Uhr«, sagte ich.

»Ich dachte, du hattest eine Party.«

»Ich stehe unter Medikamenteneinfluss«, behauptete ich.

»Na dann. Was gibt's?«

Ich berichtete über die Befragung der Schwestern. Andreas seufzte. »Also die Eheleute Vesco überprüfen, möglichst unauffällig herausfinden, ob sie sich zu ihrem Schwager hingezogen fühlte und wie weit das ging?«

»Du hast es erfasst«, sagte ich.

»Warum müssen eigentlich immer wir in der schmutzigen Wäsche anderer Leute wühlen?«, quengelte Andreas

»Du könntest auch ins Kernkraftwerk fahren und dort nach Möglichkeiten der Inkorporation suchen«, schlug ich vor.

»Ähm ... Wenn ich es mir recht überlege, ist schmutzige Wäsche doch nicht so schlecht. Eigentlich sogar unser Spezialgebiet.«

Zwei Minuten später saßen wir alle bei Reinhold und schilderten unsere neuen Erkenntnisse. Was sehr schnell ging.

»Glaubst du der Witwe?«, fragte Reinhold.

»Ich weiß nicht. Sie hat uns meiner Meinung nach nicht alles gesagt. Aber ich würde nicht darauf wetten, dass sie mit Freise etwas abgesprochen hat. Sie ist sehr schwer einzuschätzen.«

»Die Schwester steht ja schon auf unserer Liste«, sagte Andreas.

»Ideen haben wir genug«, sagte Reinhold. »Was uns fehlt, sind Tatsachen.«

Ich fand den Spruch ziemlich gut und nahm mir vor, ihn mir zu merken. Andreas sagte: »Ich habe ein paar Tatsachen über Frau Krusekamp.«

»Dann her damit.«

»Wir waren bei dem Friseur, wo sie arbeitet. Und haben eine Liste aller Kunden, die sich regelmäßig von ihr die Haare schneiden lassen.«

»Und ihr habt Kinder, Frauen und alte Männer ausgeschlossen?«, fragte ich.

Andreas grinste. »Das war nicht nötig. Wir haben erfahren, dass sie einen auffallend vertrauten Umgang mit einem Kunden namens Johann Helm pflegt.«

»Wie habt ihr das denn herausgekriegt?«

»Ich habe mir einen neuen Haarschnitt gegönnt. Es ging wie von selbst.«

Womit bewiesen war, dass wir die Ermittlungsaufgaben richtig verteilt hatten.

»Wenn du noch einmal hingehst, bekommst du bestimmt Rabatt«, sagte ich.

»Rabatt ist eigentlich weniger das, was sie mir angeboten hat«, grinste Andreas.

Eva funkelte ihn von der Seite an, doch Nina unterbrach uns, bevor wir in ein echtes Männergespräch einsteigen konnten. »Wie machen wir nun weiter?«

»Wir besuchen diesen Helm. Er ist ebenfalls verheiratet und sicher kooperationsbereit, wenn wir ein wenig Druck auf ihn ausüben.«

Reinhold seufzte. »Ich werde es nie verstehen. Was ist nur los mit den Leuten? Es ist immer dasselbe. Sie heiraten, betrügen einander und am Ende ist einer tot. Warum lassen die sich nicht einfach scheiden, wenn sie es nicht mehr miteinander aushalten?«

»Das ist eine rhetorische Frage, oder?«

»Ja.« Er seufzte wieder. »Aber ab und zu muss ich das einfach mal loswerden.«

Nina sagte: »Wir fahren nach Neustadt, recherchieren in der Anlage und befragen Carola Freise.«

»Wann fahrt ihr los?«

»Jetzt gleich. Morgen Nachmittag sind wir zurück.«

»Gut. Aus der Gerichtsmedizin gibt es übrigens auch nichts Neues, ich habe Karl vorhin angerufen. Ihr sollt euch aus Neustadt melden, wenn es Neuigkeiten vom Strahlenschutz gibt.«

»In Ordnung. Also los.«

Dass es überhaupt so etwas wie strahlenden Sonnenschein gab, konnte man in unseren Verhörräumen und Büros leicht vergessen. Umso härter traf uns die Hitze, die vor der Tür auf uns lauerte.

Es war so gekommen, wie ich befürchtet hatte: Die Wolken hatten sich verzogen und die Morgensonne benutzte das noch reichlich auf den Straßen stehende Regenwasser, um die Stadt in ein riesiges Dampfbad zu verwandeln. Das Wort Großstadtdschungel erhielt mit einem Mal eine ganz neue Bedeutung.

Während ich Ninas Tasche in das Auto lud fragte ich: »Direkt nach Düsseldorf?«

Nina nickte.

»Dann holen wir noch meine Sachen und dann machen wir uns auf den Weg.« Ich steuerte das Auto aus der Stadt heraus und seufzte. »Ich hoffe wirklich, es wird nicht wieder *so* ein Fall.«

»Ach, Vorurteile?«, fragte Nina mit hochgezogenen Augenbrauen.

Ich war der Letzte, der in dieser Hinsicht Vorurteile pflegte und Nina wusste das. Dann konterte ich: »Handlungsleitende Heuristiken.«

»Aha«, sagte Nina. »Warst du wieder bei Dr. Klein?«

»Erwischt.«

Meine Besuche beim Polizeipsychologen waren seltener geworden, aber ganz auf sie verzichten wollte ich nicht, solange immer noch der Serienmörder durch meine Träume schlich und mich mit seinem Skalpell verfolgte.

Ich lenkte unser Gespräch wieder auf unseren Fall: »Ich glaube, in der Ehe der Krusekamps gab es ein stillschweigendes Arrangement.«

»Wir sprechen nicht darüber, was wir tun, wenn der andere weg ist und sind uns einig, dass es nichts bedeutet.«

»So in der Richtung.«

»Das würde erklären, warum sie erst gar nicht wissen wollte, wie die Frau in Neustadt aussah.«

»Und warum sie wütender darüber war, es zu erfahren, als darüber, dass er es überhaupt getan hat.«

»Richtig«, meinte Nina.

»Was müssen wir einer Frau zutrauen, der auf diese Weise eine zentrale Lebenslüge zerschlagen wird?«

»Die könnte ziemlich gefährlich werden«, bestätigte Nina.

»Wie gefährlich?«, fragte ich, ohne eine Antwort zu erwarten.

Ich verlangsamte, bog auf den Zufahrtsweg ein und parkte vor der Garage. Nina kam mit ins Haus. Sie wartete unten, während ich ein paar Sachen für die Übernachtung in Neustadt einpackte. Als ich mit meiner Tasche wieder nach unten kam, stand Nina im Wohnzimmer. Sie deutete auf die Urkunde. »Ein schöner Platz«, sagte sie.

»Danke. Ich dachte, wir könnten uns vielleicht am Wochenende einmal gemütlich zusammensetzen. Ich lade dich ein.« Das kam mir ganz unbeschwert über die Lippen, weil Nina mich schon zweimal in meinem Haus besucht hatte. Und wir hatten bisher noch keine Anstandsdame gebraucht.

Sie lächelte und ich brauchte nicht zu erwähnen, dass spätestens das die Gelegenheit sein würde, um mir die Sache mit dem Stern genauer zu erklären. Ich war zwar auch jetzt schon neugierig, aber weder die Sterne, noch Nina oder ich würden bis zum Wochenende weglaufen.

»Ich komme gern«, sagte Nina.

»Wollen wir dann fahren?«, fragte ich.

»In Ordnung.«

Ich verschloss die Tür sorgfältig und stellte meine Tasche neben Ninas in den Kofferraum. Im Auto fragte ich sie: »Müssen wir noch irgendetwas regeln, bevor wir nach Düsseldorf fahren?«

»Was meinst du?«

»Na, zum Beispiel unser Testament?«

Nina schaute mich mit gerunzelter Stirn an. Sie war von mir inzwischen einiges gewohnt, aber manchmal schaffte ich es trotzdem noch. »Neustadt ist nicht berühmt für seinen schönen Friedhof«, meinte sie.

»Ich dachte, vielleicht sollten wir noch verfügen, dass man uns als Zimmerleuchte im Präsidium aufstellen darf, wenn wir verstrahlt werden und unser Gehirn nur noch Brei ist.«

Nina sagte mit betont fester Stimme: »Ich habe keine Angst und du wirst auch keine haben. Jeden Tag gehen in dieses Kernkraftwerk jede Menge Menschen ein und aus. Von denen ist noch niemand mit Brei im Kopf wieder herausgekommen.«

»Tatsächlich?«

»Tatsächlich.«

»Als nächstes erklärst du mir noch, dass Neustadt nicht Fukushima ist.«

»Erdbeben und Tsunamis sind in Neustadt eher selten«, bestätigte Nina.

»Ich erinnere mich an ein Erdbeben in der Gegend von Dortmund«, erwiderte ich.

»Mit Stärke neun?«

»Eher eins Komma neun«, räumte ich ein.

Ich steckte den Zündschlüssel ins Schloss. Bevor ich den Motor startete, fragte ich: »Wie viele?«

»Was meinst du?«

»Du hast gesagt, jeden Tag gehen dort jede Menge Menschen ein und aus. Wie viele sind das?«

»Für uns ist Block 1 interessant. Im Durchschnitt gehen dort dreihundertsechzig Personen zur Arbeit. Jeden Tag. Ungefähr sechzig von ihnen betreten an normalen Tagen den Kontrollbereich. Niemand ist bis jetzt zu Schaden gekommen.«

Ich schaute meine Kollegin skeptisch an, aber sie war sich ihrer Sache sicher.

Es war eine verkehrte Welt. Nina war gegen die Kernenergie, aber furchtlos, ich hatte mich noch nicht näher mit der ganzen Frage befasst, war aber schon ein wenig besorgt. »Und was ist an nicht normalen Tagen?«

»In der Revision gehen täglich tausend Personen oder mehr in die Anlage. Mindestens die Hälfte von ihnen arbeitet im Kontrollbereich. Auch das hat bisher jeder überlebt.«

Das hatte ich eigentlich nicht gemeint. Auf der anderen Seite waren unsere Medien spätestens seit Fukushima hypersensibel und hätten es mir unverzüglich mitgeteilt, wäre jemals im Kernkraftwerk Neustadt ein Arbeiter auch nur geringfügig verletzt worden.

Ich startete den Motor und legte den Rückwärtsgang ein. Ich fragte: »Das hast du recherchiert?«

»Ganz recht.«

Ich hatte Nina schon mit mehr Vorfreude gesehen.

Es war kurz nach elf Uhr, als wir das Ministerium erreichten. Wir waren angemeldet, wurden erwartet und konnten in der Tiefgarage parken. Über die Gegensprechanlage meldeten wir uns beim Pförtner und der ließ uns per Summer durch das Drehkreuz ins Treppenhaus. Wir nahmen den Aufzug in die dritte Etage.

Ich verglich die Sicherung des Gebäudes in Gedanken mit dem Innenministerium und stellte fest, dass wir dort schon vor der Einfahrt in die Tiefgarage gestoppt worden wären. Natürlich waren die Geschäftsbereiche der beiden Häuser auch ganz andere. Was beide Häuser wiederum verband, war, dass man ebenso wie an unseren Arbeitsplätzen vergeblich auf eine Klimatisierung hoffte.

Wir traten aus dem Aufzug in einen schummrigen Flur mit hellen, kahlen Wänden und einem widerstandsfähigen aber unansehnlichen Industrieteppichboden, der den Schall besser schluckte als das Linoleum im Präsidium, von echter Gemütlichkeit aber Lichtjahre entfernt war.

Bevor wir uns an den Hinweisschildern mit den Raumnummern orientieren konnten, kam über den Flur ein Mann auf uns zu. Etwas größer als ich, mit kräftigem Körperbau, kurzen blonden Haaren, einem scharf geschnittenen Gesicht, in ausgebeultem Hemd und heller Leinenhose, stellte er sich als Herbert Bensmann vor. Er sagte: »Schön, dass Sie hier sind.«

Dieser freundliche Empfang war angenehm. Als wir uns die Hand schüttelten, meinte ich, ihn einen Moment länger auf meine Uhr schauen zu sehen, als vielleicht angemessen war, aber ich konnte mich auch täuschen. Wir folgten Bensmann in sein Büro. Es war mit altgedienten Büromöbeln eingerichtet und jede freie Ablagefläche, vom Sideboard über den Besprechungstisch bis hin zu zwei Dritteln des Schreibtischs war mit Papiertürmen belegt. Vorgang stapelte sich auf Vorgang und einige Stapel reichten Nina bis zum Kinn.

Bensmann rief über die Schulter: »Lassen Sie mich nur noch diese E-Mail abschicken.« Er widmete sich seiner Tastatur, dann der Maus und löste sich wieder von seinem Schreibtisch.

»Ich habe noch eine kurze Rücksprache mit dem Abteilungsleiter. Kommen Sie doch einfach mit, dann erfahren Sie auch, worum es bei meinem Besuch in KKN geht. Ich glaube, Herr Auth hat auch noch ein paar Fragen an Sie.«

Damit waren wir einverstanden. Bensmann stand für einen Moment in seinem Büro, ließ seinen Blick schweifen und orientierte sich mit einigen gemurmelten Worten in diesem Hochgebirge aus Aktenfragmenten. Dann griff er aus den einzelnen Stapeln zielstrebig aus der Mitte, aus dem oberen oder unteren Drittel eine Mappe heraus, kontrollierte kurz ihren Inhalt und nickte zufrieden. Ich war verblüfft und überlegte, ihm vorzuschlagen, mit diesem Kunststück bei *Wetten, dass …?* aufzutreten. Aber vielleicht waren wir gerade nur Zeugen einer Demonstration ganz normaler ministerialer Verwaltungsfertigkeiten geworden.

Mit fünf Mappen unter dem Arm machte Bensmann sich schließlich auf den Weg und wir folgten ihm. Wir erreichten das Büro des Abteilungsleiters über den Flur und ein Vorzimmer, in dem eine Sekretärin bei Wasser und geschlossener Jalousie direkt vor einem Tischventilator saß und mit dem Computer kämpfte. Dr. Hans-Jürgen Auth, Leiter der Abteilung Kernenergieüberwachung und Umweltradioaktivität, war hochgewachsen, hager, mit weißen Haaren, vielleicht um die sechzig und nicht weniger verschwitzt als wir. Er begrüßte uns freundlich und lud uns an seinen Besprechungstisch ein. Mir fiel auf, dass sein Büro aufgeräumt und luftig wirkte. Auf seinen Ablageflächen befanden sich einige technische Komponenten, arrangiert wie Exponate in einem Museum, in denen ich Trophäen aus den kerntechnischen Anlagen des Landes vermutete.

Bensmann sagte: »Ich schlage vor, wir besprechen zuerst

die Themen für KKN und dann das Anliegen der Kollegen aus Krefeld.«

Auth nickte. »Einverstanden.«

Dann schlug der Aufsichtsbeamte die erste Mappe auf und hatte zumindest mich schon nach wenigen Worten verloren. Er schilderte einen Sachverhalt, der so sehr mit technischen Details und Fachausdrücken durchsetzt war, dass ich keine Chance hatte, ihm zu folgen. Ein Seitenblick auf Nina verriet mir, dass es ihr genauso erging.

Die Herren Bensmann und Auth gingen mit hoher Schlagzahl und nach einem festgelegten Muster durch die Mappen. Bensmann trug einen technischen Sachverhalt vor, Auth hörte zu und fragte manchmal nach. Dann schilderte Bensmann, wie er vorgehen oder was er vor Ort überprüfen wollte.

Nachdem die fünf Mappen mit fünf Sachverhalten in einer knappen Viertelstunde abgehandelt waren, wandte sich der Abteilungsleiter an uns. Er sagte: »Herr Dr. Bensmann hat mich unterrichtet, dass Sie in einem Todesfall ermitteln.«

Nina antwortete für uns. »Das stimmt. Ein Mitarbeiter der Firma Krey ist am Montag tot zusammengebrochen. Er war während der letzten Wochen in Neustadt im Block 1 tätig.«

Auth nickte. »Und es gibt Hinweise, dass sein Tod etwas mit seiner Arbeit zu tun hat?«

Streng genommen musste man diese Frage natürlich mit Nein beantworten, weil es in dem Fall bisher gar nichts gab, was die Bezeichnung Hinweis verdient hatte. Aber auch Kategorien wie Beweis, Verdacht und Hinweis waren relativ und Nina passte sich problemlos an die neuen Verhältnisse im Fall Krusekamp an.

»Es gibt mehrere Hinweise. Zum einen auf Inkorporation, zum anderen auf problematische persönliche Beziehungen in Neustadt. Auch die finanziellen Verhältnisse von Herrn Krusekamp geben Anlass zu erhöhter Aufmerksamkeit.«

Der Abteilungsleiter seufzte. »Ach, diese Aliens.«

Wir schauten ihn verständnislos an. Wenn wir das Genre von Krimi nach Science-Fiction gewechselt hatten, musste ich das versäumt haben. Auth fügte erklärend hinzu: »Fremdfirmenmitarbeiter.«

Erst jetzt verstanden wir den hintergründigen Sprachwitz, ohne von seiner Komik erfasst zu werden. Offenbar ein echter Insider.

»Gibt es mit denen öfter Probleme?«

Auth wurde wieder ernst. »Ja, diese Leute produzieren uns die schönsten Ereignisse. Die ziehen von einer Anlage in die nächste, meinen sie wissen, was sie tun, werden unachtsam und schon gibt es einen Zwischenfall, der in allen Zeitungen steht.«

Bensmann lächelte säuerlich. »Das stimmt. Aber wenn Sie meinen, ob es öfter einmal zu Inkorporationen kommt ...«

Nina nickte.

»... ich kann mich in meiner Zeit im Ministerium nur an einen einzigen Fall erinnern und da hatte der Betroffene sich nicht an die Vorschriften gehalten.«

Ich fragte: »Warum kommt das so selten vor?«

Bensmann erläuterte: »In Kernkraftwerken haben wir es überwiegend mit geschlossenen radioaktiven Stoffen zu tun. Diese Stoffe sind zum einen fest und zum anderen durch mehrere Barrieren abgeschirmt. Im Normalfall können sie nicht entweichen.«

»Wenn es zu einer Inkorporation kommt, dann am wahrscheinlichsten in der Revision«, ergänzte Auth.

Oder falls der Reaktor bei Gelegenheit explodiert, fügte ich in Gedanken hinzu. Weil der Vergleich von Neustadt mit Fukushima aber vielleicht ein wenig gewagt war, behielt ich ihn lieber für mich.

»Weil dort alle Systeme geöffnet werden«, vermutete Nina.

»Richtig«, bestätigte Bensmann. »Zu Inkorporationen kommt es aber wesentlich häufiger im Bereich der Wiederaufarbeitung. Dort haben Sie nicht die geschlossenen Brennelemente, mit denen Sie umgehen müssen, sondern die Elemente werden geöffnet. Zersägt, zerkleinert, in Säure aufgelöst. Diese offene Radioaktivität ist sehr viel gefährlicher, wenn es um Inkorporation geht.«

Eine Frage wollte ich mir nicht nehmen lassen, bevor wir uns verabschiedeten. »Sagen Sie mal, sind Sie eigentlich auch Teil der Atommafia?«

Die beiden Männer schauten sich an, dann lachten sie. Auth sagte: »Aber natürlich. Wer wie wir solche Anlagen genehmigt und beaufsichtigt und dann auch noch für sicher befindet, der muss doch einfach Teil der Atommafia sein, oder?«

Bensmann nickte. »Absolut.«

Dann sagte Auth. »Nein, ernsthaft. Vielleicht haben Sie unterwegs ja Gelegenheit, sich von Dr. Bensmann sachlich in das Thema einarbeiten zu lassen. Er ist einer unserer besten Fachleute.«

Wir versprachen, die Gelegenheit zu nutzen, aber ich zögerte noch aufzubrechen. Der Abteilungsleiter bemerkte das. »Haben Sie noch eine Frage?«

Es war mir etwas unangenehm, aber ich musste mich einfach vergewissern. »Ich frage mich nur, ob es in der Anlage ... auch sicher ist.«

Auth und Bensmann nickten verständnisvoll und ich war ihnen dankbar, dass sie mir ohne Herablassung antworteten. »Sehen Sie, wir sind nicht in Japan. Block 1 in Neustadt ist vorübergehend stillgelegt, vielleicht auch dauerhaft. Aber das ist nicht aus Sicherheitsgründen geschehen. Die Entscheidung ist rein politisch. Sich in der Anlage aufzuhalten, ist ungefährlich. Bestünde auch nur der geringste Verdacht einer Gefahr, würden wir sofort eingreifen.«

Das beruhigte mich zumindest ein wenig. »Ich habe mich außerdem gefragt, ob es jetzt leichter ist, radioaktives Material aus der Anlage zu entfernen, wo sie doch stillgelegt ist.«

Schon am Gesichtsausdruck des Abteilungsleiters konnte ich sehen, dass er diesen Gedanken für abwegig hielt. Trotzdem antwortete er geduldig. »Block 1 ist stillgelegt, das stimmt. Aber die Abläufe und Vorschriften sind immer noch dieselben wie im laufenden Betrieb. Ein Absinken der Sicherheitsstandards würden wir nicht dulden.«

Ich tauschte einen Blick mit Nina. Damit war das Bild einer verfallenden Atomanlage, durch die nur noch der Wind und die Kojoten strichen, wohl obsolet.

Gemeinsam mit Bensmann gingen wir wieder zurück in dessen Büro. Auf dem Weg warf ich beiläufig einige Blicke in die anderen Büros auf seine Kollegen. Und obwohl sich all diese Menschen mit Kernenergie und Radioaktivität befassten, leuchtete niemand von ihnen grün oder in einer anderen Farbe und die einzige Strahlung, die von ihnen ausging, war ihre Körperwärme.

Bensmann legte die Mappen auf seinen Schreibtisch und im ersten Augenblick dachte ich, er wolle sie als Fundament für einen neuen Wolkenkratzerstapel verwenden. Doch er verstaute die Mappen in einer abgewetzten Aktentasche.

»Wollen wir dann aufbrechen? Wir können uns ja unterwegs weiter unterhalten. Und Sie erzählen mir, wo Sie das mit der Atommafia gehört haben.«

Wir stimmten zu, Bensmann zog einen Trolley hinter seinem Schreibtisch hervor und wir gingen zum Aufzug, um unser Gepäck in Bensmanns Auto umzuladen.

Bensmann navigierte gekonnt aus der Tiefgarage in den spärlichen Innenstadtverkehr und auf die A 52 Richtung Nordosten. Er stellte bei seinem Autoradio einen Sender ein, der die größten Hits der Achtziger spielte. Die ersten beiden Titel hätte ich auswendig mitsingen können. Ich ertappte mich an mehreren Stellen dabei, wie ich die Melodie summte, und fragte mich unweigerlich, was das über mich aussagte. Bensmann musste meine heimliche Begeisterung bemerkt haben, denn er sagte mit einem Seitenblick: »Es war eine andere Zeit.«

Ich nickte langsam und bedächtig. »Die Frisuren waren furchtbar.«

Er lachte. »Die Sonnenbrillen auch.«

»Und die Tapetenfarben.«

»Aber besser als in den Siebzigern.«

»Auch wieder wahr«, stimmte ich ihm zu.

Nina seufzte auf dem Rücksitz. Wahrscheinlich war es nicht besonders anregend, zwei älteren Herren zuzuhören, die in Erinnerungen an eine Zeit schwelgten, an die sie selbst keine Erinnerung mehr hatte.

»Erinnern Sie sich noch an die Fernsehserien aus den Achtzigern?«, fragte Bensmann.

Im Radio sangen Madness *Our House* und ich konnte leicht wieder in diese Zeit eintauchen. »Ja«, sagte ich. »Es gab Magnum.«

»Ja, Magnum«, sagte Herr Bensmann versonnen. »Und MacGyver.«

Damit hatte er mich. Ich verstellte meine Stimme und sagte schrill: »MacGyver, die Schwefelsäure läuft aus dem Tank!«

Bensmann spielte mit. Er sagte im passenden Tonfall: »Keine Sorge, ich habe drei Tafeln Schokolade dabei.«

Wir lachten.

Es war tatsächlich eine andere Zeit gewesen. Ich sagte: »Damals hatten die Bösewichter kleine Revolver. Wenn überhaupt. Und keine Maschinengewehre.«

»Oder Atombomben in Koffern«, meinte Bensmann mit einem Seitenblick.

Diese Äußerung verstand ich nicht ganz, deshalb ging ich nicht darauf ein. »Eine Verfolgungsjagd, eine Schlägerei und schon war die Welt wieder in Ordnung.«

Wir seufzten beide. »Solche Serien gibt es heute nicht mehr«, stellte Bensmann fest.

»Nein«, sagte ich melancholisch. »Und die Kinofilme?«

»Indiana Jones«, sagte er sofort.

»Witz und Charme.«

»Dr. Jones … Ach, das wird heute auch nicht mehr gedreht.«

»Doch«, sagte ich. »Kam vor ein paar Jahren der vierte Teil.«

»Habe ich nicht gesehen«, sagte Bensmann.

»Er wurde mit den Originalkameras aus den Achtzigern gedreht.«

»Ach so?«

»Ist bei den Kritikern nicht so gut angekommen.«

Bensmann schnaubte verächtlich. »Das glaube ich sofort. Weil Indiana Jones sein Gehirn benutzt und nicht den ganzen Film hindurch halb fliegend und halb rennend durch die Gegend ballert.«

»Stimmt«, sagte ich, denn diese Tendenz im modernen Kino mochte ich auch nicht besonders. Wahrscheinlich war das auch der Grund, aus dem ich die neueren James-Bond-Filme nicht mehr anschaute. Man hatte ihn zu einem Actionhelden gemacht, als den ich ihn nie gesehen hatte.

»Die Welt hat sich verändert«, sagte Bensmann vage.

Wir hörten eine Weile Phil Collins zu, der sich fragte, warum seine Frau ihn verlassen hatte, und seine Seelenqualen in die Welt hinaussang. Dann fragte ich: »Was meinen Sie?«

»Sie hat sich verändert. 2001.«

»Am elften September?«

»Richtig.«

Am elften September war die Welt ohne Zweifel eine andere geworden. Dass dieser Wandel auch die Tendenz zu immer handlungsärmeren und gewalthaltigeren Filmen und Videospielen eingeleitet hatte, war eine interessante Hypothese. Je länger ich darüber nachdachte, desto einleuchtender war es.

»Mit UBL hat alles eine neue Dimension bekommen«, sagte Bensmann.

Ich bemerkte wieder den Seitenblick, der mir schon früher aufgefallen war. Ich fragte mich sowohl, was dieser Blick bedeuten sollte, als auch, was er mit seinen Worten meinte. UBL klang zwar wie eine schweizerische Großbank oder eine Computerschnittstelle zur ultraschnellen Datenübertragung, war aber wahrscheinlich keins von beidem.

Ich schaute Herrn Bensmann deshalb ratlos an. Er erwiderte meinen Blick, als sei ich begriffsstutzig. Dann sagte er, übertrieben langsam: »Usama Bin Laden. UBL.«

»Ach so«, sagte ich, als sei es das Selbstverständlichste auf der Welt, obwohl ich die Abkürzung noch nie zuvor gehört hatte und die Schreibweise des Terrorpatrons mit U am Anfang auch für die amerikanische Variante hielt. Vielleicht brachte einen die Arbeit in der atomrechtlichen Aufsichtsbehörde ja dazu, für alles eine internationale Abkürzung zu verwenden. »Ist der denn nicht tot?«

»Sagen Sie es mir«, entgegnete Bensmann.

So richtig schlau wurde ich aus dem Mann noch nicht. Aber wahrscheinlich wollte er einfach nur etwas herumalbern. Das konnte er haben. »UBL war ein Träger unschätzbarer Informationen«, stellte ich fest.

»Stimmt«, nickte Bensmann.

»Aus Geheimdienstsicht«, fuhr ich verschwörerisch fort, »könnte ich mir vorstellen, dass er sich an einem geheimen Ort befindet, an dem er verhört wird.«

»So etwas hatte ich mir schon gedacht«, murmelte Bensmann geheimnisvoll.

Damit waren die Albernheiten wohl beendet und wir schossen schweigend über die leere Autobahn, bis Bensmann fragte: »Waren Sie schon einmal in Neustadt?«

»Nein«, sagte ich.

»Nein«, sagte auch Nina.

»Dann erzähle ich Ihnen vielleicht kurz etwas über diese Anlage.«

»Aber bitte allgemeinverständlich«, bat ich.

Bensmann lachte. »Keine Angst. Es gibt auch ein paar Besucherveranstaltungen von KKN, da erfahren Sie alles ganz leicht verständlich, aber ich glaube, Sie wollen gar nicht alles wissen.«

»Richtig.«

»In Ordnung. KKN ist das einzige Kernkraftwerk, das wir in Nordrhein-Westfalen haben. Block 1 wurde 1974 genehmigt und 1982 in Betrieb genommen, Block 2 wurde 1977 genehmigt und 1984 in Betrieb genommen. Der Standort ist von der Infrastruktur her sehr günstig und es waren noch zwei weitere Kraftwerksblöcke geplant. Nach der Inbetriebnahme von Block 2 und spätestens nach Tschernobyl wurde die grüne Bewegung im Land jedoch so stark, dass keine weiteren Genehmigungen erteilt wurden.«

Ich erinnerte mich daran: »Es gab viele Proteste. Schon während der Bauzeit.« Wahrscheinlich war auch David Krusekamps Vater dabei gewesen.

»Umweltbewegungen haben von Anfang an vor allem gegen den Standort protestiert«, warf Nina von hinten ein.

»Warst du da überhaupt schon geboren?«, fragte ich.

»Das habe ich gestern recherchiert.«

»Ach so.«

»Und ja, da war ich schon geboren.«

»Es stimmt«, bestätigte Bensmann. »Der Vorwurf war vor allem, dass der Standort nicht geeignet wäre.«

»Ich dachte, der sei so gut?«

»Ja, von der Infrastruktur her. Aber aufgrund des Risikos, das von einem Leistungsreaktor ausgeht, wurde für alle deutschen Standorte ein Mindestabstand von dreißig Kilometern zur nächsten großen Stadt festgelegt. Das kommt aus dem Katastrophenschutz.«

Ich rief mir eine Karte unseres Bundeslandes ins Gedächtnis. »Das ist niemals dreißig Kilometer von Dortmund entfernt.«

»Nee, das ist gerade mal neunzehn Kilometer von der Stadtgrenze entfernt. Man hat dann noch etwas getrickst und für die Entfernung das Stadtzentrum genommen, aber es ist trotzdem eine Mogelpackung.«

Ich schaute Bensmann von der Seite an. »Sie klingen nicht wie ein Freund des Kraftwerks.«

Er zuckte mit den Achseln. »Ich bin Aufsichtsbeamter, kein Lobbyist.«

»Aus welchem Grund wurde es denn trotzdem dort gebaut?«

»Weil es keinen anderen Standort gab. Die politische Vorgabe war, ein Kraftwerk zu haben, um das Ruhrgebiet zu versorgen. Wegen der Stromübertragungswege musste es deshalb relativ nah an die Städte herangebaut werden. Der nächste Standort im Osten, der genügend Abstand hat und auch von der Infrastruktur her sinnvoll ist, liegt in Hessen.«

Was einmal mehr bewies, was alles möglich war, wenn nur ein hinreichend starker politischer Wille existierte.

»Was heißt dann eigentlich gute Infrastruktur?«

»Gute Verkehrsanbindung, eine problemlose Anbindung und Einspeisung ins Stromnetz. Und ein guter Zugriff auf Kühlmittel.«

Weder Nina noch ich reagierten darauf, deshalb fügte Bensmann hinzu: »Flüsse.«

»Oder das Meer«, meinte ich.

»Meer ist natürlich ideal«, bestätigte Bensmann.

»Solange kein Tsunami kommt«, wandte Nina von hinten ein.

»Zugegeben«, räumte Bensmann ein. »Aber es gibt viele Vorteile. Meerwasser heizt sich nicht so schnell auf wie ein Fluss. Die werden immer wärmer und führen weniger Wasser. Das ist technisch kein Problem, aber wenn die durch das Kraftwerk dann um ein paar Grad mehr aufgeheizt werden, kann es für einige Fische schon kritisch werden.«

»Aber die Anlage läuft?«

»Ja. Am Ende ist es wieder eine politische Abwägung. Was ist wichtiger: der Fisch im Fluss oder Ihre Klimaanlage?«

Weil der Fisch keine Stimme bei der nächsten Wahl hatte, vermutete ich, die Antwort zu kennen.

»Warum sitzt die Kernenergieaufsicht eigentlich im Umweltministerium?«, fragte Nina.

Bensmann grinste. »Wollen Sie die offizielle oder die inoffizielle Version?«

»Fangen Sie doch mit der offiziellen an.«

»Wir sitzen derzeit im Umweltministerium, weil das das Zukunfts- und Energieministerium ist. Alle Genehmigungen für Kraftwerke werden dort erteilt.«

»Das klingt doch plausibel«, sagte Nina.

»Ja, das ist richtig gut, oder?«

»Sie waren nicht immer im Umweltministerium?«, fragte ich.

»Nein, wir waren bis zur letzten Kabinettsumbildung im Wirtschaftsministerium.« Ich hörte genau auf Zwischentöne, aber außer einem gewissen Sarkasmus, den viele Bedienstete der öffentlichen Verwaltung über die Jahre entwickeln, konnte ich keine hören. Vielleicht wurden sie von den Fahrgeräuschen verschluckt.

»Dann gab es Kompetenzgerangel«, vermutete ich. Ich versuchte, mich zu erinnern, aber Umstrukturierungen auf Landesebene, die nicht den Bereich des Innenministeriums betrafen, schenkte ich wenig Beachtung. Unsere eigenen Umstrukturierungen auf allen Ebenen machten uns schon genug Sorgen.

Bensmann erklärte: »Die Kernenergieaufsicht ist der Schwarze Peter in der Landesverwaltung. Wer sie hat, dem macht sie Ärger. Gelinde gesagt. Im Zweifel kostet sie den Minister den Kopf. Niemand will diese Abteilung haben und jeder ist froh, wenn er sie loswird.«

Ich musste schmunzeln, als ich mir die Minister am Kabinettstisch mit Karten in der Hand vorstellte.

»Jetzt hat also der Umweltminister den Schwarzen Peter«, fuhr Bensmann fort. »Aber er versucht alles, um uns wieder loszuwerden. Mit dem Ausstiegsgesetz gibt es wieder neue Möglichkeiten. Vielleicht verschenkt er uns sogar an den Bund.«

»Nach Bonn?«, fragte ich.

»Besser.«

»Berlin?«

»Salzgitter.«

»Autsch«, sagte ich. Aus dem Rheinland nach Salzgitter, das klang tatsächlich sehr unappetitlich. Ich fragte mich, wie es sein mochte, in einer Abteilung zu arbeiten, die vom Chef nur als Belastung wahrgenommen wird. Das ungeliebte Stiefkind in der Kabinettsfamilie.

»Haben Sie eigentlich eine hohe Fluktuation?«, fragte ich.

»Nein, wir machen alle unsere Arbeit gern. Wir kennen das politische Geschäft und kommen damit klar. Bisher haben wir noch jeden Minister eingearbeitet.«

Ich musste lachen. Hätte unsere Fahrt nicht einen so unerfreulichen Anlass gehabt, so wäre sie rundum angenehm gewesen.

Dann fragte Bensmann: »Und woher kennen Sie nun die Atommafia?«

Ich sagte: »Wir haben einige Personen im Umfeld unseres Opfers befragt und dabei ist der Begriff gefallen.«

Bensmann nickte. »Ein typischer Begriff der Gegner. Bestimmte Leute meinen, sie müssten jeden beschimpfen, der mit Kernenergie zu tun hat.«

»Also gibt es für den Begriff keinen realen Hintergrund? Keinen wahren Kern?«

»Energiekonzerne sind Industrieunternehmen wie andere auch«, erklärte Bensmann. »Sie verfolgen genauso ihre Interessen.«

Nachdem wir Dortmund hinter uns gelassen hatten, stand das Kernkraftwerk Neustadt plötzlich wie ein riesiger Klotz mitten in der Landschaft. Ich erkannte den großen eckigen Kasten, eine Kuppel und zwei Kühltürme. Und zumindest ein Teil der Anlage erinnerte mich schlagartig an die Fernsehbilder aus Japan.

»Das sieht aus wie …«

»In Japan?«, fragte Bensmann. »Ganz genau. Block 1 ist ein Siedewasserreaktor wie in Fukushima.«

Ich erinnerte mich an Zeitungsberichte und Fernsehsendungen. »Aber ein Druckwasserreaktor ist doch viel sicherer, oder? Die Radioaktivität wird in einem viel engeren Bereich eingeschlossen.«

Bensmann sagte: »Das stimmt. Durch den großen Kontrollbereich in Block 1 können Sie wenig Arbeiten durchführen, ohne den Strahlenschutz zu fragen. Die Dosis für das Personal ist höher.«

»Und die Sicherheit?«

»Was ist mit der Sicherheit?«

»Ist die schlechter als bei einem Druckwasserkraftwerk?«

Bensmann überlegte eine Weile, wog seine Worte ab. Fast ein wenig wie auf einer Pressekonferenz. Ich konnte es ihm nicht verübeln, denn wir kannten uns ja noch nicht einmal zwei Stunden. Schließlich sagte er: »Die Sicherheit ist nicht schlechter. Ein Druckwasserreaktor hat andere Stärken als ein Siedewasserreaktor. Es ist, als würden Sie Äpfeln mit Birnen vergleichen.«

Als ich wieder aus dem Fenster schaute, war das Kernkraftwerk viel näher gekommen. Es sah aus wie eine Kirche, ihrer Farben beraubt und abstrakt gemalt von Picasso, flankiert von zwei riesigen Türmen, allesamt einer Religion geweiht, deren Untergang besiegelt war.

Die Landschaft um das Kraftwerk war flach und wir sahen den Sicherungszaun schon von Weitem. Die Straße führte in gerader Linie auf ein Tor mit Wachhäuschen zu. Bensmann hielt und ein Wachmann in Uniform trat an unser Auto. Er grüßte den Aufsichtsbeamten freundlich.

»Das sind Kollegen von mir, die sich die Anlage auch einmal anschauen wollen«, sagte Bensmann.

Der Wachmann lächelte und sagte: »In Ordnung. Viel Spaß dabei.«

Dann durften wir passieren. Ich registrierte, dass es sich

um einen doppelten Sicherheitszaun handelte. Die Einzelzäune standen vielleicht einen Meter voneinander entfernt, waren schätzungsweise drei Meter hoch und beide mit Klingendraht bewehrt. Ich sah einige Kameras.

Ich fragte: »Haben die auch Gold hier gelagert?«

Herr Bensmann erklärte: »Wertvoller. Viel wertvoller sogar. Hier gibt es angereichertes Uran.«

Wir fuhren über eine schmale Straße weiter, während ich mich fragte, warum ich bei diesen Worten eine Gänsehaut bekam. Von meinem Fenster aus sah ich eine riesige Umspannstation, Stromleitungen kamen aus dem Kraftwerk, verzweigten sich und liefen dann über Hochspannungsmasten in Richtung Westen davon.

Bensmann parkte sein Auto auf dem Besucherparkplatz. In der Luft lag ein leises Brummen. Elektrosmog war in unmittelbarer Nähe eines Leistungsreaktors aber wahrscheinlich unser kleinstes Problem.

»Wir sind jetzt auf dem normalen Betriebsgelände«, sagte Bensmann. »Hier sind die Teile der Anlage angesiedelt, die für die Sicherheit nicht entscheidend sind.«

»Ist aber trotzdem ganz gut abgesichert, oder?«

Herr Bensmann lächelte. »Das ist alles relativ. Warten Sie ab.« Er holte seine Aktentasche von der Rückbank, dann folgten wir ihm zu einem flachen Gebäude, über dessen Türen *Willkommen im Kernkraftwerk Neustadt* stand.

Ein paar Meter bevor sich die Schiebetüren vor uns öffnen konnten, verstand ich seine Anspielung auf das Relative der Welt. Der Doppelzaun, der den Zugang zum Sicherungsbereich verhinderte, erinnerte mich an die alten Bilder der innerdeutschen Grenze. Ebenso wie in den Weiten der deutschen Landschaft, wo die Fortsetzung des antiimperialistischen Schutzwalls durch die Zonengrenze in Stacheldraht und Todesstreifen bestand, war der Abstand zwischen den Zäunen hier mit zwei Metern doppelt so groß wie außen und der Mittelbereich vollkommen ohne Vegetation.

Was mich am meisten erstaunte, waren aber die Betonsperren. Ich glaubte nicht, dass sie einen Panzer stoppen konnten, aber einen konventionellen Lastwagen würden sie meiner Einschätzung nach zum Halten bringen.

Nina fragte: »Wird denn ein feindlicher Angriff erwartet?«

Bensmann lachte. »Sieht so aus, oder?« Als wir durch die Schiebetüren gingen, fügte er hinzu: »Diese Sicherungsmaßnahmen sind gegen Kernkraftgegner gerichtet. Die können großen wirtschaftlichen Schaden anrichten, wenn sie in die Anlage eindringen und ihre Wurfkrallen mitbringen.«

In Zeiten, wo die Umweltbewegung nicht mehr aus bärtigen Männern bestand, die Rentierpullover trugen, sondern Greenpeace zu einer straff organisierten und sehr schlagkräftigen Organisation geworden war, die Ölplattformen besetzte und Weltkonzerne in die Knie zwang, konnte ich nachvollziehen, dass man im Kernkraftwerk Neustadt Schutzmaßnahmen vorgenommen hatte.

Wir gelangten in einen großen Empfangsbereich mit einer Personenschleuse, mehreren mit Sicherheitsglas abgeschirmten Schaltern und zwei aufmerksamen Wachleuten. Bensmann war auch hier offensichtlich bekannt, sodass die beiden Nina und mich sorgfältig musterten. Aber schon nach einigen Augenblicken erkannten sie bei uns wohl das gewisse Etwas, das uns auch in Zivilkleidung immer als Polizisten auswies. Auch wenn wir weit abseits unseres Zuständigkeitsbereichs waren, wurden wir für die Wachleute sofort uninteressant.

Herr Bensmann sagte: »Wir holen Ihre Ausweise, kommen Sie.«

Wir gingen zu dem großen Schalter, der sich direkt neben der Personenschleuse befand. Herr Bensmann nahm den Telefonhörer, der auf dem Pult davor lag. Der Wachmann hinter der Glasscheibe tat es ihm gleich.

Nina und ich gaben unsere Personalausweise ab und der Wachmann tippte gewissenhaft die Daten in seinen Computer ein, dann nahm er zwei weiße Ausweiskarten, zog sie nacheinander über ein Magnetfeld und befestigte Clips daran. Wir nahmen unsere Personalausweise und die Chipkarten, die uns als Besucher des KKN kenntlich machten, an uns.

Bensmann erklärte: »Die brauchen wir jetzt.« Er hielt einen eigenen Ausweis in der Hand.

Ein Mann mit grauen Haaren, einer roten Nase, gelben Zähnen und einem runden Bauch, der bei diesem Wetter eine Qual sein musste, kam durch die Personenschleuse.

»Herr Bensmann«, sagte er schnaufend und kam mit ausgestreckter Hand auf uns zu.

»Herr Plath«, sagte unser Begleiter und ergriff die Hand zu einer herzlichen Begrüßung.

»Wie geht es in Düsseldorf?«

»Der Minister ist im Urlaub.«

Plath seufzte. »Das klingt wunderbar.«

»Und bei Ihnen?«

»Wir können nicht klagen. Alles ruhig. Volllastbetrieb ohne Störungen. Nun ja, in Block 2 zumindest.«

»Und der Fluss?«

»Ja, der Fluss ist ein Problem. Wir berechnen gerade, wie wir die Belastung verringern können.«

»Der zweite Kühlturm?«

»Das ist nicht so einfach wegen der Felder.«

Ich verstand zwar diesen Zusammenhang nicht, aber die beiden Männer nickten gewichtig und verständig mit den Köpfen.

Schließlich sagte Bensmann: »Ich habe Besuch mitgebracht.«

»Ach richtig, die Kollegen von der Polizei«, sagte Plath und fügte nach einem festen Händedruck hinzu: »Herzlich willkommen, es freut mich, dass Sie da sind!«

Das hörten wir nun wirklich selten. Und noch viel seltener war das auch ernst gemeint.

»Herr Plath leitet die Abteilung für Behördenkontakte«, erklärte Bensmann, dann reihten wir uns vor der Personenschleuse ein. Der Aufsichtsbeamte legte seine Aktentasche auf ein schmales Förderband und unter den Blicken eines weiteren Wachmanns wurde deren Inhalt durchleuchtet.

Plath half Nina an der Schleuse, ihr Ausweis wurde eingelesen und sie konnte passieren. Ich wiederholte die Prozedur. Bensmann wartete in einem kleinen Vorraum auf uns, wo wir durch die Scheiben einer weiteren Doppeltür in den Innenhof des Kernkraftwerks blickten.

Als ich das Drehkreuz von innen betrachtete, fiel mir neben dem Magnetlesegerät noch etwas anderes auf. Seitlich vom Spiegel, hinter dem sich zweifellos eine Kamera befand, durch die der Sicherheitsdienst jeden betrachten konnte, der durch die Schleuse wollte, befand sich eine seltsame Öffnung.

»Was ist das denn da?«, fragte ich.

»Das ist ein Retinascanner«, sagte Herr Bensmann. »Bis vor Kurzem hat man hier ein Programm zur automatischen Gesichtserkennung verwendet. Aber das arbeitet nicht zuverlässig genug. Deshalb ist das Verfahren geändert worden. Jetzt muss jeder Mitarbeiter einfach nur noch da reinschauen und schon ist er eindeutig identifiziert.«

»Futuristisch«, meinte ich. »Aber Sie haben das nicht benutzt.«

»Für die Behördenmitarbeiter gibt es immer irgendwelche rechtlichen Bedenken und Sonderregelungen.«

»Wahrscheinlich auch für die Polizei«, meinte ich.

»Es wäre auch einfach zu aufwendig, Ihre Netzhaut für nur einen Besuch einzuscannen.« Er zuckte mit den Achseln. Vielleicht kamen wir später noch einmal auf dieses Thema, wenn wir uns überlegten, ob es vielleicht doch Sicherheitslücken gab, die es erlaubten, radioaktives Material aus der Anlage zu entfernen. Und zum Beispiel dem Liebhaber seiner Frau unterzujubeln.

Das Erste, was mir auffiel, als wir den Sicherungsbereich betraten, war die Sauberkeit. Selbst in den feinsten Vierteln von Krefeld, direkt nachdem die Straßenreinigung durchgefahren war, würde es nie so perfekt aussehen. Nicht ein Papierschnipsel, nicht ein Kaugummi, nicht eine Zigarettenkippe war zu sehen.

Das Gelände war weitläufig und die Hitze staute sich nicht so wie in der Stadt. Links ragte das Gebäude auf, das einer kubistischen Kirche glich und in dem sich der Reaktor befinden musste. Halb rechts ragten die beiden Kühltürme in den Himmel, hinter denen die Kuppel von Block 2 zu sehen war, und direkt geradeaus befand sich ein Verwaltungsgebäude.

Plath sagte: »Jetzt gehen wir erst mal essen, würde ich sagen.«

Mein Magen und auch alle anderen waren damit einverstanden. Wir überquerten die Betriebsstraße und betraten das Verwaltungsgebäude. Inzwischen war es halb eins.

Wir folgten unserer Nase bis zur Kantine, wo wir unser Essen wählten und uns an der Kasse trafen. Nina und ich musterten gegenseitig das Tablett des anderen. Schnitzel bei mir, Salatteller bei ihr. Schokoladenpudding gegen Apfel, Cola gegen Mineralwasser.

Wir schauten uns an und sagten fast synchron: »Das ist ja wieder typisch.«

Plath lachte und sagte: »Das sagt meine Frau auch immer zu mir.«

Wir folgten ihm an einen Tisch und setzten uns, Nina neben Bensmann, Plath und ich auf der anderen Tischseite. In der Kantine herrschte ruhiger Betrieb, es gab keine lauten Gespräche, niemand schwadronierte, niemand regte sich auf, aber es lachte auch niemand. Die Atmosphäre schien ein wenig niedergedrückt, vielleicht aufgrund der Ereignisse in Japan, vielleicht aufgrund des politischen Gerangels um Block 1.

»Ist die Stimmung hier immer so gedrückt?«, fragte ich.

»Nein, erst seit Fukushima. Das Ereignis hat uns alle sehr

mitgenommen. Viele Mitarbeiter fühlen sich wie eine Familie. Und dann der Stillstand bei uns … Wir haben zwar einige Arbeiten durchgeführt wie in der Revision, sodass wir jederzeit wieder ans Netz gehen können, aber …«

Er ließ den Satz unvollendet, doch wir verstanden auch so.

»Hatten Sie dann viele Fremde in der Anlage, während der letzten Wochen?«, nahm Nina unser eigentliches Anliegen wieder auf.

»Ja, insgesamt bis zu dreimal so viele Mitarbeiter, wie wir selbst haben.«

Das deckte sich mit Ninas Recherchen.

»Ich stelle mir das total chaotisch vor.«

Plath nickte. »Das habe ich beim ersten Mal auch gedacht, aber unser Revisionsbüro plant alle Arbeiten akribisch.«

Wir kauten einen Moment stumm unser Essen, dann beugte sich Herr Plath vertraulich vor. »Um ehrlich zu sein, als ich zum ersten Mal gesehen habe, wie die einzelnen Komponenten in der Revision auseinandergenommen werden, habe ich nicht geglaubt, dass irgendjemand die jemals wieder zusammensetzen kann.«

Bensmann nickte bestätigend. »Das ging mir auch so.«

Ich fragte, irritierter als mir lieb war: »Aber Sie haben es hinbekommen?«

»Natürlich. Wir wissen, was wir tun.«

Ich erinnerte mich, dass es in Japan ganz ähnliche Töne gegeben hatte. *Wir haben alles unter Kontrolle. Vertrauen Sie uns.* Und doch war das Chaos ausgebrochen, nachdem die Stromversorgung ausgefallen war, die Japaner hatten hilflos gewirkt mit ihrer zerstörten Technik und waren zu stolz, um Hilfe zu bitten. Mir war klar, dass der Vergleich wohl ein wenig unfair war, aber Bensmann brachte einen ganz ähnlichen Aspekt auf: »Das sind die berühmten letzten Worte vor dem Ereignis des Jahres.«

Plath grinste. Von der Seite hörten wir eine ruhige Stimme fragen: »Was sind die berühmten letzten Worte?« Ein

Mann mit schütterem Haar, runder Brille und erwartungsvollem Grinsen stand mit einem Tablett in der Hand neben unserem Tisch.

Bensmann schien ihn zu kennen und sagte: »Wir wissen, was wir tun.«

Der andere brach in schallendes Gelächter aus. Es gab missbilligende Seitenblicke von den anderen Tischen, als sei Lachen in diesem Kernkraftwerk ein Sakrileg, dann setzte er sich zu uns.

Bensmann sagte: »Das ist Herr Reder. Er ist kerntechnischer Sicherheitsbeauftragter im KKN.«

Reder deutete eine Verbeugung an. Nina stellte uns vor. Reder sagte: »Interessant, die Kriminalpolizei hatten wir noch nicht bei uns, oder Tobias?«

Plath antwortete: »Ich glaube nicht.«

»Was ist ein kerntechnischer Sicherheitsbeauftragter?«, wollte Nina wissen.

Ich ergänzte: »Klingt ziemlich wichtig.«

Herr Reder grinste verschwörerisch. »Das mag sein. Meine formale Aufgabe ist die Überprüfung der Sicherheit. Ich leite die Abteilung für Ereignisanalyse und Erfahrungsrückfluss.«

Eine sehr komplizierte Bezeichnung, die mir immer noch sehr wenig über die tatsächlichen Aufgaben von Reder verriet. Nina und ich lächelten höflich, als Reder sich sein Schnitzel vornahm. Bensmann sprang uns zur Seite. »Das müssen Sie noch etwas erklären, glaube ich.«

»Oh. In Ordnung. Sehen Sie, in so einer Anlage passiert allerhand. Und die interessanteren Sachen nennt man Ereignisse. Zum Beispiel, wenn ein Mitarbeiter einen falschen Knopf drückt. So etwas. Und dann gehen wir hin und analysieren, warum das geschehen ist, und leiten Maßnahmen ab, damit sich das Ereignis nicht wiederholen kann.«

Das konnte ich verstehen und es klang vernünftig. So wie fast alles, was ich gehört hatte, seit wir im Ministerium mit Bensmann zusammengetroffen waren.

»Diese Ereignisse …«, begann Nina. »Sind die denn gefährlich? Ich meine, einen falschen Knopf drücken, das klingt ja ganz harmlos.«

Reder schaute sie mit ernstem Gesicht an. »Die Ereignisse sind manchmal komplex und manchmal einfach. Wir lernen sehr viel bei der Analyse. Manchmal ändern wir unsere Komponenten, wir schreiben neue Betriebsanweisungen oder ändern Arbeitsabläufe. Von manchen Ereignissen leiten wir sehr weitreichende Maßnahmen ab. Aber ich erinnere mich an kein einziges Ereignis, das in irgendeiner Weise gefährlich gewesen wäre.«

Das war zweifellos eine starke Aussage und ich betrachtete die Reaktion des Aufsichtsbeamten Bensmann. Der nickte ruhig.

»Und was ist mit Fukushima?«, fragte ich.

Reder nickte ernst. »Wir überprüfen auch die Ereignisse in ausländischen Anlagen. Ganz ohne behördliche Anordnung übrigens. Weil Sicherheit für uns wichtig ist.«

Bensmann hob abwehrend die Hände. »Weiß ich doch, weiß ich doch.«

Reder fuhr fort: »Wir haben den Abschlussbericht aus Japan noch nicht, aber unsere vorläufigen Analysen haben nur wenig Handlungsbedarf ergeben. Gegen Erdbeben wurde bei uns erst vor vier Jahren nachgerüstet. Die Notstromversorgung wurde gründlich überprüft. Für den Fall, dass plötzlich überhaupt keine Komponente unseres Notstromsystems mehr funktioniert. Da haben wir noch nachgebessert.«

Ich horchte auf. »Dann gab es Sicherheitslücken?«

»Wir haben angenommen, dass wirklich die komplette Stromversorgung auf einmal ausfällt. Was wir bisher als Szenario nicht betrachtet haben, weil es als unrealistisch galt. Wenn Sie das als Sicherheitslücke bezeichnen wollen, dann hatten wir eine, ja.«

»Was haben Sie gemacht?«, fragte Nina.

»Wir haben mobile Generatoren angeschafft, mit denen

wir die Notkühlung betreiben können. Vier stehen an verschiedenen verbunkerten Orten auf dem Gelände hier, vier bewahrt die Neustädter Feuerwehr auf. Und wir haben mit dem nächsten Bundeswehrstandort Absprachen getroffen. Diesen Monat halten wir eine gemeinsame Übung ab, um zu überprüfen, ob unsere Systeme kompatibel sind.«

Bensmann beobachtete uns aufmerksam. »Ich hoffe, Sie bekommen keinen falschen Eindruck von der Anlage«, meinte er.

Ich wusste nicht, was ein falscher Eindruck vom Kernkraftwerk Neustadt war, aber ich fühlte mich bisher gut aufgehoben. Ich konnte die Technik nicht beurteilen, aber die Menschen wirkten seriös und kompetent. Ich erinnerte mich, dass Herr Plath die Abteilung leitete, die für die Behördenkontakte zuständig war. Wir erfuhren, dass er sieben Mitarbeiter hatte, was natürlich die Frage aufwarf, warum eine solche Abteilung in diesem Umfang notwendig war. Ich mochte nicht entscheiden, ob es am ausufernden Bürokratismus in Deutschland lag, der nach Meinung der Liberalen die Wachstumskräfte fesselte, oder vielleicht doch an der Gefährlichkeit der Anlage. Bei Plaths nächsten Worten wurde mir in jedem Fall mulmig.

»Dann kommen Sie am besten gleich mit, wenn wir in den Kontrollbereich gehen. Dort bekommen Sie am schnellsten einen Eindruck von der Anlage.«

Nina und ich lächelten wieder höflich. Der Kontrollbereich war eben der Ort, wo man jederzeit mit Radioaktivität in Kontakt kommen konnte, und wo es Hotspots gab, die nichts mit schneller kabelloser Datenübertragung zu tun hatten. So viel war mir mittlerweile klar. Ich atmete tief durch und erinnerte mich daran, dass Bensmann bei uns sein würde, der wie viele andere Personen auch schon viele Male zuvor in der Anlage war, ohne sichtbaren Schaden zu nehmen.

Wir stellten unsere Tabletts auf ein Laufband und folgten Plath zu seinem Büro, wo wir uns an seinen Tisch setzten.

Bensmann und Plath einigten sich schnell darauf, zuerst in die Anlage zu gehen und danach das Außengelände zu inspizieren.

Zwar war mir die Vorstellung angenehmer, in den Strahlen der Sonne als in den Strahlen des Reaktors herumzulaufen, aber es gab kein Zurück mehr. Ich wechselte einen Blick mit Nina und sie zuckte leicht mit den Schultern.

Dann wandte Plath sich an uns. »Vielleicht ist es unhöflich, aber könnten Sie mir noch einmal erklären, warum genau Sie hier sind?«

Nina versuchte es mit ihrer bewährten Antwort: »Ein Mitarbeiter der Firma Krey, der hier in der Revision gearbeitet hat, ist tot. Die Todesursache ist noch nicht genau bekannt. An seinem letzten Arbeitstag im Kontrollbereich wurden bei ihm auffällige Werte am Kopf festgestellt und vom Strahlenschutz wurde eine spezielle Untersuchung auf Inkorporation empfohlen.«

Herr Plath nickte langsam. »Ja, ich verstehe. Wir werden Ihnen natürlich gerne helfen, wenn wir können.«

»Wir möchten einen Eindruck gewinnen von den Tätigkeiten von David Krusekamp in der Revision«, sagte Nina.

»Und von der Anlage insgesamt«, fügte ich hinzu.

»Das ist kein Problem.«

»Wir möchten mit jemandem vom Strahlenschutz sprechen und speziell mit Carola Freise.«

Ich erkannte, dass Plath diesen Wunsch nicht verstand, aber er ging ohne Nachfragen darauf ein. »Ich werde es dem Abteilungsleiter ausrichten und schaue in den Dienstplan, wann es für Frau Freise günstig ist. Sonst noch etwas?«

»Gibt es einen Ansprechpartner oder Koordinator für die Fremdfirmen während der Revision? Jemanden, der uns einige Fragen dazu beantworten kann, wie die Arbeiten in der Revision verlaufen sind?«

»Den gibt es, das ist der Leiter des Revisionsbüros. Morgen Vormittag wäre ein guter Zeitpunkt für ein Gespräch.«

Ich ging in Gedanken die Liste mit unseren Punkten durch und stellte fest, dass wir bereits jetzt eine Person mehr auf dem Programm hatten, als ursprünglich gedacht. »Das würde uns reichen für heute«, sagte ich.

»In Ordnung«, sagte Plath. »Dann lassen Sie mich das organisieren.« Er griff zu seinem Telefon und klärte die versprochenen Fragen.

Kaum hatte er aufgelegt, klopfte es leise an der Tür und eine Mitarbeiterin reichte eine Mappe herein. Herr Plath bedankte sich und studierte das Papier aufmerksam. »Das ist die Übersicht der Tätigkeiten von David Krusekamp«, sagte er. »Er hat in der Revision in drei verschiedenen Bereichen gearbeitet, unter anderem im Kontrollbereich. Wir können uns dort gleich bei unserem Rundgang umschauen.«

Es war ein seltsames Gefühl, als Fremder in dieser Art und Weise zuvorkommend behandelt zu werden.

Plath fragte: »Sind Sie damit einverstanden?« Als wir nickten, lächelte er wie jemand, der mit sich und der Welt sehr zufrieden war. Er nahm die Liste mit den Tätigkeiten von Herrn Krusekamp, Bensmann holte einen kleinen Notizblock aus seiner Mappe, dann gingen wir los.

Der Wald war ein Ort der Ruhe. Hier standen hohe kräftige Bäume, die über Jahrzehnte beständig gewachsen waren. Die Sonne schien, ließ die Blätter leuchten und umgab die Baumkronen mit einer strahlenden Aura. Ein angenehm würziger Duft nach feuchter Erde lag in der Luft. Die Vögel zwitscherten und der Wind flüsterte in den Blättern. In der Nähe floss ein kleiner Bach. Ich war schon oft hier gewesen und wusste, wenn ich dem schmalen Pfad folgte, führte er mich zum Bach und dann zum Wasserfall.

Der Wald war mein Rückzugsort, den ich mithilfe von Dr. Klein erschaffen hatte, eine Quelle der Kraft, mit der ich mich besser gegen die Albträume wehren konnte, aus denen ich mitten in der Nacht mit der panischen Angst hochschreckte, im nächsten Moment erstochen und filetiert zu werden. Im Wald gab es keinen Serienmörder. Im Wald gab es überhaupt keine Bedrohung. Nur Ruhe und Frieden.

Aber an diesem Tag funktionierte der Wald nicht. Auf dem Weg zum Kontrollbereich hatte ich nicht damit gerechnet, den Wald überhaupt zu brauchen. Doch mein Puls beschleunigte sich schlagartig. Auf der linken Seite gab es eine Art Anmeldung hinter Glasscheiben, halb rechts einige Apparate, die aussahen wie Käfige mit metallenem Gestell und Wänden aus Glas, ganz rechts ein Labyrinth aus Spinden und geradeaus schließlich ein einfaches Drehkreuz. Dahinter weitere Gänge, die sich außer Sicht verzweigten und von denen einer bestimmt direkt zum Reaktor führte.

Außer uns war niemand zu sehen. Die Totenstille eines verlassenen Bunkers oder einer Gruft lag über allem und war sicher dem Stillstand der Anlage geschuldet. Trotzdem schlich sich leises Unbehagen in meine Gedanken. Es war schwer zu benennen, wovor ich Angst hatte, trotzdem begann eine Stimme in meinem Kopf immer hartnäckiger zu flüstern, dass es sicher besser wäre, nicht an diesem Ort zu sein. Ich erfuhr von ihr viel über die Wege nach draußen und möglichst weit weg von Neustadt. Und über die Gefahren radioaktiver Strahlung. Beim Reaktorunfall von Fukushima hatten wir gerade erst gesehen, wie hinfällig selbst die stabilste Betonhülle war, sobald nur der Strom ausfiel. Die leise Stimme rief einige sehr lebendige Bilder der explodierenden Anlage wach, die nicht zu meiner Beruhigung beitrugen.

Irritiert von meiner eigenen Angst ignorierte ich sie und zwang mich, die anderen anzuschauen. Plath erklärte Nina gerade etwas an einem Regal voller kleiner schwarzer Kästen. Bensmann hatte ein kleines Schließfach geöffnet und nahm etwas heraus.

Natürlich wusste ich, dass hier keine Gefahr bestand. Dr. Klein hatte einmal zu mir gesagt, wenn Angst rational wäre, dann gäbe es sie nicht oder man könnte sie mit einer einfachen Informationsbroschüre kurieren. Und auch meine Angst blieb mir unverständlich. Panik braute sich in meinem Magen zusammen und kroch meinen Rücken hinauf.

Für solche Situationen war der Wald gedacht. Allerdings verfolgte die Panik mich in den Wald. Anstatt abzuebben, wurde sie durch das Rascheln der Blätter und das Plätschern des Wassers noch angefacht. Ich atmete tief, gezielt und bewusst, aber jeder Atemzug wirkte wie ein riesiger Blasebalg und entfachte aus der Glut ein Feuer.

Ninas Hand auf meinem Arm bewahrte mich vor Schlimmerem. Sie schaute mich alarmiert an. »Ist alles in Ordnung mit dir?«

Die Besorgnis in ihren Augen half mir, wieder auf den Boden der Tatsachen zurückzukehren. Ich befand mich in einer großtechnischen Anlage, in der bereits tausende Menschen vor mir ein und aus gegangen waren. Jeder von ihnen hatte es unbeschadet überstanden. Mehr als diese vernünftigen Erwägungen war es am Ende aber mein Wunsch, vor Nina nicht als kompletter Vollidiot dazustehen, der mich wieder handlungsfähig machte. Mein Verhalten war peinlich und erniedrigend. Auch wenn ich keine Ahnung hatte, was dahintersteckte, war es nun an der Zeit, die Kontrolle zurückzugewinnen.

Dann nahm Herr Plath mich wie selbstverständlich am Arm. »Kommen Sie, wir gehen uns jetzt erst einmal umziehen.«

Vielleicht war die plötzlich aufwallende Strahlenangst an dieser Stelle des Kraftwerks auch nichts Ungewöhnliches. Ich kämpfte den Anflug einer erneuten Panik nieder und hörte mich selbst mit bedenklich quiekender Stimme fragen: »Umziehen? Was meinen Sie?«

»Umziehen heißt Umziehen«, sagte er. Diese Antwort erinnerte mich an Karl in Krefeld. Orakel gab es anscheinend überall auf der Welt.

Nina war nicht mehr bei uns und ich sah, wie sie in einer

anderen Tür verschwand, begleitet von einer Frau im orangefarbenen Overall mit der Aufschrift *Strahlenschutz*.

Wir betraten nicht das Labyrinth der Spinde, sondern gingen davor einen schmalen Gang entlang, bis wir zu einem regelrechten Kleiderlager kamen. Es gab Overalls, Schuhe und Unterwäsche in den unterschiedlichsten Größen. Plath sagte: »Suchen Sie sich eine Garnitur heraus. Schlagen Sie ruhig zwei Größen drauf, die Sachen sind alle eingelaufen.«

Bensmann griff zielsicher nach einem Overall, Schuhen und dann nach der Unterwäsche.

Ich sagte: »Sie meinen, ganz umziehen? Alles ausziehen?«

»Richtig.«

»Aber wir gehen doch nicht schwimmen.«

»Das hoffe ich sehr.«

Ich folgte ihm zum Regal mit der Unterwäsche. Als mein Blick auf den Wäschestapel fiel, hielt ich mitten in der Bewegung an. »Die ist ja rosa«, bemerkte ich.

»Stimmt«, antwortete Bensmann lapidar.

Ich merkte, dass ich ihn mit offenem Mund anstarrte, obwohl er weder mein Zahnarzt, noch das Playmate des Monats war.

»Das hilft ungemein gegen den Unterwäscheschwund«, erläuterte Bensmann.

Auch Plath nickte. »Wir mussten ständig Unterwäsche nachkaufen, bis wir sie rosa gefärbt haben. Die klaut einfach keiner.«

»Macht sich auch nicht so gut bei der Freundin, rosa Feinripp.« Bensmann grinste.

Weil auch Plath jetzt zugriff, wollte ich nicht kneifen, also nahm ich mir auch eine Garnitur. Dann gingen wir zu den Spinden.

Ich zog mich aus und schlüpfte in die rosa Unterwäsche. Sie fühlte sich an, als würde man beim Waschen in KKN zwar nicht an der Temperatur, wohl aber am Weichspüler sparen. Bensmann sagte neben mir: »Alles ausziehen.« Er deutete auf meine Uhr. »Wenn Sie ganz sicher sein wollen, dass Sie die auch wieder mit rausnehmen können, lassen Sie sie draußen.«

Das überzeugte mich. Plath war schon fertig und schaute mir zu, wie ich die Uhr abnahm und im Spind verstaute. »Eine schicke Uhr«, bemerkte er. »So eine habe ich noch nie gesehen.«

»Ist ganz neu«, sagte ich. »Habe ich zum Geburtstag bekommen.«

Bensmann schaute mich von der Seite mit gerunzelter Stirn an. Plath fragte: »Sie hatten Geburtstag?«

»Ja, gestern.«

»Herzlichen Glückwunsch!«

Ich schüttelte die Hand von Herrn Plath, dann die von Herrn Bensmann. Das Stirnrunzeln war verschwunden.

»Wie alt sind Sie geworden?«

»Zweiundvierzig.« Ich stieg in den gelben Overall und zog schnell den Reißverschluss hoch, um nicht ganz wie ein Papagei auszusehen. Dann setzte ich mich, um die Schuhe anzuziehen.

Plath seufzte. »Ach, zweiundvierzig, das wäre ich auch noch mal gern.«

Das war zweifellos eine schöne Perspektive auf mein Alter und ich nahm mir vor, sie mir zu merken. Ich warf sogar einen kurzen Blick auf die Stirn von Herrn Plath. Er hatte schätzungsweise einen Fingerbreit mehr Haut als ich. Vielleicht sogar zwei.

Die Schuhe waren zerschlissen, schwer und klobig. Glücklicherweise erwiesen sie sich als einigermaßen bequem, nachdem ich meine Füße erst einmal hineingezwängt und die viel zu kurzen Schnürsenkel zugebunden hatte.

Schließlich standen wir vor unseren Spinden, drei Männer in gelben Overalls, mit rosa Unterwäsche und einer von ihnen mit klammen Händen und weichen Knien. Zum Glück gab es von nun an sehr viele Dinge, die meine volle

Aufmerksamkeit erforderten. Wir verstauten unsere Spindschlüssel ordnungsgemäß in den dafür vorgesehenen Taschen, dann gingen wir zur Anmeldung des Strahlenschutzes. Bensmann und Plath wurden schnell abgefertigt, dann trat ich vor.

Der Mitarbeiter fragte freundlich: »Guten Tag. Ihren Namen bitte?«

»Wegener.«

»Ja, Herr Wegener, Sie sind angekündigt.« Dann nahm er ein kleines Formular zur Hand. »Auch vom UM?«

»Nein, Kriminalpolizei.«

Der Mann schaute auf, stutzte, sagte dann aber: »Herzlich willkommen!« Er nahm ein Kästchen, das noch kleiner war als eine Streichholzschachtel, drehte es um und fuhr mit einem Scanner über den Strichcode darauf. Dann schob er es mir hin. Ich nahm es und ging weiter.

Bensmann wartete auf mich und erklärte es mir. »Das ist das amtliche Dosimeter. Jede Person erhält ein persönlich zugeordnetes Dosimeter, das die gesamte Jahresdosis erfasst. Am Ende des Jahres werden die Dosimeter eingeschickt und ausgewertet.«

Ich fragte: »Und warum sind die eingeschweißt?«

Der Aufsichtsbeamte grinste: »Aus demselben Grund, aus dem wir uns umziehen. Normalerweise passiert überhaupt nichts, aber man kann nie wissen. Wenn das Dosimeter kontaminiert wird, bekommt es eine neue Hülle und dann kann man es weiter verwenden.«

Mein Unbehagen war wieder da. Aber bevor ich mich intensiver mit der Frage beschäftigen konnte, ob ich wirklich an einen Ort gehen wollte, wo man nichts mitnehmen konnte, was einem wichtig war, und alles andere wasserdicht verpackt wurde, kam Nina zu uns. Sie steckte in demselben modischen Overall wie wir.

»Trägst du auch rosa Unterwäsche?«, fragte ich.

Sie antwortete: »Ich dachte, das ist der neue Sommertrend.«

»Die sommerlich frischen Farben bringen die Sonne auch an diesen Ort«, bemerkte ich.

»Du bist ein echter Frauenversteher«, sagte Nina.

Ich machte nicht nur gerne Sprüche, ich liebte es. In diesem Moment kam mir unser Small Talk aber eher wie das berühmte Pfeifen im Wald vor.

»Jetzt brauchen wir noch unsere Dosimeter«, stellte Plath fest.

Ich war mir sicher, dass ich aufgepasst hatte, deshalb sagte ich: »Die haben wir doch schon.«

»Das meine ich nicht. Wir brauchen eins, das ganz genau die Dosis misst und Alarm gibt, wenn es zu heiß wird.«

Seine Worte reichten bereits aus, damit mir warm wurde. Ich folgte ihm wie alle anderen auch artig zu einem großen Regal mit sehr vielen schwarzen Kästchen, diesmal etwa so groß wie ein Handy. Plath verteilte an jeden ein Gerät. Ich sah, dass es oben ein Display hatte, das Null anzeigte. Was ich sehr sympathisch fand.

Dann wurde es ernst. Plath führte uns zum Drehkreuz. Ich setzte meine Füße ruhig voreinander und hoffte, dass meine Knie mich nicht im Stich lassen würden. Schließlich standen wir am Drehkreuz in einer kleinen Schlange. Es war ein wenig wie beim Eingang in die Geisterbahn. Es war eindeutig gruselig, allerdings nicht so, dass ich gerne hineinging weil ich mir ganz sicher war, nur mit dem Schrecken davonzukommen.

Wir folgten Plaths Anweisungen, steckten nacheinander unsere Ausweise und Dosimeter in die dafür vorgesehenen Öffnungen, dann wurde der Zugang durch das Drehkreuz freigegeben.

Für meine Füße waren es nur Zentimeter, in meinem Kopf durchquerte ich Welten. Ich schob mich durch das Drehkreuz und im nächsten Augenblick stand ich im Kontrollbereich von Block 1 des Kernkraftwerks Neustadt.

Die Erkenntnis, dass es auf dieser Seite des Drehkreuzes

nicht anders war, als auf der anderen, war ebenso verblüffend wie trivial. Die Luft, die Wände, die alles umfassende unheimliche Stille hatten sich nicht verändert.

Mir war nicht so recht klar warum, aber das Gehen durch den tristen Flur, vorbei an Stahltüren mit kryptischen Beschriftungen und Warnhinweisen, beruhigte mich. Es gab keinen Großalarm und keine platzenden Rohre. Uns kam kein Mitarbeiter mit drei Armen oder zwei Köpfen entgegen. Mein Dosimeter blieb stumm und zeigte nach wie vor Null an. Langsam machte ich mir Hoffnungen, den Rundgang doch zu überleben.

Plath führte uns an eine große Schleuse, die mich ein wenig an meine Fantasien über U-Boote erinnerte. Es war ein stählernes Ungetüm. Die vordere Luke war etwas über zwei Meter im Durchmesser und gab den Weg in eine etwa vier Meter lange Röhre frei. Plath winkte uns hinein.

Ich fragte: »Wo gehen wir denn da hinein?«

»Wir betreten jetzt den Sicherheitsbehälter«, erklärte Plath.

»Den inneren Reaktorbereich, dort wo bei einem Druckwasserreaktor die Kuppel ist«, ergänzte Bensmann.

Ich erinnerte mich aus der Zeitung an einige Schnittzeichnungen der japanischen Reaktoren, die ich aufmerksam studiert hatte. Das trug zwar nicht zu meinem Wohlbefinden bei, aber schließlich waren wir hier, um das alles anzuschauen.

Wir traten in die Schleuse und harrten aus, bis die Luke geschlossen war. Der Druckausgleich dauerte einen Augenblick, es knackte in meinen Ohren, dann schwang die innere Luke langsam auf.

Der auffälligste Unterschied im Bereich hinter der Schleuse war die Enge. Es gab keine Flure mit grauer Farbe und Neonlicht mehr, sondern schmale Wege, gesäumt von Rohren und Kabelsträngen. Der Boden bestand mal aus Beton, mal aus Gitterrost. Unter und über uns verliefen andere Wege, die verschiedenen Ebenen wurden durch schmale stählerne Treppen verbunden, die sich zwischen Rohren und Armaturen hindurchwanden. Ich stieß mir mehrmals beinahe den Kopf an gewaltigen Stahlträgern, die mitten in den Laufweg ragten und mit den dicken Rohrleitungen verbunden waren, die über unseren Köpfen verliefen.

»Vorsicht!«, meinte Plath zu mir. »Erdbebensicherung. Damit die Rohre nicht abreißen, wenn es hier mal wackelt.«

Ich erkannte, dass wir im Kreis liefen. Bensmann deutete auf die Betonwand zu unserer Linken und sagte: »Dahinter ist der Reaktor.«

Ich war mir nicht sicher, ob ich das überhaupt wissen wollte. Wenn ich daran dachte, warum wir eigentlich hier waren, erkannte ich jedoch den Nutzen. Kein Foto und keine Beschreibung hätten mir einen Eindruck davon vermitteln können, wie es im Innern eines Kernkraftwerks aussah. Enge, Hitze und schummriges Licht reichten mir schon aus, um zu wissen, dass das kein Arbeitsplatz für mich war. Dann fiel mir noch etwas anderes ein.

»Was mache ich denn, wenn ich mal zur Toilette muss?«

Bensmann schaute mich kritisch an. »Aushalten«, sagte er dann.

»Was soll das heißen?«

»Das heißt, es gibt im Kontrollbereich keine Toilette. Essen und Trinken sind ebenfalls nicht gestattet.«

Bei näherer Betrachtung war das natürlich logisch. Zumindest wenn man Todesfälle wie den von David Krusekamp nicht jeden Tag haben wollte. Vielleicht hatten sogar Krey oder Holzmann so etwas erwähnt. Zum Glück verspürte ich kein dringendes Bedürfnis. Ich begann allerdings zu verstehen, warum die Arbeit in einem Kernkraftwerk so gut bezahlt wurde.

Wir gingen insgesamt drei Ebenen nach unten. Dann folgten wir einem weiteren schmalen Gang, einer kurzen Treppe und gelangten an eine rote Stahltür mit der Aufschrift *Sperrbereich*.

Plath sagte: »Hier sind die Steuerstab-Antriebe. Sie befinden sich direkt unter dem Reaktor. Krusekamp hat an den elektrischen Leitungen der Motoren für den Antrieb der Steuerstäbe gearbeitet.« Er ließ seinen Blick kreisen, um sich unserer Aufmerksamkeit zu versichern. »Im Betrieb gibt es in diesem Raum eine hohe Aktivität. Wenn Sie möchten, können wir jetzt hineingehen.«

Wir stimmten zu und Plath schloss die Tür für uns auf. Wir schoben uns nacheinander in den Raum. Er war kreisrund, vielleicht vier oder fünf Meter im Durchmesser und in ungefähr drei Metern Höhe erkannten wir einen Kabelsalat, der an die Apparatur auf dem Kopf von Frankensteins Monster erinnerte.

»Das ist die Unterseite des Reaktors«, erklärte Plath. »Sie sehen die Antriebe für die Steuerstäbe, Stromleitungen, Motoren und Druckluftleitungen.«

Ich schaute noch einmal genauer hin, aber ich war immer noch ein Polizist, kein Techniker. Außer Kabelchaos konnte ich nichts erkennen.

»Die braucht man zum Steuern des Reaktors«, fügte Bensmann hinzu. »Und zur Schnellabschaltung. Dann werden die Stäbe von unten mit Druckluft in den Reaktorkern geschossen.«

»Und dann ist der Reaktor aus?«, fragte Nina. »Einfach so?«

»Die Kettenreaktion ist beendet. Danach muss noch die Nachwärme abgeführt werden.«

»Was in Japan problematisch war«, stellte sie fest.

»Richtig«, bestätigte Plath ruhig.

»Und Krusekamp hat an dieser Elektronik gearbeitet?« Je länger ich mir den Nacken verdrehte und je genauer ich hinschaute, umso mehr meinte ich, zwischen den älteren Leitungen auch einige neue Kabel zu entdecken.

»Ja, wir haben die ganze Elektronik ausgetauscht.«

»War die alte denn kaputt?«, fragte ich.

Plath runzelte die Stirn. »Nein, die war vollkommen in Ordnung. Wir tauschen hier die Komponenten aus, bevor sie ausfallen. Wir berechnen, ab wann eine erhöhte Wahrscheinlichkeit besteht, dass die Komponente nicht mehr zuverlässig funktioniert, und dann wird sie vor diesem Zeitpunkt erneuert.«

»Vielleicht sollte die Deutsche Bahn sich daran auch ein Beispiel nehmen«, schlug ich vor.

Wir machten uns wieder auf den Weg. Draußen warf ich einen verstohlenen Blick auf mein Dosimeter, doch es zeigte immer noch Null an. Bensmann bemerkte das und sagte: »Sperrbereich ist das nur deshalb, weil eine hohe Aktivität vorkommen kann. Sie muss es aber nicht.«

Wir marschierten weiter durch die Anlage und machten an verschiedenen Stellen halt, damit Plath und Bensmann Leitungen und Armaturen würdigen konnten. Zwar wusste ich nichts von den technischen Zusammenhängen in dieser Anlage, aber ich war trotzdem fasziniert. Jede einzelne Komponente war fein säuberlich mit einem Schild beschriftet und eindeutig zu identifizieren. Wir sahen Druckluftleitungen, Ölleitungen, Wasser- und Dampfleitungen. Beeindruckend war, dass ich trotz intensivster Suche auch nicht den kleinsten Krümel auf dem Boden entdeckte. Und bei der Vielzahl an Rohrleitungen hätte ich allein schon aufgrund der Wahrscheinlichkeit damit gerechnet, früher oder später auf eine undichte Verbindungsstelle zu treffen. Zumindest einen kleinen Ölfleck, der davon zeugte, dass hier tatsächlich Menschen arbeiteten. Doch wohin wir auch kamen und so gründlich ich auch suchte, es war nichts zu finden.

Zwischen zwei Stationen sagte ich zu Bensmann: »Es ist sehr sauber hier.«

Er nickte. »Das ist enorm wichtig, damit es nicht zu ungewollten Kontaminationen kommt. Alles muss sauber sein, sonst können sich Partikel unkontrolliert überall verbreiten.«

»Aber wenn hier gearbeitet wird, sieht es sicher anders aus?«

»Wenn hier gearbeitet wird, wird gearbeitet. Auch dafür gibt es strenge Vorschriften. Und hinterher ist es mindestens so sauber wie vorher.«

Ich sagte: »Das kann sicher nicht jede Firma garantieren.«

»Deshalb sind verlässliche Fremdfirmen so begehrt.«

»Und gut bezahlt.«

»Genau. In der Revision kann sich ein Kernkraftwerk keine Verzögerungen leisten. Es muss zügig, gründlich und sicher gearbeitet werden, weil jeder Tag Stillstand sehr viel Geld kostet.«

»Wie viel ...?«, setzte ich an.

Herr Plath sagte über die Schulter: »Eine Million Euro.«

Als mit allen Wassern gewaschenen Devisenhändler konnte mich so eine Summe natürlich nicht wirklich beeindrucken, aber ich hörte Nina durch die Zähne pfeifen. »Jeder Tag?«

»Jeder Tag«, bestätigte Plath.

Wir setzten unseren Rundgang fort, ohne dass es zu irgendwelchen Zwischenfällen kam. Als Bensmann seinen letzten Punkt erledigt hatte, wirkte auch Plath zufrieden. Er schaute Nina und mich an und sagte: »Wir gehen noch am Becken vorbei.«

Ich war mir nicht sicher, ob ich das gut fand. War nicht in Fukushima die Kühlflüssigkeit im Brennelementebecken einfach verkocht? Wir stiegen weiter nach oben, die Enge nahm ab, ohne allerdings von Geräumigkeit ersetzt zu werden. Plötzlich standen wir in einem großen Raum, der an eine Halle erinnerte und nach oben sanft gewölbt war. An der Außenwand standen einige Metallschränke gesäumt von abgesperrten Rohrleitungen.

Nina sagte: »Im Moment arbeitet niemand hier.«

»Nein. Morgen geht es weiter, dann werden wir zwei Castorbehälter befüllen.« Plath gab uns ein Zeichen und wir folgten ihm.

Ich erinnerte mich an die Berichte aus Japan. Hier in Neustadt kochte nichts und das Wasser lag ruhig und blau über den Brennelementen. Es war ein durchdringend leuchtendes, künstliches Blau und ich hoffte sehr, dass der Farbton etwas mit der besonderen Fähigkeit dieses Wassers zu tun hatte, Strahlung von mir abzuhalten, während ich von oben die Brennelemente betrachtete.

Als wir weitergingen, warf ich einen Blick auf mein Dosimeter. Aus der Null war eine Zwei geworden. Ich erschrak. Herr Bensmann bemerkte meine Reaktion. »Lassen Sie mal sehen.« Als er den Wert sah, winkte er ab: »Das ist gar nichts.«

Ich schaute ihn zweifelnd an. Rosafarbene Unterwäsche war eine Sache, Strahlung eine ganz andere.

Bensmann erklärte: »Dort sind Mikrosievert angegeben. Wenn Sie einmal zum Röntgen gehen, haben Sie hundert. Wir haben jedes Jahr durch die Umgebungsstrahlung und die natürliche Radioaktivität unseres eigenen Körpers eine Dosis von zweitausend.«

»Aha«, sagte ich, während ich die Zahlen einzusortieren versuchte.

»Wenn Sie hundert erreichen, gibt es einen Alarm in Ihrem Dosimeter«, fügte er hinzu. »Aber es würde mich wundern, wenn Sie überhaupt die Fünf zu sehen bekommen.«

So gesehen war eine Zwei wirklich nicht viel. Ich fragte mich unweigerlich, was das Dosimeter wohl bei einem normalen Stadtbummel anzeigen würde. Wenn ich zweitausend durch dreihundertfünfundsechzig teilte, kam ich auf eine durchschnittliche Tagesdosis von deutlich über zwei, ganz ohne Kernkraftwerk.

Ich vermutete daher, dass erst einmal kein Grund zur Besorgnis bestand – diese Erkenntnis war leider noch nicht in meinem Bauch angekommen.

Plath führte uns zurück zur Schleuse. Soweit ich es erkennen konnte, leuchteten wir immer noch nicht. Nach einem erneuten Druckausgleich waren wir entlassen und zurück im übrigen Kontrollbereich ohne Reaktor. Ich freute mich schon, wieder in meine eigene Unterwäsche zu schlüpfen.

Auf dem Weg fragte ich Plath: »Wozu ist eigentlich der Druckausgleich in der Schleuse gut?«

Er sagte: »Der Druck im Sicherheitsbehälter ist niedriger als im restlichen Bereich. Dadurch wird in dem Fall, dass ein Leck auftritt, die Umgebungsluft hineingesaugt und es treten nicht so leicht radioaktive Stoffe aus.«

Warum fragte ich eigentlich noch? Dieser Mann hatte auf jede Frage eine vernünftige Antwort und falls nicht, hatte sie bestimmt einer seiner Mitarbeiter.

»Gibt es eigentlich auch Besucherrundgänge?«, fragte ich.

»Ja natürlich«, antwortete Plath. »Aber seit 2001 haben wir den gesamten Kontrollbereich davon ausgenommen. Hier kommen Sie nur noch als Beschäftigter oder als Behörde herein.«

Ich erinnerte mich an die öffentliche Diskussion nach der Zerstörung des World Trade Centers, ob nicht auch deutsche Kernkraftwerke das Ziel von Angriffen mit Passagierflugzeugen werden konnten. Wie immer, wenn es um irgendetwas mit Atomkraft ging, war die Debatte schnell ins Schrille abgeglitten und ich hatte mich ausgeklinkt.

»Alles wegen UBL«, raunte ich Bensmann zu.

Der lächelte zur Antwort undurchsichtig.

Auf dem Weg zurück versicherte ich Herrn Plath, wie beeindruckend die ganze Anlage war und das machte den Mann glücklich. Der Ausgang kam in Sicht, wir gingen jedoch nicht zum Drehkreuz, sondern bogen ab und fanden uns vor der Reihe metallener Käfige wieder, die mir schon beim Reingehen aufgefallen waren. Auf der linken Seite lag der Eingang zur Dusche. Mein Dosimeter zeigte immer noch Zwei an.

Wir leerten unsere Taschen und legten den Inhalt in einen Metallkorb, den wir in eine separate Schleuse schoben. Dann waren wir an der Reihe.

Ich folgte den Anweisungen von Bensmann und trat in den Kasten hinein. Das Innere war gänzlich aus Metall. Ich konnte mich kaum bewegen. Als im nächsten Augenblick die Glastür zuschnappte, konnte ich mich trotzdem nicht gegen das Gefühl wehren, in der Falle zu sitzen. Eine Frauenstimme sagte mir freundlich, aber bestimmt, dass ich näherkommen und meine Arme in zwei Öffnungen stecken sollte, die seitlich Platz dafür boten. Ich gehorchte. Als sie dann sagte »Bitte warten Sie«, erinnerte sie mich flüchtig an den Kundendienst meines Internetanbieters.

Dann gab es einen Alarm und die Stimme teilte mir mit: »Kontamination! Gehen Sie zurück!« Die Tür zum Kontrollbereich fuhr wieder auf und ich ging zurück auf Los. Meine Panik meldete sich wieder und ich war heilfroh, dass Bensmann bereitstand, um mich zu beruhigen.

Er grinste mich an: »Gleich beim ersten Mal. Das schafft nicht jeder.« Dann wurde er wieder ernst und wir schauten auf das kleine Display des Kontaminationsmonitors. Dort war die schematische Abbildung eines Körpers zu sehen. Ein Fuß und eine Hand blinkten. Bensmann sagte: »Kein Problem. Als erstes ziehen Sie die Schuhe aus. Dort gibt es einen Behälter.«

Ich tat, was er sagte. Und war mit einem Mal heilfroh, nicht einen Teil meiner eigenen Kleidung in diesem Eimer zurücklassen zu müssen. Als ich meine Schuhe ausgezogen hatte, ging es weiter. »Jetzt Hände waschen.«

Ich ging in den Waschraum, sah zwei Zeilen mit Duschen und vier mit Waschbecken. Herr Bensmann kam mit und wusch sich ebenfalls die Hände, vielleicht aus Solidarität, vielleicht präventiv. »Viel Seife, kaltes Wasser«, sagte er.

Ich befolgte seine Anweisung. Trotzdem fragte ich: »Warum denn kalt?«

»Warmes Wasser weitet die Poren. Falls Sie Partikel an der Hand haben, könnten die leichter in die Haut eindringen.«

Ich dachte an David Krusekamp und fragte mich spontan, ob er vielleicht in demselben Raum zu warm geduscht hatte. Aber das ließ sich herausfinden.

Nachdem wir unsere Hände abgetrocknet hatten, machte ich einen neuen Versuch. Diesmal betrat ich den Kasten ohne Schuhe. Durch die rosa Socken drückte das Bodengitter in meine Fußsohlen. Nina stand draußen und lächelte mir zu. Ich winkte zuversichtlich und hoffte, nicht auch noch eine kalte Dusche nehmen zu müssen.

Die Prozedur begann von vorn. Die Tür schloss sich, ich kam näher, steckte meine Arme bis zum Anschlag in die Öffnung und hielt die Luft an. Diesmal ertönte kein Alarm und ich wurde aufgefordert, zurückzutreten und mich mit dem Rücken an die hintere Wand zu lehnen. »Stehen Sie gerade«, sagte die Frauenstimme, als besuchte ich einen Benimmkurs für Schulabgänger. Aber ich gehorchte ihr, denn sie war es, die die Türen dieser unkomfortablen Kabine steuerte.

»Lehnen Sie den Kopf an«, forderte sie mich auf. Auch das tat ich. Und dann zeigte sie mir einen Trick, mit dem ich nicht gerechnet hatte. Sie senkte die Decke ab. Ich fühlte mich wie im Schraubstock, während meine neue Freundin prüfte, ob mein Kopf kontaminiert war oder nicht.

Bei genau dieser Messung musste bei Krusekamp am letzten Tag der Messwert auffällig gewesen sein. Ich stellte es mir bildlich vor. Der genervte Krusekamp, der so erleichtert wie ich in die Freiheit trat und sich schnellstmöglich zu den Spinden davonmachte. Ich achtete nicht mehr darauf, wie die Frauenstimme sich bei mir bedankte und mir einen schönen Tag wünschte, sondern war einfach froh, nun ohne weitere Hindernisse zum Spind und zu meinen Sachen gehen zu können.

Beim Anziehen meinte ich, einen erneuten Seitenblick von Bensmann auf meine Uhr zu bemerken, aber das konnte auch Einbildung sein. Es war angenehm, wieder in meinen eigenen Kleidern zu stecken und die bunte Schutzkleidung in den Wäschekorb zu werfen.

Auf dem Weg nach draußen gingen wir an der Warte vorbei, die für den Aufsichtsbeamten eine wichtige Station war. Die offizielle Bezeichnung war Warte, aber der Raum erinnerte mich mehr an ein Kontrollzentrum der NASA oder die Brücke von Raumschiff Enterprise. Der Kapitän des Raumschiffs KKN kam auf uns zu und schüttelte uns die Hand. Er stellte sich als Ole Hauke, Schichtleiter, vor. Er stutzte kurz, als er hörte, dass wir von der Polizei kamen, war aber dadurch in seiner Freundlichkeit nicht zu erschüttern.

»Liegt etwas vor?«, fragte Bensmann.

»Alles ruhig«, antwortete der Schichtleiter und fügte hinzu: »Was soll auch schon passieren?«

Es war ein Anklang der Mattigkeit der Kantine in diesen Worten zu hören und vielleicht die Frustration eines Mannes, der qualifiziert war, die ganze Anlage zu steuern und dessen ganze Aufgabe nun darin bestand, ihr beim Stillstand zuzuschauen.

Bensmann begann, an den Pulten und Anzeigen entlangzuschlendern. Der Schichtleiter folgte ihm und erläuterte ab und zu die eine oder andere Anzeige. Ich folgte ihnen unentschlossen.

»Sie können von hier aus auch die Steuerstabantriebe sehen?«, fragte ich.

»Ja sicher«, entgegnete Hauke. Wir gingen an ein unbesetztes Pult und einen Knopfdruck später erschien ein schwarz-weißes Bild auf dem Monitor, ohne Probleme erkannte ich die chaotische Ansammlung von Kabeln wieder.

Ich stellte eine typische Polizistenfrage: »Haben Sie von dieser Kamera eine Aufzeichnung?«

»Ja, haben wir.«

»Auch von der Revision? Wo unser Mann drauf ist?«

»Ich glaube schon. Da müssten Sie im Archiv suchen.«

Plath sagte: »Daran hätte ich ja auch selbst denken können. Ich kümmere mich sofort darum.« Damit ging er in ein Büro, das durch Glasscheiben von der Warte abgetrennt war, und begann zu telefonieren.

Als er fertig war, sagte er: »Wir durchsuchen das Material und werden Ihnen alle Aufnahmen zusammenstellen, auf denen David Krusekamp zu sehen ist.«

Im Kontrollbereich war es dunkel, eng und heiß gewesen. Draußen war das Gelände offen, hell und noch heißer. Es gab praktisch keine Luftbewegung und in der daraus resultierenden Unerträglichkeit der Sommerhitze unterschied sich das Kernkraftwerk Neustadt nicht von jedem anderen Ort im Land.

Wir traten im Schatten durch ein Drehkreuz aus dem großen Block des Kraftwerks hinaus. Zwei Männer warteten in der Gegenrichtung, um das Gebäude zu betreten. Während Herr Plath auf uns wartete, legte der erste von ihnen schon sein Auge an den Scanner, um seine Netzhaut abtasten zu lassen und seinen Wunsch nach Einlass zu legitimieren.

»Das ist Block 1 des KKN«, begann Herr Plath nun im Tonfall eines Reiseführers. »Block 2 befindet sich in dieser Richtung hinter den Kühltürmen.«

»Warum ist Block 1 eigentlich stillgelegt?«, fragte ich. »Der ist doch nach 1980 ans Netz gegangen.« Damit gehörte die Anlage zu den neueren, angeblich mit noch vertretbarem Risiko zu betreibenden Kraftwerken.

Plath schaute mürrisch, Bensmann griesgrämig. »Politik«, meinte Plath abfällig. »Die Landesregierung hat mit unserem Vorstand einen Deal gemacht. Block 1 wird stillgelegt und dafür dürfen wir Block 2 weiter ungestört betreiben.«

»Das klingt wie Erpressung«, meinte ich.

Bensmann presste die Lippen aufeinander und schüttelte nur den Kopf.

Plath nickte. »Ist es.«

»Aber Sie stehen auf Stand-by«, meinte Nina.

»Vielleicht fällt die Regierung ja über die eine oder andere verfassungswidrige Aktion«, meinte Plath düster.

Regierungen kamen und gingen, das war eine Konstante in der Politik, aber die Hoffnung, dass sich mit einer neuen

Landesregierung, ganz gleich welcher Farbe, ein neuer Deal ergeben würde, hielt ich für flüchtig. Die Kernenergie hatte meiner Einschätzung nach im Landtag ungefähr so viele Freunde wie die Hauptschule – gar keine.

»Einer der Greenpeacegründer tritt offen für einen Ausbau der Kernenergie ein«, meinte Bensmann und lenkte damit geschickt vom Thema ab.

»Tatsächlich?«, fragte ich. Darüber hatte meine Zeitung mich nicht informiert.

»Er ist zu der Ansicht gekommen, dass Kernenergie besser ist als ein unkontrollierbarer Klimawandel.«

»So hat jeder seine Meinung«, sagte Nina. Aber ich musste zugeben, dass gerade jetzt, wo wir wieder in die Sonne traten, diese Einschätzung an Plausibilität gewann.

»Das war vor Fukushima«, vermutete ich.

»Zugegeben«, räumte Bensmann ein.

Wir wandten uns nach links und Reiseführer Plath verkündete: »Hier hinten, wo das Gebäude flacher wird, ist das Maschinenhaus von Block 1. Jetzt gehen wir zum Einlaufbauwerk?«

Bensmann nickte und erklärte uns: »Im Einlaufbauwerk wird das Flusswasser aufgenommen, das dann zur Kühlung in der Anlage verwendet wird. Dort ist auch eine Temperaturmessstelle und die möchte ich anschauen. Die Flusstemperaturen werden in den nächsten Wochen noch politisch brisant, da bin ich mir sicher. Und dann weiß ich gerne, worüber ich spreche, wenn der Minister mich fragt.«

Das Einlaufbauwerk lag hinter einer Biegung, verborgen von Büschen und Bäumen, etwa dreihundert Meter entfernt direkt am Fluss. Es handelte sich um einen unauffälligen flachen Betonwürfel, den ich unter normalen Umständen gar nicht weiter beachtet hätte. Aber dies waren keine normalen Umstände, sondern ein Aufsichtsbesuch und eine Todesfallermittlung.

Im Gebäude war es schummrig und feucht. Wir schauten

uns an, wo das Wasser des Flusses einlief und wo es wieder zurückgeleitet wurde. Wenn ich die Instrumente richtig ablas, hatte der Fluss 23,5 Grad, als er in die Anlage hereinkam, und beim Verlassen 31,8 Grad. Ich dachte an die Bemerkungen von Herrn Bensmann zu den Fischen und den Klimaanlagen der Wähler.

Nachdem Bensmann sich durch eine Unmenge an Fragen überzeugt hatte, dass alles in ordnungsgemäßem Zustand war, gingen wir zurück zum Reaktorgebäude, das einen wunderbaren Schatten warf. Als wir gerade Plaths Vorschlag folgen und uns die Notstromdiesel anschauen wollten, hielt Nina abrupt inne. »Was ist denn das?«, fragte sie plötzlich erstaunt.

Ich folgte mit den Augen ihrem. In der Nähe des Reaktors stand, umgeben von einem Halbkreis aus Sandsäcken, eine Vorrichtung, die aussah wie ein Artilleriegeschütz. Ein paar Meter weiter entdeckte ich gestaffelt noch ein weiteres Geschütz und daneben noch eins. Fünf insgesamt.

Ich dachte an die Betonsperren am äußeren Sicherungsbereich und sagte: »Panzerabwehrkanonen?«

Herr Bensmann lachte. Herr Plath verzog das Gesicht.

Ich riet noch einmal: »Greenpeaceabwehrkanonen?«

Bensmann lachte schallend und hielt sich den Bauch.

Plath sagte zwischen knirschenden Zähnen hindurch. »Das ist unsere Vernebelungsanlage.«

Ich meinte: »Hier ist doch sowieso das halbe Jahr über Nebel.«

Der Aufsichtsbeamte wischte sich eine Träne aus dem Gesicht.

Plath fand das alles immer noch nicht witzig. »Nach dem elften September gab es neue Auflagen der Behörde …« Er funkelte Bensmann böse an, bevor er weitersprach. »… und die haben uns dazu gezwungen, diese Anlagen zu installieren.«

Bensmann beruhigte sich langsam und Nina fragte: »Aber wozu denn? Ich meine, Sie glauben doch nicht, dass ein Flugzeug …?«

Plath nickte. »Genau das meint die Behörde.«

»Der Bund«, sagte Bensmann atemlos. »Der Bund meint das.«

»Wie auch immer«, sagte Plath gepresst. »Diese lächerlichen Dinger stehen da.«

Nina sagte: »Ehrlich? Sie haben Radar und Frühwarnung und wenn ein Flugzeug kommt, dann drücken Sie auf den Knopf und man sieht die Anlage nicht mehr?«

»So ungefähr«, bestätigte Plath.

»Ich glaube, damals wurde sehr viel argumentiert, dass es für Terroristen viel lohnendere Ziele gibt, die deutlich schlechter geschützt sind, als ein Kernkraftwerk«, erinnerte sich Nina.

Das konnte ich nicht einschätzen, aber ich erinnerte mich an die Diskussion über Staudämme und Brücken. Die Ruhrtalbrücke schwebte mir vor Augen und ein Lastwagen voller Sprengstoff. Eine S-Bahn im Ruhrgebiet, überfüllt mit Pendlern. Ein ausverkauftes Fußballstadion.

»Eine Flak haben Sie aber nicht installiert?«, fragte ich.

»Nein«, meinte Bensmann. »Das wollte der Bund dann doch nicht. Damit könnte man ja auf den Reaktor feuern.«

»Auch wieder wahr«, sagte ich. Verrücktheiten machten eben auch vor einem Kernkraftwerk nicht Halt. Nachdem wir das festgestellt hatten, gingen wir weiter und warfen noch einen Blick auf die Notstromdiesel, die uns mit ihrer schieren Größe beeindruckten, und machten einen Abstecher in den Kühlturm, wo wir uns so weit abkühlten, dass meine Zähne klapperten.

Wir befanden uns schon auf halben Weg zu Frau Freise, als ein kleines Bauwerk am Wegesrand meine Aufmerksamkeit fesselte. »Was ist denn das? Ein Bunker?«

»Ja, sieht wirklich so aus, oder? Da drin befinden sich unsere Sicherungssysteme, die sind automatisch. Bei bestimmten Ereignissen wird die Feuerwehr alarmiert, bei anderen die Polizei. Im Eingangsbereich haben die Wachleute versteckte Alarmierungsknöpfe.«

»Wie in einer Bank.«

»Richtig.«

Unter diesen Umständen war ein verbunkertes Gebäude natürlich mehr als angemessen.

Wir gingen nicht zurück zum Drehkreuz, sondern zu einer Tür, die den meisten Leuten wahrscheinlich gar nicht aufgefallen wäre. Sie war verspiegelt, hatte keine Klinke, dafür aber eine Klingel. Plath drückte sie. Hier passte sein Schlüssel offenbar nicht. Es gab keinen Netzhautscanner, deshalb vermutete ich, dass wir persönlich von einem der Mitarbeiter gemustert wurden.

Nach einigen Sekunden öffnete sich die Tür und ein Mann in der Uniform des Werksschutzes winkte uns herein. Wir gingen durch einen kurzen Flur und kamen schließlich in ein Großraumbüro mit sechs Arbeitsplätzen. Einige Mitarbeiter unterhielten sich an ihren Schreibtischen, während wir Herrn Plath folgten, der uns zielstrebig zu einer blonden Frau am anderen Ende des Raumes führte.

Plath stellte uns vor. Während ich höflich die Hand von Frau Freise schüttelte, die nicht mehr Spannung hatte als der stillgelegte Block 1, sprang mein Blick von ihren strahlenden Augen zu ihren leuchtenden Haaren, ihren geschwungenen Lippen und weiter an ihr hinab. Ich vermutete, dass an meiner Kollegin Eva alles echt war und bei Nina war ich mir sogar sicher. Bei Carola Freise war mein erster Gedanke: Plastik. Sie lächelte uns mit schneeweißen Zähnen an und ich fragte mich, ob ich es zweieinhalb Wochen mit dieser Frau ausgehalten hätte, so wie David Krusekamp, oder mit der lebenslänglichen Perspektive wie Michael Freise. Aber ich war professionell genug, meine Gedanken nicht zu zeigen und sagte mir, dass die Befragung ihres Mannes bestimmt unangenehmer gewesen war.

Da diese Frau eindeutig auf Männer ausgerichtet war, übernahm ich stillschweigend die Befragung. »Können wir uns hier irgendwo ungestört unterhalten, Frau Freise?«

Sie nickte und wir folgten ihr in einen kleinen Besprechungsraum. Nina schloss die Tür, während ich mich von Carola Freise ins Visier nehmen ließ.

Ich sagte: »Frau Freise, vielen Dank, dass Sie sich die Zeit für uns nehmen.«

»Das mache ich doch gerne«, sagte sie in einem samtenen Tonfall, bei dem ich schlucken musste.

»Ich würde Ihnen gerne einige Fragen zu Ihrer Beziehung zu David Krusekamp stellen.«

Sie lehnte sich ein wenig zurück, verschränkte die Arme und rümpfte die Nase. Entweder sie hielt wenig von ihrem ehemaligen Liebhaber oder sie war nicht begeistert darüber, dass ich mit ihr über andere Männer sprechen wollte.

Ich ließ mich von ihrer Reaktion nicht beirren und fragte: »Wie haben Sie sich kennengelernt?«

»Hier im Kraftwerk. Während der Revision.«

»Und wann war das?«

»Vor vier Jahren.«

Seit der Erwähnung ihres Liebhabers war sie kurz angebunden. Ich dachte an ihren Ehemann und an Nadine Krusekamp, die ebenfalls wenig auskunftsfreudig gewesen waren, und fragte mich, ob vielleicht eine Systematik vorlag.

»Wurde Ihre Beziehung gleich intim? Nachdem Sie sich kennengelernt hatten?«

»Ja.«

Nun, zumindest musste ich nicht befürchten, dass sie mich schwindelig redete.

»Und Ihr Mann?«

»Was ist mit ihm?«

»Hat er niemals Verdacht geschöpft?«

Carola Freise schnaubte, was vieles bedeuten konnte. Sie sagte: »Der ist sowieso ständig eifersüchtig, sobald nur ein anderer Mann den Raum betritt.«

Vielleicht nicht ganz zu Unrecht, dachte ich. »Von Herrn Krusekamp wusste er nichts?«

»Nein.«
»Wie können Sie sich so sicher sein?«
»Ich kenne meinen Mann.«
»Er war im Hotel von Herrn Krusekamp.«
»Er wusste nichts. Irgendjemand hat ihm etwas gesteckt, aber er wusste nichts.«
»Er hatte ein Foto von Ihnen beiden.«
Sie hob die Augenbrauen. »Er wusste nichts«, beharrte sie.
»Konnten Sie sich danach noch einmal treffen?«
»Nein.«
»Warum nicht?«
»Mein Mann hat mir nachspioniert.«
Es klang abschätzig. Ich dachte an Michael Freise, der mir alles andere als sympathisch war. Allerdings hatte ich ihn ja auch nicht geheiratet.
»Wo ist Ihr Mann im Moment?«
»Bei Freunden.«
»Wo genau?«
Sie zuckte mit den Schultern, löste ihre Arme und beugte sich wieder ein wenig vor. »Ist das wichtig? Er ist weg.«
»Sie wissen nicht, wo er sich aufhält?«, versuchte ich es erneut.
»Nein.«
Ich schaute sie an und fragte mich, ob ich ihr das glauben sollte. Mir fiel jedoch kein Grund ein, aus dem sie mich hätte anlügen sollen.
Carola Freise interpretierte meinen Blick auf ihre Weise, beugte sich ein wenig weiter vor und gewährte mir einen tiefen Einblick in ihr Dekolleté. Mit etwas mehr Licht im Raum hätte ich wahrscheinlich direkt bis zum Saum ihres Slips schauen können. Ich lehnte mich ein wenig zurück und betrachtete sie, wie sie meine Reaktionen einzuschätzen versuchte. Mehr als zuvor kam sie mir wie das Produkt eines Designers vor, bei dem ich mir nicht sicher war, ob er sein Handwerk verstand oder nur unter Drogeneinfluss arbeitete.

Es erforderte meine ganze Professionalität, das Gespräch in neutralem Ton fortzusetzen. »Ich habe Ihren Mann gestern getroffen. In Krefeld.«

Sie wirkte überrascht. »Oh! Wo David wohnt.«

»Richtig.«

Ich wartete, aber sie sagte nichts weiter.

»Haben Sie eine Idee, was Ihr Mann in der Stadt will?«

Sie schüttelte langsam den Kopf. »Er kann doch nicht herausgefunden haben, dass … Er wird David doch nichts tun? Geht es ihm gut?«

Ich fragte mich unwillkürlich, ob der Flurfunk im KKN wirklich so schlecht funktionierte und die Dortmunder Kollegen sie nicht informiert hatten. Ich sagte: »David Krusekamp ist tot.«

Carola Freise prallte von mir zurück, als hätte ich sie geschlagen. Sie rang nach Luft und machte das viel zu überzeugend, als dass es gespielt sein konnte. Wir warteten, bis sie sich ein wenig gefangen hatte. Ihre nächsten Worte waren entlarvend: »Und das sagen Sie mir erst jetzt?« Sie war eindeutig wütend. Vielleicht auf ihren Liebhaber, weil er einfach so gestorben war, ohne sie vorher davon in Kenntnis zu setzen, vielleicht auf mich, weil ich so lange über ihren Ehemann gesprochen hatte.

»Wann haben Sie ihn zum letzten Mal gesehen?«

»Ich … Warum fragen Sie das?«

»Wir versuchen, die letzten Tage von Herrn Krusekamp nachzuvollziehen, und benötigen dafür alle Informationen von Personen, die ihm nahestanden.« Ich hatte schon genug Befragungen durchgeführt, um diesen Spruch ohne mit der Wimper zu zucken aufsagen zu können.

Sie betrachtete mich skeptisch, beantwortete aber meine Frage: »Nach dem Zwischenfall im Hotel haben wir noch einmal miteinander gesprochen. Zuletzt gesehen habe ich ihn an seinem letzten Tag bei uns. Jeder, der die Anlage verlässt, muss hier durchkommen.«

Das deckte sich mit den Auskünften Helmut Holzmanns, der seine Informationen wahrscheinlich von Krusekamp hatte.

»Gab es in der Revision mit Herrn Krusekamp irgendwelche Auffälligkeiten?«

»Nein, was meinen Sie?«

»Gab es Streitigkeiten, außer der Begegnung mit Ihrem Mann?«

»Was für Streitigkeiten denn? Nein, nicht dass ich wüsste.« Sie wirkte genervt von meinen Fragen.

»Er hat nichts berichtet über Auseinandersetzungen mit anderen Arbeitern?«

»Nein.«

»Sonst irgendwelche Vorfälle?«

Sie schaute mich an, ohne zu antworten.

»Wir haben gehört, dass er auffällige Werte beim Verlassen des Kontrollbereichs hatte.«

Sie schnaubte verächtlich. »Auffällige Werte, dass ich nicht lache.«

Nun fixierte ich sie.

»Wenn das auffällige Werte waren, dann ist die halbe Belegschaft hier auffällig.«

»Es wurde eine Strahlenschutzuntersuchung empfohlen.«

Sie winkte ab. »Das gehört alles dazu. Der Strahlenschutz hier ist so was von überdreht, das gibt es gar nicht. Sie rufen auch keinen Notarzt, nur weil Sie einmal niesen müssen.«

»Normalerweise nicht.«

»Und genauso ist es hier. Aber lassen wir das. Sonst bekomme ich noch Ärger.«

»Sie halten die Sache für einen falschen Alarm.«

»Absolut.«

Am erstaunlichsten war bisher die Reaktion der Frau auf die Nachricht vom Tod ihres Liebhabers. Ärger anstatt Trauer.

Ich fragte: »Hatte außer Ihrem Mann noch jemand Grund zur Eifersucht auf Herrn Krusekamp?«

Sie schaute mich mit gerunzelter Stirn an. »Nein, ich … Hey, Moment mal! Was soll diese Frage?«

»Gibt es noch jemanden, der Grund zur Eifersucht hatte?«, wiederholte ich.

»Was erlauben Sie sich?« Da war wieder die entrüstete Carola Freise. Ich dachte daran, wie sie noch vor ein paar Minuten versucht hatte, mich anzumachen. Diese Frau war so sprunghaft, dass ich mir vornahm, am Abend in Ruhe darüber nachzudenken, ob sie vielleicht auch ein Motiv hatte.

»Vielleicht jemand, der Ihre Ehe retten wollte? Jemand, dem Sie sich anvertraut hatten?«

Sie musterte mich mit harten Augen. »Ich weiß nicht, was Sie hier mit mir versuchen, aber das Gespräch ist beendet.« Mit diesen Worten stand sie auf und stürmte aus dem Raum. Und weil wir nicht wussten, ob wir einen Fall hatten oder nicht, ließen wir sie gewähren.

Nina fragte: »Was war das denn?«

»Das war Carola Freise«, antwortete ich wahrheitsgemäß.

»Die beleidigt ist, weil du ihr Promiskuität unterstellt hast.«

»Ich habe nichts dergleichen getan.«

»Doch, hast du.«

Vielleicht hatte ich das. »Aber erst am Ende.«

Nina lächelte. »Das stimmt. Was machen wir jetzt?«

»Wir haben noch den Abteilungsleiter.«

»Vielleicht ist der freundlicher.«

Genau genommen war Carola Freise der erste Mensch, dem ich in KKN begegnet war, der nicht ausgesprochen nett und zuvorkommend gewesen war.

»Zumindest wird er mich nicht anmachen.«

»Hoffst du.«

»Mach keine Sachen«, sagte ich.

Wir verließen den Besprechungsraum. Bensmann hatte sich an einen der Arbeitsplätze gesetzt und ließ sich von einem Mitarbeiter alles erklären. Die beiden waren in ihr Thema vertieft und bemerkten uns nicht.

»Ich glaube, es ging hier entlang«, sagte Nina.

Ich folgte ihr durch einen Flur, der vor einer offenen Bürotür endete. Am Namensschild erkannten wir, dass wir richtig waren.

Stefan Auerbach, der Leiter des Strahlenschutzes in KKN, war vor der Sommerhitze hinter einem Gebirge aus Aktenvorgängen in Deckung gegangen, das jeder Behörde zur Ehre gereicht hätte. Er stand auf, als er uns entdeckte und kam um seinen Schreibtisch herum auf uns zu.

»Sie müssen die beiden Polizisten aus Krefeld sein«, sagte er freundlich, während wir uns die Hand schüttelten. Der Unterschied zu seiner Mitarbeiterin Carola Freise hätte nicht größer sein können. Auch vom Aussehen. Auerbach, mit kurzer Hose, Trekkingsandalen, einem luftigen Safarihemd, schwarzen gescheitelten Haaren und einem freundlichen Gesicht, das vor Schweiß glänzte, dirigierte uns zu seinem Besprechungstisch. Dann holte er drei Gläser hervor und eine Flasche Wasser.

»Sind Sie schon länger unterwegs?«, fragte er.

Wir gaben ihm einen kurzen Überblick über unseren bisherigen Tagesablauf. Auerbach lachte. »Da hatten Sie ja das volle Programm. Na ja, ich schätze, es ist egal, ob man draußen oder drinnen schwitzt. Die Hitze ist sowieso überall.«

Wir tranken noch etwas Wasser und ich lehnte mich in meinem Stuhl zurück. Hier war es wieder, das Gefühl, nicht nur sicher, sondern zudem sehr gut aufgehoben zu sein. Und das in unmittelbarer Nähe von zwei Leistungsreaktoren, die mir an diesem Morgen noch Magenschmerzen bereitet hatten.

»Wir hatten ja schon telefoniert«, begann Nina das Gespräch.

»Richtig. Ich habe mich um Ihre Fragen gekümmert.« Auerbach stand vom Tisch auf, ging zu einem der Papierstapel und zog blind eine Mappe heraus. Ich musste an den Ministerialbeamten Bensmann in seinem Büro denken.

Ich fragte: »Haben Sie früher mal bei der Behörde gearbeitet?«

Er schaute mich verblüfft an. »Ja. Woher wissen Sie das?«

Ich zuckte mit den Schultern. »Nur so eine Ahnung.«

Nina sah mich an und rollte mit den Augen. Auerbach setzte sich wieder zu uns und schlug die Mappe auf.

»Hier habe ich alle Aufzeichnungen zu Herrn Krusekamp mit minutengenauer Aufenthaltsdauer, Dosiswerten, Pausenzeiten und so weiter.« Er blätterte durch die Unterlagen. »Lassen Sie mal sehen. Wo hat er überall gearbeitet ... Ah ja, hier der Kontrollbereich. Dann in der Warte. Waren Sie da auch?«

Wir nickten. Ich erinnerte mich an Captain Hauke und seine Crew, die im Moment nicht die unendlichen Weiten der Energiewelt erkundeten, sondern brav im Raumdock ankerten.

»So, dann hat er noch an der Sicherungselektronik gearbeitet ...« Die Stirn von Herrn Auerbach legte sich in Falten. »Das ist komisch.«

»Was meinen Sie?«

»Ich wusste gar nicht, dass dort etwas anstand. Seltsam.«

Ich schaute Nina an und sie mich. Wie ein Blitz tauchte in meinen Gedanken die Erinnerung an russische Devisenkonten mit ungeklärten Geldeingängen auf.

Doch im nächsten Augenblick sagte Auerbach: »Nun ja, ich weiß allerdings auch nicht alles. Ist ja kein Fall für den Strahlenschutz.«

»Wir könnten morgen vielleicht im Revisionsbüro nachfragen«, schlug Nina vor.

»Ja, gute Idee, das würde mich auch interessieren. Aber wahrscheinlich hat es nichts zu bedeuten.«

»Wahrscheinlich nicht«, stimmte ich ihm zu. In diesem Fall sollte ich vielleicht nicht mehr so viele Thriller lesen. Und mein Wochenmagazin über Verschwörungstheorien abbestellen.

»Die Protokolle über die Dosis sind hier«, erklärte Auerbach. Er legte uns einige Papiere vor, die mit Zahlen gefüllt waren.

Wir schauten Auerbach erwartungsvoll an, bis er verstand. »Oh, natürlich. Hier sehen Sie tageweise eingetragen, welche Dosis David Krusekamp hatte. Hier ist das Datum, hier die Dosis. Am Ende die Gesamtdosis für die Tätigkeit in der diesjährigen Revision, die wir auch in seinen Strahlenpass eingetragen haben.«

Wir folgten dem Finger des Abteilungsleiters und ich konnte das meiste nachvollziehen. »Die Werte sind ziemlich hoch«, sagte ich.

»Verglichen mit einem Besucher bestimmt«, räumte Auerbach ein. »Wenn Sie die Gesamtdosis betrachten, liegt sie aber deutlich unter den Werten der vergangenen Jahre. Und das, obwohl er in einem heißeren Teil der Anlage eingesetzt wurde«, fügte er stolz hinzu.

»Wie das?«, fragte Nina.

»Die Arbeiten sind besser aufeinander abgestimmt worden. So konnten wir die Aufenthaltsdauer der einzelnen Arbeiter in den heißen Bereichen reduzieren. Außerdem haben wir in diesem Jahr zum ersten Mal neue mobile Abschirmungen eingesetzt.«

Wir nickten. Mir fiel dazu kein kluger Kommentar ein. Auerbach nahm das nächste Papier. »Und hier habe ich noch das Protokoll der letzten Ausgangsmessung von Krusekamp.«

Wir beugten uns vor. Das war nun der interessanteste Teil. »Mit den auffälligen Werten.«

»Genau. Sie sehen hier den Ausdruck der Meldungen, die es an der Schleuse gab.«

Ich erkannte die schematische Darstellung des menschlichen Körpers wieder. Bei mir hatten Hand und Fuß geblinkt, bei Krusekamp beim ersten Versuch Kopf und Schulter.

»Sind Kontamination an diesen Stellen ungewöhnlich?«

Auerbach überlegte einen Moment. »Was heißt ungewöhnlich? Es kann vorkommen. Vorstellbar ist eine elektrostatische Aufladung, die die Messwerte verfälscht. Oder er hat ein paar Tropfen der falschen Flüssigkeit abbekommen.«

»Wissen Sie, was er gemacht hat, nachdem der Alarm auftrat?«

»Ich habe mich bei unseren Kollegen erkundigt. Sie konnten sich noch genau erinnern, weil es am Ende ja doch ungewöhnlich war. Er ging zurück und zog erst einmal seinen Overall aus. Und spritzte Wasser ins Haar. Dann probierte er es noch einmal.«

Ich stellte mir David Krusekamp in rosafarbener Unterwäsche vor, wie er in dem engen Metallkäfig den Anweisungen der Frauenstimme folgte.

»Aber das hat das Problem nicht gelöst.«

»Nein, hat es nicht«, bestätigte Auerbach und deutete auf den nächsten Ausdruck. Die Kontamination an der Schulter war verschwunden, die am Kopf nicht.

»Und dann?«

»Dann ging er zum Haarewaschen.«

»Ist das denn ungewöhnlich?«

Diesmal musste Auerbach nicht so lange überlegen. »Ja. Das kommt selten vor. Vielleicht fünfmal im Jahr. Viermal davon in der Revision.«

Ich dachte an die Waschbecken und die Duschen im Kontrollbereich vor dem Ausgang. Das waren offenbar auch nur weitere Vorsichtsmaßnahmen, die man für den Fall der Fälle vorhielt.

»Und es hat wieder nicht geholfen. Sehen Sie.«

»Sein Kopf ist immer noch kontaminiert.«

»Nach dem Waschen?«

»Das ist sehr ungewöhnlich. Aber es kann vorkommen. Dann muss man die Haare noch einmal waschen.«

»Und wenn das nicht hilft?«

»Dann kommen die Haare ab.«

»Das wäre mir aufgefallen«, sagte ich.

»Es war in diesem Fall nicht nötig. Er ging noch einmal zum Waschen. Diesmal direkt unter die Dusche.«

Wir schauten auf die Uhrzeiten im Protokoll. »Fünfzehn Minuten lang«, stellte Nina fest.

Wenn er mit derselben Temperatur geduscht hatte, mit der ich meine Hände gewaschen hatte, war das eine sehr lange Zeit.

»Danach konnte er den Kontrollbereich verlassen.«

»Wie zuverlässig ist diese Messung?«

»Was meinen Sie?«

»Kann es sein, dass die Kontamination noch vorhanden war, aber nicht mehr gemessen wurde?«

Auerbach überlegte. Dann sagte er: »Theoretisch ja. Durch die nassen Haare. Wenn das so wäre, hätte es aber eine Kontamination sein müssen, die man vernachlässigen kann.«

»Was heißt das?«

»Unsere Messstellen sind sehr empfindlich. Es gibt einen Bereich an Kontamination, den die Messstellen entdecken, der aber eigentlich ungefährlich ist.«

Ich dachte wieder an Carola Freises Worte. »Warum messen Sie dann so genau?«

»Der Grundsatz im Strahlenschutz ist: So gering wie möglich. Und daran halten wir uns. Strahlenbelastung, die wir vermeiden können, vermeiden wir.«

»Aber es könnte auch ein falscher Alarm gewesen sein?«

»Ja.«

»Sie haben eine medizinische Untersuchung empfohlen?«

Der Abteilungsleiter lächelte. »Das klingt immer so dramatisch. Alle beruflich strahlenexponierten Personen müssen einmal im Jahr zu einer Strahlenschutzuntersuchung. Der Arbeitgeber bezahlt die Untersuchung. Was wir empfohlen haben, ist, die Untersuchung vorzuziehen und den Kopf besonders zu untersuchen.«

»Eine reine Vorsichtsmaßnahme.«

»Lieber einmal zu viel untersucht, als einmal zu wenig«, bestätigte Auerbach.

»Ein Alarm, der zu oft ohne Grund losgeht, wird am Ende von niemandem mehr beachtet«, gab ich zu bedenken.

Er seufzte. »Ich weiß. Das ist unser Problem. Die strengen Sicherheitsmaßnahmen. Komplizierte Vorschriften, die in fünfundneunzig Prozent der Fälle gar nicht notwendig sind. Und die trotzdem eingehalten werden müssen.«

»Sie brauchen sehr professionelles Personal.«

»Richtig. Deshalb haben wir so hohe Qualifikationen und lange Einarbeitungszeiten.«

»Und hohe Gehälter.«

»Auch das.«

»Gab es denn schon einmal Inkorporationen im KKN?«, fragte Nina.

»Ich habe noch einmal unsere Aufzeichnungen überprüft«, meinte Auerbach. »Es gab zwei Fälle von Inkorporation seit der Inbetriebnahme. In beiden Fällen kam es im Verlauf von Arbeiten in der Anlage zu offenen Verletzungen, in die dann radioaktives Material eindringen konnte.«

»Wir reden also über zwei Fälle in fast dreißig Jahren Betrieb«, meinte Nina.

»Richtig.«

»Das ist nicht besonders viel.«

Auerbach lächelte, nicht ohne Stolz.

»Wie gefährlich waren diese Fälle denn?«

»Nicht besonders. Es waren keine speziellen medizinischen Maßnahmen erforderlich. Die Wunden konnten ausgespült werden. Es sind keine Langzeitschäden zu befürchten. Sehen Sie, in der Anlage gibt es ja auch während der Revision keine großen Mengen radioaktiver Stoffe. Wenn sich niemand vorsätzlich kontaminieren will, ist die Arbeit ungefährlich.«

Vor diesem Hintergrund schien es mir immer unwahrscheinlicher, dass der Tod von David Krusekamp etwas mit

Radioaktivität in irgendeiner Form zu tun hatte. Das Problem war aber nach wie vor, dass wir zwar viele Motive, aber keine andere Todesursache hatten, die plausibler gewesen wäre.

»Sie hatten die Vorschriften erwähnt. Wie ist das seit der Abschaltung?«

Er schaute mich an und an seinem Blick konnte ich erkennen, dass er verstanden hatte, was ich meinte. »Natürlich merken wir das an der Motivation. Ich meine, die Leute sind hoch qualifiziert und jetzt bewachen sie eine Anlage, die keinen Strom mehr macht.«

»Ihre Mitarbeiter identifizieren sich mit ihrem Arbeitsplatz?«

»In sehr hohem Maß«, bestätigte Auerbach. »Für viele ist es sehr schmerzlich, wie es gekommen ist.«

»Und halten Sie es für möglich, dass jetzt die Sicherheit ...?«

»Nein«, entgegnete Auerbach, vielleicht ein wenig zu schnell und entschieden. »Völlig ausgeschlossen. Auch wenn unsere Leute frustriert sind, würden sie niemals etwas tun, das die Sicherheit gefährdet.«

Ich war mir unschlüssig, ob er sich seiner Sache wirklich so sicher war, auf jeden Fall aber wollte er uns den Eindruck vermitteln. Ich nahm mir vor, noch weitere Personen in der Anlage zu diesem Thema zu befragen. Wenn ich zurückdachte an die Ausgangskontrollen, konnte ich mir zwar keinen Weg vorstellen, dort radioaktives Material herauszuschmuggeln, aber ich war ja auch kein desillusionierter Mitarbeiter von KKN.

Für den Moment hatten wir keine Fragen mehr. »Herr Auerbach, vielen Dank, dass Sie sich die Zeit für uns genommen haben.«

Nina steckte die Ausdrucke ein, dann gingen wir wieder den Weg zurück durch das Großraumbüro. Bensmann stand im Gang, als wir eintraten.

»Oh, da sind Sie ja! Waren Sie erfolgreich?«

»Das muss sich noch zeigen«, sagte ich wahrheitsgemäß.

»Ich habe mit Herrn Plath gesprochen, bevor er Feierabend gemacht hat. Er sagte, die Suche nach den Videoabschnitten sei noch nicht abgeschlossen. Bis morgen müsste das aber erledigt sein. Sie können die Videos dann direkt mit dem Leiter der Anlage besprechen. Er hat morgen genügend Zeit für Sie eingeplant.«

»Dann sind wir für heute fertig hier?«, fragte ich einigermaßen erleichtert.

»Vorerst, wenn Sie nichts mehr haben?«

Wir schüttelten beide den Kopf. »Was heißt vorerst?«, fragte ich.

»Wir haben jetzt ein paar Stunden Zeit. Um 22:30 Uhr beginnen auf dem Außengelände Vorbereitungen für die Anlieferung neuer Castorbehälter. Das geht vielleicht bis Mitternacht. Die möchte ich mir anschauen. Dann muss ich morgen sehr früh wieder hier sein. Um 6:30 Uhr werden die neuen Behälter angeliefert. Das ist auch der Grund, warum ich übernachten muss.«

»Weil man von Düsseldorf bis 6:30 Uhr nicht hierherkommt«, stellte ich fest.

»Ich will nicht um fünf Uhr losfahren. Nicht bei diesem Abendprogramm. Da übernachte ich lieber einmal.«

Das konnte ich nachvollziehen. »Dann fahren wir jetzt zum Hotel?«

Bensmann lächelte. »Es ist eher eine Pension. Sehr ländlich und familiär.«

Ich sagte: »Solange ich meine eigene Dusche habe …«

Wir gingen durch eine kleine Seitentür und kamen direkt vor den Drehtüren aus. Wir benutzten unsere Ausweise und gelangten unbehelligt nach draußen. Nina und ich gaben unsere Besucherausweise wieder ab, verabschiedeten uns vom Wachpersonal und machten uns auf den Weg zum Auto.

Bei der Hitze, die uns aus dem Inneren des Wagens entgegenschlug, als wir die Türen öffneten, war ich sofort in

Sorge um mein Gepäck. Normalerweise waren die Warnhinweise zur Lagerungstemperatur auf dem Rasierschaum nicht so wichtig. Nun stellte ich mir vor, wie wohl meine Garderobe aussehen würde, wenn diese Flasche explodiert war.

Ich entschied mich trotzdem dagegen, sofort nachzusehen. Vielleicht hatten die Kleiderschichten die anderen Sachen vor der Hitze geschützt und diesen Schutz wollte ich nicht leichtfertig entfernen.

»Wann fahren wir morgen früh los?«, fragte ich, während Bensmann vom Kraftwerksgelände auf die Straße abbog.

»Wir sollten das Hotel um sechs Uhr verlassen, dann haben wir genug Zeit.«

»Das Sicherheitsdenken färbt ab«, stellte ich fest.

»Was meinen Sie?«

»Wie lange kann es denn dauern bis zu dieser Pension?«, fragte ich. »Zehn Minuten? Die Sicherheitsreserve, die Sie einplanen, werden wir mit neunundneunzigprozentiger Wahrscheinlichkeit nicht benötigen.«

»Stimmt«, entgegnete Bensmann. »Ich mag keine Überraschungen. Lieber warte ich etwas länger. Aber jetzt schauen wir erst mal, was es zum Abendessen gibt.«

Das klang gut, wie ich fand. Ich hatte einige Punkte, die ich mit Nina besprechen wollte, und dazu gehörte sicherlich, wie wir den nächsten Tag am besten nutzen konnten. Ich hätte auch zu gerne gewusst, ob wir ihn überhaupt benötigten, aber ich wollte nicht in Gegenwart des Aufsichtsbeamten mit Karl, Reinhold oder Andreas telefonieren. Schließlich hatte ich als Ermittler auch meinen Stolz und erweckte nicht gerne den Eindruck, vollkommen ratlos zu sein.

Aus demselben Grund diskutierten Nina und ich nicht über unsere Gedanken zu dem Fall, der vielleicht gar keiner war, sondern gaben uns schweigend den Eindrücken des Tages hin. Wir fuhren über die Landstraße, die vom Kraftwerk nach Neustadt führte. An den Fenstern zogen einige vertrocknete Felder vorbei, die im Licht der untergehenden Sonne in einem Kaleidoskop aus Gelb-Orange-Rot leuchteten. Mit dem Kraftwerk in unserem Rücken machte alles einen sehr beschaulichen und friedlichen Eindruck.

Bensmann schaltete das Radio pünktlich zu den Nachrichten ein. Die Ereignisse des Tages wurden vom Sommerloch dominiert. Sogar die hitzige Atomdiskussion der letzten Monate war abgeflaut und das Aufregendste war noch die Wettervorhersage, in der weitere Tage voller Sonne und trockener Hitze angekündigt wurden.

Wir erreichten unsere Unterkunft, ein niedriges rustikales Fachwerkhaus mit dem Namen *Zur Neustädter Poststation* in weniger als zehn Minuten. Die Pension lag kurz hinter dem Ortseingang etwas von der Straße zurückgesetzt, die passenderweise Kraftwerksstraße hieß. Wir nahmen unsere Koffer und gingen zum Eingang. Aus der Nähe erkannte ich, dass die Fassade echt und nicht bloß eine Show für Touristen war. Somit war ich mir ziemlich sicher, dass die Straße bei Erbauung des Hauses einen anderen Namen getragen hatte.

Der Empfangsbereich hatte Stil, konnte aber bei der gegenwärtigen Wetterlage seine volle Stärke nicht entfalten, die hauptsächlich auf schweren Ledersesseln und einem rustikalen offenen Kamin beruhte.

Wir wurden freundlich empfangen, erhielten unsere Zimmerschlüssel und verabredeten uns für 19:30 Uhr zum Abendessen im angeschlossenen Restaurant. Das gab uns etwa eine Stunde Zeit zur Beratung. Uns reichten zwei Blicke und eine Handbewegung, um uns darauf zu verständigen, dass wir uns in Ninas Zimmer treffen würden.

Ich legte meinen Koffer behutsam auf meinem Bett ab. Im Zimmer war es nicht kühl, aber doch deutlich unter fünfzig Grad, deshalb hielt ich es für vertretbar, meinen Koffer zu öffnen. Ich ließ die Verschlüsse aufschnappen und hob den Deckel vorsichtig, dabei achtete ich peinlich genau darauf, dass die Öffnung von mir wegzeigte. Das hatte ich einmal bei den Kollegen vom Kampfmittelräumdienst gesehen.

Es gab weder eine Explosion noch eine Schaumfontäne, deshalb ging ich langsam um das Bett herum und spähte ins Innere meines Koffers. Ich war halb überrascht und halb erleichtert, den Inhalt so unversehrt vorzufinden, wie ich ihn am Morgen eingepackt hatte. Um mein Glück nicht zu strapazieren, ließ ich den Koffer, wie er war, damit er sich ungestört akklimatisieren konnte.

Dann ging ich ins Badezimmer, das klein, aber sauber war, und ließ mir etwas kaltes Wasser über Gesicht und Nacken laufen. Dann war es höchste Zeit, zu Nina zu gehen.

Nina hatte offenbar denselben Gedanken gehabt wie ich. Als sie mir die Tür öffnete, tropfte ihr Gesicht. Sie ließ mich herein und deutete auf einen kleinen Tisch. Die Zimmer waren unerwartet groß und obwohl das Doppelbett den größten Teil einnahm, hatten wir genügend Platz, um uns an den Tisch zu setzen und unsere Beine auszustrecken.

Nina stellte die unausweichliche Frage: »Was hältst du von der ganzen Sache?«

»Das wollte ich dich eigentlich fragen.«

»Ich war schneller.«

»Aber mich interessiert deine Meinung.«

»Ich möchte deine zuerst hören.«

Um ehrlich zu sein, war ich ganz ohne Meinung hergekommen. Der Teil von meinem Gehirn, den die Hitze noch nicht weich gekocht hatte, war unter der Informationsflut im Kernkraftwerk zusammengebrochen. Meine Gedanken waren unsortiert und weitgehend unbrauchbar für eine Diskussion.

Als Jugendlicher hatte ich mir am Wahlabend immer die Elefantenrunde angeschaut, weil ich dachte, dort würden wichtige Dinge besprochen. Ich war ein aufmerksamer Zuschauer gewesen und machte nun das, was jeder gute Parteivorsitzende macht, wenn er keine Antwort weiß. Ich spielte auf Zeit.

»Ich denke, wir sollten Karl anrufen. Oder Reinhold. Am besten beide.«

Nina sagte: »Gute Idee.«

Dann fiel mir doch noch ein Punkt ein. »Wie war das – Krusekamp hat in einem Bereich gearbeitet, der untypisch war.«

»Richtig. An der Sicherungselektronik. Auerbach wusste nichts davon.«

»Es ist auch nicht seine Aufgabe, davon zu wissen«, gab ich zu bedenken.

»Stimmt. Aber falls die hunderttausend Euro mit Krusekamps Arbeit im Kraftwerk zu tun haben ...«

»... gibt es nicht allzu viele Möglichkeiten, was so wertvoll sein könnte.«

»Mir fällt eigentlich überhaupt keine andere ein.«

»Wenn er kein Uran oder Plutonium gestohlen hat.«

»Wie hätte er das tun sollen?«

Ich dachte zurück an die strengen Kontrollen und musste Nina zustimmen. Ganz davon abgesehen, dass unser Opfer sich selbst gefährdet hätte, wäre er mit radioaktivem Material mit ziemlicher Sicherheit aufgegriffen worden.

»Jemand hätte ihm helfen müssen«, meinte ich.

»Ein frustrierter Mitarbeiter?«

»Warum nicht? Davon müsste es doch jetzt jede Menge geben, wo alle Kernkraftwerke abgeschaltet werden.«

»Das würde natürlich erklären, wie er sich einen Strahler einfangen konnte.«

»Aber?«

»Aber für wie wahrscheinlich hältst du das denn? Ich meine, wozu sollte jemand etwas aus der Anlage herausbringen wollen?«

»Terrorismus?«, fragte ich.

Nina schaute mich zweifelnd an. »Markus, wir sind im Ruhrgebiet, nicht in Afghanistan.«

Eine Diskussion, was man UBL alles zutrauen musste und

was nicht, wollte ich nicht führen – vor allem, weil er ja eigentlich tot war. Unser Anliegen war immer noch, den Tod von David Krusekamp aufzuklären. »Okay«, gab ich nach. »Wenn sich jemand in großem Stil radioaktives Material besorgen will, wird er das wahrscheinlich nicht in Neustadt machen, sondern mit einem Koffer voller Geld nach Russland fahren.«

»Sag ich doch.«

»Aber was ist mit anderen Motiven? Wenn jemand nur Material benötigte, um Krusekamp zu schaden? Aus Rache oder was sonst auch immer?«

»Das wäre etwas anderes«, räumte Nina ein.

»Eine kleine Menge an die richtige Stelle …«

Der Gedanke blieb unvollendet, denn Nina kam wieder zum Ausgangspunkt unserer Überlegungen zurück. »Wenn jemand anders etwas aus der Anlage geschmuggelt hat, erklärt das nicht das Geld, das Krusekamp erhalten hat.«

»Stimmt. Dann war es vielleicht doch die Sicherungselektronik. Es könnte ihn jemand bezahlt haben, um dort ein paar Änderungen vorzunehmen.«

Nina schaute nachdenklich zur Decke. »Ja, aber wozu? Ich meine, das ist über zwei Wochen her. Wenn jemand das Sicherungssystem manipuliert hat, warum ist dann nicht längst etwas passiert?«

Ich dachte an das, was wir heute alles erfahren hatten, und auch an das weitere Programm von Bensmann.

»Ich kenne diesen Blick«, sagte Nina.

»Es steht ein ziemlich interessantes Ereignis bevor. Wenn man den Betreiber ärgern möchte. Oder etwas anderes im Sinn hat.«

»Du meinst doch nicht …«

»… den Castortransport.«

»Eine Gruppe Atomkraftgegner stürmt die Anlage und erzwingt die Stilllegung.«

»Das wäre die harmlose Variante«, bestätigte ich.

»Und was gäbe es sonst noch zu befürchten?«, wollte Nina wissen.

»Dass eine andere Gruppe das Kraftwerk stürmt, um sich auszutoben.«

Nina schaute mich ernst an. »Du machst mir Angst, Markus.«

»Mir fallen noch ganz andere Sachen ein, die passieren könnten«, bot ich an.

»Das bringt uns nicht weiter«, entgegnete Nina.

»Auf jeden Fall kann es nicht schaden, wenn wir uns diese Castorbeladung anschauen.«

»Aber irgendwelche Aktivisten würden sich doch nicht von einem Alarm abhalten lassen. Je mehr Aufsehen es gibt, desto besser für die.«

»Ein guter Punkt«, gab ich zu.

»Das ist doch echt zum Verzweifeln«, sagte Nina resigniert.

Ich nahm mein Handy und benutzte die Kurzwahl. Spekulieren konnten wir später immer noch. Aber zuerst war die Gerichtsmedizin dran.

Karl hob direkt ab: »Guten Tag! Hier ist das Tal der Ahnungslosen.«

Ich lachte. Das war trotz Hitze genau richtig, um mich wieder zu aktivieren. Ich fragte: »Was gibt es Neues bei euch, Karl?«

Er sagte: »Ich weiß nicht. Hier ist das Tal der Ahnungslosen. Glaube ich zumindest. Vielleicht ja, vielleicht nein.«

Ich seufzte. Wenn Karl mich mit Sprüchen vorführen konnte, war ich nicht besonders gut in Form. Ich gab Nina mein Handy. »Hier, sprich du mit ihm.«

Sie schaute mich erstaunt an, nahm aber das Telefon und sagte: »Hallo Karl!« Dann hörte sie eine Weile lang zu, bevor sie sagte: »Danke Karl, wir melden uns dann wieder bei dir.«

»Mit dir hat er gesprochen?«

»Ja.«

»Ganz normal?«

»Ja. Mit dir nicht?«

»Nein. Nur Sprüche geklopft.«

»Und das lässt du dir bieten?«, fragte Nina mit schief gelegtem Kopf.

»Bestimmt die Strahlung«, sagte ich lahm.

»Vielleicht wirst du ja doch alt.«

»Fang du nicht auch noch an. Herr Plath sagte, er wäre auch noch einmal gerne zweiundvierzig.«

Nina schaute mich zweifelnd an und wechselte das Thema. »Karl sagte, das Messgerät sei gerade angekommen, würde nun aufgebaut und kalibriert. Die Messung dauert eine Weile und irgendwann morgen früh wissen sie, ob Krusekamp an einem radioaktiven Strahler gestorben ist oder nicht.«

»Das ist ein Anfang«, sagte ich, immer noch angefressen darüber, dass Karl mich ausgetrickst hatte. Ich versuchte mir einzureden, dass sogar ich einmal einen schlechten Tag haben durfte.

Dann wählte Nina die Nummer von Reinhold. »Das trifft sich gut«, sagte Reinhold. »Eva und Andreas sind gerade hier.« Dann stellte er sein Telefon laut, Nina tat es ihm gleich.

»Was macht die Ehefrau?«, fragte ich.

»Wir haben uns Herrn Helm vorgenommen. Er hat zugegeben, ein Verhältnis mit Frau Krusekamp zu haben«, sagte Andreas.

»Na also.«

»Ja, er ist ebenfalls verheiratet. Er sagt, seine Frau wisse nichts davon und er sei auch nicht eifersüchtig auf Herrn Krusekamp. Er behauptet, er sei mit der Beziehung so zufrieden, wie sie gerade ist.«

»Und? Glaubt ihr ihm?«

Eva sagte: »Ja, wir glauben ihm. Er wirkte ehrlich.« Sie berichtete von weiteren Recherchen über Frau Krusekamp, die aber allesamt nichts Aufregendes ergeben hatten. Abgesehen von ihrem Ehearrangement schien die Frau ein konventionelles Leben zu führen.

Danach schilderte Nina unsere Erkenntnisse. »Sehr interessant«, sagte Andreas zu unserem Gedankenspiel mit der Sicherungselektronik und den hunderttausend Euro. »Ich werde Simon bitten, den Computer noch einmal daraufhin zu untersuchen. Wenn er einen Auftrag hatte, hat er ja vielleicht auch irgendwelche Anweisungen erhalten. Oder andere Hinweise. Schaltpläne oder so etwas. Die Telefon- und Handydaten können wir auch noch einmal durchleuchten.«

»Sehr gut. Wir werden morgen herausfinden, woran er offiziell gearbeitet hat. Vielleicht ergibt sich daraus ja noch etwas.«

»Dieser Krusekamp hat ja eine ganze Menge zu bieten«, meinte Reinhold.

Matrose, Elektriker, Devisenhändler, Auftragstäter für was auch immer. Ich fragte: »Was ist mit Frau Krusekamps Schwester?«

»Da stehen wir noch am Anfang«, sagte Eva. »Wir sind die öffentlichen Quellen durchgegangen, um einen Ansatzpunkt zu finden. Sie ist Friseurin wie ihre Schwester und seit sieben Jahren verheiratet. Ihr Mann ist Versicherungskaufmann.«

»Aha«, sagte ich.

»Wir schauen, was wir herausfinden.«

»Du meinst, ob sie zur Abwechslung mal einen Mann wollte, der mit seinen Händen arbeitet anstatt mit dem Taschenrechner?«

»So ungefähr«, sagte Eva.

»Simon hat die Computersimulation fertig«, teilte Andreas mit.

»Was ist herausgekommen?«

»Er hat den Ablauf von Krusekamps Sturz anhand der Daten der Überwachungskameras rekonstruiert. Die beiden Männer sind sich zu keinem Zeitpunkt näher gekommen als fünfzehn Zentimeter.«

Was eindeutig zu viel war, um einen anderen zu schubsen. »Ist das definitiv? Reichten die Daten dafür aus?«

»Ja, die Kameras haben zehn Bilder pro Sekunde aufgenommen. Freise hätte Krusekamp also in weniger als einer Zehntelsekunde so stark schubsen müssen, um seinen Fall zu verursachen, und dann auch noch seine Arme oder was auch immer wieder zurückziehen, ohne dass man dafür ein Anzeichen hätte entdecken können.«

Was ziemlich unmöglich war, solange der Mann nicht zaubern konnte. »Okay. Das ist eindeutig.«

»Was sagt der Staatsanwalt dazu?«, fragte Nina.

Reinhold antwortete: »Er sagte, bei Freise könnte durchaus eine Tötungsabsicht vorliegen. Und die Tatsache, dass er zur selben Zeit am selben Ort war, an dem der Mann, den er töten wollte, tatsächlich gestorben ist, rechtfertigt weitere Ermittlungen. Auch wenn er ihn nicht geschubst hat.«

»Dann können wir ja noch die Castorbehälter anschauen«, rechnete ich mir aus.

»Wie? O Mann, Markus pass bloß auf dich auf!«, sagte Eva besorgt.

Nina erklärte: »Wir werden jetzt erst mal die ganzen Informationen sortieren. Welche Möglichkeiten es noch gibt.«

»Gut, dann treffen wir uns morgen Nachmittag im Präsidium.« Wir wünschten uns gegenseitig noch einen schönen Abend und verabschiedeten uns.

Bei manchen Mordermittlungen war es so, dass die Spuren von Anfang an offensichtlich waren und die Ergebnisse eine reine Fleißarbeit. Bei anderen Fällen, und dazu zählte ich auch diesen, musste man viel oder sogar noch mehr Geduld aufbringen, Informationen sammeln, auch wenn sie auf den ersten Blick nicht bedeutsam erschienen, und hoffen, dass sie sich später zu einem sinnvollen Ganzen zusammenfügten und den Täter offenbarten. Wir befanden uns noch immer in der Phase der Informationssammlung. Deshalb wollte ich mit Nina ein wenig spekulieren.

»Wenn wir einmal annehmen, dass Krusekamp ermordet wurde. Was ist dann der wahrscheinlichste Tatablauf?«

Nina sagte: »Es gab vor seinem Tod keine erkennbaren Einwirkungen auf ihn. Die Todesursache ist unbekannt. Wahrscheinlich starb er an etwas, das er vor seinem Tod aufgenommen hat.«

»Bevor er das Geschäft betrat.«

»Oder noch früher. Stunden. Oder Tage.«

Ich nickte. »Genau. Deshalb suchen wir noch diesen Strahler.«

»So macht auch das Verhalten von Freise Sinn. Wenn er am Mord an Krusekamp beteiligt war, hat er ihn verfolgt, um ihn zu beobachten und sicher zu gehen, dass er tatsächlich tot war.«

So weit, so gut. Das war im Grunde nur eine Wiederholung dessen, was wir schon wussten. »Die Frage ist dann, ob er alleine gehandelt hat.«

»Oder mit Frau Krusekamp zusammen.«

»Wenn Krusekamp mit Radioaktivität umgebracht wurde, hat Freise einen Helfer im Kernkraftwerk.«

»Stimmt«, sagte Nina. »Er arbeitet nicht hier. Er braucht jemanden, der Zugang zu radioaktiven Materialien hat und sie ihm beschaffen kann.«

»Wobei das ein echter Insider sein müsste. Wenn schon eine elektrostatische Aufladung der Haare Alarm auslöst.«

Nina überlegte einen Moment. »Wenn ein Insider das will, geht es auch.«

»Oder es war anders herum.«

»Wie meinst du das?«

»Er hat keine Radioaktivität herausgeholt, er ist selbst hineingegangen.«

»Du meinst …«

»Freise hatte einen Helfer, der ihm im Trubel der Revision Zugang verschafft hat. Er wusste, wo Herr Krusekamp arbeitet. Einmal in der Anlage, hat er einen Weg gefunden, ihn zu kontaminieren und einen tödlichen radioaktiven Stoff in seinen Körper zu bringen.«

Nina schaute mich an und ich lauschte auf den Nachklang meiner eigenen Worte.

Ich seufzte: »Okay, das ist ein wenig gewagt.«

»Nicht gewagter als die anderen Möglichkeiten.«

»Das Problem ist nur: Wer ist sein Helfer?«

»Ich verstehe, was du meinst. Wer würde einem Mann wie Freise bei so etwas helfen? Wer riskiert dafür seine Arbeit und seine Freiheit?«

Ich dachte an alle Menschen, denen wir im KKN begegnet waren. Wie professionell und freundlich sie waren, offen und hilfsbereit. Dann sagte ich: »Seine Frau.«

Nina war verblüfft. »Sie hat ihm geholfen, ihren eigenen Liebhaber umzubringen?«

»Sie kennt ihn, sie kann ihn hereinbringen.«

»Oder etwas herausbringen?«

»Vielleicht hat sie auch einen Freund, der so etwas kann.«

»Sie hat einen Liebhaber benutzt, um ihrem Mann zu ermöglichen, einen anderen Liebhaber von ihr umzubringen?«

»Vielleicht ist es einfach die Hitze«, sagte ich mit einem frustrierten Seufzer. »Was ist das bloß für ein vertrackter Fall?«

Wir wählten für das Abendessen die Terrasse und nicht das rustikale Restaurant. Bensmann wartete schon auf uns und wir setzten uns zu ihm auf alte, aber funktionale Gartenstühle. Außer uns aß nur noch ein einsames Paar draußen. Die beiden hielten über zwei Gläsern eisgekühltem Wein Händchen. Händchenhalten war Nina und mir in Gegenwart von Bensmann verwehrt und ich fürchtete, mit auch nur einem einzigen Tropfen Alkohol nicht mehr handlungsfähig zu sein. Wir fanden ein paar anerkennende Worte für die gute Aussicht in die ländlichen Weiten von Neustadt und Umgebung.

»Und, was halten Sie von Ihrem Zimmer?«, fragte Bensmann.

»Es ist in Ordnung«, antwortete ich.

»Na ja, Sie sind wahrscheinlich sonst bessere Unterkünfte gewohnt«, vermutete er.

Ich wunderte mich über diese Aussage, weil ich mich nicht erinnern konnte, mit ihm über meine bevorzugten Hotels gesprochen zu haben. Und der geniale Ermittler von uns beiden, der dem anderen seine Vorlieben an der Nasenspitze ablesen konnte, war immer noch ich.

Ich sagte deshalb: »Normalerweise komme ich abends nach Hause, auch wenn es noch so spät ist.«

Der Aufsichtsbeamte musterte mich mit einem Blick, der vieles bedeuten konnte, allerdings nicht, dass er mir das abnahm. Aber es war zu warm, zu spät und die Sache zu unwichtig, als dass ich mir darüber weiter Gedanken machen wollte.

Nina fragte: »Was steht denn auf der Speisekarte?«

Bensmann antwortete: »Ich habe für uns alle ein kaltes Abendessen mit Brot, Aufschnitt und Salat bestellt.«

Nina und ich seufzten gleichzeitig. »Sehr gut.« Dann nahm Bensmann wie auf ein Stichwort die Wasserflasche aus dem Kühler und schenkte unsere Gläser voll. Wir tranken langsam, lehnten uns zurück und entspannten uns. Es gab im Moment nichts zu tun und nichts anderes, auf das wir uns konzentrieren mussten, als das Abendessen und ein wenig Small Talk. Ich nutzte die Gelegenheit, einmal mit einem Mann zu sprechen, dessen Beruf für Außenstehende mindestens genauso interessant war wie unser eigener. »Sagen Sie, kommen Sie nicht manchmal in einen Gewissenskonflikt bei Ihrer Arbeit?«

»Wie meinen Sie das?«

»Sie haben sicherlich eine eigene Meinung zur Kernenergie, oder?«

»Natürlich.«

»Und trotzdem müssen Sie entweder das Okay zum Betrieb geben oder Sie müssen harte Maßnahmen durchsetzen, die Sie nicht zum Freund des Betreibers machen.«

»Ich arbeite bei der Aufsichtsbehörde. Der Betreiber ist nicht mein Freund«, stellte Bensmann nüchtern fest.

Ich dachte an den Umgangston, der in der Anlage herrschte.

»Das heißt natürlich nicht, dass wir nicht höflich oder freundschaftlich miteinander umgehen«, sagte Bensmann, der meine Gedanken erriet. »Aber das ändert nichts am Grundsatz: Wir legen den Rahmen fest, in dem der Betreiber sich bewegen kann. Wenn er ihn verlässt, bekommt er Ärger.«

»Und was halten Sie von der Kernenergie?«, fragte Nina.

Das war wahrscheinlich die Gretchenfrage für jeden Aufsichtsbeamten.

Bensmann schien in der Beantwortung geübt, denn er sprach langsam und bedächtig: »Das ist sehr schwer zu beantworten. Ich glaube, die Kernenergie hat Vorteile und Nachteile, so wie jede andere Form der Stromerzeugung auch. Wenn man sich für das eine und gegen das andere Verfahren entscheiden möchte, macht das überhaupt nur Sinn, wenn man ein schlüssiges Gesamtkonzept hat.«

Wir warteten gespannt darauf, dass er weitersprach.

»Also alle Argumente gleichzeitig abwägt. Aller Energieformen.«

»Sind Sie also dafür oder dagegen?«, hakte Nina nach.

»Ich glaube, wir sollten die Kernenergie weiter nutzen. Sie ist preiswert, verlässlich, macht uns unabhängig von anderen Energieträgern und sie ist klimafreundlich.« Bensmann lehnte sich zurück und schaute uns an.

Nina fragte zuerst: »Sie hätten die Laufzeitverlängerung nicht zurückgenommen?«

»Nein.«

Nina schaute ihn an, sagte aber nichts.

Bensmann ergänzte: »Sie wollten meine Meinung hören.«

Nina sagte: »Ihr Standpunkt ist sehr interessant.«

»Danke.«

»Und was ist mit den Nachteilen der Kernenergie?«

»Welche meinen Sie?«

»Den hochradioaktiven Abfall.«

»Das ist ein Nachteil«, räumte Bensmann ein.

»Das Problem ist noch nicht gelöst«, warf Nina ein.

»Nur weil wir es nicht lösen wollen«, entgegnete Bensmann.

»Wir haben keinen Standort.«

»Wir haben den am besten untersuchten und am besten geeigneten Standort der Welt. Wenn wir wollten, hätten wir längst ein Endlager. Aber es ist politisch nicht gewollt.«

Nina starrte ihn an und ich konnte deutlich erkennen, wie wenig sie mit seinen Worten einverstanden war. Bensmann schien das auch zu spüren, denn er fügte hinzu: »Sehen Sie, in Japan ist es vollkommen ausgeschlossen, dass es ein Endlager überhaupt geben kann, weil es keine geologisch stabilen Strukturen gibt. Bei uns gibt es die aber.«

»So gesehen.«

»Unser Problem ist, dass die Energiepolitik von Ideologen gemacht wird. Unter Rot-Grün hatten wir einen der fanatischsten Kernenergiegegner in leitender Position im Bundesministerium, unter Schwarz-Gelb einen Lobbyisten der Atomindustrie. Gestern der Ausstieg, heute die Laufzeitverlängerung, morgen der noch schnellere Ausstieg. Die Politik geht an der Sache vorbei. Und darunter leidet die Sicherheit am allermeisten.«

Dem war aus meiner Sicht nicht viel hinzuzufügen. Ein wichtiges Thema hatten wir bisher allerdings ausgespart. »Was ist mit dem Unfallrisiko?«, fragte ich.

»Auch das ist ein Nachteil«, gab er zu.

»Und die Vorteile sind so groß, dass sie diese Nachteile überwiegen?«

»Aus meiner Sicht schon.«

»Ich glaube, die Japaner sehen das inzwischen vollkommen anders«, meinte Nina. Worauf ich allerdings nicht gewettet hätte.

»Ich würde ein Kernkraftwerk auch nicht direkt an eine der aktivsten Plattengrenzen des Planeten bauen«, sagte Bensmann.

»Ein Unfallrisiko besteht auch bei uns«, stellte Nina fest.

»Richtig«, bestätigte Bensmann. »Niemand kann einen Unfall ausschließen. Aber er ist eben sehr unwahrscheinlich.«

Mein Gefühl sagte mir trotzdem, dass meine persönlichen Vorlieben nicht zum Vorteil der Kernenergie ausfielen. Selbst wenn die Leute im Kraftwerk noch so nett waren.

»Wie hoch ist denn die Wahrscheinlichkeit?«

»Für einen schweren Unfall?«

»Ja.«

»Sehr niedrig. Geht man nach den allgemein anerkannten Rechenmodellen, liegt die Wahrscheinlichkeit bei eins zu einer Million.«

Was natürlich sehr niedrig war. Unglaublich niedrig, um genau zu sein.

Nina sagte: »Die Wahrscheinlichkeit, im Lotto zu gewinnen, ist eins zu vierzehn Millionen.«

»Das ist ungefähr dieselbe Größenordnung«, bestätigte Bensmann.

Ich war mir nicht sicher, ob mich das beruhigen sollte oder nicht.

Nina hatte sich für die zweite Möglichkeit entschieden. »Wie viele Kernkraftwerke gibt es? Weltweit?«

»Über vierhundert«, sagte Bensmann.

Nina setzte nach: »Dann ist die Frage doch eigentlich nicht, wie unwahrscheinlich ein solcher Unfall ist, sondern nur, wann er eintritt, oder? Ich meine, so unwahrscheinlich es ist, dass ich selbst im Lotto gewinne. *Irgendjemand* gewinnt ständig im Lotto.«

So gesehen war es vielleicht gar keine so gute Idee, in Sichtweite zweier Leistungsreaktoren auf der Terrasse zu sitzen.

Bensmann sagte ruhig: »Das ist vollkommen richtig. Wir haben auch schon einige Unfälle gesehen. Nicht nur Tschernobyl. Auch in England, den USA und Russland gab es mehrere Unfälle, die leicht zur Katastrophe hätten werden können. Und jetzt Fukushima.«

Nina sagte: »Was ich nicht verstehen kann ist, warum man überhaupt in diese Technologie eingestiegen ist. Ich meine, warum baue ich denn überhaupt Kraftwerke, bei denen solche Katastrophen eintreten können?«

»Das waren andere Zeiten«, erklärte Bensmann sanft. »In den Fünfzigern dachte man, Kernenergie sei eine unerschöpfliche Energiequelle, die der Welt Frieden und Wohlstand für alle Zeiten sichern würde. Die Ingenieure waren von einer unglaublichen Zuversicht beherrscht, dass sie alles unter Kontrolle hätten. Der Stolz, die Kernspaltung zu beherrschen, überwog die Vorsicht.«

»Aber heute ...«

»Mit unseren heutigen Erkenntnissen würde man wahrscheinlich diesen Weg nicht mehr gehen«, räumte Bensmann ein.

Nina nickte triumphierend.

»Ich glaube, die Strahlung hat mich ganz schwindelig gemacht«, meinte ich.

Bensmann nahm einen Schluck Wasser. Eine Bedienung begann damit, unser Abendessen zu bringen. Wir nahmen uns alle etwas Brot, belegten es mit Aufschnitt und kauten zufrieden.

»Die Wirkung der Strahlung ist übrigens umstritten. Zumindest in den Dosisbereichen, in denen wir uns bewegen«, erklärte Bensmann, nachdem er ein Käsebrot aufgegessen hatte und sich das nächste schmierte.

Ich horchte auf. »Ich dachte, radioaktive Strahlung sei schädlich? Wenig Strahlung, wenig Schaden. Viel Strahlung, großer Schaden. Noch mehr Strahlung – Tod?«

»Das Hormesis-Modell besagt, dass es einen Bereich sehr geringer Dosis gibt, in dem die Strahlung anregend ist, also positiv wirkt. Wie in der Homöopathie vielleicht.«

»Strahlung regt die Körperfunktionen an?«, fragte Nina.

»So sagt es das Modell. Erst ab einer bestimmten Dosis wirkt die Strahlung dann schädlich.«

Nina sagte: »Also, ich fühle mich nicht angeregt, sondern einfach nur erschöpft.«

Herr Bensmann grinste. »Strahlung soll auch nicht anregend auf das Denkvermögen wirken.«

»Sondern?«

»Nun«, begann er und räusperte sich demonstrativ. »Sagen wir einfach, einige meiner Kollegen haben überdurchschnittlich viele Kinder.«

Es war ein langer Tag gewesen. Deshalb brauchte ich eine Weile, um diese Andeutung zu verstehen.

Als ich es kapiert hatte, sagte ich: »Oh.« Ich schaute unwillkürlich zu Nina, unsere Blicke trafen sich. Ich sah schnell wieder weg, bemerkte, dass Bensmann unseren Blickkontakt beobachtet hatte und spürte, wie meine Wangen rot wurden. Was man vielleicht im Schein der untergehenden Sonne nicht erkennen konnte.

Nina befreite mich aus meiner Verlegenheit, indem sie Bensmann fragte: »Und Sie? Haben Sie auch Kinder?«

Er schüttelte den Kopf. »Ich bin leider nie dazu gekommen, eine Familie zu gründen.«

Das war eine komische Aussage, wie ich fand. So als sei die Familiengründung etwas, für das man zwischen der Bearbeitung verschiedener Aktenvorgänge erst einmal einen Termin vereinbaren musste. Immerhin war damit ein Thema gefunden, dem wir uns weiter widmen konnten, ohne Gefahr, in politische Debatten verstrickt zu werden.

Etwas später erschien Herr Plath auf der Terrasse und setzte sich zu uns, um noch ein wenig zu plaudern, bevor wir zurück zum Kernkraftwerk fuhren. Wir erfuhren, dass er uns begleiten würde, wenn wir die Vorbereitung für die Castoren begutachteten.

Ich fragte ihn: »Sind Sie bei jedem Aufsichtsbesuch dabei?«

»Aus meiner Abteilung ist nach Möglichkeit immer jemand dabei. Wir koordinieren alle Behördenkontakte und sehen es als unsere Aufgabe an, Herrn Bensmann und seine Kollegen zu betreuen.«

»Gehören Sie eigentlich auch zur Atommafia?«, fragte ich.

Wenn er von meiner Frage überrascht war, dann zeigte er es nicht. »Na klar! Unser Ziel ist übrigens die Weltherrschaft und ein kleiner Reaktor in jedem Haus.«

Plath blieb bei diesen Worten ganz ernst, was ich nicht schlecht fand.

Wir prusteten alle gleichzeitig los.

Plath fragte: »Verhaften Sie mich jetzt?«

»Ich warte auf einen Moment, in dem Sie unachtsam sind und nicht mit Plutonium nach mir werfen können.«

Er holte eine Schachtel Zigaretten aus seiner Tasche hervor. »Haben Sie etwas dagegen?«

Raucher gehörten zu einer verfolgten und aussterbenden Spezies und niemand erhob Einwände. Plath fand sein Feuerzeug, zündete die Zigarette an und lehnte sich zufrieden zurück. »Ah! Ich sage immer, ich habe in meinem Leben schon so viel sauberen Strom gemacht, da darf ich ruhig mal auf diese Weise sündigen.«

Nina und ich grinsten, Herr Bensmann kannte den Witz offenbar schon. Plath brachte neuen Schwung in die Unterhaltung, die Stimmung wurde kontinuierlich besser, was auch daran liegen konnte, dass wir nicht mehr über Kernenergie sprachen. Ich fand es schade, als wir aufbrechen und unsere Unterhaltung beenden mussten. Die Nacht würde kurz werden, aber ich hatte die Hoffnung, dass unsere Zimmer einigermaßen abgekühlt waren, wenn wir zurückkehrten.

Plath fuhr vor und Bensmann folgte ihm. Unterwegs fragte ich: »Warum wird das eigentlich nachts gemacht? Und die Lieferung der Behälter morgen in aller Frühe?«

»Das hat rein taktische Gründe. Die Betreiber sind verpflichtet worden, an den Standorten Zwischenlager einzurichten, bis die Endlagerfrage geklärt ist. Die abgebrannten Brennelemente stehen also in KKN in einer Halle rum, solange man sich streitet, ob wir nun ein Endlager haben oder nicht.«

»Aha.«

»Für die Zwischenlagerung braucht man die Castoren. Und damit es keine Proteste geben kann, werden die Liefertermine geheim gehalten. Das Gelände des Kraftwerks wird aber von den Kernkraftgegnern ständig beobachtet. Deshalb beginnt man erst jetzt mit den Vorbereitungen. Damit es keine Mobilisierung der Gegner geben kann. Die Transporter fahren die Nacht durch. Aus demselben Grund.«

Wir erreichten das Kraftwerk rechtzeitig, bevor die Arbeiten begannen. Alles lief routiniert, ruhig und professionell ab. Der Aufsichtsbeamte beobachtete, wie Container bereitgestellt und Wege abgesperrt wurden. Er unterhielt sich mit Herrn Plath über technische Details, befragte einige der Arbeiter und wirkte sehr zufrieden, als wir wieder zum Auto gingen. Es war kurz vor Mitternacht.

»Jetzt wird es aber Zeit, dass wir ins Bett kommen«, sagte er und ließ den Motor an. Nina und ich waren derselben Meinung.

Als wir uns von Bensmann verabschiedeten, schwirrte mir der Kopf von der Hitze, den vielen Eindrücken und Informationen und davon, dass unser Begleiter rechts abbog und verschwand, während Ninas und mein Zimmer direkt nebeneinander auf dem linken Flur lagen. Der Gang war eng, deshalb ging ich hinter Nina. Ich bemerkte, dass sie trotz der Hitze und dem Schweiß, der auf ihrer Haut glänzte, immer noch einen so traumhaften Duft aussandte, dass ich mir auf der Straße den Kopf verdreht hätte, um ihr hinterherzuschauen. Um ehrlich zu sein, hätte ich das natürlich schon aufgrund ihres Aussehens gemacht.

Wir erreichten unsere Zimmertüren und blieben davor stehen. Ich war der Meinung, mich in den letzten Wochen an Ninas Anblick in zarten Blusen und leichten Röcken gewöhnt zu haben. Aber ich bezweifelte, dass man sich überhaupt daran gewöhnen konnte, ihr so nah zu sein, wie wir jetzt voreinander standen. Ich spürte die Hitze, die von ihr ausging und es war seit Langem das erste Mal, dass mir Hitze nichts ausmachte.

Wir schauten uns in die Augen und im nächsten Moment standen wir in einer engen Umarmung, unsere Lippen nur Zentimeter voneinander entfernt. Es war ein verheißungsvoller Augenblick. Ich brauchte nur meine Hand auszustrecken und die Tür zu öffnen, um die Gelegenheit zu ergreifen.

Aber ganz so einfach war es nicht. Der Gang war schummerig, der Teppich abgewetzt. Ich dachte an mein Zimmer, das zwar zweckmäßig, aber nicht wohnlich oder gar romantisch war. Ich spürte die Erschöpfung, die sich den Tag über in meine Knochen gebrannt hatte.

Als wir uns wieder in die Augen schauten, sprach Nina meine Gedanken aus. »Das ist nicht der richtige Ort.«

»Und nicht die richtige Zeit«, ergänzte ich.

»Gibt es die?«, fragte Nina.

Sicherlich gibt es im Leben rückblickend immer Momente, in denen man später bereut, eine Gelegenheit nicht genutzt zu haben. Dass man große Möglichkeiten verschenkt hat, die nicht wiederkamen. Ich hatte gerade jetzt nicht das Gefühl, dass es sich um einen solchen Moment handelte. Wir bewegten uns seit Monaten kontinuierlich auf den Punkt zu, an dem wir zusammenfinden würden. Ich war sogar der Meinung, dass dieser Punkt vielleicht nur noch einige Tage entfernt lag.

»Natürlich«, sagte ich. »Wenn du mir das mit dem Stern erklärt hast.«

Sie lächelte und legte ihren Kopf an meine Schulter. »Wenn wir so weitermachen, wirst du ewig mein Stern bleiben.«

Wenn es so weit war, wollte ich nicht, dass ich vor Erschöpfung halb bewusstlos war, und ich wollte mich nicht in einer schwach durchschnittlichen Pension befinden, die ihre besseren Tage schon hinter sich hatte. Ich wollte Zeit haben und eine Umgebung, die dem Anlass angemessen war. Romantisch. Würdevoll.

»Du hast recht«, sagte sie und löste sich ein wenig von mir.

Es war der Zeitpunkt, an dem wir uns für die Nacht verabschieden mussten. Ich wollte Nina unbedingt küssen. Ich wählte dazu ihre Stirn, weil ich im Gegensatz zum Kernkraftwerk Neustadt keinen Knopf zur Schnellabschaltung hatte und Ninas Lippen eine unkontrollierbare Kettenreaktion versprachen.

Nina küsste mich auf die Wange, bevor wir uns voneinander lösten und in unsere Zimmer gingen. »Schöne Träume«, flüsterte sie hinter mir her.

Als ich meine Zimmertür hinter mir geschlossen hatte, atmete ich tief durch. Ich hatte sowieso vorgehabt, noch kalt zu duschen, und nun einen Grund mehr dazu.

Donnerstag

In der Pension *Zur Neustädter Poststation* in der Kraftwerksstraße war es um 5:15 Uhr am Morgen fast genauso ruhig wie in meinem Haus. Es war die Art von Stille, wie man sie nur im ländlichen Raum erfahren konnte, wo es keinen Straßenverkehr oder sonstige Unruhestifter gab, die die Luft mit dem geschäftigen Brummen einer Großstadt durchdringen konnten. Ich duschte kurz und traf die anderen beim Frühstück. Nina sah ein wenig verschlafen aus und fragte mich: »Hast du auch den Hahn gehört?«

Das hatte ich nicht. »Welchen Hahn?«

»Den Hahn, der mich bei Sonnenaufgang geweckt hat.«

Ich überschlug die Zeit des Sonnenaufgangs. Das erklärte natürlich Ninas Müdigkeit. Der Himmel war bereits strahlend blau und versprach einen weiteren heißen Sommertag.

Bensmann fragte: »Haben Sie denn gut geschlafen? Vom Hahn einmal abgesehen?«

Ich erinnerte mich daran, dass ich davon geträumt hatte, was Nina und ich in der Nacht alles hätten tun können. Mein guter Freund Stefan Klein, der Polizeipsychologe, wäre wohl der Meinung gewesen, dass ein Teil von mir mit meiner Entscheidung vom Vorabend nicht einverstanden war. Bevor ich mich näher mit den dunklen Seiten meines Unterbewusstseins befassen konnte, gab ich eine höfliche Antwort: »Ja, danke. Sie auch?«

»Wenn man die Mücken außer Acht lässt, schon«, antwortete Bensmann.

Es war dank der ländlichen Lage in der Nacht auf fast erträgliche Temperaturen abgekühlt. Die würden allerdings nicht lange Bestand haben. Ich nahm mir vor, meinen Rasierschaum in einer gesonderten Tasche getrennt vom restlichen Gepäck zu verstauen.

Wir nahmen ein schnelles Frühstück zu uns und brachen auf. Während der Fahrt hingen wir schläfrig unseren Gedanken nach. Bis Bensmann »Oh!« rief und abrupt langsamer wurde. Ich blickte auf und sah, was er meinte.

Das Kernkraftwerk war etwa zwei Kilometer entfernt. Es lag immer noch idyllisch inmitten von Feldern und Wiesen. Dampfwolken stiegen friedlich aus beiden Kühltürmen. Was die Reaktion von Bensmann ausgelöst hatte, war aber zweifellos die Straßensperre, an der wir anhalten mussten.

Straßensperren der Polizei waren mir bekannt. Und es war nicht ungewöhnlich, dass ein Kollege mit freundlichem Lächeln auf uns zukam und zur Fahrertür ging, wo Bensmann das Fenster herunterließ.

»Guten Morgen!«, sagte der Polizist höflich. »Dürfte ich bitte Ihre Ausweise sehen?«

Was an dieser Straßensperre ungewöhnlich war, waren die beiden Polizisten, die sich seitlich von unserem Auto aufbauten und uns zwar nicht anvisierten, aber doch deutlich sichtbar ihre Maschinenpistolen präsentierten. Ich entdeckte einen weiteren Kollegen in dem hinteren der beiden Streifenwagen, die die Straße versperrten. Es handelte sich eindeutig nicht um eine Routinekontrolle mit dem Ziel, Autofahrer mit Restalkohol aufzuspüren und die kommunalen Kassen zu füllen.

Als Bensmann neben sich greifen wollte, ergänzte der Polizist: »Bitte vermeiden Sie hektische Bewegungen.« Er sprach dabei genauso höflich wie zuvor, trotzdem fror der Aufsichtsbeamte mitten in der Bewegung praktisch ein, um sie danach in langsamster Zeitlupe fortzusetzen.

»Mein Name ist Bensmann vom Umweltministerium. Das sind Kollegen von der Kriminalpolizei Krefeld. Was um alles in der Welt ist denn hier los?«

»Ich darf Ihnen hierzu leider keine Auskunft geben, Herr Bensmann. Dürfte ich nun um Ihre Ausweise bitten?«

Wir reichten ihm alle unsere Ausweise, sodass er nicht nur

unsere Identität, sondern auch unsere Zugehörigkeit zu unseren Behörden überprüfen konnte. Zunächst einmal nutzte er aber die Gelegenheit, unsere Gesichter sorgfältig mit denen in unseren Ausweisen zu vergleichen. »Vielen Dank, bitte warten Sie.«

Er entfernte sich langsam und ging zu dem hinteren Streifenwagen. Die beiden Polizisten mit den Maschinenpistolen machten einen entschlossenen Eindruck und ließen uns nicht aus den Augen.

Nina und ich musterten Bensmann.

»Was schauen Sie mich so an? Ich habe keine Ahnung, was das soll«, behauptete er.

»Explodiert ist die Anlage ja wohl nicht, oder?«, fragte ich.

»Noch nicht«, warf Nina von hinten ein.

»Mit der Anlage ist alles in Ordnung«, versicherte Bensmann.

»Woher wollen Sie das wissen?«, hakte Nina nach.

»Sollte nicht eigentlich nur ein Kühlturm in Betrieb sein, wenn Block 1 stillsteht?«, gab ich zu bedenken.

Bensmann schaute erst mich und dann verblüfft die Anlage an. »Sie haben recht«, bestätigte er. »Das dürfte nicht sein. Zwei Kühltürme bedeutet, dass beide Blöcke im Leistungsbetrieb sind.«

»Sollten Sie nicht eigentlich davon wissen?«, fragte Nina mit einem spöttischen Unterton.

»Ja, das müsste ich eigentlich wissen«, antwortete Bensmann mechanisch. Den Tadel in Ninas Stimme hatte er wohl nicht bemerkt.

Und es war genau dieser Anblick des ratlosen Aufsichtsbeamten Bensmann, bei dem ich zum ersten Mal an diesem Tag Angst bekam.

Zur Überprüfung unserer Ausweise nahmen unsere Kollegen offenbar Funkkontakt mit einer anderen Dienststelle auf. Wir sahen einen Wortwechsel, der mehr enthielt als eine bloße Bestätigung. Herr Bensmann starrte reglos durch die Windschutzscheibe und ich tauschte einen bedeutungsschweren Blick mit Nina.

»Was kann denn da los sein?«, fragte Nina leise.

Ich dachte an Japan und vergewisserte mich erneut, dass die Anlage noch intakt war. »Vielleicht hat jemand ein Brennelement gemopst«, schlug ich vor.

»Was ist mit dem Castor?«, brachte Nina ein.

Bensmann schnaubte. Vielleicht wusste oder ahnte er doch mehr, wenn sein Humor ihn verlassen hatte. »Der Castor ist im Reaktorgebäude und das ist viel zu gut gesichert.«

»Meinst du, das hat etwas mit unserem Fall zu tun?«, fragte Nina unbeeindruckt.

Die Vorstellung, die wir auf der Straße geboten bekamen, war allemal so seltsam und unerklärlich wie alles andere im Fall Krusekamp auch. »Ich kann es mir nicht vorstellen«, sagte ich. Allerdings konnte ich mir im Moment überhaupt nichts vorstellen, was diese Straßensperre hätte erklären können.

Als der Polizist mit unseren Papieren zurückkam, waren zehn Minuten vergangen. Das war eine sehr lange Zeit, wenn man lediglich per Computer die Echtheit unserer Ausweise bestätigen wollte.

Der Polizist reichte uns die Papiere wieder ins Auto und sagte: »Alles in Ordnung. Bitte entschuldigen Sie die Unannehmlichkeiten.«

Bensmann sagte: »Was ist denn nun …?«

»Herr Bensmann, bitte melden Sie sich beim Abschnittsleiter. Dort erfahren Sie alles, was Sie wissen müssen.« Der Polizist wies uns an, der Straße zu folgen und nach einem großen Zelt Ausschau zu halten.

Bensmann fragte nicht weiter, sondern gab Gas.

Wir fuhren schweigend weiter die Straße entlang. Ob aus Unbehagen oder weil wir ohnehin keine Antwort erwarteten, wir fragten nicht nach der Meinung unseres Fahrers. Er spähte verkniffen durch die Windschutzscheibe, konnte aber wohl genauso wenig erkennen wie wir. Das Kernkraftwerk stand immer noch an seinem Platz, aber ich meinte, ein großes grünes Transparent am Reaktorgebäude zu erkennen. Es mochte sein, dass ich mich täuschte, vielleicht war aber tatsächlich eine große Sonnenblume darauf zu sehen. Auf den Feldern rings um das Kraftwerk herrschte reger Betrieb, der nichts mit Landwirtschaft zu tun hatte. Ich sah Fahrzeuge der Polizei und der Feuerwehr die Wege abfahren.

»Hattest du mir nicht erklärt, Neustadt sei nicht Fukushima?«, fragte ich nach hinten.

»Markus, das ist nicht witzig«, entgegnete Nina gereizt. Also schwieg ich.

Wir näherten uns zielstrebig der Stelle, die der Polizist beschrieben hatte. Dort befand sich nicht nur ein Zelt, sondern gleich eine ganze Ansammlung davon und sorgte für Manöveratmosphäre. Es fehlten nur noch die Panzer. Aber die konnten ja noch kommen.

Bensmann parkte halb am Straßenrand, halb im Graben, in der Hoffnung, dort niemanden zu stören. Ich drückte ihm die Daumen, dass er sein Auto hinterher unbeschadet wieder von der Böschung bekam.

»Zum Abschnittsleiter«, bestimmte Bensmann.

Wir wandten uns dem nächstgelegenen Zelt zu. Auf halbem Weg hörten wir einen Hubschrauber. Prompt trat ein Polizist in der Uniform der Bundespolizei aus dem Zelt vor uns und spähte mit einem Feldstecher in den Himmel. Als er sein Fernglas wieder absetzte, sprach er ruhig in ein Funkgerät. Der Hubschrauber war inzwischen näher gekommen, und ich konnte mit bloßem Auge erkennen, dass er vom Fernsehen kam. Ich tippte auf RTL.

Der Polizist wandte sich an uns: »Was kann ich für Sie tun?«

»Mein Name ist Bensmann vom Umweltministerium. Ich suche den Abschnittsleiter.«

»O ja, Herr Bensmann. Kommen Sie bitte!«

Bensmann folgte ihm in das Zelt. Wir wollten auch hineingehen, aber in diesem Moment wurden die Geräusche der Rotoren lauter. Ich war neugierig und suchte den Himmel ab. Der Hubschrauber von RTL war nicht mehr allein. Er bekam Gesellschaft von drei Militärhubschraubern, die ihn fürsorglich in ihre Mitte nahmen. Er wurde praktisch abgeführt. Ich dachte an einige Fälle in Krefeld zurück, von denen ich hinterher unglückliche Bilder im Fernsehen gesehen hatte. »Das ist aber praktisch«, murmelte ich.

»Sie werden auch erwartet.« Der Polizist war wieder aus dem Zelt getreten.

Ich fragte mich, warum wir erwartet wurden, wo die Kollegen doch alles so vorbildlich unter Kontrolle hatten, einschließlich der fliegenden Medien. Aber unhöflich sein wollte ich natürlich auch nicht.

Wir betraten das Zelt, in dem die Luft muffig, aber glücklicherweise nicht heiß war. Wir durchquerten einen Vorraum mit allerhand Technik und kamen dann in einen größeren Raum mit einem Kartentisch in der Mitte und noch mehr Technik drumherum. Vor allem sah ich jede Menge Computer und Monitore. Auf einigen waren Kamerabilder vom Kraftwerk zu sehen, auf anderen Zahlen und Diagramme, aus manchen blickten Personen, die offenbar über eine Videoverbindung mit ihren Kollegen hier im Zelt kommunizierten.

Bensmann hatte sich in ein Gespräch mit einem uniformierten Polizisten vertieft. Es gab genug Personen, die zwischen Kriminalbeamten und den uniformierten Kollegen ein Hierarchiegefälle sahen, und in einigen Fällen traf das sicher auch zu. Dieser Kollege zumindest stand in der Hierarchie so weit oben, dass er nicht mehr Zivil trug, sondern wieder Uniform. Und auf der waren mehr Sterne, als man mit einem Blick zählen konnte. Das Gefühl, dass wir uns schon längst meilenweit von unserer harmlosen kleinen Morduntersuchung und dem noch harmloseren Rundgang im Kernkraftwerk entfernt hatten, hielt sich bei mir hartnäckig.

Als die beiden uns kommen sahen, brachen sie ihr Gespräch ab, als hätten sie zuvor Geheimnisse ausgetauscht.

»Da sind Sie ja«, sagte Bensmann.

»Ja, und ich wollte Sie um die Telefonnummer bitten, wo man diese wunderbaren Hubschrauber anfordern kann«, sagte ich.

Bensmann schaute mich verständnislos an. Sein Gesprächspartner lachte. Er streckte mir die Hand entgegen. »Marcel Heier.«

»Markus Wegener.«

»Nina Gerling.«

Nachdem wir uns alle vergewissert hatten, dass wir unseren eigenen Namen wussten, sagte Heier: »Ich bin der Abschnittsleiter.«

»Und … was ist das für ein Einsatz?«

»Das ist noch offen. Fest steht, dass wir hier eine sehr ernste Situation haben.«

Was ich selbst niemals erraten hätte. Ich mochte es überhaupt nicht, durch solche Kunstpausen auf die Folter gespannt zu werden, aber Marcel Heier war zweifellos eine große Nummer bei der Polizei, deshalb ließ ich ihm seinen Spaß.

Schließlich offenbarte er: »Das Kernkraftwerk Neustadt ist in dieser Nacht besetzt worden.«

Zum Glück war mein Mund das einzige Körperteil, das offen stand, sonst hätte es Durchzug gegeben. Ich fragte: »Besetzt, so wie ›dieses Haus ist besetzt‹?« Ich dachte an die linke Szene, an Greenpeace und nicht zuletzt an das grüne Transparent mit der Idee einer Sonnenblume, das ich von Weitem gesehen hatte.

»Davon gehen wir aus. Sicher wissen wir nur, dass eine unbekannte Anzahl von Personen in die Anlage eingedrungen ist und die gesamte Mannschaft der Nachtschicht in ihrer Gewalt hat. Wir wurden gewarnt, dass die Geiseln getötet werden, wenn wir das Gelände betreten.«

»Das … das ist unglaublich!«, stellte Nina fest.

»Richtig«, bestätigte Bensmann.

»Die Situation ist immer noch ungeklärt«, meinte Heier.

»Gibt es keine Forderungen?«

»Nein. Uns wurde mitgeteilt, dass wir um acht Uhr Informationen erhalten werden.«

»Das sagten die Geiselnehmer?«

»Ja.«

»Sie haben schon Kontakt?«

»Die Geiselnehmer haben selbst in der Leitstelle in Dortmund angerufen und mitgeteilt, dass sie das Kraftwerk besetzt haben.«

»Ich bin kein Spezialist für Geisellagen, aber ist das nicht ein wenig … ungewöhnlich?«

»Absolut«, bestätigte Heier. »Das ist der dreiundachtzigste Einsatz mit Geisellage, den ich leite. So etwas habe ich noch nicht erlebt.«

»Meinen Sie das Vorgehen oder das Kernkraftwerk?«, fragte Nina.

»Beides. Und ich kenne auch keinen vergleichbaren Fall.« Er schaute Nina und mich an, dann fügte er an mich gewandt hinzu: »Ich bin auf jeden Fall sehr froh, dass Sie hier sind.«

Mir war klar, was er damit meinte. Ich wollte gar nicht daran denken, wie ernst die Lage war, wenn der Abschnittsleiter Heier hoffte, ich könnte ihm irgendwie weiterhelfen. Bisher hatte ich erst dreimal mit einer Geiselnahme zu tun gehabt. Normalerweise rief ich dann jemanden, der sich damit wirklich auskannte. Beim letzten Mal musste ich eine Ausnahme machen, da sich ein ziemlich durchgeknallter Mörder Nina geschnappt hatte und ich hoch motiviert gewesen war, die Sache alleine und vor allem schnell zu regeln.

In diesem Moment fiel mir aber tatsächlich eine kluge

Frage ein. Vielleicht ein gutes Beispiel dafür, dass man mit den Anforderungen wächst. »Wir haben gesehen, dass beide Kühltürme genutzt werden. Was ist mit Block 1?«

Der Abschnittsleiter nickte. »Block 1 ist in Betrieb, Volllast.«

»Dann scheidet Greenpeace wohl aus, oder?«, fragte ich lakonisch.

»Die Lage ist noch nicht vollständig aufgeklärt«, wiederholte Heier. »Unsere Informationen sind widersprüchlich.«

Wir nickten alle gewichtig angesichts dieser Feststellung.

»Moment«, hörte ich Nina an meiner Seite sagen. »Die Besatzer haben sich bei der Polizei gemeldet?«

»Ganz recht«, bestätigte Heier.

»Es gab keinen automatischen Notruf? Keine Alarmierung durch das Wachpersonal?«

Bei dieser Frage machte es in meinem Gehirn klick und auch Heier und Bensmann schienen augenblicklich unter Starkstrom zu stehen, obwohl sie nicht über unsere Hintergrundinformationen zu Krusekamp und seiner möglichen Verwicklung in die aktuellen Ereignisse verfügten.

Plötzlich klingelte mein Handy.

»Du wirst nicht glauben, was ich herausgefunden habe.« Es war Simon.

»Simon, wir sind hier gerade mitten ...«

Er ließ mich nicht ausreden. »Halt dich fest. Unser Opfer hat drei Tage vor dem Einsatz in Neustadt eine E-Mail mit Schaltplänen erhalten.«

»Aha«, sagte ich, doch Simon sprach bereits aufgeregt weiter: »Ich habe die Schaltpläne abgeglichen. Es sind Teile der Sicherungselektronik. Anscheinend irgendein Alarmsystem. Kannst du damit etwas anfangen?«

Ich gestikulierte hastig mit Nina und wir entfernten uns ein Stück von den beiden Männern.

»Markus?«

»Ich bin noch da. Er hat das Sicherheitssystem manipuliert und dafür die hunderttausend Euro bekommen. Zur Vorbereitung hat der die Schaltpläne erhalten.«

»Klingt plausibel«, stimmte Simon zu. »Ich habe auch versucht, herauszufinden, woher diese E-Mail kam. Und jetzt halt dich fest. Sie wurde von demselben Computer abgeschickt, von dem auch die E-Mails von diesem Freise kamen.«

»Freise«, flüsterte ich. Ich drehte mich zu Nina. »Die Frau. Es ist die Frau. Ein Insiderjob.«

Nina hatte freilich keine Chance, meine Worte zu verstehen. Ich steckte mein Handy ein und teilte meine Erkenntnisse dem Abschnittsleiter mit. Ich schloss mit den Worten: »Carola Freise muss sofort verhaftet werden.«

»Verstanden«, sagte Heier knapp, ging zu einem der Computer, griff sich ein Headset und begann ruhig und eindringlich Anweisungen zu erteilen.

Bensmann starrte mich fasziniert an, was ich ignorierte. Zu Nina sagte ich: »Sie hat Krusekamp die Schaltpläne und Anweisungen geschickt. Sie hat ihn reingebracht. Die Frage ist nur, ob noch mehr Leute aus KKN mit drinstecken. Wer hat ihn eingeteilt? Das kann sie eigentlich nicht alleine gemacht haben.«

»Was ist mit ihrem Mann?«

»Simon kümmert sich um ihn.«

Nina nickte knapp, Bensmann starrte immer noch.

Heier kam zurück. Er wirkte konzentriert, aber nicht beunruhigt. »Es gab keinen Alarm, weil er manipuliert wurde. Und das hat Ihr Opfer gemacht?«

Ich nickte. »Wir hatten einen Geldeingang über hunderttausend Euro auf seinem Konto einige Tage bevor er nach Neustadt aufgebrochen ist.«

»Wie unvorsichtig«, meinte Bensmann.

»Eigentlich nicht«, erklärte Nina. »Es handelt sich um ein in Russland geführtes Konto zur Spekulation am Devisenmarkt. Deutsche Behörden haben darauf keinen Zugriff.«

Bensmann hob anerkennend die Augenbrauen.

Heier fragte: »Meinen Sie, wir müssen mit weiteren Überraschungen in der Anlage rechnen?«

»Ich habe keine Ahnung«, entgegnete ich ehrlich.

Heier nickte. »Und Sie sagen, die Geliebte dieses Mannes arbeitet hier im Strahlenschutz und hat ihm die Schaltpläne mit Anweisungen vorher per E-Mail zugeschickt?«

»Richtig.«

»Zumindest das ist aber unvorsichtig«, warf Bensmann ein.

Wir stimmten ihm zu. Heier stellte fest: »Die Dortmunder Polizei wird Frau Freise verhaften. Eine Sonderkommission unter Leitung des Landeskriminalamts nimmt umgehend die Ermittlungen auf, um herauszufinden, wer die Hintermänner sind.«

Ich war beeindruckt. Vor allem davon, wie schnell Heier das eine Thema abhakte und sich der nächsten Frage widmete. »Herr Bensmann hat mir schon versichert, dass die Mannschaft der Nachtschicht zum sicheren Betrieb der Anlage ausreicht. Vorausgesetzt, die Besatzer wollen den Betrieb weiterführen.«

Das war nun die Preisfrage. Warum besetzt man ein Kernkraftwerk und nimmt die Belegschaft als Geiseln? Warum war Block 1 wieder am Netz? Ich war, wie gesagt, kein Experte für Geiselnahmen, aber ich hielt es für unwahrscheinlich, dass die Gangster nur einfach selbst Atomstrom produzieren wollten. Wenn ich daran dachte, was sie alles anrichten konnten, wenn sie nur Lust dazu hatten, wurde mir übel.

Plötzlich wurde es betriebsam im Zelt. Eine Reihe weiterer Uniformträger kam hereinmarschiert. »Man trägt Uniform«, flüsterte ich Nina zu. Ich konnte es nicht ausstehen, nicht nach dem Dresscode gekleidet zu sein, konnte mir aber auch keine Uniform herbeizaubern.

Heier schaute auf seine Uhr. »Lagebesprechung um sieben Uhr.«

Das erklärte zweifellos den Aufmarsch der Uniformierten. Ich sah darin ein Zeichen für Nina und mich, das Zelt zu verlassen und darüber zu beraten, ob wir für unsere Ermittlungen noch in Neustadt bleiben oder zurück nach Krefeld fahren sollten.

Wir wandten uns zum Gehen, aber der Abschnittsleiter hielt uns zurück. »Herr Wegener, bitte bleiben Sie! Wir brauchen Sie hier.«

Nina und ich warfen uns einen Blick zu, zuckten mit den Schultern und drehten um. Dann wurden wir dem ganzen Stab vorgestellt, ob wir wollten oder nicht.

Wir lernten Thies Krumm vom Innenministerium, Rudolf Frost von der Bundespolizei, Lars Neu von der Bundeswehr, Fabio Fürstenberg vom Landeskriminalamt und Constantin Wartenberg von der Feuerwehr kennen. Besonders freute ich mich, die Hand von Bastian Prager zu schütteln, einem Kriminalbeamten vom Polizeipräsidium Dortmund. Herbert Bensmann vom Umweltministerium kannten wir ja schon. Alle begrüßten uns höflich und irgendwie hatte ich das Gefühl, dass die Idee, wir könnten bei der Angelegenheit in der einen oder anderen Weise behilflich sein, unter den Anwesenden weit verbreitet war.

Die Geschäftigkeit im Zelt riss uns einfach mit sich fort, bis wir unvermittelt mit allen anderen auf Stühlen rund um den Kartentisch saßen.

»Meine Dame, meine Herren, zuerst werde ich Sie kurz in die Lage einführen«, begann Heier die Sitzung förmlich.

Ich beugte mich zu Nina und flüsterte: »Das ist wie im Film.«

»Hoffentlich nicht«, wisperte sie zurück.

Der Abschnittsleiter stellte in knappen Sätzen dar, was wir zum größten Teil schon wussten. Wir erfuhren, dass der Anruf der Besatzer bei der Polizei um 3:47 Uhr eingegangen war, er erklärte, dass das Alarmierungssystem manipuliert worden war, und würdigte unseren Anteil an dieser Entdeckung über Gebühr. Die Tatsache, dass die Besatzer den eigentlich stillgelegten Block 1 wieder angefahren hatten, verursachte allgemeine Ratlosigkeit. Dann schilderte Heier, dass das Kraftwerk und alle Zugangsstraßen weiträumig abgesperrt und inzwischen über vierhundert Polizisten zusammengezogen worden waren. »Wir erwarten zweihundert weitere in der nächsten Stunde«, ergänzte er.

Alle nickten. Mir wurde flau im Magen.

Auf ein Zeichen von Heier übernahm Frost von der Bundespolizei das Wort. »Wir haben damit begonnen, die Lage aufzuklären. Das Kraftwerk ist nach allen Seiten hin von offenem Gelände umgeben, das erschwert unsere Aufgabe. Bis jetzt konnten wir noch nicht feststellen, wo sich die Geiseln aufhalten. Wir haben einige Scharfschützen in Stellung gebracht, aber wir sind noch nicht einsatzbereit.«

»Wie viele Spezialkräfte?«, fragte Heier.

»Bislang achtzig. Noch einmal vierzig sind in Marsch gesetzt«, sagte Frost und ich war mir nicht sicher, ob ich das alles überhaupt wissen wollte.

»Und bei Ihnen?«, fragte der Abschnittsleiter Bastian Prager von der Polizei Dortmund.

»Wir haben fünf Spezialeinsatzkommandos in Bereitschaft.«

Heier nickte zufrieden. »Gut. Das ist sehr gut.«

Fürstenberg vom Landeskriminalamt war anscheinend unzufrieden. »Das ist nur leider nicht irgendein Gebäude, sondern ein Kernkraftwerk. Wenn wir die Geiseln befreien, müssen wir noch mehr bedenken, als ihren Aufenthaltsort und die Anzahl der Geiselnehmer.«

»Das werden wir«, beruhigte Heier.

»Wir wissen noch überhaupt nicht, womit wir es zu tun haben«, gab Fürstenberg zu bedenken.

Vielleicht hatte Heier einen Unterton gehört, der mir entgangen war, denn er antwortete scharf: »Natürlich hätten wir auch gerne im Vorfeld erfahren, dass ein solches Verbrechen geplant wird, Herr Fürstenberg. Leider müssen wir die Lage nun zur Kenntnis nehmen, wie auch immer sie sein mag.«

Aber Fürstenberg war zu aufgeregt, um sich auf ein Behördenhickhack einzulassen. »Hier geht es um die Freisetzung von Radioaktivität«, sagte er. »Und zwar von sehr viel Radioaktivität. Darauf sind wir doch gar nicht vorbereitet.«

Er sprach damit eine Befürchtung aus, die auch mir Unbehagen bereitete. Das letzte Mal, als ich mich mit den Fähigkeiten des Katastrophenschutzes in unserem Land auseinandergesetzt hatte, war ich zu dem Schluss gekommen, dass es besser keine Katastrophe geben sollte. Vielleicht hatte ich aber auch einfach nur die falschen Papiere gelesen, denn die Herren Neu von der Bundeswehr und Wartenberg von der Feuerwehr sagten gleichzeitig: »Doch, das sind wir.«

Fürstenberg schaute die beiden überrascht an. Der Abschnittsleiter wandte sich an Oberst Neu: »Wie sieht es bei Ihnen aus?«

»Die ABC-Trupps sind in neunzig Minuten hier. Wir haben noch vier weitere Hubschrauber angefordert und die Fahrzeuge, um die Sie gebeten haben.«

»Truppen?«

»Die Rechtslage ist sehr schwierig«, erklärte Neu. »Je nach Lage kann es eine Weile dauern, bis wir verbindliche Zusagen bekommen.«

Heier nickte, woraufhin Neu mit gesenkter Stimme hinzufügte: »Sechs Kompanien mit den entsprechenden Fähigkeiten werden innerhalb von zwei Stunden einsatzbereit sein.«

Wenn ich noch richtig rechnen konnte, sprach der Mann gerade von mindestens eintausend Soldaten. Und dabei handelte es sich sicher nicht um das Musikkorps oder das Wachbataillon.

Bevor ich richtig darüber nachdenken konnte, fragte ich: »Sind wir etwa im Krieg?«

Oberst Neu antwortete beängstigend ruhig: »Das wird sich zeigen.«

Seine Worte wirkten besser als jede Klimaanlage: Es lief

mir eiskalt den Rücken herunter. Was wiederum gut zu den Eiskristallen in den Augen des Offiziers passte.

»Wir wissen es noch nicht, Herr Wegener«, meinte Heier beruhigend. »Herr Bensmann konnte uns auch nicht weiterhelfen. Wir sind also ein wenig ratlos. Aber vielleicht wissen Sie etwas, das uns helfen könnte?«

Da war sie wieder, die Annahme, ich könnte etwas beitragen. Diesmal nicht angedeutet oder in einer Anspielung versteckt, sondern in einer offenen Frage geäußert.

»Was sollte ich denn beitragen können?«, fragte ich.

Heier sagte: »Informationen. Was das alles zu bedeuten hat. Wer dahintersteckt.«

»Wir ermitteln in einem Mordfall, der zufällig mit diesen Ereignissen zusammenhängt«, gab ich zurück.

Heier seufzte. »Herr Wegener, wir können wirklich jede Hilfe gebrauchen. Wenn Sie etwas wissen, teilen Sie es uns bitte mit.«

»Ich weiß nicht, wie Sie darauf kommen«, erwiderte ich.

»Sie sind sicherlich nicht wegen einer Mordermittlung hier, Herr Wegener.«

In diesem Moment schien meine Welt rein gar nichts mit der von Heier und den anderen zu tun zu haben. Ich nahm mir vor, mit Dr. Klein über diese bizarre Erfahrung zu sprechen.

»Wir sind hier, weil wir in einem Mordfall ermitteln«, sagte ich beharrlich. »Wie sich herausstellt, war unser Mordopfer in diese ... Angelegenheit hier verwickelt.«

Nun schaltete sich Bensmann ein. Er bedachte mich mit einem nachsichtigen Lächeln. »Herr Wegener. Ich bitte Sie. Das sind doch keine Erkenntnisse der Kriminalpolizei. Wir sind nicht auf den Kopf gefallen.«

Ich war mir da langsam nicht mehr sicher und suchte Ninas Blick. Es beruhigte mich ein wenig, dass sie ebenso ratlos schaute, wie ich mich fühlte.

»Sie wissen, woher der Mann die Schaltpläne hatte. Sie

kennen seine Kontobewegungen in Russland«, zählte Bensmann demonstrativ auf.

»Sie haben alle Informationen über unseren Fall«, entgegnete ich ungläubig.

»Ja richtig, Ihr Fall«, meinte Bensmann gedehnt. »Ich gebe zu, das ist eine sehr geschickte Tarnung. Und obwohl wir Sie überprüft haben, sieht alles so aus, als wären Sie tatsächlich bei der Kriminalpolizei in Krefeld.«

»Aber das sind wir doch.«

»Bei Gelegenheit müssen Sie mir verraten, wie Sie das gemacht haben.«

»Soll ich Ihnen meinen Dienstausweis zeigen?«

Bensmann lachte. Allerdings nur für eine Sekunde, bevor er wieder ernst wurde. »Herr Wegener, wir verschwenden unsere Zeit. Die Situation ist sehr ernst, deshalb schlage ich vor, wir legen die Karten auf den Tisch.«

Der Mann machte mich schwindelig. Ich hatte nicht die geringste Ahnung, was er von mir wollte. Ich verstand nur, dass er Unsinn redete. Allerdings war ich mir ziemlich sicher, dass ich das besser konnte. »Wollen Sie vielleicht, dass ich Ihnen erkläre, dass das eine Vergeltung für UBLs Tod ist?«

Alle blieben ganz ernst, einschließlich Bensmann. »Ist das so?«

Ich sagte: »Woher soll ich das wissen? Glauben Sie etwa, dass ich CIA-Agent bin?«

Entweder waren das alles ganz harte Jungs oder sie meinten es wirklich ernst. »Ja, das glaube ich«, bestätigte Bensmann.

»Aha«, erwiderte ich. Ich konnte ihn einfach nicht ernst nehmen. »Und Sie sind woher? Vom Bundesnachrichtendienst?«

»Das ist korrekt«, antwortete Bensmann.

»O Mann, Sie sind gut«, sagte ich.

»Danke.«

»Wie um alles in der Welt kommen Sie darauf, dass ich bei der CIA bin?«

»Durch Ihre Uhr.«

Ich schaute verblüfft auf mein Handgelenk. »Das ist ein Geburtstagsgeschenk.«

»Auch das ist nicht schlecht. Sie hatten wirklich Geburtstag. Sie sind gut vorbereitet. Aber ich kenne diese Uhren.«

Ich dachte an meinen Vater und seine Erzählung, wie er die Uhr besorgt hatte. *Militär. Oder Geheimdienst.* »Es war ein Geschenk«, sagte ich lahm.

»Natürlich. Aber nicht zum Geburtstag.«

Ich konnte mich nicht erinnern, dass Bensmann auch mit am Tisch gesessen hatte, deshalb wollte ich nachsichtig mit ihm sein. »Eine Uhr aus italienischer Handfertigung macht mich auch nicht zum Paten, oder?«

»Wir haben eine Identitätsprüfung gemacht. Mit Ihrem Gesicht. Ich habe Sie fotografiert. So haben wir Sie identifiziert.«

Ich war sprachlos.

Bensmann interpretierte meine Verblüffung auf seine Weise. »Sie sollten nicht glauben, dass es Hightech nur in Ihrem Land gibt.«

Ich schüttelte den Kopf, ohne damit die Situation ändern zu können. Ich sagte: »Ich gebe auf. Sie haben gewonnen.«

»Dann können wir ja endlich zur Sache kommen.«

Ich zuckte mit den Schultern. Spätestens jetzt war der Moment gekommen, in dem alle aufstehen und lachen mussten. Dann musste irgendjemand »Versteckte Kamera!« rufen und ich konnte mitlachen.

Das Problem war nur, dass alle ganz ernst blieben.

»Können Sie uns etwas sagen, was zur Aufklärung der Lage beiträgt?«

Ich sagte: »Das könnte ich, aber danach müsste ich Sie erschießen.« Irgendwann würden die Jungs doch kapieren müssen.

Bensmann lächelte, die anderen nicht. »Ja, das müssten Sie wahrscheinlich.«

»Möchten Sie es immer noch wissen?«

»In ein paar Minuten wissen wir es sowieso.«

Ich schaute ihn verständnislos an.

»Wir sind eingeladen, in die Anlage zu kommen.«

»Ach so.«

»Ich nehme an, Sie möchten mitkommen?«

Eigentlich wollte ich das nicht. Wir wollten schon vor einer halben Stunde das Zelt verlassen haben und waren immer noch hier, obwohl wir hier nichts zu suchen hatten. Unser Fall war beinahe geklärt, das Schicksal der Welt konnten wir getrost in die Hände dieser Männer legen.

Vielleicht war mir in der netten kleinen Pension über Nacht aber auch ein kleiner Mann ins Ohr gesprungen. Ich hörte mich sagen: »Ich bin beauftragt, die Vorgänge hier genau zu beobachten.«

Warum sagte ich das? Ich glaube, ich fand es immer noch unbegreiflich, wofür diese Leute mich hielten.

Bensmann nickte gewichtig. »Natürlich.«

Wie gesagt.

»Dann kommen Sie«, sagte Heier.

Ich kannte Nina als unerschütterliche und abgeklärte Partnerin, die nicht auf den Mund gefallen war. An diesem Tag und in diesem Zelt hatte allerdings nicht nur jemand die besseren Sprüche als ich auf Lager, Nina war geradezu erstarrt. Die gesamte Situation war so bizarr, dass ich immer noch jeden Moment damit rechnete, in meinem Bett in der Pension aufzuwachen. Vielleicht fiel es mir deshalb so leicht, in die Rolle zu schlüpfen, die alle anderen für mich vorgesehen hatten. Es war einfach zu verrückt, um wahr zu sein.

Ich sagte zu Nina: »Du bleibst hier, während ich mir die Anlage anschaue. Informiere das Hauptquartier.«

Entweder es schlummerte tatsächlich ein CIA-Agent in mir oder ich hatte zu viele schlechte Filme gesehen.

Nina schaute mich ungläubig an. »Markus, ich glaube nicht, dass du …«

Ich nahm sie bei den Schultern und schaute ihr in die Augen. Sie hatte tatsächlich Angst. »Ich glaube nicht, dass es schaden kann, wenn ich mir die Sache einmal ansehe.«

Um ehrlich zu sein, hatte ich auch Angst. Und nicht zu knapp.

»Worauf warten wir noch?«, fragte ich mit demonstrativer Ungeduld.

Wir fuhren mit einem Einsatzwagen zum Eingang der Anlage. Über die Gruppe legte sich eine angespannte erwartungsvolle Stille. Es fehlte eigentlich nur noch, dass wir alle unsere Stiefel schnürten und die Sturmgewehre durchluden.

Die Fahrt dauerte vielleicht zwei Minuten, dann ließ der Fahrer das Auto an die Seite rollen und wir stiegen aus. Heier ging voran und sprach mit einem Polizisten an der Straßensperre. Dann gingen wir als Gruppe geschlossen und langsam durch einhundert Meter Niemandsland, bevor wir das Tor der Anlage erreichten. Der Mann, der das Tor aus Maschendraht einen Meter weit öffnete, damit wir hindurchgehen konnten, musterte uns mit ausdruckslosem Blick, als wären wir Insekten in seinem Terrarium, deren Nährwert er gerade abschätzte. Dann nahm er sein Funkgerät und sprach hinein, vielleicht um den anderen Echsen mitzuteilen, dass das Frühstück eingetroffen war.

Ich musterte den Flecktarn-Kampfanzug, die kugelsichere Weste und das Sturmgewehr des Mannes, während er sprach. Ich musste mich mehrmals daran erinnern, dass ich ein abgebrühter CIA-Agent war und deshalb einfach cool bleiben konnte. Ein Kommissar von der Kriminalpolizei Krefeld hätte jetzt vielleicht weiche Knie bekommen.

Der Mann sah aus wie ein Hollywoodstatist, der einen Marineinfanteristen gab. Als er mit uns sprach, klang seine Stimme geschäftsmäßig. »Sie werden erwartet. In einer Minute wird ein Bus kommen und Sie abholen.« Damit war das Thema für ihn erledigt. Er schloss das Tor wieder und ignorierte uns.

Manchmal ist das, was Menschen nicht tun, genauso aufschlussreich wie das, was sie tun. Dieser Mann hatte unsere Ankunft angekündigt. Aber er hatte uns weder besonders aufmerksam beobachtet noch durchsucht. Auch während wir warteten, schien die größte Sorge des Mannes der korrekte Verschluss des Tores sein.

Auf diese Weise schon am Tor zur Bedeutungslosigkeit abgestempelt, blieb uns nichts anderes übrig, als auf den Bus zu warten, der uns zum Kraftwerk bringen sollte. Es war ein kleiner Shuttlebus, wie ihn jeder Flughafen zu bieten hatte.

Wir stiegen in den Bus. Am Steuer saß der Zwillingsbruder des Mannes am Tor. Zum Glück hatte er aber während der Fahrt seine Hände am Lenkrad und nicht am Sturmgewehr.

Wir erreichten den Eingang zum Betriebsgelände, stiegen aus und gingen durch die Schiebetüren, als wären wir ganz normale Besucher an einem ganz normalen Tag. Wir trafen auf zwei weitere Statisten der Sorte Marineinfanterie. Die Männer sahen sich alle so ähnlich, dass es sich um eine große Familie handeln musste. Vielleicht trugen sie aber auch alle dieselbe Maske und ich hatte es nur noch nicht bemerkt. Die Wachmänner vom Kernkraftwerk waren mir lieber gewesen, aber von ihnen war weit und breit nichts zu sehen.

Ich war damit in meiner Zählung bei vier Besatzern angelangt. Ein fünfter Mann kam uns von dort entgegen, wo am Vortag noch die Personenschleuse mit Drehkreuz gewesen war. Irgendjemand hatte anscheinend Sprengstoff anstatt eines Ausweises benutzt und nun gab es ungehinderten Zugang zum Kraftwerk.

Der Mann blieb etwa zwei Meter vor Heier stehen und sagte: »Guten Morgen!« Seine Stimme war sogar noch kälter als die seines Kollegen am Tor und wies einen deutlichen russischen Akzent auf. Die Augen stechend, das Kinn breit, der Körper muskulös, die Haare igelkurz, musterte er uns zufrieden. Was meiner Meinung nach kein gutes Zeichen war.

»Ich freue mich, dass wir Sie hier begrüßen dürfen«, sagte er. Der Satz erinnerte an die Eröffnungsworte zu einer Beerdigung.

Auch dieser Mann machte sich nicht die Mühe, uns zu durchsuchen oder nach unseren Namen zu fragen. Er sagte nur: »Folgen Sie mir!« Dann drehte er sich um und marschierte davon.

Wir tauschten bedeutsame Blicke aus und vergewisserten uns, dass wir immer noch abgebrüht und cool waren. Dann folgten wir ihm.

Ich erkannte das große Banner am Reaktorgebäude wieder. Dort stand tatsächlich: *Diese Anlage ist besetzt von Greenpeace.* Sogar mit Sonnenblume.

Natürlich hatte niemand von uns Angst. Deshalb konnte Heier auch fragen: »Wohin gehen wir? Was hat das alles zu bedeuten?«

Der Mann stoppte abrupt mitten auf dem Asphalt in der Morgensonne. Er drehte sich auf dem Absatz um und nahm Heier ins Visier. »Wir haben Sie hierher gebeten, um Sie über einige Arrangements zu informieren, die wir in dieser Anlage getroffen haben. Sie werden mir folgen und alles erfahren, was Sie wissen müssen. Schweigen Sie, bis Sie angesprochen werden. Fragen sind nicht gestattet.«

Er gab Heier keine Möglichkeit zur Antwort, sondern drehte sich sofort wieder herum und ging weiter. Der Abschnittsleiter wirkte so verblüfft wie wir alle, beeilte sich aber, dem Mann zu folgen. Trotz grünem Banner war ich keine Sekunde lang versucht, den Mann für einen Ökoaktivisten zu halten. Es sei denn, es hätte sich über Nacht ein ultramilitanter Flügel der Organisation gegründet.

Der Zugang zum Reaktorgebäude war auf ähnliche Weise erleichtert worden wie der Zugang zum Kraftwerksgelände. Ich erkannte Treppen und Gänge wieder, die uns direkt zur Warte führen würden. Erst dort begegneten wir anderen Menschen.

Die Stimmung auf der Warte, wo wir gestern noch Captain Hauke und seiner Crew begegnet waren, war nicht vergleichbar mit dem im Dock liegenden Raumschiff KKN, aber sie war auch meilenweit entfernt von der Eiseskälte, die die Besatzer bisher versprüht hatten. Der Mann, der uns hergebracht und auf dem Weg Marcel Heier runtergeputzt hatte wie einen milchgesichtigen Rekruten, machte einen Schritt zur Seite. Nun trat uns ein hochgeschossener Mann mit schmalen Schultern, dünnen Armen, eingefallenen Wangen und schütterem Haar entgegen. Seine Augen glühten. Er war so dünn, dass er körperlich hinfällig wirkte. Der Eindruck wurde noch dadurch verstärkt, dass ihm Hemd und Hose mindestens zwei Nummern zu groß waren.

»Willkommen im Block 1!«, sagte er, lächelte mit maisgelben Zähnen und streckte uns eine knochige Hand entgegen.

Nicht nur ich war verblüfft. Weil wir auf dem Weg so wirkungsvoll diszipliniert worden waren, schüttelten wir dem Hageren artig die Hand und schwiegen.

»Ist das nicht wunderbar?«, fragte der Mann. Er wirkte aufgekratzt, euphorisch, aber zeigte sonst keine Anzeichen für Drogenkonsum. Wahrscheinlich sprach er gar nicht mit uns, denn er drehte sich im Kreis und wiederholte: »Ist das nicht wunderbar?«

Ich nutzte die Gelegenheit, mich im Raum zu orientieren. Neben unserem Führer waren noch drei andere bewaffnete Männer anwesend. Die Schichtmannschaft saß ein wenig steif an den Pulten, war aber nicht so verängstigt wie ich vermutete hätte. Alle anderen hielten sich zurück, was die Schlussfolgerung nahelegte, dass der Mann, der sich in immer schnelleren Pirouetten um sich selbst drehte, hier das Sagen hatte. Wir warteten geduldig.

Schließlich kam der Mann zur Ruhe, atmete durch und sortierte seine Kleider. Er hatte ein wenig Ähnlichkeit mit einer Vogelscheuche und wirkte genauso deplatziert in der Warte des Kernkraftwerks.

»Aber ich bin unhöflich«, erklärte er. Das Glühen seiner Augen war beunruhigend intensiv. »Ich habe mich noch gar nicht vorgestellt. Ich bin Rainer Hennies, der neue Schichtleiter.« Er lachte auf und für einen Moment dachte ich, er wollte wieder anfangen, sich zu drehen. Stattdessen wandte er sich an Heier. »Es ist schön, dass Sie an diesem Tag gekommen sind. Wirklich schön.«

Keiner aus unserer Gruppe teilte seine Freude. Und im nächsten Moment bestätigte Hennies uns, dass wir dazu auch keinen Grund hatten. Er trat neben einen der Reaktorfahrer, legte ihm eine Hand auf die Schulter und sagte beinahe sanft: »Steuerstabantriebe!«

Der Reaktorfahrer zuckte zusammen, brachte aber das gewünschte Bild auf den Monitor. Ich erkannte die Antriebe wieder und fragte mich, warum wir sie anschauten.

Hennies erklärte uns: »Wir haben ein paar kleine Änderungen vorgenommen. Bitte sehen Sie es sich genau an.« Dann nahm er einen Kugelschreiber und wies uns auf mehrere kleine weiße Pakete hin, die gleichmäßig zwischen den Antriebsmotoren verteilt waren.

»Ihnen ist sicherlich bekannt, dass dies die Steuerstabantriebe sind. Dort befindet sich außerdem das Druckluftsystem zum Einschießen der Stäbe. Ohne dieses ist keine Reaktorschnellabschaltung möglich. Ohne diese Funktion wird es schwierig, die Kettenreaktion im Reaktor zu kontrollieren.« Es klang fast ein wenig bekümmert.

Ich folgte der Spitze des Kugelschreibers, betrachtete die kleinen Pakete und merkte, wie in mir eine Erkenntnis heraufdämmerte, der ich mich gerne verschlossen hätte.

»Diese Sprengladungen werden die Funktionalität der Steuerstäbe außer Kraft setzen, sobald ich es wünsche.« Er vergewisserte sich mit einem Blick in die Runde, dass wir alle verstanden hatten, was er uns gezeigt hatte, dann gab er das Kommando »Speisewasserleitung!« und auf dem Monitor erschien ein neues Bild.

Wir sahen den unteren Teil einer großen Rohrleitung oder vielmehr der sie umschließenden Isolierung. An einer Stelle war das Material aufgebrochen. Zwei Kabel liefen heraus.

Hennies wies an: »Andere Seite!«

Das Bild wechselte und wir sahen das Ganze spiegelverkehrt.

Der neue Schichtleiter erklärte leise: »Dies sind Teilstücke der Speisewasserleitung zu beiden Seiten in unmittelbarer Nähe des Reaktors. Sie sind ebenfalls mit Sprengstoff präpariert, sodass wir jeweils ein Stück von etwa zwei Metern Länge wegsprengen können.«

Ich war mir ziemlich sicher, dass die Sicherheitssysteme des Kernkraftwerks mit so viel gezielt platziertem Sprengstoff einige Probleme haben würden. Aber bevor ich den Gedanken vertiefen konnte, was das alles zu bedeuten hatte, gab es schon ein neues Kommando: »Sicherheitsbehälter oben!«

Wir sahen ein noch größeres Sprengstoffpaket als zuvor, allerdings konnten wir in der Umgebung nur grauen Beton erkennen.

»Das«, erklärte Hennies uns, »ist eine kleine Kammer über dem Sicherheitsbehälter an der Außenwand des Reaktorgebäudes. Der Sprengstoff reicht aus, um ein Loch in die Barriere zu sprengen, das vier bis sechs Meter Durchmesser hat.«

Obwohl sie so sanft gesprochen waren, hämmerten die Worte auf uns ein wie ein Trommelfeuer und ich meinte zu erkennen, wie sich einige der Männer bereits darunter wegduckten.

Hennies musterte uns und fuhr fort. »Das bedeutet, dass ich in der Lage bin, in diesem Kernkraftwerk eine Kernschmelze hervorzurufen, die niemand aufhalten kann. Es wird zu einer signifikanten Freisetzung kommen. Aber es liegt ganz bei Ihnen.«

Alle waren still und starrten ihn an wie eingeschüchterte Kinder. Ungläubig. Verängstigt. Hennies schien mit der Bedeutung seiner Worte keinerlei Probleme zu haben. Er sprach sachlich weiter, als schildere er uns die Vorzüge eines Staubsaugers, den er uns zu verkaufen gedachte. »Sie werden bemerkt haben, dass meine Freunde hier Profis sind. Jeder von Ihnen ist außerdem mit einer Totmannschaltung ausgestattet.«

Er öffnete langsam ein paar Knöpfe seines Hemdes. Quer über seine Brust war ein kleiner Kasten geschnallt, aus dem eine Stummelantenne ragte. Ich kannte solche Geräte, obwohl man sie in der Polizeiarbeit äußerst selten sah. Der durchschnittliche Bankräuber oder Geiselnehmer hatte einfache und verständliche Ziele und war bei Weitem nicht so gut organisiert wie diese Männer.

»Sobald einer meiner Freunde getötet wird, gibt es einen Alarm«, erläuterte uns der selbsternannte Schichtleiter sachlich. »Ich werde dann sofort die Sprengladungen aktivieren und damit die Kernschmelze auslösen.«

Wahrscheinlich erfasste das Gerät die Körperpositionen und gab einen Alarm, sobald einer der Männer umfiel. Und überprüfte dazu noch den Herzschlag, um ganz sicher zu gehen. Das würde es sehr erschweren, einen oder mehrere der Besatzer unbemerkt auszuschalten.

Hennies setzte noch einen drauf. Er zeigte uns ein kleines Gerät mit Bildschirm und Tastenfeld. Es sah aus wie ein kleiner Organizer und wirkte ein wenig unpassend in seiner Hand, weil Hennies alles andere als ein typischer wichtigtuerischer Geschäftsmann war. »Die Sprengladungen werden außerdem automatisch detonieren, sobald ich nicht spätestens alle fünfzehn Minuten einen Sicherheitscode in dieses Gerät eingebe.« Nun lächelte er wieder. »Sie sehen, ich bin nicht ganz unwichtig. Außer mir kennt nur noch einer meiner Freunde den geheimen Code.«

Wahrscheinlich verrieten uns die Worte von Hennies eine ganze Menge über die Kommandostrukturen der Besatzer, aber ich wurde im Moment zu sehr von dem sicheren Gefühl abgelenkt, dass der Mann ein Irrer war, um mich auf irgendwelche nüchternen Schlussfolgerungen konzentrieren zu können.

»In Ordnung«, sagte Hennies plötzlich. »Das war es schon. Ich lasse Sie wieder zurückbringen. Meine Männer und ich wollen noch feiern, Sie verstehen.« Er zwinkerte uns vertraulich zu, was wahrscheinlich witzig gemeint war, mir allerdings ein wenig Angst einjagte. »Denken Sie darüber nach, was Sie gesehen haben. Ich melde mich bei Ihnen.«

Wie auf Kommando wurde unser ruppiger Führer wieder aktiv. Er hob seine Waffe und dirigierte uns zum Ausgang. Als wir schon fast draußen waren, rief Hennies uns noch einmal zurück. »Ach ja, das hätte ich doch beinahe vergessen. Trennen Sie unsere Anlage auf keinen Fall vom Netz, sonst lösen wir die Sprengladungen aus.«

Danach waren wir endgültig entlassen. Wir trotteten wie die Lämmer dem grobschlächtigen Kämpfer hinterher, der uns wieder zu unserem Auto bringen sollte. Allerdings stoppte er mitten auf der Betriebsstraße.

»Halt, bleiben Sie stehen!«

Mir reichte es eigentlich schon und ich fand es an der Zeit, dass die Forderungen auf den Tisch gelegt wurden. Zwei der Besatzer schleppten einen verängstigten Angestellten herbei und stellten ihn vor uns ab.

Unser Führer sagte: »Wir werden Ihnen eine Geisel mitgeben.«

Das verblüffte mich. Und ich war zu sehr Realist, um darin eine humanitäre Geste zu sehen. Wie recht ich damit hatte, zeigte sich im nächsten Moment, als der Besatzer eine Pistole aus dem Gürtel zog. Mit einer Bewegung, die so nachlässig war, als verscheuche er nur eine Fliege von seinem Ärmel, hob er die Waffe, zielte aus dem Augenwinkel und feuerte einen Schuss ab. Er traf den Angestellten mitten in die Stirn. Der Mann brach zusammen und schlug hart auf dem Asphalt auf.

Die Hinrichtung kam ebenso schnell und brutal, wie sie schockierend war. Dieses unerwartete Aufblitzen extremer Brutalität lähmte uns alle. Die Ermordung des Mannes hatte weniger als eine Sekunde gedauert und ich brauchte zwei weitere lange Sekunden, um vorwärts zu stürzen, und ihm zu Hilfe zu eilen.

Meine verzweifelten Bemühungen waren sinnlos. Während ich nach dem Puls des Angestellten suchte, senkte sich Stille über die Anlage, die mich noch mehr verhöhnte als der Blick des Mörders. Ich fand keinen Puls, keinen Atem, überhaupt kein Lebenszeichen. Die Augen des Mannes starrten in stummem Entsetzen gen Himmel.

Ich drehte mich zu dem Anführer um. Die Frage, warum er das getan hatte, erübrigte sich. Es gab nun keinen Zweifel mehr daran, wozu diese Gruppe imstande war. Ich konnte mich an keinen einzigen Moment in meinem Leben erinnern, in dem ich lieber eine Waffe in der Hand gehalten hätte, als in diesem. Der Anführer schien meine Gedanken zu spüren. Das Lächeln auf seinem Gesicht war nicht flüchtig wie das auf der Warte. Ich hatte mit genügend Mördern zu tun gehabt, um es wiederzuerkennen. Je wütender ich wurde, desto breiter grinste er.

»Sie können diese Geisel mitnehmen«, sagte er gönnerhaft. »Denken Sie über das nach, was Sie gesehen haben. Wir scherzen nicht. Wenn Sie nicht das tun, was wir sagen, werden wir die anderen Geiseln ohne Zögern töten.«

Er war offenbar sehr zufrieden mit sich, was ich aus seiner Sicht sogar verstehen konnte. Der Stab, der vor Ort zusammengetreten war, um das Kernkraftwerk aus der Gewalt der Besatzer zu befreien, zog gebrochen und demoralisiert ab, war nur noch eine Gruppe kleinlauter und ratloser Männer.

Oberst Neu kam wortlos zu mir und packte den Toten unter den Schultern. Ich nahm die Füße. Wir folgten den anderen. Marcel Heier zögerte noch. Er stand unschlüssig auf der Straße.

»Sie dürfen sprechen«, sagte der Mörder und machte damit die Demütigung perfekt.

Ich bewunderte Heiers Professionalität, denn er artikulierte beachtlich ruhig: »Wir wissen noch gar nicht, was Sie eigentlich wollen. Ihre Forderungen. Sie haben doch Forderungen?«

Der Mörder nickte gönnerhaft. »Der Leiter der Operation wird sich in dreißig Minuten mit Ihnen in Verbindung setzen. Bis dahin werden Sie die Informationen richtig eingeordnet haben und vernünftig reagieren können.«

Allein für diese Aussage hätte ich ihm gerne gezeigt, was wir in Krefeld im Umgang mit Leuten wie ihm für eine vernünftige Reaktion hielten. Heier blieb jedoch friedlich und folgte uns zum Ausgang.

Auf der kurzen Rückfahrt betrachtete ich den armen Mann, den wir auf die Rückbank gelegt hatten und den wir seiner Familie nur noch tot zurückgeben konnten. Er war jünger als ich, vielleicht Mitte dreißig, sodass er eine Familie mit Kindern haben konnte.

Die Bilder des Mordes standen mir noch vor Augen. Ich tastete den Mann oberflächlich ab und fand seine Brieftasche. Wie ich vermutet hatte, waren darin einige Familienfotos. Eine Frau und drei Kinder, wenn ich es richtig einschätzte. *Daniel Schenke* stand in seinem Ausweis.

Offenbar verspürte Bensmann das Bedürfnis, sich ebenfalls als Detektiv zu betätigen. Er beugte sich über die Leiche. Ich konnte gerade rechtzeitig seinen Arm festhalten, bevor er die Leiche anfasste.

»Bitte fassen Sie ihn nicht an. Wir sollten so wenig wie möglich verändern.« Bundesnachrichtendienst oder nicht, der tote Daniel Schenke hatte es nicht verdient, dass nun unzählige Fremde an ihm herumfummelten.

Bensmann zuckte bei dieser Zurechtweisung zusammen und schaute mich mit gerunzelter Stirn an.

»O Mann, Sie nehmen die Sache mit dem Kommissar aber

ganz genau«, murmelte er, setzte sich dann aber folgsam auf seinen Platz.

Nina wartete bereits ungeduldig vor dem Zelt, als wir anhielten. Sie fiel mir um den Hals, sobald ich ausgestiegen war. Ihre Nähe zu spüren und von ihrem Duft umschlossen zu werden, erinnerte mich daran, wie leichtsinnig ich gewesen war und was ich alles hätte verlieren können. Nur durch einen einzigen unbedachten Moment, in dem ich aus Trotzigkeit das Spiel der anderen mitgespielt hatte und zu einem CIA-Agenten geworden war.

Ich erinnerte mich, dass ich eigentlich auch schon zu alt für solche albernen Spielchen war, und nahm mir vor, an mir zu arbeiten.

Ich bemerkte, dass wir uns anscheinend länger umarmten, als für Partner bei der Polizei schicklich war, aber als CIA-Agent war ich über alle Seitenblicke erhaben. Ich flüsterte Nina ins Ohr: »Das war dumm von mir.«

»Ja«, sagte sie nur.

»Ich werde bei der CIA kündigen.«

»Gut. Dann lass uns nach Hause fahren.«

Wir lösten uns voneinander und schauten uns in die Augen.

»Du wirst mir nicht glauben, was ich gesehen habe.«

»Wahrscheinlich.«

Oberst Neu half mir, die Leiche behutsam aus dem Auto auf eine Trage zu legen. Nina schaute den Leichnam mit stummer Bestürzung an. Sie fragte: »Wer ist das?«

»Das ist Daniel Schenke. Man hat ihn ermordet, um uns die Entschlossenheit der Besatzer zu demonstrieren.«

Sie schaute mich ängstlich an. »Markus, wir haben hier nichts verloren.«

Ich stimmte ihr bedingungslos zu. Mir war die Lust auf Spielchen gründlich vergangen. »Wir verschwinden sofort. Nur noch einen Moment.«

Dann erklärte ich dem Sanitäter, was mit der Leiche zu tun war, bevor Herr Schenke noch als Kriegsopfer geführt wurde und in einem Soldatengrab verschwand. Kollege Prager versicherte mir, dass die Gerichtsmedizin in Dortmund gut arbeitete und er einen Kollegen dorthin schicken würde, der ein Auge auf die Leiche hatte.

Aber bevor der Tote weggebracht werden konnte, stürzte ein anderer Mann herbei. »Daniel! Daniel!«

Bensmann war direkt hinter ihm und hielt ihn fest. Der Mann schrie: »Das ist nicht wahr! Das kann nicht sein!«

Bensmann hatte einen eisernen Griff. »Manfred, du kannst ihm nicht mehr helfen.« Was freilich eine Information war, die zu dem aufgebrachten Mann nicht durchdrang. Bensmann bedeutete den Sanitätern mit einem Kopfnicken, den Leichnam zu entfernen. Der Mann in seinem Griff wehrte sich heftig, aber Bensmann war stärker.

»Du musst uns helfen, Manfred, damit nicht noch mehr Menschen sterben«, sagte Bensmann beschwörend. Beide Männer drehten sich so, dass wir ihre Gesichter sehen konnten. Der Mann, der Manfred hieß, hatte graues gewelltes Haar, ein hochrotes Gesicht und eine randlose Brille, die von Tränen und Anstrengung beschlagen war.

»Lass mich los!«, brüllte er.

»Erst, wenn du dich unter Kontrolle hast. Wir haben hier eine Ausnahmesituation«, entgegnete Bensmann keuchend.

Ich verstand nicht genau, was passiert war, aber der Mann, der sich eben noch im Griff von Bensmann gewunden hatte, erschlaffte. Sein Gesicht wurde ausdruckslos, die Augen leer. Er nickte. »Du hast recht, ich kann niemandem helfen, wenn ich herumtobe.«

Zögerlich lockerte Bensmann seinen Griff, das Gesicht des anderen Mannes verlor zusehends an Farbe.

»Lass uns ins Zelt gehen. Wir brauchen dich dort.«

»Ich komme«, sagte der andere resigniert. Er warf noch einen Blick über die Schulter, wo Daniel Schenke ohne Eile in einen Rettungswagen geschoben wurde. Er konnte seinen Blick nicht losreißen.

Bensmann schob den anderen vor sich her zum Zelteingang. Er nickte uns zu. »Kommen Sie, die dreißig Minuten sind gleich um«, sagte er tonlos.

»Wer ist denn das?«, fragte ich leise.

»Das ist Manfred Bracht, Leiter der Anlage in Block 1.«

Nina und ich folgten den beiden Männern ins Zelt.

»Ich habe es auch erst gerade erfahren«, flüsterte Bensmann uns zu. »Daniel Schenke war sein Schwiegersohn.«

Diese Information war für mich wie ein Schlag in die Magengrube. Nina verzog mitfühlend das Gesicht und musterte Bracht, wie er mit Bensmann auf den Besprechungstisch zusteuerte. Für den Moment hatte er in den Notfallmodus geschaltet und funktionierte als Krisenmanager seiner Anlage. Aber dort konnte er nicht ewig bleiben. Und dann lauerte die schreckliche Erkenntnis seines Verlustes darauf, ihn mit ihrem ganzen Gewicht niederzustrecken.

Abschnittsleiter Heier befand sich gemeinsam mit dem Kollegen Frost von der Bundespolizei im intensiven Dialog mit einem großen Computerbildschirm. Ich hörte Heier sagen: »In Ordnung, wir kümmern uns darum.«

Wir kamen um den Tisch, ein neugieriger Blick auf den Bildschirm zeigte mir einen Schemen, den ich für die Bundeskanzlerin hielt.

Ich konnte meine Entdeckung nicht genauer untersuchen, denn am Zelteingang entstand abermals ein Tumult. Zwei Polizisten hielten einen Mann im eisernen Transportgriff und zwangen ihn vorwärts in das Zelt. Er wehrte sich nach Kräften. Wir sahen graues Haar, das in langen Strähnen um seinen Kopf wirbelte, ein zerrissenes T-Shirt und Sandalen mit schmalen Lederriemen. »Lasst mich los, ihr Schweine!«, schrie der Mann aus Leibeskräften. Er machte den Eindruck, als wäre er besser in einer Zelle als im Zelt des Einsatzstabes aufgehoben.

»Was hat das zu bedeuten?«, fragte Heier.

Die beiden Polizisten stellten den immer noch strampelnden Mann vor ihm ab. »Wir haben ihn hinter dem Zelt aufgegriffen«, erklärte ein Polizist keuchend.

Der Mann hörte auf, sich aufzubäumen, als sein wirrer Blick an Bensmann haften blieb. »Ich habe es gewusst. Es ist etwas Ernstes, oder?«

Bensmann seufzte und schüttelte den Kopf. »Bodo Kersch. Sie müssen Ihre Nase aber auch überall hineinstecken, oder?«

»Das ist mein Recht! Die Bevölkerung hat ein Recht, zu erfahren, was hier vorgeht. Glauben Sie nicht, dass Sie damit durchkommen! Wir werden alles aufdecken!« Kersch tobte.

Bensmann erklärte ruhig an die anderen gewandt: »Er leitet die örtliche Greenpeacegruppe. Er ist ein KKN-Gegner der ersten Stunde. Und er macht Ärger, wo er nur kann.«

»Ich nehme meine Bürgerrechte wahr!«, protestierte Kersch. Ich rechnete mit einer weiteren Runde eifernder Ausrufe und Beschimpfungen, aber dann entdeckte Kersch auch den Leiter der Anlage. Bracht stand blass und gebeugt neben dem Spektakel. Als ob diese Haltung ansteckend wäre, wurde auch Kersch sofort eine Spur blasser. »Ach du meine Güte!«, sagte er. »Ist es so schlimm?«

Bracht nickte, aber Bensmann ließ die Informationen von sich abprallen. »Hat er ein Handy dabei?«, fragte er den Polizisten. Der nickte und übergab ihm das Gerät.

»Wir werden alles aufdecken«, wiederholte Kersch nun, aber mit deutlich weniger Eifer in der Stimme. »Ich bin nicht allein hergekommen.«

»Natürlich nicht«, sagte Bensmann resigniert. »Sie kommen nie allein.«

»Meine Freunde erwarten meine Meldung«, drohte Kersch düster.

Bensmann schaute Kersch für zwei lange Minuten schweigend an. Man konnte förmlich sehen, wie sich die Gedanken hinter seiner Stirn überschlugen. Dann sagte er: »Hören Sie jetzt gut zu, ich werde Ihnen das nur ein einziges

Mal erklären.« Und dann fasste er die gesamte Lage in wenigen knappen Sätzen zusammen. Und zwar so, wie sie tatsächlich war. Kerschs Gesichtsfarbe wechselte von blass zu weiß und schließlich zu grün, was in diesem Fall nichts mit seiner politischen Gesinnung zu tun hatte. »Mein Gott!«, hauchte er, als Bensmann fertig war.

Bensmann nickte. »So ist die Lage. Ich hoffe, Sie treffen jetzt eine verantwortungsbewusste Entscheidung.« Dann gab er Kersch sein Handy zurück.

Zuerst schaute der Greenpeacemann den Aufsichtsbeamten entgeistert an, dann nickte er langsam. Das Handy wanderte an sein Ohr. Als am anderen Ende abgehoben wurde, sagte er leise: »Ich kann nicht lange sprechen. Ich weiß jetzt, was los ist.«

Alle anderen Männer im Zelt hielten die Luft an. Bensmann war mit diesem Schritt ein enormes Risiko eingegangen und ich wünschte uns allen und besonders den Geiseln im Kraftwerk, dass es nicht vergeblich gewesen war. Wenn Kersch jetzt die Informationen weitergab, würde Panik ausbrechen. Allein durch ein falsches Wort von Kersch konnte es Tote geben.

»Es ist nur eine Übung«, sprach Kersch ins Telefon. Die Erleichterung im Zelt war mit Händen zu greifen. »Ja, das Transparent finde ich auch geschmacklos. Aber du kennst doch die Kanzlerin. Ja. – Genau. – Das gehört wohl zu den neuen Sicherheitsüberprüfungen. – Richtig. –« Schließlich beendete Kersch das Gespräch. »Ich habe meine Freunde noch nie belogen«, flüsterte er.

»Vielen Dank«, entgegnete Bensmann.

Doch bevor die beiden ihre Freundschaft besiegeln und sich in die Arme fallen konnten, rief ein Mann aus dem Hintergrund: »Es geht los!« Im nächsten Moment erschien das Gesicht des Mörders auf einem der Bildschirme.

Einige Techniker begannen aufgeregt zu flüstern. Natürlich war es verblüffend, wie der Mann in das System eingedrungen war. Wahrscheinlich erlebten wir aber einfach eine Fortsetzung der Demonstration technischer Überlegenheit, die die Besatzer bereits im Kernkraftwerk begonnen hatten. Ich sagte leise zu Nina: »Das ist der Mann, der Daniel Schenke erschossen hat.«

Sie nickte kaum merklich. Wir standen am Rand der Gruppe. Der Mörder sagte: »Ich hoffe, Sie haben die Zeit genutzt, um sich angemessen vorzubereiten.« Er wartete nicht auf eine Antwort, sondern sprach weiter. »Der Leiter der Operation wird nun zu Ihnen sprechen.«

Es war totenstill im Zelt, als das Bild wieder wechselte. Der dürre Schichtleiter erschien auf dem Bildschirm. »Guten Morgen, meine Herren!« Er stockte. »Verzeihung, guten Morgen meine Dame und meine Herren.« Er wirkte gefasst, aber nicht unbedingt kontrollierter als bei unserem Treffen auf der Warte.

Der Greenpeaceaktivist und der Leiter der Anlage riefen wie aus einem Mund: »Der Bekloppte!« Was zumindest für mich ziemlich überraschend kam.

Hennies setzte auf dem großen Bildschirm eine bekümmerte Miene auf. »Aber, aber, wer wird denn gleich beleidigend werden? Muss ich Sie erst daran erinnern, an welchem Knopf ich meinen Finger habe?« Er hielt das kleine Kästchen hoch, in das er viertelstündlich seinen Code eingeben musste. Schlagartig war im Zelt kein einziges Geräusch mehr zu hören.

»Na also, es geht doch. Dann lassen Sie uns nun über meine Forderungen reden.«

Aber bevor er weitersprechen konnte, änderte sich das Bild abermals. Es teilte sich in der Mitte wie bei einer Konferenzschaltung im Fernsehen und auf der rechten Seite erschien ein zufrieden grinsender Mann mit blonden Haaren, gebräunter Haut, gebleichten Zähnen und eiskalten Augen. »Und über meine Forderungen sollten wir auch sprechen«, sagte der Strahlemann mit schwerem russischen Akzent.

»Aber natürlich«, bestätigte der aufgekratzte Schichtleiter. »Darf ich vorstellen: Das ist mein Freund und Geschäftspartner Vitali.«

Langsam wurde die Geschichte noch bizarrer, jetzt schaltete sich auch noch ein russischer Krimineller ein.

»Vitali, ist es dir recht, wenn ich erst mein Anliegen formuliere?«, fragte Hennies mit übertriebener Höflichkeit.

»Sicher, Rainer.«

»Gut«, meinte Hennies zufrieden. »Sie wissen, dass sich die Anlage in meiner Hand befindet. Sollten wir angegriffen werden oder sollten Sie meinen Forderungen nicht nachkommen, zünden wir die Sprengladungen und sorgen dafür, dass der Reaktor sein gesamtes Inventar freisetzt.«

An Formulierungen, die mich frösteln ließen, bestand zumindest an diesem Tag kein Mangel.

Hennies fuhr fort: »Die Bundesregierung hat beschlossen, noch schneller auszusteigen, als die Grünen das jemals vorhatten. Die deutschen Kernkraftwerke sind die sichersten der Welt und sollen doch abgeschaltet werden. Die Landesregierung hat einen Deal mit unserem Vorstand gemacht, damit KKN 1 sogar noch schneller stillgelegt wird.«

Es entstand eine gewichtige Pause, in der Hennies seine weiteren Worte sortierte. »Diese Entscheidung ist ein fundamentaler Fehler«, stellte der Erpresser fest. »Ich fordere, dass sie zurückgenommen wird. Die Bundeskanzlerin wird erklären, dass alle siebzehn deutschen Kernkraftwerke die Laufzeitverlängerung erhalten, wie ursprünglich vorgesehen. Die Ministerpräsidentin wird erklären, dass der Deal zurückgenommen wird und KKN 1 dauerhaft am Netz bleibt.«

Hennies ließ seine Worte wirken und machte auf mich einen sehr zufriedenen Eindruck. Ich traute mich nicht, etwas zu sagen, sondern beobachtete die anderen. Der Leiter der Anlage und der Greenpeacemann waren zu verblüfft, um etwas zu sagen und starrten mit offenem Mund auf Hennies. Den anderen erging es ähnlich.

»Das … ist eine schwierige Forderung«, meinte Heier schließlich. Was vielleicht ein wenig untertrieben war. Bei Erpressungen floss manchmal Geld, aber politische Ziele waren auf diese Weise nicht durchsetzbar. Auch wenn Hennies zweifellos starke Argumente hatte: »Ich will entsprechende Erklärungen der Kanzlerin und der Ministerpräsidentin innerhalb der nächsten vierundzwanzig Stunden«, verkündete Hennies. »Ansonsten sprenge ich die Anlage.«

»Ich … werde Ihre Forderungen weitergeben«, versprach Heier.

»Ich danke Ihnen«, erwiderte Hennies verbindlich.

Nun räusperte sich der blonde Mann, der sich zu Hennies parallel auf den Bildschirm geschaltet hatte. Vitali sagte im Plauderton: »Mein Mitarbeiter hat mir schon über Ihren Besuch im Kernkraftwerk berichtet. Ich hoffe, Sie haben einen Eindruck bekommen.« Dann lächelte er. »Aber eines verstehe ich nicht so ganz.« Sein Blick richtete sich vom Bildschirm direkt auf mich. Ich versuchte nicht, zu verstehen, wie er das machte, sondern nahm es einfach als gegeben hin. »Herr Wegener, was macht ein Kriminalkommissar aus Krefeld im Kernkraftwerk Neustadt? Und dann auch noch direkt vor Ort beim Abschnittsleiter?«

»Kriminaloberkommissar«, korrigierte ich ihn und fügte kurz angebunden hinzu: »Wir führen eine Mordermittlung durch.«

»Ach ja, Ihre Partnerin, Frau Gerling. Aber liegt denn Neustadt nicht etwas abseits von Ihrem Zuständigkeitsbereich?«

Ich fragte mich, was er mit den Fragen bezweckte, antwortete ihm aber wahrheitsgemäß. »Wir haben ein Mordopfer in Krefeld. Alle Ermittlungen in diesem Fall werden vom Staatsanwalt in Krefeld geleitet und von uns durchgeführt. Ganz gleich, wo das ist.«

»Sehr interessant«, sagte Vitali. Ich war mir nicht sicher, ob er mich verspotten wollte. »Und wie kommen Sie in diesen Stab?«

Das war eine gute Frage, auf die ich auch keine Antwort wusste. So wie der Verbrecher grinste, hatte er eine. Er richtete seinen Blick nun auf Bensmann. »Oder glauben Sie etwa, der Mann wäre von der CIA?«

Der Aufsichtsbeamte wirkte wie die anderen perplex. Der Schurke lachte. »O Mann, das ist ja nicht zu glauben!« Er wischte sich demonstrativ eine Träne aus dem Auge. »Eigentlich sollte ich Ihnen Geld bezahlen für die Unterhaltung, die Sie mir bieten.«

Ich tauschte einen Blick mit Nina aus. In ihren Augen las ich meinen Gedanken. Da haben sich zwei Irre gefunden.

»Sind Sie denn bei Ihren Ermittlungen vorangekommen, Kommissar Wegener? Oder hat es Sie beeinträchtigt, für einen CIA-Mann gehalten zu werden?«

Langsam aber sicher überwog mein Ärger. Ich sagte: »Der Fall ist so gut wie gelöst.« Obwohl das natürlich nicht ganz stimmte.

»O ja, wie erfreulich …« Er klatschte in die Hände, lächelte uns wieder an, als wolle er uns Zahnpasta verkaufen, und sagte dann lapidar: »Aber jetzt sollten wir uns nicht mehr mit solchen Kleinigkeiten aufhalten, meinen Sie nicht?«

Ich fragte mich, was Frau Krusekamp wohl sagen würde, wenn sie hörte, dass jemand den Tod ihres Mannes als Kleinigkeit bezeichnete.

Der Schurke rieb sich schon einmal vorsorglich die Hände. Dann sagte er: »Sehen Sie, Rainer hier ist ein guter Mann und ich helfe ihm ein wenig, damit er mit seinem Anliegen auch wahrgenommen wird, verstehen Sie? Allerdings hatte ich ja einige Kosten durch unsere kleine Operation. Und deshalb würde ich Sie bitten, mir eine kleine Aufwandsentschädigung zu zahlen.« Als keine Reaktion kam, fuhr er fort: »Ich möchte, dass Sie innerhalb von vierundzwanzig Stunden eine Milliarde Euro auf ein Konto überweisen, das ich Ihnen noch nennen werde.«

Der Mann aus dem Innenministerium sah nicht besonders

souverän aus, wie er mit offenem Mund dastand. Heier stellte fest: »Das ist ein hoher Betrag.«

Vitali nickte betrübt. »Leider waren meine Ausgaben ziemlich hoch. Haben Sie überhaupt eine Ahnung, was das alleine an Bestechungsgeldern … und dann erst der ganze Sprengstoff … aber lassen wir das«, winkte er ab. »Eine Milliarde Euro in vierundzwanzig Stunden. Das ist für den Finanzminister eine Fingerübung«, behauptete Vitali.

»Aber das ist doch Wahnsinn«, platzte Krumm aus dem Innenministerium heraus.

Der Schurke hörte auf zu lächeln. Ich hatte einmal gelesen, dass Wahnsinnige es nicht mögen, wenn man sie als wahnsinnig bezeichnet. Sie wollten ernst genommen und wertgeschätzt werden. Ich wusste nur nicht mehr so recht, ob ich das in einem kriminalistischen Fachartikel oder als Jugendlicher in einem Comic von Clever & Smart gelesen hatte.

Vitali sagte deutlich reserviert: »Das ist keineswegs Wahnsinn, Herr Krumm. Es wundert mich, dass Sie so leicht die Contenance verlieren. Ich rate Ihnen, einmal in Ruhe die Freisetzung unter den aktuellen Wetterbedingungen durchzurechnen und dann zu kalkulieren, was eine radioaktive Kontamination des gesamten Ruhrgebiets in diesem Umfang zur Folge hätte. Bedenken Sie den wirtschaftlichen Schaden, wenn der gesamte Industrieraum auf Jahrzehnte unbewohnbar ist. Die Auswirkungen auf die deutsche und die europäische Wirtschaft. Überschlagen Sie, wie viele Tote es durch die Freisetzung geben würde. Das medizinische System in Deutschland würde zusammenbrechen, wenn es sich um eine derart hohe Zahl von Opfern kümmern müsste. Und dabei sind die Opfer der Massenpanik noch gar nicht eingerechnet, die entsteht, sobald ich mich direkt über die Fernsehsender an die Öffentlichkeit wende. Wenn ich es mir recht überlege, ist eine Milliarde Euro geradezu ein Schnäppchen.«

Das saß – niemand traute sich mehr, zu protestieren.

Das Lächeln kehrte auf Vitalis Gesicht zurück. »Sie haben noch dreiundzwanzig Stunden und fünfzig Minuten, Herr Krumm. Spielen Sie nicht mit mir. Zeit wird Ihnen nichts nutzen, selbst wenn ich Ihnen einen Monat gebe. Das müssten Sie doch wissen.«

Krumm blickte verständnislos, deshalb ließ der Erpresser sich zu einer Erklärung herab. »Schauen Sie doch Ihren Katastrophenschutz an. Mit fünfzig Opfern können Sie umgehen. Wenn Sie fünfhundert Opfer haben, sind Sie überfordert. Wenn Sie tausend Opfer haben, bricht das Chaos aus. Wie sieht es bei fünftausend Opfern aus? Unvorstellbar. Und fünfzigtausend Opfer?« Er lachte humorlos. »Sie kennen doch die internen Untersuchungen Ihres Ministeriums, oder?«

Herr Krumm presste die Lippen aufeinander, was der Erpresser als Zustimmung wertete. »Dachte ich es mir. Chaos also spätestens ab tausend Opfern. Wissen Sie, wie viele Einwohner das Ruhrgebiet hat? Gut. Und glauben Sie mir, wenn wir eine Kernschmelze auslösen, wird Fukushima dagegen wie der Himmel auf Erden aussehen. Ich schlage also vor, Sie geben meine bescheidene Forderung gleich an die Kanzlerin weiter und die lässt den Finanzminister zu seinem Tresor rollen.«

Der Mann war nicht nur ein Mörder, er achtete auch nicht auf die politische Korrektheit.

»Wir brauchen mehr Zeit …«, versuchte Krumm es trotz allem noch einmal.

»Herr Krumm, fordern Sie mich nicht heraus«, sagte Vitali mit blitzenden Zähnen und warnendem Unterton.

»Wir werden sehen, was wir tun können«, entgegnete Krumm.

»Sehr schön«, sagte der Erpresser selbstzufrieden.

Dann wurde der Bildschirm schwarz und der Spuk war so schnell vorbei wie er begonnen hatte.

Es war die Stimme der Bundeskanzlerin, die wieder Disziplin und Professionalität ins Zelt zurückbrachte. »Was ist da los?«, fragte sie mit spitzen Lippen.

Die Kanzlerin hatte seit jeher ein PR-Problem wegen ihrer notorisch heruntergezogenen Mundwinkel. Als Krumm seinen Bericht begann, war schon abzusehen, dass sie danach erst recht nicht in der Verfassung für eine Imagekampagne sein würde. Krumm und Heier schilderten abwechselnd die Lage und endeten am Punkt der Forderungen der beiden Erpresser. Die Kanzlerin seufzte wie jemand, der Sorgen gewohnt war, ließ aber nicht erkennen, wie sie reagieren wollte. Sie bedankte sich und man verabredete eine weitere Beratung in genau einer Stunde.

Heier lenkte die Aufmerksamkeit mit einer einzigen Frage wieder auf die Aufgaben zurück, die vor Ort als nächstes anstanden. »Was wissen wir über die beiden Erpresser?«

Bensmann ergriff als erster das Wort. »Wir haben es mit zwei Parteien zu tun, das macht die Lage undurchsichtig und umso gefährlicher.« Dann schaute er direkt Bodo Kersch von Greenpeace an.

Der nickte schicksalsergeben. »Ich kenne den Mann. Rainer Hennies. Ehemaliger Schichtleiter im Block 1.«

Wenn ich richtig aufgepasst hatte, gab es sowohl bei der Behörde als auch beim Betreiber so gut wie keine Fluktuation im Personal. »Wieso ehemalig?«, fragte ich.

»Es gab dieses Ereignis 2002«, antwortete Kersch zögerlich. »Hennies war Schichtleiter. Er hat Mist gebaut.«

Nun schaltete sich der Leiter der Anlage ein. »Bei dem Ereignis hat der Schichtleiter einen formalen Fehler gemacht. Er fuhr die Anlage in einem Zustand, der technisch überhaupt kein Problem war. Eigentlich hatte er den Betrieb sogar noch optimiert. Trotzdem ist er von der genehmigten Fahrweise abgewichen. Es gab einen großen Aufruhr. Irgendjemand stellte Strafanzeige gegen Hennies«, berichtete Bracht tonlos, aber mit einem vielsagenden Seitenblick auf Kersch. »Es war Rufmord. Eine Hinrichtung. Nicht nur die

Berichterstattung. Er bekam Briefe. Anrufe. Wurde auf der Straße bedroht.«

»Aber weswegen denn?«, fragte Nina entgeistert.

»Weil er Schichtleiter im Kernkraftwerk war und einen Fehler gemacht hat«, erwiderte Bracht bitter. »Hennies war dem Druck nicht gewachsen. Wir mussten ihn entfernen. Er benötigte eine langwierige Therapie, die wir ihm finanziert haben. Wir haben ihm eine Stelle in einem anderen Unternehmensteil angeboten mit gleichem Gehalt.«

»Er hat abgelehnt«, vermutete ich, denn Hennies wirkte nicht wie ein Mensch, der sich mit den Ereignissen arrangiert hatte.

»Ja, er ist gegangen. Es war eine furchtbare Zeit«, bestätigte Bracht. »Wir haben ihm die höchste vertretbare Abfindung gezahlt.«

»Ist das denn so üblich?«, fragte ich sowohl an Bracht als auch an Kersch gerichtet. »Strafanzeige, weil jemand einen Fehler macht?«

»Technisch gesehen war es kein Fehler«, betonte Bracht. »Es war eine reine Formalität.«

»Abweichung vom genehmigten Betrieb ist keine Bagatelle«, betonte Kersch steif.

Wenn ich die Mienen richtig interpretierte, war das ein wunder Punkt. Nur hatten sich beide Seiten den Rücken von Rainer Hennies und allen anderen Schichtleitern als Kriegsschauplatz für ihre ideologischen Auseinandersetzungen ausgesucht.

Heier schien die Lage ähnlich einzuschätzen wie ich, denn er ging mit schneidender Stimme zwischen die Streithähne: »Wir können also festhalten, dass Hennies einige Rechnungen offen hat. Er scheint politisch motiviert, denn er will die Laufzeitverlängerung zurückhaben und den Ausstieg absagen. Für wie gefährlich halten wir den Mann?«

»Hat er Ihnen damals auch Vorwürfe gemacht?«, fragte ich Bracht.

Der Leiter der Anlage nickte betrübt.

»Könnte es sein, dass Daniel Schenke kein Zufallsopfer war?«, hakte ich nach.

Bensmann bekam große Augen. »Sie meinen, Hennies hat absichtlich ... Aus Rache?«

»Hennies macht den Eindruck, als sei er auf einem Rachefeldzug«, bestätigte ich.

»Menschenleben bedeuten ihm nichts«, stellte Heier fest. »Aber was ist mit der Anlage? Wird er seine Drohung wahrmachen, wenn wir nicht auf die Forderungen eingehen? Ist es denkbar, dass er *seine* Anlage zerstört?«

Kollege Prager von der Dortmunder Kripo griff die Frage auf: »Ich hoffe, er ist dazu nicht fähig. Aber er ist so weit gegangen, hat so viel riskiert und auf sich genommen. Er hat eine Mission, der er sich verpflichtet fühlt. Wir müssen mit allem rechnen.«

Diese Einschätzung traf auf allgemeine Zustimmung. »Was ist mit dem anderen Mann? Diesem Vitali?«, wollte Heier wissen.

Nun meldete sich Fabio Fürstenberg vom Landeskriminalamt zu Wort. »Wir haben den Mann inzwischen identifiziert. Es handelt sich um Vitali Koslovski, einen Kriminellen aus Russland. Wir bringen ihn mit verschiedenen Verbrechen in Verbindung, darunter Drogenhandel und Waffenschmuggel. Es ist wahrscheinlich, dass er Verbindungen zum organisierten Verbrechen hat.«

Erst die Atommafia und nun auch noch die russische. Ich sehnte mich nicht zum ersten Mal an diesem Tag nach Krefeld zurück.

»Wie schätzen Sie seine Rolle bei dieser Aktion ein?«

»Ich glaube nicht, dass der Mann ideologisch motiviert ist. Er macht es eher für das Geld. Seine Forderung ist nicht gerade bescheiden«, erläuterte Fürstenberg.

Wobei man nicht vergessen durfte, dass er anstatt einer Milliarde genauso gut zwanzig hätte fordern können, fügte ich in Gedanken hinzu. Und auch das wäre nur ein Bruchteil der zu erwartenden Schäden.

Ich zuckte zusammen, als es plötzlich in meiner Hosentasche vibrierte. Ich war von den Ereignissen so gefesselt, dass ich mich einen Moment lang fragte, was das zu bedeuten hatte, bevor ich mein Handy aus der Tasche fischte und mich meldete. Ich machte mich automatisch auf den Weg nach draußen, weil ich davon ausging, dass selbst der wichtigste Anruf, den ich erhalten konnte, es nicht mit den Konferenzthemen im Zelt aufnehmen konnte.

Es war Andreas. »Ich habe Neuigkeiten.«

»Schieß los.«

»Die Untersuchung ist abgeschlossen. David Krusekamp hat definitiv nicht einen einzigen strahlenden Partikel in seinem Körper, der nicht dorthin gehört.«

Ich war ehrlich verblüfft. »Kein Strahler?« Schließlich war das unsere einzige Spur gewesen und hatte uns bis nach Neustadt geführt. Und zu der Erkenntnis, dass David Krusekamp an der Erpressung des Jahres, wenn nicht des Jahrzehnts beteiligt war. »Aber woran ist er denn dann gestorben?«

Nina stand mit gerunzelter Stirn neben mir.

Wir gingen bis zum Zelteingang, dann schaltete ich das Handy laut.

»Wir waren auch alle überrascht. Karl ist noch einmal alle Möglichkeiten durchgegangen. Und hat dann aufgrund der Blutwerte auf Gift getippt.«

»Aber das hatte er doch praktisch ausgeschlossen?«

»Frag mich nicht nach Details«, entgegnete Andreas. »Anscheinend ist es vorstellbar, dass es sich um eine Variante eines ohnehin seltenen Giftes handelt, das im Körper des Opfers kaum nachweisbar ist.«

»Und?«, fragte ich neugierig.

»Es gibt noch keine endgültigen Ergebnisse. Aber wir haben die Aufzeichnungen der Überwachungskamera noch einmal vollständig analysiert. Nicht nur den Abschnitt, in dem unser Mann stolpert und hinfällt. Sondern seit dem Betreten des Ladens.«

»Was habt ihr entdeckt?«

»Jetzt halt dich fest. Am Eingang ist Krusekamp mit einem Mann zusammengestoßen. Nicht heftig, aber als wir uns das näher angeschaut haben, kam es uns verdächtig vor. Karl arbeitet auf Hochtouren.«

Vielleicht lag es daran, dass ich zwei Kilometer von einem besetzten Kernkraftwerk entfernt stand und zwei Erpresser, von denen einer verrückter als der andere war, gerade gedroht hatten, das Ruhrgebiet auszulöschen, aber ich konnte Andreas nicht folgen. »Noch einmal zum Mitschreiben, bitte.«

»Wir vermuten ein Kontaktgift.«

Eine Substanz, die auf die Haut des Opfers aufgebracht wurde, in die Zellen eindrang und das Opfer dann tötete. Ich ließ mir das durch den Kopf gehen. »Das heißt, Freise ist nur ein eifersüchtiger Ehemann, der seine Chance auf Rache verpasst hat?«

»Es könnte sein. Wir sind noch dran.«

»Was war das für ein anderer Mann? Der ihm das Gift verabreicht hat?«, schaltete sich Nina ein.

»Groß, breit wie ein Kleiderschrank, Bürstenhaarschnitt. Brutales Gesicht. Warte, ich schicke euch ein Foto.«

Es dauerte fünf Sekunden, bevor ich das Foto auf dem Handy hatte. Als ich es sah, sog ich scharf die Luft ein.

»Kennst du den?«, fragte Nina.

»Aus dem Kraftwerk«, sagte ich tonlos. Es war einer der Klonkrieger vom Stamme der Marineinfanterie, einer von Vitalis Männern. »Andreas, die Sache ist klar. Der Mann ist hier.«

»Oh!« Nun klang Andreas verblüfft. »Dann verhaftet ihr ihn?«

Ich sagte: »Äh … im Moment ist es etwas schwierig, ins Kernkraftwerk zu kommen.«

»Wo bist du denn? Ich dachte, ihr seid in Neustadt?«, fragte Andreas. »Wieso könnt ihr nicht rein?«

»Weil ein Wahnsinniger mit seinen Leuten das Kernkraftwerk besetzt hat und droht, es in die Luft zu sprengen.«

Ich wusste, dass am anderen Ende vier Personen zugehört hatten, aber keiner von ihnen sagte ein Wort.

»Meinst du das ernst?«, fragte Andreas schließlich.

»Er will, dass die Anlage eine Laufzeitverlängerung bekommt. Und sein Freund erpresst den Staat um eine Milliarde Euro.«

Wieder herrschte Stille in Krefeld. Dann fragte Reinhold: »Nina?«

»Es ist kein Scherz, Reinhold. Wir stehen vor dem Zelt des Abschnittsleiters. Polizei und Feuerwehr sind vor Ort. Keine zweihundert Meter von hier wird eine regelrechte Lazarettstadt aufgebaut. Hubschrauber kreisen über der Anlage. Wir ...« Nina stockte. Ihr Blick haftete irgendwo hinter meinem Rücken. Sie wurde blass. »O mein Gott«, sagte sie nur.

»Was ist los?«, fragten Andreas und ich gleichzeitig.

Ich drehte mich um und folgte Ninas Blick. Ich hatte dem lauter werdenden Dröhnen der Motoren keine Bedeutung beigemessen, weil andauernd die verschiedensten Fahrzeuge mit irgendwelchen Einsatzkräften über die Straße oder auch direkt über die Felder fuhren. Aber mit dem Anblick dieser Fahrzeuge hatte ich nicht gerechnet. Ich sagte: »Oh!« Und noch ein anderes Wort, das ich in der Situation angemessen fand.

»Markus, du machst mir Angst«, sagte Andreas.

Nina flüsterte: »Hier ist Krieg.«

Wir sahen ungefähr zwanzig Panzer in einem geordneten Konvoi auf uns zufahren. Nicht genug für eine offene Feldschlacht, aber doch ausreichend, um die Sicherheitszäune von KKN zu durchbrechen.

»Panzer«, sagte ich. »Hier fahren Panzer auf.« Womit für

mich endgültig feststand, dass wir hier nichts zu suchen hatten.

»Vielleicht erklärst du uns das mal von Anfang an«, schlug Reinhold vor. Und das tat ich.

»Und wieso um alles in der Welt warst du in der Anlage?«, fragte Reinhold, nachdem ich meine Schilderung beendet hatte.

»Weil ich bei der CIA bin«, erklärte ich. Was eines der Details war, die ich ausgespart hatte. Schließlich wollte ich es ja auch nicht übertreiben.

»Du bist was?«

»Bei der CIA. Der Kollege vom BND hat mich mit einem biometrischen Scan eindeutig identifiziert.«

Reinhold seufzte. »Nina?«

»Es stimmt. Die hielten ihn wirklich für einen Agenten der CIA.«

»Unglaublich«, sagte Reinhold.

»Wieso, traust du mir das nicht zu?«, fragte ich entrüstet.

»Markus, es gibt nur ganz wenig, was ich dir nicht zutraue.«

»Danke.«

»Ihr solltet schleunigst zurück nach Krefeld kommen.«

»Aber unser Täter ist hier«, wandte ich ein. »Er läuft in der Anlage herum. Es ist einer der Besatzer.«

»Okay, das reicht«, sagte Reinhold. »Auch wenn wir nun eine gute Theorie haben, was unseren Mann in Krefeld getötet hat, können wir froh sein, dass ihr beide noch am Leben seid. Ihr werdet jetzt unverzüglich zurückkommen und dann hoffen wir, dass das Kraftwerk unversehrt bleibt.«

Nina nickte. »In Ordnung.«

Ich zögerte. Nina schaute mir in die Augen. Ich bemerkte eine zornige kleine Falte zwischen ihren Augenbrauen. Trotzdem sagte ich: »Diese Erpressertypen haben David Krusekamp auf dem Gewissen. Und er hat einen anderen Mann ermorden lassen. Vor unseren Augen.«

»Das mag sein«, sagte Reinhold. »So bedauerlich das auch für das Opfer ist, ich gebe diesen Fall gerne an das Land, an den Bund oder wen auch immer ab. Der Staatsanwalt wird mir sicherlich zustimmen.«

»Die haben uns beide Provinzpolizisten genannt.«

»Wir werden als Nebenkläger auftreten. Und jetzt kommt ihr zurück.«

»Reinhold …«

»Mord, versuchter Mord in zehn Millionen Fällen, Geiselnahme und Beleidigung von zwei Polizeibeamten. Diese Typen kommen nie wieder auf freien Fuß.«

»Reinhold …«

»Ihr kommt sofort zurück! Das ist mein letztes Wort!«

»Aber Reinhold …«

»Sofort! Sonst schicke ich meinen eigenen Panzer, um euch zu holen.« Dann beendete er das Gespräch.

Ich schaute mein Handy noch einige Sekunden verdutzt an. So hatte ich Reinhold noch nie erlebt.

»Er macht sich Sorgen um uns«, vermutete Nina.

Das musste es wohl sein. »Wir haben kein Auto«, gab ich zu bedenken.

»Dann besorgen wir uns eins.«

»Vielleicht können wir uns ja so einen Panzer leihen«, schlug ich vor.

»Das sind doch bloß Schützenpanzer«, sagte Nina. »Damit willst du dich abgeben?«

»Ich bin ein Mann der kleinen Schritte.«

»Ist mir auch schon aufgefallen.«

Ich schaute sie von der Seite an, beschloss aber, das Thema lieber zu wechseln. »Lass uns reingehen.«

»Ach, da sind Sie ja«, begrüßte uns Bensmann.

Ich fragte ihn: »Wie ist die Lage?«

Er sagte gequält: »Ja, reiben Sie es mir ruhig unter die Nase.«

»Danke. Und wie ist nun die Lage?«

»Die Kanzlerin wird sehen, dass sie das Geld auftreibt.

Die Ministerpräsidenten sind informiert. In dreißig Minuten wird das Sicherheitskabinett zusammentreten. Wir gehen davon aus, dass wir alle Vollmachten haben.«

»Und die Laufzeitverlängerung?«

Bensmann zuckte unbestimmt mit den Schultern. »Wir werden uns eine List überlegen müssen.« Was nach meinem Verständnis so ziemlich alles und nichts bedeuten konnte.

Bastian Prager von der Dortmunder Kripo kam auf uns zu. »Ich habe gute Nachrichten. Frau Freise wurde verhaftet. Sie wird zur Stunde befragt.«

»Gut«, sagte ich.

»In ihren Telefon- und Internetdaten sind Kontakte zu einem Mann aufgetaucht, der Verbindungen zur russischen Mafia hat.«

»Wunderbar«, antwortete ich. Aus einem Mord aus Eifersucht war ein Auftragsmord geworden, mit dem die Mafia einen Mitwisser ausschaltete. Dann hielt ich mein Handy hoch. »Dieser Mann hier ist der Mörder, den wir gesucht haben. Er hat unser Opfer in Krefeld umgebracht. Denken Sie daran, wenn Sie ihn verhaften.«

»Sie sind sehr schnell«, meinte Prager anerkennend.

Nun hob ich unbestimmt die Schultern. Ich fragte: »Was werden Sie denn jetzt machen?«

Constantin Wartenberg von der Feuerwehr sagte: »Das ist relativ einfach. Der erste Ort, der bei der gegenwärtigen Wetterlage betroffen ist, ist Neustadt. Die Stadt wird zur Stunde geräumt.«

»Und der Rest?« Ich dachte an Koslovskis Worte und seine Behauptung, der Katastrophenschutz sei mit Opferzahlen über tausend Personen hoffnungslos überfordert.

»Den Rest können wir nicht in Sicherheit bringen«, stellte Wartenberg nüchtern fest.

Was zwangsläufig eine andere Frage aufwarf: »Und was geschieht mit diesen Menschen? Was ist mit den Geiseln? Sind Sie auf eine solche Lage überhaupt vorbereitet?«

Oberst Neu machte einen Schritt auf mich zu. »Wenn Sie meinen, ob wir darauf vorbereitet sind, dass ein Super-GAU in unserem Kernkraftwerk eintritt – ja, darauf sind wir vorbereitet.«

Diese Aussage hatten wir schon früher am Tag gehört, sie erstaunte mich aber immer noch. Das große Aber folgte auf dem Fuß: »Aber für die Geiseln sehe ich schwarz. Wir werden versuchen, sie zu befreien, doch Sie haben selbst gesehen, mit wem wir es zu tun haben.«

Ich dachte an die Bedrohung, die sich in den vergangenen Stunden wie aus dem Nichts aufgebaut hatte. Womit Koslovski uns erpresste, war nicht mehr und nicht weniger als die Verwüstung des Ruhrgebiets im wörtlichen Sinne. Ich wollte Oberst Neu sehr gerne glauben, dass er auf so eine Situation vorbereitet war. »Alle Geiselnehmer sind mit Totmannschaltungen ausgestattet«, gab ich zu bedenken. »Sobald eine von ihnen ausgelöst wird, explodiert das Kernkraftwerk und die Geiseln sterben. Wie um alles in der Welt wollen Sie das denn lösen?«

Oberst Neu schaute mich ernst an. »Die Freisetzung können wir beherrschen. Aber der Mann hält über neunzig Geiseln fest und denen sind wir es schuldig, dass wir es versuchen.«

In seinen Augen stand keine Prahlerei, keine Heimlichtuerei mehr, sondern nur noch eiserne Entschlossenheit. Sollte die Bundesrepublik jemals angegriffen werden, war es sicher nicht verkehrt, diesen Mann auf unserer Seite zu wissen.

Hinter mir ertönte eine tiefe Stimme. »Das höre ich gerne, Lars.«

Ich sah einen Mann im Format eines Kleiderschranks auf den Oberst zugehen. Die beiden umarmten sich und klopften sich kameradschaftlich auf die Schultern. »Samuel, ich hatte nicht damit gerechnet, dass du kommst.«

Der Mann trug eine Kampfuniform der Fallschirmjäger und ich war mir nicht sicher, ob ich das Emblem auf seinem

Ärmel richtig deutete. Er sagte: »Wir wären schon früher gekommen, aber wir haben den Marschbefehl erst vor einer Stunde erhalten. Außerdem haben wir in Calw im Moment starke Gewitter.«

Oberst Neu strahlte. »Du bist mehr als willkommen!«

»Die anderen kommen auch?«, erkundigte sich Samuel.

»Ja.«

Ich stand daneben und beobachtete. Als der nächste Mann in Uniform dazukam, wurde es militärisch distanziert. Er grüßte stramm mit seiner Hand an der Mütze, dann tauschte man Namen und Dienstränge aus. Einer der vier Männer war Oberst Neu. Ein Mann in schwarzer Uniform stellte sich als Hermann Liedtke von der GSG9 vor. Ein weiterer schwarz Uniformierter als Stefan Lagemann, Leiter mehrerer vor Ort zusammengezogener SEKs der Polizei. Und bei dem lebenden Kleiderschrank mit Fallschirmjägeruniform handelte es sich um Samuel Bernstein, einen Offizier vom Kommando Spezialkräfte der Bundeswehr.

Bensmann hatte es offenbar ernst gemeint damit, über alle Vollmachten zu verfügen. Ich beugte mich zu Nina und flüsterte: »Ich will nicht unken, aber ich glaube nicht, dass das so korrekt ist.«

»Was meinst du?«

»Die Bundeswehr.«

»Du hast recht.«

»Das KSK ist doch ...«

»... eine Spezialeinheit für Kommandoeinsätze im Ausland.«

»Ja genau, aber woher ...?«

»Ich hatte mal in einem Fall mit einem KSK-Soldaten zu tun.«

»Bei der Sitte?«

»Genau.«

»Oha!«

»So ähnlich.«

Als ich wieder aufschaute, hatten die Kommandanten der

Spezialkräfte einen großen Lageplan des Kraftwerks auf dem Tisch ausgebreitet und studierten ihn mit größter Konzentration, gelenkt durch die Worte von Oberst Neu. Ich verstand nur Bruchteile davon, aber seine Sätze waren knapp und keiner der drei Männer unterbrach ihn. Rudolf Frost von der Bundespolizei und Thies Krumm vom Innenministerium standen ebenfalls am Tisch und folgten der Einweisung. Wartenberg von der Feuerwehr, der Kollege Prager aus Dortmund und der Abschnittsleiter Heier waren im Hintergrund intensiv damit beschäftigt, die Kräfte im Umland zu koordinieren. Fürstenberg vom Landeskriminalamt lieferte sich eine äußerst emotionale Auseinandersetzung mit einem Gesprächspartner, dem er offenbar verschiedene Versäumnisse bei der Aufklärung der Aktivitäten von Koslovski vorhielt. Bensmann saß in einer Videokonferenz und diskutierte mit seinen Gesprächspartnern Zahlenwerte, die ich nicht verstand.

»Markus, lass uns einfach gehen. Unser Fall ist gelöst. Die werden es überleben, wenn wir uns nicht verabschieden. Wir schicken unsere Akten nach Dortmund.«

Ich schnappte auf, wie Oberst Neu erläuterte, wo er die Geiseln vermutete, und seinen Gedanken ausführte, sich den Weg dorthin freizusprengen. Wartenberg ordnete Maßnahmen an, die offenbar über fünftausend Personen betrafen, und Bensmann warf mit Radioaktivitätszahlen um sich, dass ich an Fukushima und Tschernobyl denken musste.

»Das stimmt«, sagte ich besänftigend zu Nina. »Wir gehören hier nicht hin. Aber ich will mich wirklich noch verabschieden. Bevor uns noch jemand vermisst und wir unterwegs von einem Spezialkommando festgesetzt werden.«

Bevor sie etwas erwidern konnte, trat ich an den Tisch, wo Oberst Neu die Lage erläuterte. Er sagte gerade: »Wir haben in der Anlage acht Geiselnehmer gesehen. Wenn wir hochrechnen, wie viel Mann für die Geiseln erforderlich sind, können wir mit mindestens zwanzig Geiselnehmern rechnen.«

Die Gesichter der anderen Männer waren ernst, aber niemand sagte etwas. Eindeutig ein wesentlicher Unterschied zu einer Besprechung bei der Kriminalpolizei. Zumindest wenn ich dabei war.

Mir kam der Gedanke, dass ich ja Aufmerksamkeit auf mich lenken musste, wenn ich mich verabschieden wollte. Dann sagte ich: »Ich glaube nicht, dass es so viele sind.«

Es funktionierte. Ich spürte Nina an meiner Seite, aber es war keine unterstützende Anwesenheit.

Bernstein sagte zu Neu: »Wer ist der Mann?«

Neu erklärte: »Das ist Kriminaloberkommissar Wegener aus Krefeld. Er ermittelt hier in einem Mordfall.«

»Wie ist seine Verbindung zu unserer Operation?«, fragte Liedtke.

»Keine«, entgegnete Neu.

»Spielt er irgendeine Rolle im Stab?«, fragte Lagemann.

»Keine«, antwortete Neu wieder.

Nachdem die Herren mich in der gebotenen militärischen Kürze auf meine Bedeutungslosigkeit hingewiesen hatten, fragte Oberst Neu: »Herr Wegener, wir haben keine Zeit mehr für Spielchen. Wenn Sie etwas beizutragen haben, dann tun Sie es jetzt.«

Nun war es ja praktisch eine Frage der Ehre. »Er könnte auch weniger Männer in der Anlage haben. Vielleicht wollte er uns absichtlich täuschen.«

Der Oberst nickte. »Die Männer sahen sich alle ziemlich ähnlich. Das bedeutet, die Aufgabe könnte leichter werden, als wir denken.«

»Aber Sie sollten diese Männer auch nicht unterschätzen. Einer von Ihnen hat unser Opfer in Krefeld ermordet. Wahrscheinlich mit einem bisher unbekannten Kontaktgift, das kaum nachzuweisen ist.«

Oberst Neu nickte höflich. »Wir werden das berücksichtigen.«

Ich fand, dass mein großer Auftritt damit beendet war.

Was wusste ich schließlich über Geiselnahmen? Also sagte ich: »Oberst Neu, wir werden wieder nach Krefeld aufbrechen. Wir wünschen Ihnen viel Erfolg.«

Er kam um den Tisch herum und drückte uns die Hand. »Für Sie auch alles Gute.« Im nächsten Moment setzte er auch schon seine Einweisung fort.

»Sehr schön. Dann gehen wir jetzt«, meinte Nina.

»Sofort, sofort.« Ich ignorierte Ninas Seufzen und ging zu Bensmann.

Ich hörte ihn sagen: »Meine Güte, damit könnten wir tatsächlich über neunzig Prozent der Freisetzung abfangen.«

Das klang wunderbar hoffnungsvoll. Als er uns sah, unterbrach Bensmann sein Gespräch und stand auf.

»Wir sind auf dem Weg zurück nach Krefeld«, sagte ich während des Händeschüttelns.

»Kommen Sie gut nach Hause«, sagte der Aufsichtsbeamte. »Ich hoffe, Sie nehmen mir die peinliche Verwechslung nicht übel.«

»Ich wollte schon immer mal bei der CIA sein.«

»Sie wären ein guter Agent geworden. Vielleicht machen wir Ihnen ja mal ein Angebot.«

Ich schaute ihn an, konnte aber nicht sagen, ob er es ernst meinte oder sich über mich lustig machte.

Eine Frage musste ich allerdings noch loswerden. »Was macht denn der BND in der Aufsichtsbehörde und in diesem Kernkraftwerk?«

Bensmann schaute mich einen Moment eindringlich an. Dann sagte er: »Ach, was soll's. Das ist sowieso ein offenes Geheimnis. Es gibt schon lange Hinweise, dass terroristische Anschläge in Deutschland geplant sind.«

»Von UBL?«

»Aus seinem Umfeld. In jedem Fall aus dem Ausland. Auf der Liste der möglichen Ziele stehen auch einige Kernkraftwerke. Deshalb hat der BND einige Personen in den Aufsichtsbehörden angesprochen, die er für zuverlässig hielt.«

»Auch Sie«, stellte Nina fest.

»Um UBL zuvorzukommen. Aber Hennies war noch schneller«, meinte ich.

»UBL haben wir es zu verdanken, dass wir relativ gut vorbereitet sind.«

Das war natürlich beruhigend. Tatsächlich wirkte Bensmann zwar angespannt, aber nicht so panisch, wie ich es an seiner Stelle vielleicht gewesen wäre. »Wir wünschen Ihnen viel Glück!«

»Das können wir gebrauchen«, sagte er mit schwerer Stimme. Er fuhr sich nervös mit der Hand über die Stirn und fügte hinzu: »In weniger als vierundzwanzig Stunden werden wir hier mit hoher Wahrscheinlichkeit ein Ereignis der Stufe sieben haben, das wird sehr hässlich.«

Ich schaute ihn an und fragte: »Wie viele Stufen hat die Skala?«

»Sieben.«

»Oh.«

Zum Schluss hatte der Wortwechsel doch noch eine ziemlich bedrückende Wendung genommen. Nina dachte praktisch und befand sich in Gedanken schon auf dem Heimweg: »Wo bekommen wir ein Auto her?«

»Ich fürchte, hier herrscht das Chaos und Sie müssen sich einfach durchfragen.«

»In Ordnung, das machen wir.«

Wir verabschiedeten uns knapp und Bensmann setzte sich wieder an den Computer. Als wir zum Ausgang gingen, sagte er: »Was benötigen wir dafür?«

Wir traten ins Freie und ich wünschte den Männern in diesem Zelt von ganzem Herzen alles Glück dieser Welt bei dem, was sie in den nächsten Stunden tun würden.

»Machen wir, dass wir nach Hause kommen«, sagte ich, als wir in der allgemeinen Betriebsamkeit vor dem Zelt standen.

»Wir sind nur deinetwegen noch hier«, antwortete Nina.

»Zugegeben. Soll ich uns ein Auto organisieren?«

Nina hob ihre Hand. »Nein, lass mal, das mache ich lieber selbst.«

Entweder sie bezweifelte die Aufrichtigkeit meines Wunsches, nach Hause zu fahren, oder meine Fähigkeit, unter chaotischen Zuständen kurz vor dem nuklearen Armageddon einen fahrbaren Untersatz zu organisieren.

Ich sah, wie sie einen Polizisten ansprach, der mit dem Einweisen verschiedener Feuerwehrfahrzeuge und Rettungswagen beschäftigt war. Nach einem kurzen Wortwechsel nahm der Polizist sein Funkgerät und wandte sich dann wieder an Nina. Sie wirkte zufrieden, als sie zu mir zurückkam.

»Und, hast du ein Auto?«

»Nein.«

»Gut, dass du gegangen bist«, kommentierte ich.

Sie funkelte mich böse an. »Es ist im Moment nicht möglich, mit dem Auto aus dem Sperrgebiet hinauszufahren.«

Aha. Nun befanden wir uns also schon im Sperrgebiet. Aber wahrscheinlich hätte mich das angesichts der Lage nicht wundern dürfen. »Lass mich raten. Wir gehen zu Fuß?«

»Nein«, entgegnete Nina, nun mit einem Grinsen. »Wir fliegen.«

Das hatte Stil.

»Wir können uns am Landeplatz melden und dann den nächsten Pendelflug Richtung Westen nehmen. Vor Dortmund gibt es einen Umschlagplatz, wo wir ein Auto bekommen werden.«

Wir marschierten los Richtung Landeplatz. Bis jetzt hatte ich die vielen Hubschrauber, die landeten und wieder starteten, im allgemeinen Trubel zwischen Katastropheneinsatz und Truppenaufmarsch nicht beachtet. Irgendwie gehörte das an- und abschwellende Knattern der Hubschrauberrotoren einfach dazu, wenn Krieg oder Weltuntergang im Aufzug waren.

Erst jetzt fiel mir auf, wie nah der Landeplatz war. Allerdings war es nicht so einfach, den Weg zwischen Zelten und

Aufstellplätzen, Containern und Fahrzeugen hindurchzufinden. Es war das reinste Labyrinth, mal näherten wir uns dem Landeplatz, mal entfernten wir uns wieder von ihm.

Als wir zum zweiten Mal an derselben Stelle vorbeikamen, fragte ich: »Meinst du, wir haben uns verlaufen?«

»Gut möglich.« Nina sprach einen Sanitäter an, der gerade aus einem Zelt kam und zu einem Rettungswagen gehen wollte. Der Mann lächelte. Ein näherer Blick in sein Gesicht zeigte mir, dass er noch ein halbes Kind war. Zumindest von meinem Standpunkt aus. »Der direkte Weg zum Landeplatz ist versperrt«, erklärte der Sanitäter. Dann hob er die Zeltplane an und deutete hinein. »Am besten Sie gehen hier durch und am anderen Ende wieder hinaus, dann sind Sie ziemlich nah dran.«

Wir bedankten uns und schlüpften in das Zelt hinein. Wir sahen Regale mit einer Vielfalt an medizinischen Geräten, abgetrennte Bereiche mit Betten und einen Behandlungsbereich mit Operationstisch. Offenbar war man hier auf alles vorbereitet. Um uns herum eilten Sanitäter, die mit Aufbauen und Einräumen beschäftigt waren und uns nicht weiter beachteten.

»Die meinen das ernst«, stellte ich fest.

»Gut so. Diese beiden Spinner meinen es ja auch ernst.«

Womit sie recht hatte. »Aber ich sehe keine Bereiche zur Dekontamination.«

»Darüber sollten wir uns keine Gedanken machen. Die Jungs wollen doch die ganze Radioaktivität einfach wegzaubern«, erinnerte sich Nina.

»Wir sollten wirklich schnellstmöglich hier abhauen«, bemerkte ich.

Sie hielt mitten im Schritt inne und drehte sich um. Bevor ich mich versah, hatte ich ihren spitzen Zeigefinger in meiner Brust stecken. »Markus, wir könnten schon längst zurück in Krefeld sein, wenn du nicht den Helden von der CIA gespielt hättest!«

Ich sagte: »Du piekst mich.«

Sie schaute mich verärgert an, dann drehte sie sich auf dem Absatz um und marschierte zum Ausgang. Ich folgte ihr und im nächsten Moment standen wir am Rand des Landeplatzes. Ich vermutete, dass auf diese Weise Verwundete direkt aus dem Zelt in den Hubschrauber oder umgekehrt gebracht werden konnten. Genau das, was man auf einem Schlachtfeld so brauchte. Tatsächlich endete hier die Herrschaft der Sanitäter, Feuerwehrleute und Polizisten. Etwa zwanzig Meter von uns entfernt stand ein Soldat und wies mit zwei Kellen einen Hubschrauber beim Landen ein. Als er aufsetzte, sprangen keine schwer bewaffneten Soldaten heraus, um sich auf ihren Feind zu stürzen. Stattdessen öffnete sich die Luke an der Seite und zwei herbeigeeilte Sanitäter halfen der Besatzung, mehrere große Kisten auszuladen.

Nina ging zielstrebig auf die Männer zu, um herauszufinden, ob dieser Hubschrauber uns unbeschadet aus dem Kampfgebiet herausbringen konnte.

Er konnte. Wir boten den Soldaten unsere Hilfe beim Ausladen an, wurden aber mit einem höflichen Lächeln beiseite gestellt, damit wir nicht stören konnten.

»Ich fühle mich nicht ganz ernst genommen«, sagte ich.

»Warum nimmst du nicht deinen CIA-Ausweis und sagst ihnen die Meinung?«

»Langsam habe ich das Gefühl, dass du sauer bist«, sagte ich.

Erst schaute sie mich an, dann lehnte Nina plötzlich an meiner Schulter. »Ich bin Polizistin. Auf einen Krieg bin ich nicht vorbereitet.«

Ich legte meinen Arm um sie.

»Und auch nicht auf einen Mann, der sich direkt mitten hineinstürzt.«

Ich drehte mich zu ihr, um sie richtig in den Arm zu nehmen. »Lass uns in Zukunft nur noch normale Morde untersuchen. Aus Eifersucht. Gier. So etwas.«

»Ohne verrückte Superschurken?«

»Ohne Superschurken.«

Sie legte ihren Kopf an meine Brust. »In Ordnung.«

Wir konnten einsteigen und zwängten uns im Hubschrauber auf zwei schmale Sitze, deren Lederpolster abgewetzt war. Sie gaben uns genug Halt, damit wir nicht stehen oder auf dem Boden sitzen mussten, waren aber alles andere als bequem.

Ich saß am Fenster und warf einen letzten Blick auf das Kernkraftwerk, als der Hubschrauber mit einem groben Ruck abhob. Der Pilot drehte nach Westen und beschleunigte.

Wir hatten nicht gekämpft. Wir hatten uns noch nicht einmal in ernster Gefahr befunden und es war durchaus möglich, dass die ganze Sache noch ohne Schaden abzuwenden war. Trotzdem glaubte ich, einen Teil der Erleichterung eines Soldaten nachempfinden zu können, der nach überstandenem Kampfeinsatz ausgeflogen wird, als ich unter mir die Zelte, Fahrzeuge und Menschen immer kleiner werden sah.

Ich atmete erleichtert aus und ließ mich gegen die harte Rückwand des Helikopters sinken. Neustadt mit seinem Kernkraftwerk im Rücken, Krefeld fest im Blick, wähnte ich uns allen Gefahren entkommen. Sobald wir gelandet waren, würden wir uns ein Auto besorgen und bei normalem Verkehr in weniger als neunzig Minuten zu Hause sein.

Der Landeplatz ähnelte einem großen Parkplatz. Einige Fahrzeuge standen ordentlich aufgereiht zum Entladen, andere kamen, wieder andere fuhren ab. Der Landeplatz schnellte auf uns zu und wir setzten auf, wie wir gestartet waren. Äußerst unsanft.

»Ich kann nur hoffen, dass der Pilot sonst nur Fracht befördert«, sagte ich, als wir auf den Schotterplatz sprangen und die geparkten Pkws ansteuerten.

Nina stellte uns dem Soldaten vor, der offensichtlich für die Autos zuständig war. Bevor sie unser Anliegen erklären konnte, sagte der Mann: »Sie wurden mir angekündigt. Ich habe Ihnen ein Fahrzeug bereitgestellt.«

Eines musste man der Bundeswehr ja lassen. In puncto Organisation und Service waren sie perfekt. Der Mann deutete auf einen VW Passat mit Bundeswehrkennzeichnung und brachte einen Schlüssel zum Vorschein. »Er ist vollgetankt. Die Papiere liegen im Handschuhfach. Navigationssystem ist an Bord. Gute Fahrt!«

Für den Soldaten war die Angelegenheit damit erledigt und er widmete sich einer wichtigen Checkliste auf seinem Klemmbrett. Nina nahm den Schlüssel entgegen und wir gingen zu unserem Auto. Nina bestand darauf, zu fahren. Vielleicht traute sie mir nicht zu, den Weg nach Krefeld zu finden.

»Soll ich wenigstens das Navigationsgerät programmieren?«, bot ich an.

»Ich glaube, nach Krefeld finde ich auch so«, sagte Nina.

Zweifellos. Nina startete das Auto und ich lehnte mich zurück. Ich genoss das Gefühl, durchzuatmen und mich nicht selbst um die Sicherheit des ganzen Landes kümmern zu müssen.

Meine Gedanken wanderten zurück zum Kernkraftwerk. »Meinst du, das Ganze ist schon bekannt geworden?«, fragte ich Nina.

»Wir werden es gleich erfahren«, meinte Nina und stellte das Radio an. Wir hörten Musik, was schon einmal ein gutes Zeichen war.

»Vielleicht konnten sie es noch geheim halten«, sagte Nina leise.

Bis jetzt deutete aber nichts darauf hin, dass die Information schon nach außen gedrungen war. Bis auf die immer neu ankommenden Transporter und Einsatzfahrzeuge war die Landstraße frei und wir kamen gut voran. Ich vermutete, dass sämtliche Zufahrtsstraßen zum Kraftwerk und nach Neustadt abgesperrt waren, aber spätestens wenn wir die

Autobahn erreichten, würden wir feststellen, ob es Panik gab oder nicht. Nina folgte den Schildern in Richtung Dortmund. Meine Gedanken wanderten weiter ins Kernkraftwerk und zu Koslovski, der selbstzufrieden mit einem strahlenden Lächeln erklärte, dass er das Ruhrgebiet zerstören würde, wenn er Lust darauf hatte. Bei der Vorstellung überlief mich ein eiskalter Schauer. Außerdem spürte ich noch etwas anderes. »Kannst du gleich mal anhalten?«

»Warum das?«

»Ich muss mal.«

»Du musst … was?«

»Ich muss mal für kleine Kommissare.«

Sie schaute mich von der Seite an und ließ die Straße für einige lange Sekunden unbeachtet. »Ernsthaft?«, fragte sie.

Ich rief: »Achtung, da kommt ein …!«

Nina sagte: »Ich habe ihn gesehen.« Im letzten Moment wich sie einem Lastwagen der Bundeswehr aus, der mit aufgeblendetem Licht auf uns zuraste.

Ich merkte, dass ich meine Hände in den Sitz gekrallt hatte. Ich atmete konzentriert aus, in der Hoffnung, meinen Puls zu normalisieren.

»Musst du wirklich?«, fragte Nina.

»Ich war zuletzt um sechs Uhr heute Morgen.«

Sie dachte darüber nach und sagte dann: »Da vorne kann ich anhalten. Da sind ein paar Büsche.«

»Aber der Verkehr hier …«

»Dich könnte jemand sehen.«

»Schlimmer noch.«

»Schlimmer?«

»Krefelder Kommissar erleichtert sich an Landstraße.«

»Ich sehe keinen Reporter der Bildzeitung.«

»Das machen die absichtlich.«

»Sich verstecken?«

»Die sind wie Luft, bevor sie zuschlagen. *Besonders* bevor sie zuschlagen«, betonte ich.

»Dein Ruf wäre ruiniert.«

»Nicht nur meiner. Ich denke vor allem an die Polizei. Als Institution.«

Nina seufzte. »Das können wir nicht zulassen. Was schlägst du vor?«

Das war eine gute Frage. Ich hatte zwar keine Lust, ein Körperteil unterhalb meines Gürtels in der Öffentlichkeit zu entblößen, wusste aber auch keine Alternative. An kleinen Landstraßen wie der, die wir gerade befuhren, gab es in der Regel keine Toilettenhäuschen. Da ich wirklich dringend musste, war guter Rat nun teuer.

Die Erlösung kam schließlich in Form einer mobilen Einsatzzentrale der Feuerwehr. Von der Straße aus sah man vier Fahrzeuge ein wenig abseits stehen. Ich erkannte das Einsatzleitfahrzeug, von dem aus der Einsatzleiter alle Aktivitäten koordinieren konnte. Ohne es genau zu wissen, vermutete ich, dass diese Jungs ja auch irgendwann mal für kleine Feuerwehrleute mussten und bestimmt dafür zumindest eine geschützte Ecke hatten. Und an so einem quasi amtlich autorisierten Platz würde ich mich sehr viel wohler fühlen als an einem wild wachsenden Busch an der Landstraße.

»Halt doch dort mal an«, sagte ich zu Nina.

Sie verlangsamte und bog auf den Feldweg ein, der in hundertfünfzig Metern zum Einsatzleitfahrzeug führte. »Was ist das denn?«, fragte sie.

Ich wusste, dass sie nicht das meinte, was offensichtlich war, sondern darauf anspielte, warum eine solche Einsatzzentrale gerade an dieser abgelegenen Stelle positioniert war.

Obwohl ich ein neugieriger Mensch war, waren mir andere Dinge im Moment entschieden wichtiger. »Ich kann ja mal fragen«, schlug ich vor. Ich vermutete, dass von hier aus vielleicht einige Fahrzeuge zur Messung von Radioaktivität gelenkt wurden. Von Bensmann hatten wir gelernt, dass die festgelegten Messpunkte im Falle einer Freisetzung weit verstreut lagen. Auf Feldern, Wiesen, Äckern, wo man das nicht unbedingt vermuten würde. Nina hielt an und ich sprang aus der Beifahrertür. Mit großen Schritten überwand ich die wenigen Meter bis zur Tür des Einsatzleitfahrzeugs und klopfte an, weil ich nach der örtlichen Örtlichkeit fragen wollte. Von drinnen hörte ich eine gedämpfte Stimme. »Es ist offen.«

Eine interessante Antwort. Eigentlich wollte ich nicht hineingehen, aber es sah so aus, als würde mir nichts anderes übrig bleiben. Ich öffnete die Tür, stieg die beiden Stufen hoch und stand vor dem Tisch des Einsatzleiters. Die Tür fiel hinter mir automatisch ins Schloss.

Hinter dem Tisch im Halbdunkel saß Koslovski und richtete lächelnd eine Pistole auf mich.

»Nun verraten Sie mir aber, wie um alles in der Welt Sie mich gefunden haben.«

Wenn man bedachte, dass ich eigentlich nur pinkeln wollte, war das eine überraschende Wendung. Vielleicht weil der Druck in meiner Blase meinen Realitätssinn trübte, vielleicht aber auch, weil ich ihm zeigen wollte, was für ein harter Kerl ich war, sagte ich: »Ich verhafte Sie wegen Mordes an David Krusekamp und Daniel Schenke.«

Nun lächelte er nicht mehr. Er lachte schallend. »Meine Güte, Kommissar Wegener, Sie übertreffen sich ja selbst!« Er wischte sich eine Träne von der Wange, seine Waffe blieb aber unverändert auf mich gerichtet.

»Ist der Mann nicht köstlich, Wladimir?«, fragte Koslovski dann. Ich folgte der Richtung seiner Worte und entdeckte einen Mann, der seinem Aussehen und seiner Statur nach zur Familie der Geiselnehmer gehörte. Er musterte mich mit kalten Augen und ohne eine Spur des Amüsements, das sein Herr und Meister sich gönnte. Wladimirs Maschinenpistole zielte in meine Richtung. Unter anderem deshalb entschied ich mich, meine Handschellen lieber am Gürtel zu lassen und nicht auf dem Vollzug der Verhaftung zu bestehen.

»Nun, wir werden noch sehen, Herr Wegener, wie Sie auf mich gestoßen sind. Ich denke, jetzt müssen wir uns erst einmal um Ihre Begleiterin kümmern, nicht wahr?«

War meine Lage bis jetzt misslich gewesen, so wurde sie nun katastrophal. Koslovskis Worte und sein verbindliches Lächeln lagen wie ein Stein in meiner Magengrube. Ich hatte große Mühe, ruhig zu bleiben.

Meine Reaktion entging ihm nicht. Er zeigte noch mehr von seinen Zähnen und sagte beruhigend: »Aber, aber, Herr Wegener. Wir sind doch keine Monster. Wir sind Geschäftsleute, nicht wahr, Wladimir?«

Wladimir war offenbar noch nicht vollständig dressiert, denn er spielte nicht mit. Ihm war als Reaktion nur ein knappes Nicken zu entlocken.

Ohne die Pistole zu bewegen oder mich aus den Augen zu lassen, nahm Koslovski ein Funkgerät und sprach hinein. »Igor, draußen steht ein Wagen, in dem eine junge Frau wartet. Bring sie doch bitte zu mir. Ach ja, Igor. Die Frau ist Polizistin, sei vorsichtig. Ihr soll nichts geschehen.«

Igor bestätigte, dass er die Anweisungen verstanden hatte, dann warteten wir. Koslovski lächelte weiter und schwieg. Wladimir lächelte nicht, schwieg aber ebenfalls.

Der Raum war eng, vielleicht drei mal vier Meter groß, hatte den Charme eines viel zu kleinen Wohnwagens und wurde von einem übergroßen Kartentisch beherrscht. In einer Ecke stand ein Computer und ich vermutete, dass Koslovski sich tatsächlich von hier aus in die Videokonferenz eingeschaltet hatte.

Das konnte vielleicht teilweise erklären, warum er ein Feuerwehrfahrzeug als Kommandostand gewählt hatte. Wenn er über eine verschlüsselte Satellitenverbindung sendete, brauchte er sich um eine Ortung keine Gedanken zu machen, weil er immer wieder unauffällig den Standort wechseln konnte. Untertauchen war kein Problem, wenn man ein Feuerwehrkonvoi unter vielen war. Auf diese Weise war er persönlich in der Nähe des Geschehens, ohne sich selbst in Gefahr zu bringen.

Die Tür öffnete sich und Nina kam herein. Sie riss die Augen auf, als sie Koslovski erkannte. Ich schaute sie entschuldigend an. »Es war keine Absicht. Ehrlich.«

Sie war zu verblüfft, um zu antworten. Auf Anweisung von Koslovski tauschten wir die Plätze mit Wladimir. Im Unterschied zum Kernkraftwerk wurden wir nun durchsucht. Igor und Wladimir verstanden ihr Handwerk und hatten uns innerhalb von Sekunden den Inhalt unserer Taschen mitsamt Waffen abgenommen.

Ich rutschte hinter den Tisch ganz in die Ecke durch, Nina kam neben mich. Nun waren wir eingeklemmt und Wladimir stand neben uns. Koslovski blieb sitzen und machte es sich demonstrativ bequem. »Igor, fahr doch den Wagen unserer Gäste außer Sichtweite.«

Igor, der sich als eineiiger Zwilling von Wladimir und den Geiselnehmern im Kernkraftwerk erwies, nickte und verschwand.

»Nun, Herr Wegener, wo waren wir stehen geblieben?«

»Wir haben uns hingesetzt.«

Er lächelte. Irgendwie bekam er von der Plauderei mit mir wohl gute Laune. »Richtig. Frau Gerling, sitzen Sie auch gut?«

»Nein«, gab Nina schroff zurück.

Ein Kräuseln huschte über Stirn und Augenbrauen von Koslovski, verschwand aber ebenso schnell wieder. Er wandte sich erneut an mich. »Wie sind Sie hierhergekommen?«

»Meine Partnerin hat mich hergefahren.«

»Und warum hierher?«

»Wir sind auf dem Weg nach Krefeld.«

»Natürlich. Ich glaube nicht, dass das hier der nächste Weg zur Autobahn ist.«

Draußen donnerten mehrere Lastwagen vorbei, um dabei zu helfen, den Drohungen des Mannes zu begegnen, der vor uns saß. Ich wollte ihm nicht widersprechen, deshalb schwieg ich.

»Unsere Unterhaltung war zu kurz, um uns zu orten. Außerdem haben wir danach sofort den Standort gewechselt. Wir unterscheiden uns durch nichts von einem beliebigen anderen Feuerwehrkonvoi. Alleine in diesem Sektor gibt es derzeit drei weitere Konvois. Ich könnte es Ihnen auf der Karte zeigen.«

Ich wusste, worauf er hinauswollte, sagte aber immer noch nichts. Erst heute Morgen hatte ich schlechte Erfahrungen damit gemacht, andere zu bestärken, die mehr in uns sahen, als wir waren.

»Herr Wegener, ich habe Sie überprüft. Sie sind wirklich ein Kriminalkommissar aus Krefeld. Ich weiß, dass man Sie im Stab für einen Agenten der CIA gehalten hat. Und ich weiß, dass Sie das definitiv nicht sind. Der Agent, mit dem man Sie verwechselt hat, ein gewisser Marc Street, befindet sich derzeit in Südkorea. Sieht Ihnen übrigens verblüffend ähnlich, der gute Mann.«

Ich dachte nur daran, solange Koslovski redete und mit seinem Wissen prahlte, würde er uns wahrscheinlich nicht erschießen. Schließlich waren wir sein einziges Publikum. Ich zollte ihm ein wenig lautlosen Applaus, indem ich beeindruckt nickte.

»Und das bringt mich wieder zu meiner ersten Frage. Warum sind Sie hier?«

»Weil ich pinkeln muss«, antwortete ich wahrheitsgemäß.

Koslovskis Lächeln kühlte sich merklich ab. »Herr Wegener, ich meine die Frage ernst.«

»Und ich meine die Antwort ernst. Wir sind nicht auf der Suche nach Ihnen. Wir sind auf dem Rückweg nach Krefeld. Ich wollte mich in dem ganzen Trubel nicht an den Straßenrand stellen, deshalb sind wir hergefahren. Ich wollte nichts weiter als Ihre Toilette benutzen.«

Er schaute mich schweigend an und wir konnten förmlich sehen, wie er überlegte, ob er mir glauben sollte.

»Eigentlich nicht Ihre Toilette, sondern die der Feuerwehr.«

»Das könnte tatsächlich stimmen«, brummte Koslovski schließlich nachdenklich. »Ein bloßer Zufall.«

Bei der Art und Weise wie er das sagte, hatte ich den Verdacht, dass er noch eine philosophische Bemerkung anschließen würde. Und sie kam.

»Wussten Sie, dass der Zufall in der Weltgeschichte oft eine entscheidende Rolle gespielt hat?«

Es war glücklicherweise eine rhetorische Frage.

»Napoleons Russlandfeldzug, Wilhelms Russlandfeldzug, Hitlers Russlandfeldzug …« Koslovski richtete seinen Blick versonnen in Sphären, die nur er sehen konnte. Unsere Position hinter dem Tisch und Wladimirs Maschinenpistole sorgten dafür, dass wir bereitwillig zuhörten.

»Alles Zufälle, wussten Sie das?«

»Nein.« Außerdem war ich der Meinung, dass die Weltgeschichte aus mehr bestand, als aus den Russlandfeldzügen größenwahnsinniger Despoten. Was ich aber lieber für mich behielt.

Glücklicherweise ersparte Koslovski uns nähere Erläuterungen, sondern sagte nur: »Ich schätze, wenn so große Unternehmungen durch Zufälle zum Erfolg oder Scheitern gebracht wurden, ist das auch bei unserer sehr viel bescheideneren Operation möglich.«

Also glaubte er mir. Das war gut. Ich war mir aber alles andere als sicher, ob es gut war, dass er unser Erscheinen mit einer schicksalhaften Bedeutung auflud.

»Die Frage ist natürlich, was ich jetzt mit Ihnen machen soll, wo Sie hier sind und meine Abläufe stören?«

Ich sagte: »Der Grund gilt übrigens immer noch.«

»Welcher Grund?«, fragte Koslovski.

»Der, aus dem wir hier sind.«

Er schaute mich verständnislos an, war in Gedanken wahrscheinlich schon ganz woanders und zählte die tausend Millionen Euro, die der Finanzminister gerade zusammensuchte.

»Ich muss immer noch für kleine Kommissare.«

»Ach so«, sagte Koslovski und wie auf Knopfdruck erschien einen Augenblick später Igor in der Tür. »Herr Wegener möchte sich erleichtern. Bitte begleite ihn doch und pass auf, dass ihm nichts zustößt.«

Igor nickte, schwieg und richtete seine Maschinenpistole auf mich. Es würde wahrscheinlich der sicherste Toilettengang werden, den ich je gemacht hatte. Nina schaute mich besorgt an, als ich mich an ihr vorbeiquetschte, aber ich gab ihr durch ein kurzes Kopfschütteln zu verstehen, dass ich nicht den Helden spielen würde. Vielmehr hatte ich vor, zwei Dinge miteinander zu verbinden. Zum einen brauchte meine Blase so dringend eine kontrollierte Druckentlastung wie ein havariertes Kernkraftwerk, zum anderen wollte ich die Gelegenheit nutzen, mich ein wenig umzusehen. Nina wirkte beruhigt. Zumindest ein wenig.

Ich ließ mich von Igor mit stummen Gesten zwischen den Fahrzeugen hindurch führen, bis wir zu einem großen Busch kamen, der das eine Ende eines kleinen geschützten Bereichs bildete. Die anderen Seiten wurden von den Feuerwehrfahrzeugen abgeschirmt. Wir hielten an. Ich fragte: »Und wo ist nun die Toilette?«

Igor griff auf den Beifahrersitz eines Feuerwehrautos, holte eine Rolle Klopapier heraus und reichte sie mir. »Hier«, sagte er und setzte ein humorloses Grinsen auf.

Ich nahm das Toilettenpapier und schaute es einen Moment lang an. Genauso gut hätten wir auch an der Straße anhalten können, dort wo Nina es vorgeschlagen hatte. Allerdings wüssten wir dann nicht, wo Koslovski war, und hätten nicht die Chance, ihm seine Pläne zu vermasseln. Oder von ihm ermordet zu werden.

Ich versuchte, mir ein wenig Privatsphäre zu verschaffen, indem ich ein paar Zweige des Buschs zwischen mich und Igor brachte. Ich ließ mir Zeit, schließlich war ich auch hier, um mich umzusehen.

Die Feuerwehrwagen waren so aufgestellt, dass sie mit dem Busch, den ich nun mit meinem Urin wässerte, zu einem Rechteck aufgestellt waren. Zwei Wagen standen nebeneinander quer zur Straße und parallel zum Busch, die anderen beiden bildeten die senkrechten Seiten des Rechtecks.

Eines der vorderen Fahrzeuge war der Einsatzleitwagen mit Koslovski, Nina und Wladimir. Das andere musste ein normales Rüstfahrzeug sein, soweit ich es erkennen konnte. Die beiden seitlich angestellten Wagen waren speziell für Umweltmessungen ausgestattet und zur Abwehr von atomaren, biologischen und chemischen Stoffen. Das stand zumindest an der Seite der Fahrzeuge. In Zeiten, in denen sich Superschurken in Einsatzleitfahrzeugen der Feuerwehr einnisteten, um dort arglosen Kriminalkommissaren aufzulauern, mochte die Aufschrift stimmen oder auch nicht.

Igor wurde langsam unruhig. Ich wollte ihn nicht provozieren und suchte meinen Weg aus dem Busch heraus. Ich war mir sicher, MacGyver hätte aus der Klopapierrolle mit Hilfe eines Kaugummis und einer Büroklammer in der Zeit mindestens eine Panzerfaust gebastelt. Für mich war und blieb es Klopapier. Weil Igor immer noch die Maschinenpistole hatte, gab ich ihm die Rolle ohne Bedenken zurück.

Igor verstaute sie wieder auf dem Beifahrersitz, dann trieb er mich vor sich her zum Leitfahrzeug zurück. Ich stolperte auf der Treppe und schrammte mir das Knie auf, was ihn nicht interessierte. Igor übergab mich an Wladimir und ich zwängte mich zurück an Nina vorbei, die mich erleichtert musterte, als wollte sie feststellen, ob ich an einem Stück zurückgekommen war.

Koslovski saß vor dem Computer. Im Vergleich mit der Ausstattung, über die der Einsatzstab in seinem Zelt verfügte, wirkte seine Ausrüstung wie ein Spielzeug. Aber er schien auch so alles im Blick zu haben. Er murmelte: »Was zum Teufel tun die da bloß?« Er drehte sich zu uns und sagte: »Die fahren Panzer auf!«

Wir nickten artig, auch wenn wir das schon gewusst hatten.

»Ist das denn zu glauben? Was soll das?«, fragte er uns entrüstet.

Wir hoben bekümmert die Schultern und ließen ihn reden.

»Ich meine, die Lage ist doch eindeutig, oder? Ich habe die Kontrolle, die müssen zahlen. Eine ganz einfache geschäftliche Transaktion«, beschwerte sich Koslovski.

»Ja, aber die müssen ja auch zeigen, dass sie etwas tun«, gab ich zu bedenken.

Er schaute mich an, dann nickte er langsam. »Ja, das kann natürlich sein. Damit es nicht so aussieht, als hätten sie mir das Geld geschenkt.«

»Richtig.«

Er nickte weiter, sagte dann aber abrupt: »Selbst wenn es so ist, werde ich das nicht dulden. Wladimir, bring die beiden in unser Gästequartier, ich habe zu arbeiten.«

Das klang seltsam. Während wir hinter dem Tisch hervorkamen und vor der Tür warteten, stellte ich mir vor, wie Koslovski nun seine Akten nahm und Rechnungen für seine Dienste ausstellte. *Erlaube ich mir, Ihnen, verehrte Frau Bundeskanzlerin, für die unversehrte Übergabe des Kernkraftwerks Neustadt den Betrag von EUR 1.000.000.000,– zu berechnen. Zuzüglich der gesetzlichen Umsatzsteuer.*

Wahrscheinlich würde er aber eher dem Abschnittsleiter Heier und seinen Kollegen mit der Ermordung weiterer Geiseln drohen.

Wir verließen das Einsatzleitfahrzeug und gingen zwischen Wladimir und Igor, der wieder aus dem Nichts aufgetaucht war, zu dem Rüstwagen, der gleich nebenan stand. Solch ein Fahrzeug kann bis zu drei Feuerwehrmänner transportieren und daneben, wie der Name schon sagt, eine große Vielfalt und Menge an Ausrüstung. Diese war hinter Türen und Rollladen sorgsam verstaut und von außen zugänglich.

Wie sich herausstellte, handelte es sich bei diesem Rüstfahrzeug um eine Spezialanfertigung. Wladimir öffnete eine kleine Klappe an der Seite des Fahrzeugs, nicht größer als der Tankdeckel bei einem Pkw und steckte einen Schlüssel in das darunter verborgene Schloss. Eine Tür schwang auf und gab an der Stelle, wo Schläuche und Druckluftanschlüsse hätten sein sollen, einen Zugang ins Dunkle frei.

Wladimir stieß uns in den Wagen wie Vieh auf einen Waggon, was kein sehr würdevoller Vorgang war. Als hinter uns die Tür zufiel, versank unsere Welt in Dunkelheit. Im Innern war es leiser als in einem stillgelegten Kernkraftwerk.

Meine Augen gewöhnten sich nur langsam an die Dunkelheit. Wie sich herausstellte, war sie nicht so vollkommen, wie es zunächst den Anschein hatte. Von oben her sickerte ein wenig Sonnenlicht durch drei schmale, eng vergitterte Schlitze. Das Licht reichte aus, um Nina zu erkennen und die Wände zu sehen. Ich half Nina auf die Beine und schloss sie in die Arme. Wir sagten nichts, denn Worte waren in unserer Lage ganz und gar überflüssig.

Nach einer Weile, in der ich ihre Wärme gespürt und ihren immer noch wunderbaren Duft eingesogen hatte, sah die Welt schon nicht mehr ganz so düster aus. Ich spürte ihre Finger sanft über meinen Rücken tasten.

»Küss mich«, flüsterte sie.

Hier in diesem düsteren Verlies, in der Hand eines Superschurken, das nukleare Armageddon vor Augen, gab ich mich diesem Kuss hin. Falls das unprofessionell war, dann war mir das in diesem Moment vollkommen egal, denn ein anderer Gedanke schob sich in den Vordergrund.

Vielleicht ist das unsere letzte Gelegenheit.

Unsere Lippen berührten sich, öffneten sich und wir verschmolzen miteinander. Alles um uns herum wurde bedeutungslos. Die Welt begann sich zu drehen, wir taumelten, aber die Wand fing uns auf.

Ich hatte das Zeitgefühl verloren, als wir uns voneinander lösten, aber es waren die wundervollsten Momente seit Langem gewesen. Nina lehnte ihren Kopf gegen meine Brust und ich ließ ihre Haare durch meine Finger gleiten. Wir standen einfach da, ich horchte auf Ninas Herzschlag, spürte ihre Finger auf meinem Rücken und stellte mir vor, mit ihr an einem ganz anderen Ort zu sein. An dem es keine Kernkraftwerke gab und alle Superschurken hinter Gittern saßen.

Es kam mir wie ein Wunder vor, dass wir unserem Gefängnis, wenn auch nur in unserer Fantasie, überhaupt hatten entkommen können. Als der Zauber des Augenblicks verflogen war, fanden wir uns in der Wirklichkeit wieder, immer noch eingesperrt.

Ich sagte leise: »Ich hoffe, das war nicht das letzte Mal.«

»Ich auch«, antwortete Nina, bevor wir uns endgültig voneinander lösten.

Für ein paar schmerzhafte Augenblicke fühlte ich mich unvollständig. Es war wahrscheinlich einer der Momente, für die Sprüche wie: *Sei stark*, *Reiß dich zusammen* oder anderer Unsinn erfunden worden waren.

Wir sahen uns um. Der Raum selbst war leer, die Wände mit einem weichen Material überzogen, das auch Boden, Decke und die Tür bedeckte. »Schalldicht«, murmelte ich. Was natürlich erklärte, warum es plötzlich so still war, dass das Geräusch meines eigenen Herzschlags zu einem Dröhnen angeschwollen war.

Ich drehte mich zu Nina, zeigte stumm auf meine Ohren und umschloss dann mit einer Geste den ganzen Raum.

Nina nickte. Sie hatte verstanden. Nur weil wir nichts mehr von außen hörten, bedeutete das nicht, dass uns niemand zuhören konnte. Es hätte mich sogar gewundert, wenn wir nicht belauscht wurden.

»Wie eine Gummizelle«, meinte Nina.

»Stimmt«, mir fiel auch jemand ganz in der Nähe ein, der hier tausendmal besser reingepasst hätte als wir. Da ich wirklich an meinem Leben hing, sprach ich meinen Gedanken nicht aus.

Dann begannen wir, Wände, Boden und Decke akribisch Zentimeter für Zentimeter nach einer Fluchtmöglichkeit abzusuchen. Ich hatte zwar wenig Hoffnung auf Erfolg, aber sonst gab es ja nicht viel zu tun. Die Oberfläche war zwar nachgiebig, aber zu straff, als dass es möglich gewesen wäre, einen Teil davon zwischen die Finger zu bekommen. Sie fühlte sich dick, weich und kühl an. Ich vermutete eine Art synthetischen Stoff.

»Wahrscheinlich wasserdicht«, sagte ich zu Nina.

»Ja«, stimmte sie mir zu.

Mir kamen Bilder von Verhörräumen der Polizei in Staaten vor Augen, in denen der Besuch des Polizeipräsidiums für einen Bürger eine gute Chance darstellte, für immer zu verschwinden. Diese Räume waren über und über mit Blut und anderen Körperflüssigkeiten der Gäste verschmiert. Vielleicht stellte die Zelle, in der wir uns befanden, ja eine Art Hightechversion dieser Verhörräume dar. Nach einem Gespräch konnte man bei Bedarf alle kompromittierenden Spuren abwaschen und zurück blieb ein allenfalls exzentrischer, aber nicht belastender Feuerwehrwagen.

»Hast du etwas?«, fragte Nina.

»Nein«, sagte ich. Ich hatte schon eine halbe Wand abgearbeitet, musste aber feststellen, dass die Verkleidung ebenmäßig war und keine von außen erkennbaren Befestigungen oder Schwachstellen aufwies.

Wie es aussah, waren wir gefangen, ohne etwas dagegen unternehmen zu können. Koslovski wusste offenbar, was er tat. Ich ließ mich niedergeschlagen an der Wand herabsinken.

»Dann hoffen wir, dass er uns nicht vergisst«, sagte Nina und setzte sich neben mich. Sie griff nach meiner Hand und lehnte sich an meine Schulter.

So warteten wir.

Die Tür sprang mit einem schmatzenden Geräusch auf. Das grelle Sonnenlicht stach in den Augen und machte uns genauso blind wie die Dunkelheit bei unserer Ankunft in der Zelle. Ich hörte Wladimir, bevor ich ihn sah.

»Los, rauskommen!«, grunzte er und wir folgten ihm so gut wir konnten.

Draußen nahm die Welt zögerlich wieder Gestalt an, blieb allerdings vorerst ohne Farben. Wir stolperten die wenigen Schritte zum nächsten Fahrzeug zurück, kletterten die Stufen hinauf und zwängten uns wieder hinter den Tisch.

Im Inneren des Wagens saß Koslovski, der uns aufmerksam musterte. Sein Lächeln wirkte merklich weniger selbstsicher als noch zuvor. Vielleicht wegen der Aussicht, dass ein paar Panzer seine schönen Zukunftspläne durchkreuzen wollten. Er fragte: »Nun, was halten Sie von meinem Gästequartier?«

Ich antwortete: »Es hat den Charme einer Todeszelle.«

Vor der Entdeckung der Panzer hätte er darüber bestimmt noch gelacht. Nun lächelte er höflich. »Wissen Sie, Kommissar Wegener, Sie sind mir irgendwie sympathisch. Sie müssen sich keine Sorgen machen. Wir befinden uns mitten in einer rein geschäftlichen Transaktion. Ich habe nicht vor, Sie beide zu töten.«

Er schien meine Skepsis zu spüren und fügte hinzu: »Ehrlich, Sie können mir glauben.«

Eine kalte Hand umschloss mein Herz und es begann zu stolpern.

Koslovski fuhr fort: »Mein kleines Gästezimmer ist ganz neu, müssen Sie wissen. Sehr hilfreich, wenn man unauffällig Leute transportieren muss, die von der Polizei gesucht werden. Haben Sie die Wände untersucht?«

Ich schaute ihn nur an, ohne aus ihm schlau zu werden. Das schien ihn nicht weiter zu stören. »Natürlich haben Sie die Wände untersucht. Aber sie bieten keinen Angriffspunkt. Sind sehr widerstandsfähig. Wasserdicht. Kratzfest. Feuerfest.«

Ich zweifelte nicht daran. Zum Glück schaltete Nina sich

ein und wechselte das Thema: »Wie sollen wir Sie eigentlich nennen?«

Koslovski schien überrascht von der Frage. »Oh, jetzt enttäuschen Sie mich. Das LKA muss mich doch längst identifiziert haben.«

Ich folgte der Maxime, den Mann bloß nicht zu provozieren und sagte: »Vitali Koslovski.«

Er nickte zufrieden. »Sehen Sie.«

Ich fragte: »Werden Sie uns noch verraten, wie Sie es gemacht haben?«

»Was?«, fragte er konsterniert.

»Na, wie Sie das Kraftwerk besetzt haben. Ich meine, das ist ja nicht irgendein Betrieb. Aber es gab keinen Alarm, keine Vorwarnung. Die Behörden haben erst durch Sie erfahren, dass die Anlage unter Ihrer Kontrolle war.«

Er lächelte und ich hoffte, ihn bei seiner Eitelkeit gepackt zu haben. »Nun …«

Ich beugte mich ein wenig vor, um mein Interesse zu signalisieren. Dabei drückte ich unbeabsichtigt mit meinen Knien von unten gegen den Tisch und machte eine bemerkenswerte Entdeckung. Normalerweise war so ein Kartentisch fest an der Wand verschraubt, ähnlich wie auf einem Schiff. Der Tisch, hinter dem wir eingeklemmt waren, um uns besser unter Kontrolle zu halten, war nicht verschraubt, sondern lediglich an einer oder mehreren Halterungen an der Wand eingehängt. Als ich mit meinen Knien dagegendrückte, bewegte er sich mühelos mindestens drei Zentimeter nach oben.

Ich bemühte mich, nicht allzu überrascht zu wirken. Glücklicherweise hatte ich gleichzeitig meine Ellenbogen auf der Tischplatte aufgestützt, sodass der Tisch nicht schwankte oder sich sonstwie verdächtig bewegte. Weder Wladimir noch Koslovski bemerkten also etwas.

Aber Nina hatte es gesehen. Sie schaute mich überrascht an. Meine Gedanken rasten. Ein beweglicher Tisch konnte nicht nur sanft angehoben, sondern in Bruchteilen einer Sekunde durch die Luft getreten werden, um uns zu befreien und Wladimir und Koslovski zu überwältigen.

Wir brauchten für unseren wortlosen Gedankenaustausch ein paar Sekunden. Koslovski deutete das auf seine Weise. »Mein Gott, wollen Sie nun das Geheimnis erfahren oder nicht? Oder wollen Sie etwa schon wieder knutschen?«

Womit er bestätigte, dass die Zelle, in die er uns gesteckt hatte, verwanzt gewesen war. Mindestens. Ich dachte daran, wie gut es war, dass wir nur geknutscht hatten. Ich sagte: »Ich bin neugierig.«

Koslovski schnaubte. »Wissen Sie was? Wer von uns beiden ist denn der Kommissar? Verraten Sie mir doch, wie ich es gemacht habe.«

Natürlich wussten wir, warum es keinen Alarm bei der Polizei gegeben hatte, aber das Kernkraftwerk hatte ja noch andere Sicherheitsvorkehrungen und einige wehrhafte Wachleute zu bieten gehabt. Und dafür konnte allein der Sprengstoff, dessen Auswirkungen wir am Eingang gesehen hatten, nicht des Rätsels Lösung sein. Ich ließ meiner Fantasie freien Lauf.

»Ich glaube, es waren die Netzhautscanner«, sagte ich ruhig.

Koslovski betrachtete mich interessiert. Ich fuhr fort. »Die sind erst kürzlich installiert worden. Ich glaube, Sie haben damit Ihre Übernahme des Kernkraftwerks vorbereitet.«

Nina schaute mich erstaunt an, Wladimir blieb reglos. »Vielleicht haben Sie über den Laserimpuls, mit dem die Netzhaut abgescannt wird, ein Programm in das Gehirn des Personals übertragen, das alle Leute willenlos macht, wenn sie einen bestimmten Befehl, einen bestimmten Ton oder so etwas hören. So machten Sie die Leute willenlos und hatten freien Zugang. Ohne Alarm.«

Koslovski nickte langsam. »Sie meinen, ich hätte die Menschen, die im Kernkraftwerk arbeiten, programmiert, damit sie mir gehorchen, wenn ich es will?«

Ich nickte.

»Und das habe ich mithilfe der Netzhautscanner gemacht?«

»Habe ich recht?«

Koslovski lächelte, schüttelte nun aber den Kopf. »Herr Wegener, Sie haben zu viele James-Bond-Filme geschaut.«

Ich hob meine Schultern und hoffte, dass meine verrückte Theorie ausgereicht hatte, damit er von sich aus verriet, wie er vorgegangen war.

»Okay«, sagte Koslovski, »ich sage Ihnen, wie es war. Wir haben Giftgas verwendet.«

Ich fand diese Auskunft einerseits beruhigend, weil die Methode so konventionell war. Andererseits bedeutete sie auch mehr Tote.

»Giftgas ist schnell, effektiv, sauber«, erläuterte der Schurke.

»Das heißt, alle Wachleute sind tot?«

Nun wirkte Koslovski gekränkt. »Aber nein. Wir sind doch keine Mörder. Die Wachleute sind betäubt. Sie müssen sicherlich ärztlich behandelt werden, aber werden keine bleibenden Schäden zurückbehalten.«

»Eine Geisel haben Sie erschießen lassen«, warf ich ein, bevor Koslovski sich noch weiter im Licht seiner eingebildeten Humanität sonnen konnte.

Er sagte bekümmert: »Das war leider notwendig. Ich hoffe, damit Ihre Spezialkräfte zur Vernunft gebracht zu haben. Ein Angriff auf meine Männer ist aussichtslos. Durch die Demonstration haben wir eine Geisel geopfert, um die anderen unversehrt lassen zu können. Und natürlich das Ruhrgebiet.«

Koslovski – Scherzkeks und Menschenfreund. Ich sagte mit so wenig Spott wie möglich: »Sie sind ein zuverlässiger Geschäftsmann.«

Er nickte bloß. »Ich hoffe, so behalten Sie mich in Erinnerung.«

»Was ist mit Ihrem Partner?«, warf ich ein. »Der schien mir kein Geschäftsmann zu sein.«

Koslovski lächelte, diesmal mit einem Anflug von Warmherzigkeit. Ein seltsamer Anblick. »Rainer ist ein anständiger Kerl. Man hat ihm übel mitgespielt und niemand wollte ihm helfen.«

»Außer Ihnen?«

»Richtig. Ich meine, stellen Sie sich vor, er hätte es alleine versucht. Oder jemand anderen gefragt. Die ganze Operation wäre doch zu einer Katastrophe geworden.«

Der Mann war gefährlich, aber zugleich auf eine beängstigende Weise faszinierend.

»Sie werden alles fair zu Ende bringen?«, vergewisserte ich mich.

Er nickte. »Die Bedingungen sind klar. Wenn Sie sich daran halten, werden wir das Kraftwerk unversehrt zurückgeben.«

»Weil Sie ein verlässlicher Geschäftsmann sind«, wiederholte ich.

Was eigentlich nur eins bedeuten konnte. »Wollen Sie denn so eine ... geschäftliche Transaktion noch einmal durchführen?«, fragte Nina mit unterdrücktem Entsetzen.

Koslovski zögerte. »Nun, es heißt ja, sag niemals nie, nicht wahr?« Er lachte wieder über seinen eigenen Scherz. Immerhin wurden die Späße nun hintersinniger. Aber er fuhr fort: »Nein, eigentlich nicht. Ich meine, es dauert noch neunzehn Stunden, dann besitze ich eine Milliarde Euro. Das ist doch schon mal was. Ich überlege noch, was ich mit dem Geld anfange. Was meinen Sie?«

Nina und ich schauten erst Koslovski und dann einander an.

Der fragte erneut: »Was würden Sie mit so viel Geld machen?«

Das war eine gute Frage, wenn man ihr an einem warmen Sommerabend bei einem guten Glas Wein nachgehen konnte, um sich dann am nächsten Morgen wieder seinem eigenen Leben zuzuwenden. Sie kam in diesem Moment allerdings so unerwartet, dass mir keine Antwort einfiel.

»Keine Idee? Vielleicht bei einer anderen Summe? Eine halbe Milliarde? Hundert Millionen?«

Ich sagte zögerlich: »Ich würde das Geld den Opfern von Fukushima spenden.«

Koslovski reagierte mit einer Mischung aus Ärger und Ablehnung. »Ich glaube nicht an Entwicklungshilfe«, entgegnete er schroff. »Haben Sie denn keine bessere Idee?«

Wir blieben stumm. Irgendwie ließ Koslovski auch nicht die Stimmung aufkommen, die nötig war, damit ich mich Fantasien von unbeschränktem Reichtum hingeben konnte. Stattdessen versuchte ich etwas anderes: »Wenn es Ihnen nur ums Geld geht, warum besorgen Sie sich das nicht anders?«

Er zog eine Augenbraue hoch. »Eine Milliarde Euro? Wie denn?«

»Sie könnten am Devisenmarkt einsteigen«, schlug ich vor. »Die Gewinne sind enorm.«

Nun sah ich bei ihm zwar weder Ärger, noch Ablehnung, aber doch deutliche Skepsis. »Devisenmarkt? Nein, das ist mir zu unseriös.«

Hätten wir dieses Gespräch aufgezeichnet so wie den Tod von David Krusekamp, hätten wir später noch einmal herzhaft darüber lachen können.

»Oder Sie erpressen den russischen Staat«, schlug Nina vor.

Koslovski schüttelte energisch den Kopf. »Schauen Sie keine Nachrichten? Das ist viel zu gefährlich. Glauben Sie, ich habe Lust, mit Nervengas umgebracht zu werden, nur weil ich denselben Anspruch auf staatliches Geld erhebe wie ein korrupter Politiker?« Koslovski wechselte wieder zum ursprünglichen Thema zurück: »Sagen Sie mir lieber, was Sie mit dem Geld machen würden.«

»Ich weiß es nicht.«

»Na gut. Ich habe mich auch noch nicht entschieden. Vielleicht kaufe ich mir ja einen kleinen Staat in der Karibik, was meinen Sie?«

Ich meinte, in der Karibik könnte man für eine Milliarde Euro vielleicht sogar schon einen mittelgroßen Staat kaufen, aber ich schwieg.

»Zu übertrieben?«, fragte Koslovski nach.

»Nein, nur ein wenig … extravagant.«

»Stimmt.«

»Zumindest hätten Sie mit einem eigenen Staat keine Auslieferung an die Bundesrepublik zu befürchten.«

Diesmal lachte er über meinen Witz, was mich wohl auch zu einem Scherzkeks machte. Danach schlief unser Gespräch langsam ein und wurde zu einem anstrengenden Monolog Koslovskis. Er philosophierte über karibische Inseln, die Ehre eines Geschäftsmannes und darüber, dass man sogar die Bundeskanzlerin in seinem Gästequartier unbemerkt durch eine Polizeisperre bekommen würde.

Kurz gesagt war der Mann vollkommen übergeschnappt und es war unglaublich kraftraubend, ihn nicht merken zu lassen, was ich von ihm hielt. Noch anstrengender war es, gleichzeitig auf eine Chance zu lauern, uns aus unserer prekären Lage zu befreien.

Die Gelegenheit wurde durch ein leises Piepen angekündigt, das Koslovski darauf hinwies, dass einer seiner Leute mit ihm sprechen wollte. Er war sichtlich verärgert, in seinen Ausführungen unterbrochen zu werden.

»Was ist denn jetzt schon wieder?«, zischte er, während er sich umdrehte. Vielleicht hatte Oberst Neu wieder die Panzermotoren anwerfen lassen. Oder ein Angriff hatte begonnen.

Was auch immer geschehen war oder geschehen würde, für uns war es die Gelegenheit, auf die wir seit unserer Ankunft gewartet hatten. Nicht mit MacGyvers Talenten gesegnet, hatten wir nichts außer der Überraschung in unseren Händen.

Koslovski rollte mit seinem Stuhl zum Computer, die Pistole auf seinem Schoß. Die Panzer vor dem Kernkraftwerk hatten offenbar auch Wladimir nervös gemacht, denn er schielte neugierig auf den Bildschirm seines Chefs. Koslovski drehte uns den Rücken zu, Wladimir zeigte uns die Schulter, somit war die Gelegenheit besser, als ich mir hätte träumen lassen. Ich spannte meine Beine an, Nina ließ sich nach hinten fallen, dann stieß ich mit aller Kraft gegen den Tisch und katapultierte ihn in die Höhe.

In Momenten großer Gefahr, wenn unser Leben auf dem Spiel steht und mit ihm vielleicht noch sehr viel mehr, geschehen oft seltsame Dinge. Manchmal geht alles so schnell, dass wir uns hinterher an nichts erinnern können und uns alles so unwirklich vorkommt wie ein Traum. Manchmal tauchen wir in die Situation ein, wissen genau, was zu tun ist, alles gelingt uns und niemand kann uns aufhalten. Manchmal kommt aber auch alles ganz anders. So wie jetzt.

Ich war weit davon entfernt, in die Situation einzutauchen. Die Zeit verlangsamte sich und auf mysteriöse Weise verwandelte sich die Luft in eine zähflüssige Masse, die alles tat, um meine Arme und Beine dort festzuhalten, wo sie waren. Ich spannte meine Muskeln, kämpfte gegen den Widerstand und musste geradezu übermenschliche Kraft aufwenden für jeden Zentimeter, den ich mich vorwärtsbewegte. Es war wie in einem Albtraum, in dem ein Monster aus den Abgründen der Unterwelt oder die eigene Schwiegermutter einen verfolgt und man selbst gegen eine unsichtbare Wand aus Gummi kämpfen muss, während der Verfolger unaufhaltsam näher kommt. Ich spürte Panik in mir aufsteigen und hatte damit einen weiteren Gegner, gegen den ich mich behaupten musste.

Die Panik bezwang ich zuerst. Als ich zu Wladimir und Koslovski schaute, stellte ich fest, dass sie sich ebenso langsam bewegten wie ich. Die ganze Welt, einschließlich des fliegenden Feuerwehrtischs, schien sich in Zeitlupe zu bewegen. Ich konzentrierte mich auf meine Bewegungen und steuerte auf Wladimir zu, der mit seiner Maschinenpistole die größte Gefahr für uns darstellte. Koslovski war mit seinem rollenden Stuhl immer noch auf dem Weg zum Computer und diese Bewegung war nicht so leicht umzukehren.

Wladimir erkannte die Gefahr, die ihm durch uns drohte, und sah gleichzeitig den Tisch in hohem Bogen auf seinen Kopf zurasen. Er versuchte, nach hinten auszuweichen, wurde aber von der Wand daran gehindert. Er schrie, riss unkoordiniert einen Arm nach oben, um seinen Kopf zu schützen, und versuchte gleichzeitig, seine Waffe auf uns zu richten. Nina stürzte auf ihn zu.

Partner bei der Polizei müssen sich blind aufeinander verlassen können. Falls sie in eine Situation kommen, in der es um Leben und Tod geht, darf es kein Zögern, kein Überlegen, keine falsche Rücksichtnahme geben. Und genau aus diesem Grund durften Partner niemals ein bestimmtes Maß an Nähe überschreiten. Oder sie konnten keine Partner mehr sein.

Und genau das passierte mir nun mit Nina. Meine Hauptsorge galt nicht mehr meinem Leben, das von Wladimirs Waffe bedroht wurde, sondern ausschließlich der Gefahr, die Nina von ihm drohte. Das einzige, was mich davon abhielt, Nina zur Seite zu schubsen und mich vor sie zu werfen, war, dass sie unglaublich schnell war. In dem Moment, in dem der Tisch mit einem hässlichen Geräusch auf Wladimirs Arm krachte, sprang Nina ihm mit gestrecktem Bein und ihrem ganzen Gewicht in den Bauch. Der Mann mochte Muskeln haben, wie er wollte, der doppelte Angriff durch Tisch und Mensch ließ ihn erneut aufschreien und taumeln. Ich nutzte diese Gelegenheit und trat ihm mit voller Kraft mit meiner Schuhspitze zwischen die Beine.

Wahrscheinlich war es nur Zufall, aber mit diesem Tritt renkte sich die Welt wieder in ihr altes Gefüge ein. Luft war wieder Luft, die Zeit lief normal und damit überschlugen sich die Ereignisse in Bruchteilen einer Sekunde. Wladimir verdrehte die Augen, wimmerte kläglich und brach zusammen, halb unter dem Tisch begraben.

Damit war die größte Gefahr gebannt, doch für Triumph blieb keine Zeit. Wenig vorteilhaft für uns war Wladimir in Richtung seines Meisters gestürzt und die Maschinenpistole vor Koslovskis Füße geschliddert. Dem stand zwar die Verblüffung im Gesicht, er war aber besonnen genug, um sich zu bücken.

Wir hatten nicht die geringste Chance, die Waffe vor dem Schurken zu erreichen. Damit blieb uns nur die Flucht. Nina stieß die Tür auf und ich folgte ihr mit einem Hechtsprung nach draußen. Kugeln zerrissen die Luft über meinem Kopf, kurz darauf rollte ich über die staubige Wiese und folgte Nina hinter den Wagen mit dem Verlies in sichere Deckung. Vorerst zumindest.

»Was nun?«, flüsterte Nina und stellte damit die Frage des Tages.

Wladimir war ausgeschaltet, aber Koslovski mit Maschinenpistole hinter uns. Igor lief auch noch irgendwo zwischen den Wagen herum. Da der Konvoi aus insgesamt vier Fahrzeugen bestand, musste sich noch mindestens ein weiterer Mann irgendwo in der Nähe befinden. Wahrscheinlich eher zwei, weil Koslovski nicht selbst fahren würde. Womit also insgesamt noch vier Gegner übrig blieben, alle bestens bewaffnet. Wir hatten unsere beste Waffe schon eingesetzt und verbraucht. Koslovski konnte nun in aller Ruhe seine Leute alarmieren.

Guter Rat war teuer. Ich schaute mich hektisch um, fand aber nicht, was ich suchte. »Unser Auto ist weg.«

Nina nickte nur. Sie legte ihren Kopf auf den Boden und spähte unter den Feuerwehrfahrzeugen hindurch, um die Angreifer schon zu entdecken, wenn sie sich näherten. Ich behielt dafür den oberen Bereich im Auge, falls sich ein Angreifer an den Fahrzeugen entlang auf uns zuhangelte.

Der Standort des Konvois war günstig für Koslovski und ungünstig für uns. Bis zur Straße waren es hundertfünfzig Meter ohne Deckung. Der Busch auf der anderen Seite der

Wagen war die einzige wahrnehmbare Vegetation in der Umgebung, die höher als zehn Zentimeter war. Es gab keine Erhebungen oder Mulden, sondern nur flaches Land.

Dann sagte Nina: »Wir sind nicht allein.«

Die Schritte waren kaum hörbar und im ersten Moment schien jedem leisen Schritt ein noch leiseres Echo zu folgen. Dann signalisierte Nina, dass sich zwei Männer aus unterschiedlichen Richtungen näherten. Ich sah sie mit den Lippen *Igor* formen. Er näherte sich offenbar von den hinteren Wagen her. Für den anderen Mann, der sich vom Einsatzleitwagen anschlich, signalisierte sie mir mit Handzeichen, dass es nicht Koslovski war. Und somit einer von dessen bisher unsichtbaren Helfern.

Es wäre naiv gewesen, die Ankunft der Männer abzuwarten und zu hoffen, dass sie sich über unsere Köpfe hinweg gegenseitig erschossen, wenn wir uns nur rechtzeitig duckten. Deshalb wandte ich eine andere List an, um uns am Leben zu halten. Ich hatte schon in den Minuten zuvor den Boden abgesucht, aber nichts außer getrocknetem Gras, verwelktem Unkraut und steinharter Erde entdeckt. Da das eindeutig zu wenig war für das Ablenkungsmanöver, das mir vorschwebte, zog ich meinen linken Schuh aus.

Zwar war gerade kein Spitzenpolitiker in der Nähe, aber ich wollte ja auch kein politisches Statement abgeben. Ich verständigte mich mit Nina auf eine Richtung, wir entschieden uns für Igor, dann warf ich meinen Schuh im hohen Bogen.

Ich blickte ihm hinterher und hoffte, dass mein Plan funktionieren würde. Schließlich war ich nicht besonders geübt im taktischen Nahkampf. Ich hoffte inständig, dass Wladimir, Igor und ihre Klonbrüder zwar aussahen wie erfahrene Soldaten, es aber nicht waren.

Der Schuh landete mit einem Rascheln und einem Schlag im Gras und wirbelte sogar eine kleine Staubfontäne auf. Ich hielt den Atem an.

Die Männer stoppten, dann hörten wir Laufschritte. Wir schlichen uns so leise es ging am Wagen entlang in die Richtung, in der Igor aus einer Lücke zwischen den Fahrzeugen herauskommen musste.

Wir waren zu langsam. Zwar schafften wir es rechtzeitig um das Heck des Feuerwehrwagens herum, um dem unbekannten Mann auszuweichen, doch Igor sprang zwischen den Wagen hervor, bevor wir ihn erreichten.

Zu unserem Unglück erkannte er seinen Fehler, sobald er uns entdeckte, stoppte im vollen Lauf und richtete seine Waffe auf uns, noch bevor er angehalten hatte. Einen Moment lang dachte ich, er würde uns in diesem Augenblick erschießen.

Seine Geschwindigkeit gab den Ausschlag. Er war zuvor so schnell gelaufen, angelockt vom Geräusch meines Schuhs, dass er bei seinem Versuch, anzuhalten, ins Trudeln geriet. Nina erreichte ihn zuerst, ohne dass ein Schuss gefallen war. Wir wiederholten die Arbeitsteilung, die sich schon bei Wladimir im Einsatzleitfahrzeug bewährt hatte. Mit dem Unterschied allerdings, dass Nina Igor noch ihren Ellenbogen ins Gesicht rammte und damit seine Nase brach. Dafür hatten wir ihn nicht unter einem Tisch begraben.

Unglücklicherweise drückte Igor den Abzug seiner Waffe, während er zu Boden sank. Wir wichen den Schüssen aus und fluchten, weil wir nun nicht mehr damit rechnen konnten, unentdeckt zu bleiben.

Igor lag reglos am Boden. Ich betätigte mich als Menschenfreund und drehte ihn auf die Seite, damit er nicht an seinem eigenen Blut erstickte. Nina nahm seine Maschinenpistole, überprüfte das Magazin und warf die Waffe schimpfend in den Staub. »Leer«, stellte sie mit bitterer Stimme fest.

Ich tastete Igor ab, konnte aber keine Ersatzmagazine entdecken. Dafür fand ich das Handy des Mannes und nahm es an mich. Nina lief vor und ich folgte ihr auf einem Schuh und einem Strumpf.

Wir pirschten weiter voran auf der Suche nach einem neuen Platz, an dem wir uns auf die Lauer legen konnten. Mit Koslovski hatten wir nun noch mindestens zwei Männer gegen uns. Spätestens, wenn sie Igor bewusstlos und ohne sein Handy entdeckten, wussten sie, dass wir gefährlich waren. Falls das überhaupt möglich war, spannten sich meine Nerven noch mehr an, die Schatten wurden bedrohlicher und die Stille furchterregender.

Ich zog Igors Handy aus meiner Tasche und drückte ein paar Knöpfe. Die Tastatur war gesperrt, aber nicht mit einem Code gesichert. Ich löste die Sperre und wählte den Notruf – besetzt.

Auf dem Weg entlang des Feuerwehrautos begegneten wir niemandem außer ein paar Grasbüscheln. Wir schlichen um das Heck des Fahrzeugs und befanden uns dann in der Deckung des Buschs, der das Karree der Feuerwehrautos schloss. Während wir von außen um den Konvoi herumschlichen, kam ich mir ein wenig so vor, als belagerten wir eine finstere Burg, in der sich der Bösewicht hinter dicken kalten Mauern verschanzt hatte.

Ich wählte wieder die 110. Bei meinem zweiten Versuch hatte ich Erfolg und landete in der Leitstelle der Polizei in Dortmund. Ich stellte mich vor und machte deutlich, dass ich wichtige Informationen über den Aufenthaltsort von Vitali Koslovski hatte. »Es geht um Leben und Tod«, beendete ich meine Ansage. Das war offenbar sehr beeindruckend, denn zwei Sekunden später war ich mit dem Einsatzleiter in Dortmund verbunden. Ich wiederholte meine Schilderung und betonte: »Koslovski und seine Männer sind bewaffnet und versuchen, uns zu töten.«

»Verstanden«, sagte der Einsatzleiter und es war eines jener Worte, die mir erlaubten, ein wenig durchzuatmen. Hilfe war unterwegs. Wir mussten nur noch durchhalten.

Auch Nina wirkte erleichtert, aber wir mussten wachsam und in Bewegung bleiben. Wir setzten unseren Weg entlang des Buschs fort, spähten vorsichtig in alle Richtungen und rechneten jeden Augenblick damit, entdeckt und unter Beschuss genommen zu werden. Aber im Karree und hinter dem Busch lauerte nur die drückende Sommerhitze auf uns. Wir erreichten das Feuerwehrauto am anderen Ende unbehelligt.

An meinem Ohr hörte ich den Einsatzleiter. »Spezialeinheiten sind in der Luft. Wir haben Ihre Position. Wir benötigen acht bis zehn Minuten bis zum Zugriff. Halten Sie durch.«

Acht bis zehn Minuten waren eine beeindruckend kurze Zeit für einen Zugriff auf Koslovski und seine Männer. Und acht bis zehn Minuten vergingen wie im Flug, wenn ich mit Nina zusammensaß und wir uns über Dinge unterhielten, die nichts mit unserem Dienst zu tun hatten. Deutlich länger waren acht bis zehn Minuten, wenn ich mit Egon und Marla über die angemessenen Ermittlungsmethoden in einem Mordfall diskutieren musste. Aber in unserer Situation waren acht bis zehn Minuten eine unerträglich lange Ewigkeit.

Wir kauerten uns an das Heck des Feuerwehrwagens, das in den Busch hineinragte, und warteten. Nichts war zu sehen und außer ein paar vereinzelten Wolken am Himmel bewegte sich nichts. Mehrmals pro Minute wurde die Stille durch ein in der Ferne vorbeifahrendes Auto zerschnitten. Und ich fragte mich, ob sich ein Mann im Schatten der Geräusche eines dieser Autos an uns heranschleichen konnte.

Dann hörte ich auf einmal schwere Schritte auf uns zukommen. Meine Sinne waren hellwach und mein Körper bereit, wieder zu kämpfen und jeden Gegner zu Boden zu strecken. Nina schaute mich irritiert an. Als ich dann meinen Atem anhielt und nach dem Geräusch der Schritte lauschte, stellte ich fest, dass es nur die Schläge meines eigenen Herzens waren.

Wenig heldenhaft vom eigenen Herzschlag aufgeschreckt, lehnte ich mich an das Auto, schloss die Augen und versuchte es wieder mit dem Waldweg, der in Krefeld funktionierte, im Kernkraftwerk aber nicht.

Bäume tauchten auf, Stille umgab mich und ich ersann eine Straße in der Ferne, um ganz in das Fantasiebild einzutauchen. Hier auf der Dortmunder Wiese, angelehnt an eine Mauer von Koslovskis Trutzburg, funktionierte es. Mein Herz beruhigte sich, meine Gedanken fanden zur Ordnung zurück.

»Geht es wieder?«, flüsterte Nina.

Ich nickte. Ich nahm mir vor, mit Dr. Klein darüber zu sprechen, warum der Wald so unterschiedlich wirkte. Falls wir diese Sache überlebten.

»Gut«, sagte Nina. Ihr war keine Angst anzumerken. Vielleicht hatte sie einen besseren Trick als ich.

Während wir also mehr oder weniger nervös weiter auf unsere Rettung warteten und in aller Intensität erlebten, wie sich nichts ereignete, fragte ich mich, ob die Zeit eigentlich auf unserer Seite war. War es für uns von Vorteil, hier zu hocken, oder machten wir es Koslovski dadurch leichter? Ich stellte mir vor, dass Koslovski noch über zwei Männer verfügte, die sich so postiert hatten, dass wir uns nicht unbemerkt vom Karree entfernen konnten. Denn wenn er unsere Flucht riskierte, konnte er gleich aufgeben. Und würde nie Besitzer eines eigenen Staates sein.

Und würden die Männer einfach dort bleiben und abwarten, bis wir einen Fehler machten? Oder schlich sich Wladimir mit seinem Kumpan nicht längst auf leisen Sohlen an uns heran?

Von der Vernunft getrieben, von der Angst gebremst, bewegte ich mich zögernd vorwärts. Nina folgte mir. Wir schlichen geduckt am Fahrzeug entlang bis zu den seitlichen Türen.

Die Fahrzeuge ähnelten sich, aber ich war mir relativ sicher, dass sich Koslovskis Verlies nicht in diesem Auto befand. Ohne mich aufzurichten, griff ich nach dem Hebel, der einen Rollladen öffnen würde. Entweder der Hebel klemmte oder er war nicht dazu gedacht, dass man ihn bediente, während man vor dem Wagen halb auf dem Boden lag. Schließlich öffnete sich der Verschluss durch reine Kraftanwendung und die Tür schnurrte nach oben auf.

Das Geräusch war deutlich zu hören, der offene Rollladen deutlich zu sehen, aber das war es schließlich, was ich wollte. In dem Fahrzeug waren, genau wie ich gehofft hatte, die unterschiedlichsten Feuerwehrutensilien fein säuberlich verstaut. Zwei Handfeuerlöscher befanden sich auf der untersten Ebene und lächelten mich einladend an. Ich nahm mir einen. Er war überraschend schwer.

Eine der großen Feuerwehräxte wäre mir lieber gewesen, aber dafür hätte ich ganz aufstehen müssen, was mir angesichts der Möglichkeit unentdeckt auf der Lauer liegender unfreundlicher Russen zu gewagt erschien. So trug ich meinen Feuerlöscher behutsam weiter nach vorne und stoppte an der Fahrertür. Wir standen reglos und lauschten. Es war nichts zu hören.

Ich vermutete in der Stille die Ruhe vor dem Sturm. Die Vorstellung schlich sich in meine Gedanken, dass genau auf der anderen Seite des Feuerwehrwagens ein Mann mit gehobener Waffe stand und ebenso angestrengt nach uns lauschte wie wir nach ihm.

Ich atmete tief durch, machte meinen Feuerlöscher bereit. Dann rief ich gerade so laut, dass man es deutlich hören konnte: »Mach schnell, ich hab den Schlüssel!«

Meine Worte wirkten sofort. Wir hörten eilige Schritte und im nächsten Moment tauchte der eineiige Zwilling von Wladimir und Igor vor uns auf. Bevor er wusste, wie ihm geschah, sprühte ich ihm eine volle Ladung Schaum aus meinem Feuerlöscher ins Gesicht, obwohl es nicht in Flammen stand. Nina rammte ihm ihren Absatz in die Magengrube. Als ich mit der Kante des Feuerlöschers gegen die Schläfe des Mannes schlug, gab es ein hässliches Knirschen.

Im nächsten Moment tauchte ein weiterer Kämpfer der Sorte Wladimir-Igor hinter uns auf und zerschoss mein Mitleid mit einer Salve aus seiner Maschinenpistole, bevor es überhaupt entstehen konnte.

Wir retteten uns in die Richtung, aus der der erste Angreifer gekommen war, hinter das schützende Blech des Feuerwehrwagens. Drei Schritte später befanden wir uns im Inneren des Karrees. Was wahrscheinlich genau der Ort war, an dem uns Koslovski haben wollte. Als wir das erkannten, war es freilich zu spät, um umzudrehen.

Koslovski stand grinsend in der Tür seines Kommandowagens und eröffnete das Feuer auf uns.

Als ich die Schüsse hörte, war ich mir sicher, dass Koslovski auf uns feuerte. Schließlich hatte er seine Waffe mit diabolischem Grinsen auf uns gerichtet. Wir standen in seinem Schussfeld wie auf dem Präsentierteller.

Aber die Schüsse, die ich hörte, kamen nicht von Koslovski. Als ich genauer hinsah, erkannte ich eine Diagonale aus roten Punkten auf seiner Brust, das Grinsen war mittlerweile aus seinem Gesicht gewischt und von Verblüffung ersetzt. Die Waffe fiel aus seiner Hand und er folgte ihr die kurze Treppe hinunter.

Erst jetzt sah ich den schwarzen Helikopter, aus dem die Spezialeinheiten sprangen, erkannte den Scharfschützen, der Koslovski immer noch anvisierte, jederzeit bereit, erneut zu schießen.

Nina und ich hoben langsam unsere Hände, um zu zeigen, dass wir unbewaffnet waren. Trotzdem fielen im nächsten Moment wieder Schüsse. Die Spezialkräfte duckten sich, schwärmten aus, suchten den Schützen. Dann bemerkte ich, dass ich taumelte. Meine Beine fühlten sich heiß an. Und noch während einer der Männer in schwarzer Uniform »Runter! Runter! Runter!« schrie, sackten meine Beine ohne mein Zutun unter mir weg und ich schlug hart auf dem Boden auf.

Ich tastete an meinem Körper hinab, erreichte meine Beine, fühlte etwas Feuchtes und als ich meine Hand wieder zurückzog, war sie nass und rot vom Blut. Weitere Schüsse fielen und ich hörte in den Echos der Stimmen und der Funkgeräte, wie das ganze Gebiet gesichert wurde.

Atemberaubende Schmerzen breiteten sich von meinen Beinen über meinen Rücken im ganzen Körper aus und mein Blick verschwamm. Ein Mann in Uniform kniete neben mir nieder. Sah meine Beine. Sprach in sein Funkgerät. »Sanitäter. Zwei Personen verwundet.«

Ein Sanitäter war wunderbar. Zwei Verwundete nicht. Ich drehte meinen Kopf und rief: »Nina!«

»Ich bin hier«, hörte ich sie sagen. Ich musste meinen Kopf drehen. Sie lag schräg hinter mir. Ihre Schulter und ihr Arm blutüberströmt.

Mehr noch als meine eigenen Schmerzen bestürzte mich dieser Anblick: Nina verletzt und hilflos und ich war nicht in der Lage, ihr zu helfen. Im nächsten Augenblick kniete ein Mann neben mir, ein Koffer mit rotem Kreuz knallte auf den Boden und meine Hose wurde aufgeschnitten. Der Sanitäter hatte ein freundliches Gesicht mit durchdringenden blassgrünen Augen. Er legte mir einen Venenzugang, während er mich fragte, ob ich Schmerzen hatte.

Hinter mir hörte ich einen Sanitäter erklären: »Sie haben Glück gehabt, die Verletzungen sind nicht schwerwiegend.« Und obwohl er mit Nina sprach und nicht mit mir, hielt ich das für die beste Nachricht des Tages.

Nach einem kurzen Blick auf meine Beine sagte mein Sanitäter mit ernster Miene zu mir: »Sie müssen ausgeflogen werden. Sofort.«

Nur Augenblicke später fand ich mich auf eine Trage geschnallt in einem Hubschrauber wieder, ein Monitor zeigte meine Vitalzeichen und der Sanitäter erhöhte die Schmerzmitteldosis meiner Infusion.

Nina lag neben mir. Ich schaute sie an und sah die Frau,

die ich mehr liebte, als ich jemals einen Menschen geliebt hatte. Ich flüsterte: »Bleibst du bei mir?«

Sie erwiderte meinen Blick. »Ich bleibe bei dir.«

Meine Schmerzen ebbten ab, bis sie ein schwaches Echo in der Ferne waren. Das Innere des Hubschraubers war nicht mehr grau, sondern von reinem Gold, in dessen Zentrum sah ich Ninas Gesicht, umgeben von einer strahlenden Aura.

Ich verstand ihre Worte nicht genau, aber der Klang ihrer Stimme reichte mir vollkommen. Ich spürte die Vibrationen des Hubschraubers, Ninas Hand in meiner und bemerkte, wie meine Augen schwer wurden, als der Sanitäter die Infusion ganz aufdrehte. In meinem Bewusstsein begann die Abenddämmerung, ich fühlte mich leicht und schwebte mit dem Hubschrauber durch die Luft in Sicherheit.

Auszug aus dem Vernehmungsprotokoll von Carola Freise

Kriminalhauptkommissar Bastian Prager: So kommen wir nicht weiter, Frau Freise.

Carola Freise: Wo wollen Sie denn hin?

P: Sind Sie sich bewusst, in welcher Lage Sie sich befinden?

F: *(schweigt)*

P: Geiselnahme und Mord.

F: Ich habe keinen umgebracht.

P: Sie haben David Krusekamp dazu gebracht, die Sicherheitssysteme zu manipulieren.

F: *(schweigt)*

P: Deshalb ist er ermordet worden.

F: Ich habe ihn nicht getötet.

P: Von der Sprengung des Kernkraftwerks ganz zu schweigen.

F: Damit habe ich nichts zu tun.

P: Sie lügen.

F: Sie haben doch keine Ahnung.

P: Dann erklären Sie es mir.

F: Glauben Sie denn, ich habe gewusst, was die vorhaben? Wie alles enden würde?

P: Ja.

F: Ich hatte keinen Schimmer.

P: Erzählen Sie mir, wie es wirklich war.

F: Können Sie sich überhaupt vorstellen wie das ist? So zu leben wie ich?

P: Als Angestellte im Kernkraftwerk?

F: Als Frau! Ach, was rede ich, Sie sind ja auch bloß ein Kerl.

P: *(schweigt)*

F: Eigentlich sogar ein ganz hübscher.

P: Wir sprechen über Mord und Geiselnahme, Frau Freise. War Ihr Mann auch darin verwickelt?
F: Was hat mein Mann damit zu tun?
P: Sagen Sie es mir.
F: Mein Mann – der war doch nie zufrieden.
P: Womit?
F: Mit gar nichts. Aber Sie wissen nicht, wie das ist. Ich meine, ich gebe ihm das hier *(die Beschuldigte umfasst ihre Brüste und hebt sie an)*. Das alles. Nur für ihn. Und was macht der? Geht lieber in die Kneipe, betrinkt sich und fängt eine Schlägerei an.
P: Anstatt zu Hause zu sein.
F: Ja, und es mir … O Verzeihung, das darf man hier wahrscheinlich nicht sagen. *(lacht)*
P: Ihr Mann interessiert sich nicht für Sie.
F: Und wenn, dann sieht er nur das hier – dabei bin ich doch eine Frau, oder etwa nicht?
P: Sie wollten mehr.
F: Alle Frauen haben ein Recht darauf.
P: Ihr Mann hat Sie nicht verstanden.
F: Es ist frustrierend.
P: Also haben Sie sich ein wenig umgeschaut. Andere Mütter haben auch hübsche Söhne.
F: *(nickt)*
P: Sie fanden David Krusekamp.
F: Der war besser.
P: Ein besserer Liebhaber?
F: Das auch. Und er war … liebevoll … zärtlich …
P: Aber das reichte noch nicht?
F: Wie denn? David war verheiratet. Nach zwei Wochen ist er zurück nach Hause und ich saß wieder mit Michi da.
P: Sie haben weitergesucht.
F: Die Hoffnung stirbt zuletzt.
P: Aber dann kam … *(legt der Beschuldigten ein Foto von Vitali Koslovski vor)*

F: Vitali.
P: Wie war es mit ihm?
F: Wie im Märchen.
P: Erzählen Sie.
F: Eines Tages nach der Arbeit stand er einfach da. Als hätte er auf mich gewartet. Er sprach mich an. Wir unterhielten uns.
P: Sie mochten sich von Anfang an?
F: Es war Liebe auf den ersten Blick.
P: Er war der Mann, auf den Sie gewartet hatten?
F: Ja. Er war so ... perfekt.
P: Er hat Sie wie eine Frau behandelt?
F: Er war einfach romantisch. Er brachte mir Blumen mit. Lud mich zum Essen ein. Nicht immer nur die Kleider runter und in die Kiste.
P: Sie waren gerne mit ihm zusammen.
F: Ich liebe ihn! Wann kann ich ihn sehen?
P: Im Augenblick nicht.
F: Er hat mir versprochen, mit mir in die Karibik zu fahren.
P: Wie lange ging ihre Beziehung schon?
F: Zwei Monate.
P: Dann hat er Sie gebeten, etwas für ihn zu tun.
F: *(nickt)*
P: Fiel es Ihnen leicht?
F: Für ihn hätte ich alles getan.
P: Vitali hat Sie überredet, die Schaltpläne zu besorgen.
F: Ja.
P: Vitali hat Sie dazu gebracht, David Krusekamp zu überreden, die Sicherheitssysteme zu manipulieren.
F: David brauchte das Geld.
P: Und Vitali hatte Geld.
F: Es war keine große Sache.
P: Er hat damit gedroht, das Ruhrgebiet zu zerstören.
F: Ich wusste nichts davon.
P: Er hat zwei Menschen ermorden lassen.

F: Ich bin so glücklich mit ihm.
P: Vitali ließ David Krusekamp ermorden.
F: Wann kann ich ihn endlich sehen?

Auszug aus dem Vernehmungsprotokoll von Rainer Hennies

Fabio Fürstenberg, Landeskriminalamt: Selbst wenn man nur stichpunktartig auflistet, umfassen die Anklagepunkte gegen Sie mehr als zwei Seiten.

Rainer Hennies: Ich habe den Menschen nur die Augen geöffnet.

F: Worüber müsste man den Menschen denn die Augen öffnen?

H: Was für eine dumme Frage. Über die Politik der Regierung natürlich!

F: Was stimmt nicht an der Regierungspolitik?

H: Das fragen Sie ernsthaft?

F: Ich möchte es verstehen.

H: Die Regierung handelt unverantwortlich.

F: Die Regierung hat die ältesten Kernkraftwerke stillgelegt, um die Menschen vor den Gefahren zu schützen.

H: Es gibt keine Gefahr!

F: Eine nachhaltige Wende in der Energiepolitik hin zu ausschließlich erneuerbaren Energien ist ausgebaut.

H: Bald leben wir wieder in der Steinzeit!

F: Deutschland wird in den Umwelttechnologien führend sein.

H: *(Der Beschuldigte fasst sich mit den Händen an die Schläfen, schreit.)* Hören Sie auf! Seien Sie still! Das ist zynisch! Zynisch! Unerträglich!

F: Wissen Sie, was ich glaube? Sie verstecken Ihre persönliche Rache hinter einer Mission, die Sie angeblich verfolgen.

H: *(schreit)* Das ist eine Lüge!

F: Vor vielen Jahren ist Ihnen Unrecht zugefügt worden. Man hat Ihnen wehgetan. Und jetzt wollten Sie Rache nehmen.

H: *(schreit)* Seien Sie still!
F: Es geht nicht um den Betrieb der Atomkraftwerke.
H: *(schreit)* Es heißt Kernkraftwerk!
F: Sie wollten nur zurückschlagen.
H: *(schreit)* Sie lügen!
F: Die Menschen, die Ihnen das damals angetan haben, sollten bestraft werden.
H: *(schreit unartikuliert)*
F: Sie wählten Daniel Schenke als Opfer aus, um dem Leiter der Anlage denselben Schmerz zuzufügen.
H: *(schreit unartikuliert)*
F: Ihr eigenes Leiden ist keine Rechtfertigung für Ihre Verbrechen.
H: *(schreit)* Hören Sie auf! Seien Sie still!
F: Es gibt doch gar keine gerechte Sache, für die Sie sich einsetzen. Das ist doch alles Schwindel.
H: *(schreit)* Sie lügen!
F: Wie können Sie es rechtfertigen, für Ihre politischen Ansichten Menschen zu töten?
H: *(schreit unartikuliert)*
F: Zwei Menschen sind tot. Wie viele mehr haben Sie gedroht zu ermorden?
H: *(kollabiert)*

(Befragung unterbrochen)

Freitag

Als ich wieder aufwachte, hatte sich das Licht verändert. Es war hart, kalt und weiß. Das war der Moment, in dem ich wusste, dass ich noch lebte. Andererseits war Nina bei mir, sodass ich vielleicht doch im Himmel war.

Meine Sicht war verschwommen. Ich fragte: »Sind wir allein?«

Sie lächelte. Ein wunderbares Lächeln. Eine nicht ganz so wunderbare Antwort. »Nein, die anderen sind auch hier.«

Ich sparte mir die Frage, wer die anderen waren, denn nach dreimaligem Blinzeln konnte ich es selbst sehen. Reinhold stand am Fuß meines Bettes neben Karl, Simon, Andreas und Eva befanden sich links von mir. Nina saß auf der rechten Bettkante. Ihr Arm war dick bandagiert und steckte in einer Schlinge.

Alle lächelten wie in einer kitschigen Arztserie. Immerhin weinte niemand.

Reinhold sagte: »Mann, das wird zur Gewohnheit, dass du im Krankenhaus aufwachst, oder?«

»Du bist nur neidisch, dass ich vom größten Verbrecher des Landes angeschossen wurde und nicht du«, sagte ich.

Reinhold schüttelte den Kopf, grinste aber weiter.

»Du hattest unheimliches Glück«, sagte Nina sanft. Meine Hand war wieder in ihrer.

»Meine Beine?« Erst jetzt fiel mir auf, dass ich keine Schmerzen mehr hatte. Dafür ein sehr taubes Gefühl. Erschrocken schlug ich die Decke zurück. Dort lagen meine Beine, offenkundig immer noch ein Teil von mir. »Mumifiziert«, sagte ich.

Nina lachte. Die anderen auch. Als ich feststellte, dass ich meine Zehen bewegen konnte, ließ ich mich vom Lachen anstecken.

»Wie spät … ich meine wann … welcher Tag …«

»Freitagmorgen«, sagte Reinhold. »Du wurdest sechs Stunden operiert, dann haben sie dich schlafen lassen.«

»Wow!« Ich war ziemlich lang außer Gefecht gesetzt gewesen. Dafür fühlte ich mich allerdings erstaunlich fit. »Und Koslovski? Tot?«

»Nicht tot«, sagte Nina. »Nur einer seiner Männer ist tot. Die anderen werden überleben. Koslovski selbst wird noch operiert. Sein Zustand ist kritisch.«

Ich dachte an seine Wunden zurück, die ich aus der Perspektive einer Ameise gesehen hatte. Allerdings hatte ich nicht die Absicht, mich unnötig mit seinem Schicksal zu belasten. Stattdessen fragte ich: »Was ist mit dem Kernkraftwerk?«

Wieder grinsten alle. Doch das war die einzige Antwort.

»Was bedeutet das?«

»Alles ist gut ausgegangen«, erklärte Nina. »Der Stab hat herausgefunden, dass keiner der Männer im Kraftwerk wusste, dass Koslovski gefasst worden war.«

Wahrscheinlich war er zu arrogant gewesen, seine Schwierigkeiten durchzugeben, während wir Igor ausgeschaltet und mit dessen Handy Hilfe gerufen hatten. »Und dann?«

»Dann haben wir den Befehl zum Abzug gegeben«, berichtete Reinhold.

Ich schaute ihn verständnislos an.

Nina erklärte: »Koslovski hatte ein kleines Röhrchen um den Hals, in dem sich ein Zettel mit Codes befand. Er hatte alles sehr gewissenhaft aufgeschrieben.«

»Was für Codes denn?«, fragte ich, immer noch nicht auf der Höhe.

»Befehle. Zum Sprengen, zum Erschießen weiterer Geiseln und zum friedlichen Abzug. Es waren ziemlich komplizierte Codes, anscheinend, damit seine Männer ganz sicher gehen konnten, dass sie auch von ihm sind.«

»Und das hat funktioniert?«, fragte ich.

»Das hat es. Wir haben den Code zum Abziehen mit dem Computer von Koslovski übermittelt. Und seine Leute haben gehorcht. Du kannst es dir selbst ansehen, wenn du möchtest. Ich habe eine Aufzeichnung davon«, sagte Simon.

»Das mache ich«, stimmte ich zu. »Später.«

Reinhold sagte: »Die Spezialkräfte waren schon seit Donnerstagmittag unbemerkt in der Anlage.«

»Als die Panzer aufgefahren sind«, vermutete ich.

Reinhold stutzte. »Ja, aber woher …?«

»Ich erkenne ein Ablenkungsmanöver, wenn ich eins sehe«, meinte ich. »Die Panzer hatten sofort Koslovskis volle Aufmerksamkeit. Währenddessen konnten die Spezialeinheiten hinten über den Zaun steigen, denke ich.«

»So ungefähr«, sagte Reinhold.

»Durch den Fluss am Einlaufbauwerk?«

»Du hast gewonnen«, ergab sich Reinhold. »Du weißt mehr als ich.«

»Heute Nacht, insgesamt zwanzig Stunden nach seiner Forderung, sind seine Männer abgezogen«, erklärte Nina.

»Wirklich ohne Widerstand? Ohne weitere Ermordung von Geiseln?«

»Zumindest darin hat Koslovski Wort gehalten. Die Männer zogen sich zurück. Keine Sprengung. Alle Geiseln wohlauf.«

»Unglaublich«, meinte ich.

»Glück«, korrigierte Reinhold.

Andreas sagte: »Wenn er überlebt, wird er das Gefängnis nie wieder verlassen.«

»Gut so«, meinte Eva.

»Und seine Männer?«

»Alle festgenommen«, sagte Andreas. »Die Chancen stehen gut, dass alles aufgeklärt wird.«

»Und was ist mit Hennies?«

Reinhold schüttelte den Kopf. »Der war vollkommen hilflos ohne seine russischen Freunde. Die Spezialeinheiten haben sofort mit dem Zugriff begonnen, aber als sie die

Warte erreicht haben, war er schon von der Schichtmannschaft überwältigt.«

»Ein Happy End«, stellte ich fest.

»Absolut«, pflichtete Reinhold mir bei.

Wir plauderten noch eine Weile, machten unsinnige Witze über Superschurken und stellten am Ende einvernehmlich fest, dass Hennies und Koslovski sich eben nicht mit der Krefelder Polizei hätten anlegen sollen.

Wir wurden von einem Arzt unterbrochen, der in mein Zimmer kam, um nach meinen Beinen zu sehen. Die anderen nahmen das zum Anlass, sich zu verabschieden. Nina blieb bei mir.

Der Arzt stellte sich als Professor Buchwald vor. Er hatte einen Oberarzt, einen Assistenzarzt und zwei Schwestern mitgebracht.

»Meine Güte«, sagte ich. »War es denn so schlimm?«

Eine der Krankenschwestern kicherte. Ich bemerkte Ninas finsteren Blick. Der Professor zeigte weniger Humor und antwortete sachlich: »Die Verletzungen waren sehr ernst. Ihre Beine wurden regelrecht durchsiebt. Es ist schwer zu sagen, wie viele Einschusswunden Sie hatten. Wir haben sieben Kugeln entfernt, die anderen haben Ihre Beine durchschlagen.«

Nun war auch mir nicht mehr nach Kichern zumute.

Der Professor fuhr fort: »Es ist ein Wunder, dass Sie nicht verblutet sind.«

»Aber … ich werde wieder laufen können, oder?«

»Das werden Sie. Sogar schon bald. Ihre Knochen sind nicht gebrochen. Ein weiteres Wunder. Wir hatten drei Absplitterungen, aber keinen Bruch.«

»Wann kann ich aufstehen?«, fragte ich.

»Können Sie Ihre Zehen bewegen?«, fragte der Professor.

Ich zeigte es ihm. Er wollte noch mehr Bewegungen sehen, drückte hierhin und dorthin, während der Assistenzarzt eifrig Notizen auf seinem Klemmbrett machte. Schließlich nickte der Professor zufrieden. »Wenn Sie sich kräftig genug fühlen, können Sie aufstehen.«

Das waren gute Nachrichten. Natürlich fühlte ich mich kräftig genug. Vielleicht konnte ich ja mit Nina einen kleinen Spaziergang machen.

Dann bemerkte ich, dass meine Beine sich hartnäckig meinem Willen widersetzten. Ich wollte sie bewegen, energisch über die Bettkante schwingen, aber sie rührten sich keinen Millimeter.

»Ich schätze, dass Sie in zwei Tagen die ersten Schritte selber machen können«, belehrte mich der Professor nüchtern.

»Oh«, sagte ich.

»Für diese Zeit benutzen Sie den Rollstuhl. Eine Schwester wird Ihnen helfen.«

Ich seufzte. Welcher Superschurke würde mich schon noch ernst nehmen, wenn bekannt wurde, dass ich mich im Rollstuhl zum Pinkeln hatte fahren lassen?

Die Ärzte zogen zu ihrem nächsten Patienten weiter. Nina saß auf einem Stuhl neben meinem Bett.

»Und du?«, fragte ich. Ich wollte ihr die Möglichkeit geben, sich in ihr eigenes Zimmer oder nach Hause zu verabschieden, ohne ein schlechtes Gewissen zu haben. »Du musst unglaublich erschöpft sein.«

Nina drehte den Stuhl so, dass sie mir gegenübersaß. Sie schaute mir direkt in die Augen. »Ich bin von der Schießerei traumatisiert«, behauptete sie mit ernster Miene. »Ich muss jetzt unbedingt bei der Person sein, mit der ich das alles durchgestanden habe.«

»Ach so?«

»Du kannst Dr. Klein fragen«, sagte sie unschuldig.

»Das werde ich«, versprach ich und nahm ihre Hand.

Epilog

Vier Wochen später

Der Spätsommer trug die ersten Vorboten des Herbstes in der Luft. Die Schatten wurden länger, die Blätter leuchteten dunkelgrün vor einem tiefblauen Himmel. Die Temperaturen waren erträglich, erreichten aber tagsüber immer noch knapp dreißig Grad. Ich saß auf meiner Terrasse, meine Beine auf einem Hocker in der Sonne, ein Glas Limonade in meiner Hand. Nina saß auf einem Stuhl neben mir.

Ich schaute zufrieden in meinen Garten. Mein Vater hatte die Pflanzen gegossen und den Rasen gemäht, während ich im Krankenhaus war. Ich musste ihm meine Geschichte immer und immer wieder erzählen und jedes Mal sagte er zerknirscht: »Und das alles nur wegen der Uhr, die wir dir geschenkt haben …?«

Ich schaute lächelnd auf mein Handgelenk. Nachdem sich herausgestellt hatte, dass ich eine CIA-Uhr besaß, betrachtete ich sie mit anderen Augen. Ich würde beim Small Talk nie wieder um ein Thema verlegen sein.

Im Krankenhaus hatte ich viel Zeit gehabt, über alles nachzudenken, während die Kraft in meine Beine zurückgekehrt war und ich mit den Physiotherapeuten meine ersten Schritte machte.

Der Fall hatte so harmlos wie nur möglich angefangen, uns dann aber unversehens an den Rand einer nuklearen Katastrophe geführt, bei der wir nichts zu suchen hatten. Und dabei war, wie sich herausstellte, unser Anfangsverdacht komplett falsch gewesen. Freise hatte Krusekamp verfolgt, um ihn zur Rede zu stellen. Ihn zu verprügeln. Als ihn die Kollegen dann letztlich damit konfrontierten, dass David Krusekamp ermordet worden war, war Freise sprachlos gewesen. Der Anteil seiner Frau an all dem war für ihn der größte Schock.

Carola Freise hatte sich als Schlüsselfigur erwiesen. Sie war von Vitali Koslovski angesprochen worden. Letztendlich hatte er sie mit Geld geködert. Weil sie aber außerdem darauf beharrte, dass er der Mann ihrer Träume war und sie ihn liebte, war wohl noch mehr als bloß Geld im Spiel gewesen. Sie hatte David Krusekamp dazu gebracht, die Arbeiten an der Sicherungselektronik durchzuführen, hatte unauffällig für seinen Zugang zum Gebäude gesorgt und ihm die Schaltpläne geschickt.

Koslovskis Mann in Krefeld hatte David Krusekamp ermordet, um die Spuren zu verwischen. Und wie sich herausstellte, verfügte Koslovski zwar nicht über die technischen Fähigkeiten, Menschen mit Netzhautscannern zu programmieren, die ich ihm unterstellt hatte, um ihn zu provozieren. Mindestens genauso beeindruckend war aber das Gift, das er für die Ermordung von David Krusekamp hatte verwenden lassen. Viel hatten wir darüber nicht erfahren, bevor die Sache unter Verschluss geriet, aber immerhin war durchgesickert, dass das Gift vermutlich aus einem militärischen Labor stammte. Weshalb die Vermutung nahelag, dass Koslovski es mit ein wenig Geld von einem unterbezahlten Forscher in Russland beschafft hatte.

Ironischerweise waren wir genau durch diesen Mord auf das Kernkraftwerk aufmerksam geworden.

Eine Frage ging mir deshalb nicht mehr aus dem Kopf. »Glaubst du eigentlich, dass alles nur Zufall war?«

»Dass wir an den Fall geraten sind?«, fragte Nina.

Ich nickte. Ich dachte an Koslovskis Worte über den Zufall und seine Bedeutung. In dieser Mordermittlung waren so viele Zufälle zusammengekommen, dass es mich misstrauisch machte. Zum Glück war ich nicht nur Ermittler, sondern auch ein Mensch, der die Dinge auf sich beruhen lassen konnte.

Nina sagte: »Zufall oder nicht, wir haben unsere Rolle gut gespielt.«

Ich ließ die Worte auf mich wirken und konnte nichts hinzufügen. Ich beobachtete zwei Grillen, die über meinen Rasen in einen Busch sprangen.

»Wer mich immer noch beschäftigt, ist dieser Hennies«, sagte ich.

»Ein Verrückter«, meinte Nina.

»Richtig. Aber wer kann schon sagen, wie viele frustrierte Schichtleiter es noch gibt, denen man ihre Anlage unter dem Hintern stillgelegt hat? Und wozu die in der Lage sind?«

»Wir müssen uns auf Bensmann und seine Kollegen verlassen«, antwortete sie.

Und nach meiner Einschätzung konnte man das tatsächlich beruhigt tun. Ernüchternd war hingegen die Reaktion der Öffentlichkeit oder vielmehr der Parteien und Verbände auf die Ereignisse. Lob für die Einsatzkräfte fand nur der Minister. Die CDU forderte eine Verfassungsänderung zum Einsatz der Bundeswehr im Innern, während die FDP noch nicht einmal der Wiedereinführung der Vorratsdatenspeicherung zustimmen wollte. Einig war man sich darin, dass der Ausstieg aus der Kernenergie ökonomisch, ökologisch und natürlich vor allem moralisch dringend geboten war. Hennies' und Koslovskis Aktion diente ohne Ausnahme allen Parteien dazu, einen neuen Wettlauf zu starten, wer das schnellste Ausstiegsszenario vorlegen konnte. Greenpeace erinnerte daran, dass sie schon immer gesagt hätten, nur ein abgeschaltetes Kernkraftwerk sei ein sicheres. Die Praxis, Strafanzeige gegen Mitarbeiter zu erstatten, die einen Fehler machten, wurde nicht überdacht, sondern beibehalten. Das alles kam mir so durchsichtig und zynisch vor, dass ich versuchte, diesen Teil der Nachrichten möglichst zu ignorieren.

»Wie geht es deinen Beinen?«, fragte Nina.

Die Haut war von Narben überzogen, dort wo die Kugeln mich getroffen hatten.

»Fast keine Schmerzen mehr«, sagte ich. »Sieht schlimm aus, oder?«

Nina nickte.

»Ist noch von meiner Zeit bei der CIA.«

Es sollte eigentlich ein Witz sein, aber Nina lachte nicht. Sie schaute mich eindringlich und ernst an. Die Vögel zwitscherten, landeten auf dem Rasen und suchten die schattigen Stellen nach kleinen Leckerbissen ab. Weit oben am Himmel zog ein Flugzeug einen Kondensstreifen hinter sich her. Die Grillen stimmten sich vorzeitig auf ihr Abendkonzert ein.

»Wolltest du mich nicht nach dem Geschenk fragen?«, wollte Nina wissen.

»Nach meinem Stern?«

»Genau.«

»Warum hast du mir einen Stern geschenkt?«

»Weil du das für mich bist«, erklärte Nina. »Du begleitest mich, gibst mir Orientierung, ich richte mich nach dir aus, du bist mein Ziel.«

Eine romantische Begründung hatte ich zwar erwartet, aber jetzt war ich doch sprachlos. »Ich … weiß nicht, was ich sagen soll«, stammelte ich.

»Du musst gar nichts sagen«, erwiderte Nina und legte ihre Hand auf meinen Arm. »Denn es wird Zeit, die Sterne vom Himmel zu holen.«

Als ich sie verständnislos anschaute, fügte sie hinzu: »Lass uns nach oben gehen.«

»Nach oben?«

»In dein Schlafzimmer.«

Oha! Ich musste schlucken. »Dort wird es ziemlich heiß sein.«

»Gut.«

»Und schwül.«

»Perfekt.«

»Wir werden schwitzen.«

»Ich liebe es, zu schwitzen.«

Neben mir saß die Frau, die ich liebte, und sagte mir, dass sie mit mir schlafen wollte. Obwohl ich mir nichts sehnlicher wünschte, hatte ich Angst, eine Grenze zu überschreiten, hinter die wir nicht mehr zurückkonnten. Ich hatte dem größten Superschurken des Landes gegenübergestanden, ohne mit der Wimper zu zucken, aber jetzt kam ich mir vor wie ein Trottel, als ich sagte: »Ich habe lange nicht mehr geschwitzt.«

»Es ist ganz leicht«, sagte Nina und stand auf. Ich fragte mich, wann genau ihre Stimme diesen samtweichen, verführerischen Klang angenommen hatte. Ob sie eigentlich schon immer so unglaublich gut ausgesehen hatte.

»Komm«, sagte sie über die Schulter und verschwand durch die Terrassentür.

Ich schaute ihr hinterher und plötzlich war ich mir sicher, dass es nichts gab, wovor ich mich fürchten musste.

Ich atmete tief durch, stand auf und folgte Nina ins Haus.

Nachwort

Handlung und Personen der vorliegenden Geschichte sind frei erfunden. Jede Ähnlichkeit mit lebenden oder toten Personen ist rein zufällig. Auch die Darstellung tatsächlich existierender Schauplätze folgt ausschließlich den Bedürfnissen der Handlung.

Der Ort Neustadt ist ebenso wie das zugehörige Kernkraftwerk erfunden. In Nordrhein-Westfalen gibt es keinen Leistungsreaktor in Betrieb, die atomrechtliche Aufsichts- und Genehmigungsbehörde ist derzeit das Wirtschaftsministerium. Der fiktive Block 1 des Kernkraftwerks Neustadt ist technisch an einen Siedewasserreaktor der Baulinie 69 (KWU) angelehnt. Die Darstellung der technischen Sachverhalte ist so weit wie möglich realistisch, aber stark vereinfacht. Auch die politischen Ereignisse und Diskussionen sind nur insoweit wiedergegeben, als sie die Handlung unterstützen.

Danksagung

Ich danke zuallererst meiner Frau Stefanie, ohne die ich die vielen Beinahekatastrophen und Kernschmelzen des Lebens niemals überstanden hätte.

Vielen Dank an die Erstleser Dirk Eßer und Theresa Steffens für ihre wertvollen Hinweise und fachlichen Anmerkungen schon in der frühen Phase der Manuskriptentwicklung. Mein ganz besonderer Dank gilt Dr. Walter Glöckle vom Ministerium für Umwelt, Naturschutz und Verkehr Baden-Württemberg und Sebastian Wessel von der Krefelder Polizei für ihre unschätzbare Unterstützung bei der Überarbeitung des Manuskripts und die vielen fachlichen Details, die geholfen haben, die Geschichte abzurunden.

Nicht zuletzt danke ich dem wunderbaren Team von Grafit. Die Zusammenarbeit macht große Freude und Markus Wegener hat eine Heimat gefunden.

Der erste Fall für Markus Wegener

Sebastian Stammsen

Gegen jede Regel

ISBN 978-3-89425-379-0

Der 17-jährige Tobias wird in seinem Elternhaus hinterrücks erstochen aufgefunden. Markus Wegener und seine Kollegin Nina Gerling von der Krefelder Kripo glauben zunächst, der Jugendliche sei ein Außenseiter gewesen, was auf einen kleinen Täterkreis schließen ließe. Bald müssen sie aber erkennen, dass der erste Eindruck trog: Tobias war ein brillanter Musiker, gut vernetzter Computerfreak und – offensichtlich ein Frauenversteher. Dann aber finden sich auf seinem PC Sex-E-Mails von älteren Frauen inklusive eindeutiger Fotos und Hinweise, dass er sich in fremde E-Mail-Accounts eingehackt hat.

Der Kreis derer, die möglicherweise etwas gegen den Teenager hatten, wird immer größer und die Überraschungen nehmen kein Ende. Markus Wegener muss sich mit einem Spiel vertraut machen, bei dem buchstäblich alle Regeln außer Kraft gesetzt werden.

Sympathische Ermittler, vertrackte Hintergründe und interessante Milieus – Sebastian Stammsens Debüt ist ein Polizeikrimi am Puls der Zeit!

»Tatsächlich, es gibt sie noch: junge Autoren, die einen angenehm überraschen können. ›Gegen jede Regel‹, das Debüt von Sebastian Stammsen, ist rundherum gelungen, frisch und unverbraucht.«
Stadtspiegel Herten

»Das sympathische Ermittler-Duo und die variantenreiche Geschichte lassen auf Fortsetzung hoffen.«
Expuls – Magazin für das Kulturschutzgebiet Oberpfalz

»Einerseits bricht der Roman gekonnt mit gängigen Klischees, andererseits stellt er die traditionelle Ermittlungsarbeit auf erfrischend klassische Art in den Vordergrund. Für Liebhaber authentisch zeitgemäßer Krimis ist Stammsen damit der neue Geheimtipp.«
Ostthüringer Zeitung

grafit

Ein mutiertes Virus gibt Rätsel auf

Jürgen Kehrer

Fürchte dich nicht!

ISBN 978-3-89425-387-5

Um die Durchführung eines internationalen Gipfeltreffens auf Norderney nicht zu gefährden, soll vertuscht werden, dass Deutschland eine Epidemie droht. Zecken übertragen ein Virus, das bei den Gestochenen zu irrationalem Verhalten führt, häufig mit Todesfolge.

Kommissar Martin Geis und die Wissenschaftlerin Viola de Monti machen sich entgegen oberster Weisung auf die Suche nach der Quelle des mutierten Virus – ist es das Produkt menschlicher Forschung?

»Jürgen Kehrer gelingt ein brillanter Wissenschaftsthriller.«
Westdeutsche Zeitung

»Glaubwürdige Charaktere und eine so interessante wie spannende Geschichte.« Hamburger Morgenpost

»Inspiriert von Klimawandel, Zecken-Ausbreitung und G8-Gipfel hat Kehrer einen interessanten Plot entworfen und mit feiner Ironie und gut gezeichneten Charakteren zweier gebrochener Helden einen gelungenen Wissenschaftsthriller vor heimatlicher Nordseekulisse verfasst.« ekz-Informationsdienst

»Kehrers pointiert geschriebenem Roman gelingt es, einen Verschwörungsplot US-amerikanischer Machart überzeugend in Norddeutschland anzusiedeln.« Kieler Nachrichten

»Der Thriller von ›Wilsberg‹-Autor Jürgen Kehrer bietet Hochspannung bis zur letzten Seite.« Kölnische Rundschau

»Dass Kehrer sich eine solche Geschichte ausdenkt, die zu Zeiten von Mexikanischer Grippe gar nicht aktueller sein kann, ahnte er vermutlich selbst nicht.« Rheinische Post

»Ein erfrischend norddeutsches Szenario, das zeigt, dass sich spannender Krimistoff auch hinter der nächsten Düne inszenieren lässt.«
Brigitte

grafit